Mehr als nur ein halbes Leben

Nach ihrem Psychologiestudium hat LISA GENOVA an der Universität Harvard in Neurowissenschaft promoviert. Ihr Debütroman, MEIN LEBEN OHNE GESTERN, zunächst im Eigenverlag veröffentlicht, hat sich inzwischen zu einem internationalen Bestseller entwickelt, stand lange auf der New-York-Times-Bestsellerliste und wurde von Lesern und Rezensenten begeistert aufgenommen. MEHR ALS NUR EIN HALBES LEBEN ist ihr zweiter Roman.

Lisa Genova

Mehr als nur ein halbes Leben

ROMAN

Aus dem amerikanischen Englisch von
Veronika Dünninger

Weltbild

Die amerikanische Originalausgabe erschien 2011 unter dem Titel
Left Neglected
bei Gallery Books a Division of Simon & Schuster, Inc., New York.

Genehmigte Lizenzausgabe für Verlagsgruppe Weltbild GmbH,
Steinerne Furt, 86167 Augsburg

Übersetzung: Veronika Dünninger
Umschlaggestaltung: Atelier Seidel – Verlagsgrafik, Teising
Umschlagmotiv: plainpicture, Hamburg (© Mohamad Itani)
Gesamtherstellung: GGP Media GmbH, Pößneck
Printed in the EU
ISBN 978-3-86365-460-3

2015 2014 2013 2012
Die letzte Jahreszahl gibt die aktuelle Lizenzausgabe an.

Für Chris und Ethan

PROLOG

Ich glaube, irgendein kleiner Teil von mir wusste, dass ich ein unhaltbares Leben führte. Von Zeit zu Zeit flüsterte er: *Sarah, bitte, schalte einen Gang zurück. Du brauchst das alles nicht. Du kannst nicht so weitermachen.* Aber der Rest von mir – stark, schlau und entschlossen zu leisten, leisten, leisten – wollte kein Wort davon hören. Und wenn solche Gedanken es hin und wieder doch einmal schafften, sich in mein Bewusstsein zu schleichen, verbot ich ihnen den Mund, schalt sie und schickte sie auf ihr Zimmer. Stille, leise Stimme, siehst du nicht, dass ich eine Million Dinge zu erledigen habe?

Selbst meine Träume begannen, mir auf die Schulter zu klopfen, versuchten, meine Aufmerksamkeit zu erlangen. *Weißt du überhaupt, was du da tust? Ich werde es dir zeigen.* Aber keiner der Träume war beim Aufwachen noch zu greifen, und wie ein glitschiger Fisch, den ich mit bloßen Händen gefangen hatte, entglitten sie mir und schwammen davon, bevor ich sie mir genau ansehen konnte. Seltsam, dass ich mich jetzt an sie alle erinnern kann. Ich denke, in den Nächten unmittelbar vor dem Unfall hatten meine Träume versucht, mich wachzurütteln. Nach alldem, was passiert ist, glaube ich wirklich, sie waren ein Fingerzeig, von einer spirituellen Quelle gesandt. Botschaften von Gott. Doch ich ignorierte sie. Ich nehme an, ich brauchte etwas weniger Flüchtiges und eher Konkretes.

Zum Beispiel einen traumatischen Schlag gegen den Kopf.

ERSTES KAPITEL

»Überlebende, fertig?«

Jeff – der verwirrend gut aussehende TV-Moderator der Reality-Spielshow – lächelt, zieht das Warten in die Länge, weiß, dass er uns in den Wahnsinn treibt.

»Los!«

Ich renne durch den Regenwald. Käfer prallen gegen mein Gesicht, während ich vorwärtspresche. Ich bin eine menschliche Windschutzscheibe. Die Käfer ekeln mich an.

Ignorier sie. Beeil dich.

Scharfe Zweige schlagen mir entgegen und schlitzen mein Gesicht, meine Hand- und Fußgelenke auf, schneiden mich. Ich blute. Es brennt.

Ignorier es. Beeil dich.

Ein Zweig verheddert sich in meiner liebsten, teuersten Seidenbluse und reißt sie von der Schulter bis zum Ellenbogen auf.

Na toll, jetzt kann ich sie zu meiner Frühbesprechung nicht mehr anziehen. Kümmer dich später darum. Beeil dich, beeil dich.

Ich erreiche den Strand und entdecke die Treibholzplanken. Ich soll ein Floß bauen, aber ich sehe kein Werkzeug. Ich taste mit den Händen im Sand, doch ich kann kein Werkzeug finden. Dann fällt mir die Karte ein, die Jeff uns eine Sekunde lang gezeigt hat, bevor er sie in Brand steckte. Er hat gegrinst, während sie verbrannte. Leicht für ihn, so zufrieden zu sein, mit seinem vollen Bauch und seinen aprilfrischen Kleidern. Ich habe seit Tagen nichts gegessen oder geduscht.

»Mom, ich brauche Hilfe«, wimmert Charlie an meiner Seite. Er sollte gar nicht hier sein.

»Nicht jetzt, Charlie. Ich muss eine rote Flagge und einen Werkzeugkasten finden.«

»Mom, Mom, Mom!«, beharrt er. Er zerrt an meinem aufgeschlitzten Ärmel und reißt ihn bis zum Aufschlag ein.

Na toll, jetzt ist die Bluse endgültig ruiniert. Und ich nehme nicht an, dass ich vor der Arbeit noch Zeit haben werde, mich umzuziehen.

Über dem flachen Strand, etwa hundert Meter vor mir, entdecke ich einen verschwommenen roten Klecks. Ich renne darauf zu, und Charlie folgt mir, während er verzweifelt fleht: »Mom, Mom, Mom!«

Als ich hinuntersehe, sind da überall glänzende grüne und braune Scherben. Glas. Kein Seeglas. Neues Glas, scharf und gezackt. Der ganze Strand ist mit zerbrochenen Flaschen übersät.

»Charlie, bleib stehen! Lauf mir nicht nach!«

Geschickt weiche ich den Glasscherben aus, während ich weiterrenne. Doch dann höre ich, wie Charlie durchdreht und Jeff lacht, und ich mache einen falschen Schritt. Eine grüne Glasscherbe bohrt sich tief in die Sohle meines linken Fußes. Er tut höllisch weh und blutet stark.

Ignorier es. Beeil dich.

Ich erreiche die rote Flagge. Stechmücken schwärmen um meine Nasenlöcher, meinen Mund und meine Ohren, sodass ich spucken und würgen muss. Das ist nicht die Art von Protein, nach der ich mich sehne. Ich bedecke mein Gesicht mit den Händen, halte den Atem an und messe von der roten Flagge aus zwölf Schritte nach Westen ab.

Dann grabe ich mit den Händen zwischen einem wilden Schwarm Stechmücken, finde den Werkzeugkasten und humpele zurück zu den Treibholzplanken. Dort hockt Charlie und baut eine Burg aus Glasscherben.

»Charlie, hör auf damit. Du wirst dich schneiden.«

Aber er hört mich nicht, sondern macht einfach weiter.

Ignorier ihn. Beeil dich.

Ich habe das Floß ungefähr zur Hälfte zusammengebaut, als ich die Wölfe heulen höre.

Lauter. Lauter.

Beeil dich!

Das halbe Floß ist nicht stark genug, um uns beide zu tragen. Charlie schreit, als ich ihn hochziehe und von seiner Glasburg wegreiße. Er tritt um sich und trommelt wild auf mich ein, während ich ihn auf das halbfertige Floß verfrachte.

»Wenn du auf der anderen Seite bist, geh und hol Hilfe!«

»Mommy, lass mich nicht allein!«

»Hier ist es nicht sicher. Du musst los!«

Ich schiebe das halbe Floß aufs Wasser hinaus, und die starke Strömung erfasst es. Sobald Charlie außer Sichtweite ist, beginnen die Wölfe, meine Hose und meine Lieblingsbluse zu zerfetzen, reißen mir die Haut auf und fressen mich bei lebendigem Leib. Jeff lächelt, während ich im Sterben liege, und ich denke: Warum wollte ich dieses idiotische Spiel bloß spielen?

Mein menschlicher Wecker, mein neun Monate alter Sohn Linus, weckt mich mit einem plärrenden »Baaabaaa!« über das Babyfon, bevor ich sterbe.

FREITAG

Auf dem echten Wecker ist es 5.06 Uhr, ungefähr eine Stunde vor der Zeit, auf die ich ihn gestellt habe. Ich finde mich damit ab, jetzt aufzustehen, und schalte den Weckmodus aus. Ich kann mich beim besten Willen nicht daran erinnern, wann ich das letzte Mal von dem »Biep, biep, biep« aufgewacht bin und nicht von den Geräuschen eines meiner drei Kinder. Und die Schlummertaste ist eine sogar noch fernere Erinnerung. Das morgendliche Verhandeln um eine kurze, aber luxuriöse verlängerte Auszeit im Bett. *Nur noch neun Minuten, dafür werde ich mir die Beine nicht rasieren. Noch neun Minuten, dafür werde ich das Frühstück ausfallen lassen. Noch neun Minuten, den morgendlichen Sex.* Auf diesen Knopf habe ich schon lange, lange Zeit nicht mehr gedrückt. Na ja, Charlie ist sieben, das heißt, es muss ungefähr sieben Jahre her sein. Es kommt mir vor wie eine Ewigkeit. Heutzutage stelle ich den Wecker abends nur noch, weil ich weiß, weil ich einfach weiß, dass das eine Mal, an dem ich es nicht tue, das eine Mal, wenn ich beschließe, mich darauf zu verlassen, dass meine kleinen Engel mich wecken werden, der Morgen sein wird, an dem ich irgendeinen wichtigen Termin oder einen Flug habe, den ich nicht verpassen darf, und genau dann werden sie alle zum ersten Mal lange schlafen.

Ich stehe da und sehe auf Bob hinunter, der ausgestreckt auf dem Rücken liegt, mit geschlossenen Augen, schlaffem Gesicht und offenem Mund.

»Beuteltierchen«, sage ich.

»Ich bin wach«, antwortet er, die Augen noch immer geschlossen. »Er ruft dich.«

»Er sagt ›Baba‹, nicht ›Mama‹.«

»Soll ich ihn holen?«

»Ich bin schon auf.«

Ich schlurfe barfuß über den kalten Hartholzboden den Flur hinunter zu Linus' Zimmer. Als ich die Tür öffne, sehe ich ihn an den Stäben seines Gitterbettchens stehen, an seinem Schnuller nuckelnd, eine zerschlissene Decke in einer Hand, seinen geliebten und noch zerschlisseneren Bunny in der anderen. Er lächelt über das ganze Gesicht, als er mich sieht, sodass ich auch lächeln muss, und beginnt, gegen das Gitter zu hämmern. Er sieht aus wie ein entzückender Baby-Häftling an seinem letzten Tag im Gefängnis, der fertig gepackt hat, bereit ist und nun auf seine Freilassung wartet.

Ich nehme ihn hoch und trage ihn hinüber zum Wickeltisch, wo seine gute Laune augenblicklich zu einem Wimmern umschlägt. Er krümmt den Rücken und rollt sich auf die Seite, sträubt sich mit allem, was er hat, gegen das, was jeden Tag fünf- oder sechsmal mit ihm geschieht. Ich werde nie verstehen, wieso er es so abgrundtief hasst, sich die Windeln wechseln zu lassen.

»Linus, hör auf damit!«

Ich muss ein Übermaß an Kraft aufbieten, um ihn auf dem Wickeltisch festzuhalten und gleichzeitig in eine frische Windel und Kleider zu zwängen. Ich versuche es mit ein paar Bauchküssen und singe *Leuchte, leuchte, kleiner Stern*, um ihn wieder fröhlich zu stimmen, aber er bleibt während des ganzen Vorgangs ein störrischer Gegner. Der Wickeltisch steht neben dem einzigen Fenster in seinem Zimmer, was manchmal hilfreich ist, um ihn abzulenken. *Sieh mal das kleine Vögelchen!* Aber draußen ist es noch dunkel, und nicht einmal die Vögel sind schon wach. Es ist noch Nacht, mein Gott.

Linus schläft nachts nicht durch. Gestern Nacht habe ich ihn wieder in den Schlaf gewiegt, nachdem er um 1.00 Uhr schreiend aufgewacht war, und Bob ging um kurz nach 3.00 Uhr zu ihm. Mit seinen neun Monaten spricht Linus noch nicht, nur Baba-Mama-Dada-Gebrabbel. Daher können wir ihn nicht fragen, was das Problem ist, und wir können auch nicht vernünftig mit ihm reden oder ihn bestechen. Jede Nacht ist es ein Ratespiel, auf das Bob und ich keine große Lust haben, und wir gewinnen nie.

Meinst du, er zahnt? Sollten wir ihm Tylenol geben? Wir können ihn doch nicht jeden Abend mit Medikamenten vollpumpen. Vielleicht hat er eine Entzündung im Ohr. Vorhin habe ich gesehen, wie er sich am Ohr gezogen hat. Er zieht sich doch ständig am Ohr. Hat er seinen Schnuller verloren? Vielleicht hat er schlecht geträumt. Vielleicht ist es das Alleinsein. Sollen wir ihn zu uns ins Bett holen? Das wollen wir eigentlich gar nicht erst einführen, oder? Was haben wir denn bei den anderen beiden gemacht? Ich kann mich nicht mehr erinnern.

Motiviert von entnervter Erschöpfung, beschließen wir hin

und wieder, ihn einfach zu ignorieren. *Heute Nacht werden wir ihn weinen lassen, bis er aufhört.* Aber der kleine Linus hat eine bemerkenswerte Ausdauer und Lungen, die nie aufgeben. Wenn er sich etwas erst einmal in den Kopf gesetzt hat, gibt er hundert Prozent – ein Charakterzug, der ihm, denke ich, im Leben sehr zugutekommen wird, daher bin ich nicht völlig überzeugt davon, dass wir ihm das mit Gewalt abgewöhnen sollten. Im Allgemeinen weint er über eine Stunde lang, während Bob und ich wach liegen und das Weinen weniger ignorieren als vielmehr darauf lauschen und nach leichten Veränderungen in der Tonhöhe oder dem Rhythmus suchen, die ein Hinweis darauf sein könnten, dass das Ende naht – ohne dergleichen je zu finden.

Eines der beiden anderen Kinder, meistens Lucy, klopft dann schließlich an unsere Tür und kommt herein.

»Linus weint.«

»Das wissen wir, Schatz.«

»Kann ich ein Glas Milch haben?«

Jetzt bin ich auf, um mit Lucy zusammen ihre Milch zu holen, und Bob ist auf, um Linus zu beruhigen. Plan vereitelt. Baby siegt. Punktestand: Eltern mit MBA-Abschluss in Harvard, beide in hohem Maße verhandlungssicher und führungsstark: null. Neun Monate altes Baby ohne ordentliche Schulbildung oder Erfahrung auf dem Planeten: zu viele für mein erschöpftes Gehirn, um noch mitzuzählen.

Sobald er angezogen und von dem verhassten Wickeltisch gehoben wurde, herrscht bei Linus augenblicklich wieder eitel Sonnenschein. Kein Schmollen, kein Nachtragen, nur Leben für den Augenblick. Ich gebe meinem kleinen Buddha einen Kuss, drücke ihn an mich und trage ihn nach unten. Charlie und Lucy sind schon auf. Ich kann Lucy in ihrem Zimmer herumlaufen hören, und Charlie liegt auf einem der Bohnensacksessel im Wohnzimmer und sieht sich *SpongeBob Schwammkopf* an.

»Charlie, es ist zu früh zum Fernsehen. Schalt das aus.«

Aber er ist völlig gefesselt und hört mich nicht. Zumindest hoffe ich, dass er mich nicht hört und nicht absichtlich auf Durchzug schaltet.

Lucy kommt aus ihrem Zimmer, angezogen wie eine Verrückte.

»Wie findest du meinen Stil, Mom?«

Sie trägt eine rosa-weiß getupfte Weste über einem langärmeligen orangefarbenen T-Shirt und Samtleggings mit Leopardenmuster unter einem hauchdünnen rosa Balletttröckchen, dazu Ugg-Boots und sechs Spangen, die wahllos in ihrem Haar befestigt sind, alle in unterschiedlichen Farben.

»Du siehst fabelhaft aus, Schatz.«

»Ich habe Hunger.«

»Na, dann komm mit.«

Wir gehen in die Küche, und Lucy klettert auf einen der Barhocker am Tresen der Kücheninsel. Ich fülle zwei Schälchen mit Frühstückscerealien, eins für Lucy und eines für Charlie, und ein Fläschchen mit Babymilch für Linus.

Ja, meine Kinder sind Peanuts-Figuren. Charlie, sieben, und Lucy, fünf, bekamen ihre Namen, ohne dass wir an den Comic dachten oder uns darauf bezogen. Charlie wurde nach Bobs Vater benannt, und der Name Lucy gefiel uns beiden einfach. Dann, als ich wider Erwarten noch ein Kind erwartete – Jahre nachdem wir jedes Stück Babyausstattung gespendet oder bei eBay versteigert hatten, Jahre nachdem wir das Ende der Windeln und Kinderwagen und Barney-Figuren gefeiert hatten –, mussten wir uns wieder einen Namen einfallen lassen und waren ratlos.

»Ich bin für Schroeder«, schlug ein Arbeitskollege vor.

»Nein, auf jeden Fall Linus. Oder Woodstock«, sagte ein anderer.

Erst in dem Augenblick wurde mir das Muster bewusst, das wir mit unseren ersten beiden Kindern begonnen hatten. Und der Name Linus gefiel mir.

Ich gebe Linus sein Fläschchen, während ich zusehe, wie

Lucy die ganzen bunten Marshmallows, die »Charms«, zuerst isst.

»Charlie, komm schon!! Dein Müsli wird matschig!«

Lucy isst noch zwei Löffel Charms.

»Charlie!«

»Okay, okay.«

Charlie stemmt sich auf den Hocker neben Lucy hoch und sieht auf sein Schälchen, als wäre es die schlimmste Hausaufgabe aller Zeiten.

»Ich bin müde«, seufzt er.

»Warum bist du denn dann auf? Geh wieder ins Bett.«

»Okay«, sagt er und geht wieder hoch in sein Zimmer.

Lucy trinkt die Milch aus ihrem Schälchen, wischt sich mit dem Ärmel den Mund ab, hüpft herunter und verschwindet, ohne ein Wort zu sagen. Hastig, um endlich frei zu sein wie seine Schwester, trinkt Linus sein Fläschchen aus und macht dann ohne jede Hilfe ein Bäuerchen. Ich setze ihn auf dem Boden ab, der mit Spielzeug und Krümeln von Goldfisch-Crackern übersät ist. Ich schnappe mir einen Ball und werfe ihn ins Wohnzimmer.

»Na los, hol den Ball!«

Begeistert darüber, dass man mit ihm spielt, krabbelt er dem Ball hinterher wie ein verspielter junger Hund.

Wenigstens für einen Moment allein, esse ich Charlies nicht angerührtes matschiges Müsli – denn einer muss es ja tun –, dann trage ich das ganze Geschirr zur Spüle, wische den Tresen ab, setze Kaffee auf, packe Brotdosen und Snacks für Charlie und Lucy und die Windeltasche für Linus. Ich unterschreibe einen Zettel für Lucy und erlaube ihr, mit zum Plimouth-Planetarium zu fahren. Neben der Frage *Werden Sie als Begleitperson mitfahren können?* kreuze ich *Nein* an. In Charlies Rucksack finde ich eine Mitteilung seiner Lehrerin:

Liebe Mrs. Nickerson, lieber Mr. Nickerson,
letzte Woche wurden die Zeugnisse versandt, und ich hoffe, dass Sie inzwischen etwas Zeit hatten, sich Charlies anzusehen. Ich würde gern einen Termin vereinbaren, um mit Ihnen beiden persönlich über Charlie zu sprechen.
Bitte rufen Sie mich an, sobald es Ihnen möglich ist.
Mit freundlichen Grüßen
Ms. Gavin

Charlies Zeugnis ist nicht das, was sich eine Mutter für ihr Kind erträumt, vor allem nicht, wenn diese Mutter selbst immer – wirklich immer – nur die besten Zeugnisse bekommen hat. Bob und ich wussten, dass es Probleme geben würde, Raum für Verbesserungen bei Dingen wie Lesen und Aufmerksamkeit. Das letzte Jahr bereitete uns ein wenig darauf vor. Aber im Kindergarten wurden Charlies unterdurchschnittliche Noten in einigen Kategorien sowohl von seiner Lehrerin als auch von Bob leichthin abgetan. *Er ist eben ein Junge! Er wird sich an das Stillsitzen und den langen Tag schon noch gewöhnen, wenn er in die erste Klasse kommt. Ich erlebe es jedes Jahr. Machen Sie sich keine Sorgen.*

Na ja, jetzt ist er in der ersten Klasse, und ich mache mir Sorgen. Er hat in den *meisten* Kategorien entweder ein »M« für »Muss sich verbessern« oder eine »3« für »Unter den Erwartungen« bekommen. Selbst Bob wurde blass, als er die Spalte voller Dreien und Ms durchging. Was immer mit Charlie los ist, bei ein paar allgemeinen Floskeln über sein Geschlecht werden wir es diesmal nicht belassen können. Was stimmt nicht mit ihm?

Von den Lucky Charms ist mir jetzt schlecht. Ich hätte diesen ganzen Zucker nicht essen sollen. Ich klappe meinen Laptop neben der Kaffeemaschine auf dem Tresen auf und sehe nach meinen E-Mails, während ich dastehe und auf das Koffein warte, das mein süchtiges Gehirn braucht. Ich habe vierundsechzig neue Nachrichten. Gestern Abend war ich bis Mitternacht auf, um meinen Posteingang aufzuräumen, das heißt, diese ganzen E-Mails sind in den letzten fünf Stunden eingegangen. Einige sind von Büros an der Westküste, spätabends abgeschickt. Mindestens zwei Dutzend sind von Büros in Asien und Europa, wo man längst mitten im Arbeitstag ist. Ein paar als »dringend« markierte E-Mails sind von einem jungen und nervösen Analysten in Boston.

Ich vertiefe mich allzu lange in das Lesen und Beantworten, ohne unterbrochen zu werden. Als sich meine Ohren schließlich wieder einschalten, hören sie nichts. Wo sind die Kinder?

»Lucy? Linus?«

Nur die Bohnensäcke sehen sich im Wohnzimmer *SpongeBob Schwammkopf* an. Ich stürme die Treppe hoch und in Lucys Zimmer. Sie sind beide da, was heißt, dass Lucy vergessen hat, das Türchen am Fuß der Treppe einzuklinken, und Linus ganz allein hochgekrabbelt ist. Gott sei Dank hat er nicht versucht, die Treppe wieder hinunterzuklettern, denn seine bevorzugte Methode dabei ist mit dem Kopf voran. Aber bevor ich Gott dafür danken kann, dass er unversehrt ist, bevor ich dafür auf den Holzboden klopfe, dass ich wenigstens an das gedacht habe, was hätte passieren können, und bevor ich Lucy ordentlich dafür zusammenstauchen kann, dass sie das Türchen nicht eingeklinkt hat, verschärfen sich auf einmal all meine Sinne und richten sich auf Linus. Er sitzt auf dem Boden, erkundet nichts und hat den Mund verdächtig geschlossen. Lucy sitzt ein paar Schritte weiter und bastelt Schmuck. Perlen liegen auf dem ganzen Boden verstreut.

»Linus!«

Ich packe ihn mit der linken Hand am Hinterkopf und stecke ihm den rechten Zeigefinger in den Mund. Er wehrt sich, reißt den Kopf zur Seite und presst den Mund noch fester zusammen.

»Linus, mach den Mund auf! Was hast du da drin?«

Ich kann sie spüren, stochere mit dem Finger in seinem Mund herum und fördere eine kaugummirosa Plastikperle zutage, etwa so groß wie eine Cranberry. Verletzt, beraubt und nicht ahnend, dass sein Leben in Gefahr war, heult Linus los. Bob steht jetzt im Türrahmen, geduscht, angezogen und mit besorgter Miene.

»Was ist passiert?«, fragt er.

»Er wäre eben fast an dem hier erstickt.«

Ich zeige ihm die todbringende Perle in meiner hohlen Hand.

»Nö, zu klein. Alles okay.«

Trotzdem, rings um Lucy liegen noch jede Menge größerer Perlen auf dem Boden verstreut, dazu ein paar Münzen, Haargummis und ein Flummi. Lucys Zimmer ist eine Todesfalle. Was, wenn Linus beschlossen hätte, an einer Vierteldollarmünze zu lutschen? Was, wenn ihm eine der größeren orangefarbenen Perlen besonders verlockend erschienen wäre? Was, wenn ich zu spät gekommen wäre? Was, wenn Linus auf dem Boden läge, ohne zu atmen, mit blauen Lippen?

Wenn Bob meine Gedanken lesen könnte – was er vermutlich kann –, dann würde er mir empfehlen, gar nicht erst daran zu denken. Er würde mir raten, damit aufzuhören, mir das Schlimmste auszumalen, und mich zu entspannen. Alles ist gut. Alle Kinder nehmen Dinge in den Mund, die sie nicht in den Mund nehmen sollten. Sie essen Farbsplitter und Kreide und schlucken Schmutz, Kieselsteine und alle möglichen anderen Dinge, von denen wir nicht einmal etwas ahnen. Sie klettern sogar unbeaufsichtigt Treppen hoch. Kinder sind zäh, würde er sagen. Sie überleben.

Aber ich weiß es besser. Ich muss mir das Schlimmste nicht ausmalen, um daran zu denken. Ich kann mich daran erinnern. Manchmal überleben die Kinder. Und manchmal tun sie es nicht.

Als die zutiefst abergläubische, gottesfürchtige, leicht zwangsneurotische Typ-A-Perfektionistin, die ich bin, klopfe ich, die Perle in meiner Faust, an den hölzernen Bettpfosten, danke Gott dafür, dass er Linus behütet hat, und gebe seiner Schwester die Schuld.

»Lucy, dieses Zimmer ist eine Katastrophe. Du musst diese ganzen Perlen einsammeln.«

»Aber ich mache eine Kette«, jammert sie.

»Komm, ich helfe dir, Gänschen«, sagt Bob, jetzt auf den Knien, während er Perlen aufklaubt. »Warum suchst du dir für heute nicht eine von den Ketten aus, die du schon gemacht hast? Und dann kannst du mit mir und Linus nach unten kommen.«

»Charlie hat sich noch nicht angezogen und noch nicht gefrühstückt«, füge ich mich in die Routine und reiche das elterliche Staffelholz weiter an Bob.

Nach einer schnellen Dusche stehe ich nackt vor dem großen Spiegel im Schlafzimmer und mustere meinen Körper, während ich mir die Arme und Beine mit Körperlotion eincreme.

M. Muss sich verbessern.

Ich liege noch immer ungefähr fünfzehn Pfund über meinem Vor-Linus-Gewicht, das, wenn ich ehrlich sein soll, auch schon zehn Pfund über meinem Vor-Charlie-Gewicht lag. Ich greife mit einer Hand in den schlaffen und runzligen Brotteig, der einmal mein straffer Bauch war, und gleite mit einem Finger über die rostfarbene Linie, die unverblasst ein paar Zentimeter über meinem Bauchnabel beginnt und bis zu meinem Schamhaar verläuft. Dann gleite ich weiter zu den Fettschichten, die meine Hüftknochen polstern. Die Knochen haben sich seitlich verschoben, um Platz für Linus zu schaffen – mein größtes Baby –, sodass ich jetzt breitere Hüften und eine Schublade voller Hosen habe, die ich nicht mehr zuknöpfen kann.

Das Fitnessstudio, in dem ich Mitglied geworden bin, ließe sich treffender als meine bevorzugte Wohlfahrtsorganisation bezeichnen: Ich gehe nie hin. Ich sollte meine Mitgliedschaft dort wirklich kündigen, anstatt dem Laden im Grunde jeden Monat einhundert Dollar zu spenden. Dann stehen da noch die Fitnessgeräte im Keller, aufgestellt wie

Statuen, und sammeln Staub an: der Crosstrainer, die Bowflex und die Rudermaschine, die Bob mir zu Weihnachten geschenkt hat, als ich im achten Monat schwanger war (war er verrückt?). An diesen sperrigen Geräten komme ich jedes Mal vorbei, wenn ich Wäsche wasche – was bei drei Kindern oft der Fall ist. Ich husche immer blitzschnell an ihnen vorbei, ohne sie eines Blickes zu würdigen, als hätten wir irgendeine Art emotional aufgeladene Auseinandersetzung gehabt und ich würde ihnen nun die kalte Schulter zeigen. Es klappt. Sie belästigen mich nie.

Ich verreibe die restliche Lotion in meinen Händen.

Sei nicht zu hart zu dir selbst, denke ich, da ich weiß, dass ich dazu neige.

Linus ist erst neun Monate alt. Der Spruch »neun Monate rauf, neun Monate runter« aus *The Girlfriends' Guide to Getting Your Groove Back* schießt mir durch den Kopf. Die Autorin geht davon aus, dass ich Zeit für Dinge wie Maniküre, Shoppen und Verkaufsmodeschauen habe und dass ich meine Figur zu meinem Hauptanliegen gemacht habe. Es ist nicht so, dass ich meine Figur nicht wiederhaben will. Nein, es steht auf meiner Liste. Nur steht es bedauerlicherweise so weit unten, dass ich es kaum noch sehen kann.

Bevor ich mich anziehe, halte ich einen Moment inne, um mich ein letztes Mal zu mustern. Meine helle Haut ist mit Sommersprossen übersät, dank meiner schottischen Mutter. Als kleines Mädchen habe ich die Sommersprossen immer durch eine Linie miteinander verbunden, um Sternbilder und Tätowierungen zu zeichnen. Mein Lieblingsbild war immer der perfekte fünfzackige Stern, den die Sommersprossen auf meinem linken Oberschenkel bilden. Aber das war damals in den Achtzigerjahren, bevor ich irgendetwas über Sonnenschutz wusste, damals, als ich und all meine Freundinnen Babyöl-Flaschen zum Strand schleppten und wir uns im wahrsten Sinne des Wortes in der Sonne brutzeln ließen. Jetzt sagen die Ärzte und die Medien alle, dass meine

Sommersprossen Altersflecken und Zeichen für Sonnenschäden sind.

Ich verberge den Großteil dieser Schäden mithilfe eines weißen Mieders und meines schwarzen Power-Hosenanzugs von Elie Tahari. Im besten Sinne fühle ich mich in diesem Hosenanzug wie ein Mann. Perfekt für die Art von Tag, die mir bevorsteht. Ich reibe mein Haar mit dem Handtuch trocken und verteile einen Klecks Glanz-und-Halt-Haargel darin. Rotbraun, dicht und gewellt bis zu den Schultern, ist an meinem Haar nichts Maskulines. Vielleicht bin ich dick, sommersprossig und wie ein Mann angezogen, aber ich liebe mein hübsches Haar.

Ich trage rasch etwas Grundierungscreme, Rouge, Eyeliner und Wimperntusche auf, dann gehe ich nach unten und stürze mich wieder ins Getümmel. Lucy lümmelt jetzt auf einem der Bohnensacksessel herum und singt zu *Dora the Explorer* mit, Linus steckt neben ihr in seinem Pack-'n'-Play-Laufstall und nuckelt am Kopf eines Plastik-Schulbusfahrers. In der Küche sitzt Bob allein am Tisch, trinkt Kaffee aus seinem Harvard-Becher und liest das *Wall Street Journal.*

»Wo ist Charlie?«, frage ich.

»Zieht sich an.«

»Hat er gefrühstückt?«

»Müsli und Saft.«

Wie schafft er das bloß? Bob mit allen drei Kindern unter seiner Aufsicht ist eine völlig andere Geschichte als Sarah mit allen drei Kindern unter ihrer Aufsicht. Bei Bob sind sie gern bereit, sich eine Weile selbst zu beschäftigen, und lassen ihn in Frieden, bis er mit einer neuen Aktivität im Angebot auf sie zukommt. Ich hingegen besitze so viel Anziehungskraft wie ein Lieblingsrockstar ohne seine Bodyguards: Sie haben mich im Griff. Ein typisches Beispiel: Linus kauert zu meinen Füßen, quengelt und bettelt darum, auf den Arm genommen zu werden, während Lucy aus einem anderen Zimmer »Mom, ich brauche Hilfe!« brüllt und Charlie mir fünftausend hartnäckige Fragen darüber stellt, was mit dem Müll geschieht.

Ich schnappe mir meinen Becher und setze mich Bob gegenüber an den Tisch für unsere Frühbesprechung. Ich nehme einen Schluck Kaffee. Er ist kalt. Egal.

»Hast du die Nachricht von Charlies Lehrerin gesehen?«, frage ich.

»Nein, was ist denn?«

»Seine Lehrerin will mit uns über sein Zeugnis reden.«

»Gut, ich will wissen, was da los ist.«

Er greift in seine Kuriertasche und zückt sein iPhone.

»Meinst du, sie kann sich vor dem Unterricht mit uns treffen?«, fragt er.

Ich schnappe mir meinen Laptop vom Küchentresen und setze mich wieder.

»Ich könnte am Mittwoch und Freitag früh, vielleicht auch am Donnerstag, wenn ich etwas verschiebe«, erwidere ich.

»Ich kann am Donnerstag. Hast du ihre E-Mail-Adresse?«

»Ja.«

Rasch schicke ich Ms. Gavin eine Mail.

»Gehst du heute zu seinem Spiel?«, fragt er.

»Nein, du?«

»Ich werde vermutlich nicht rechtzeitig zurück sein, vergessen?«

»Ach ja. Ich kann auch nicht, mein Tag ist randvoll.«

»Okay. Ich wünschte nur, einer von uns könnte da sein, um ihn zu sehen.«

»Ich auch, Schatz.«

Ich glaube, dass er es wirklich aufrichtig meint, aber ich kann nicht umhin, seine Worte »Ich wünschte nur, einer von uns« zu nehmen und in Gedanken in ein »Ich wünschte, du« zu übersetzen. Und während das Getriebe meines inneren Dolmetschers geölt wird, verwandelt es »könnte« in »sollte«. Die meisten Frauen in Welmont mit Kindern in Charlies Alter verpassen nie ein Fußballspiel und verdienen sich keinen speziellen Gute-Mutter-Status dafür, dass sie dort sind. Gute Mütter tun das einfach. Dieselben Mütter bejubeln es als außergewöhnliches Ereignis, wenn einer der Dads früher aus dem Büro kommt, um ein Spiel zu sehen. Die Väter, die am Spielfeldrand stehen und anfeuern, werden als tolle Dads gefeiert. Väter, die die Spiele verpassen, arbeiten. Mütter, die die Spiele verpassen – so wie ich –, sind schlechte Mütter.

Eine Standarddosis mütterlicher Schuldgefühle sinkt auf den Grund der Suppe aus kaltem Kaffee und Lucky Charms in meinem Magen. Nicht unbedingt ein Frühstück für Helden.

»Abby kann bleiben und ihm zusehen«, sage ich, um mich zu beruhigen.

Abby ist unser Kindermädchen. Sie arbeitet für uns, seit Charlie zwölf Wochen alt war und mein Mutterschaftsurlaub endete. Wir hatten mehr als Glück, sie zu bekommen. Abby war damals zweiundzwanzig, frisch vom College, mit einem Abschluss in Psychologie, und lebte nur zehn Minuten von uns entfernt in Newton. Sie ist klug, gewissenhaft, hat tonnenweise Energie und liebt unsere Kinder.

Bevor Charlie und Lucy alt genug für die Vorschule waren, hat Abby montags bis freitags von 7.30 Uhr bis 18.30 Uhr auf sie aufgepasst. Sie hat ihre Windeln gewechselt, sie in den Schlaf gewiegt, ihnen Geschichten vorgelesen, ihre Tränen abgetupft, ihnen Spiele und Lieder beigebracht, sie gebadet und gefüttert. Sie hat die Einkäufe erledigt und das Haus geputzt. Sie ist zu einem festen Mitglied unserer Familie geworden. Ich kann mir unser Leben ohne sie nicht vorstellen. Ehrlich gesagt, wenn ich mich entscheiden müsste, entweder Bob oder Abby zu behalten, dann gab es schon Zeiten, wo es mir schwergefallen wäre, Bob zu wählen.

In diesem Frühjahr hat uns Abby das Unvorstellbare gesagt: Sie würde uns verlassen, um auf dem Boston College ihren Magister in Erziehungswissenschaften zu machen. Wir waren fassungslos und brachen in Panik aus. Wir durften sie nicht verlieren. Daher handelten wir einen Deal aus: Da Charlie und

Lucy bereits sieben Stunden täglich zur Schule gingen, wären wir bereit, Linus ab September für dieselbe Anzahl von Stunden in eine Kindertagesstätte zu geben. Das würde heißen, dass wir sie nur nachmittags von 3.00 Uhr bis 18.30 Uhr bräuchten, und wir würden einen Teil ihrer Studiengebühren übernehmen.

Natürlich hätten wir auch das Internet durchforsten und jemanden finden können, der vermutlich gut und auf jeden Fall billiger gewesen wäre. Oder wir hätten jemanden über eine Kindermädchen-Agentur anheuern können. Aber Abby kennt unsere Kinder bereits. Sie kennt ihre Routinen, ihre Launen, ihre Lieblingssachen. Sie weiß, wie sie mit Charlies hartnäckigen Fragen und Lucys Wutanfällen umgehen soll, und sie vergisst nie – aber auch wirklich nie –, Bunny mitzunehmen, wohin Linus auch geht. Und sie liebt sie bereits. Wie kann man zu viel dafür bezahlen, dass man zweifelsfrei weiß, dass die eigenen Kinder geliebt werden, wenn man selbst nicht da sein kann?

Charlie galoppiert in die Küche, außer Atem.

»Wo sind meine Pokémon-Karten?«

»Charlie, du bist ja noch im Pyjama. Vergiss Pokémon. Geh und zieh dich an«, sage ich.

»Aber ich brauche meine Pokémon-Karten.«

»Hose, Hemd, Schuhe, und schalt dein Licht aus«, fordere ich ihn auf.

Charlie wirft entnervt den Kopf zurück, ergibt sich aber und schießt wieder die Treppe hoch in sein Zimmer.

»Irgendwas mit dem Haus?«, fragt Bob.

»Rufst du heute den Typen wegen des Garagentors an?«

»Ja, er steht schon auf meiner Liste.«

Unser automatischer Toröffner ist eins der neueren Modelle, und er hat einen visuellen Sensor, der verhindert, dass das Tor zugeht, wenn er registriert, dass irgendetwas unter dem Tor ist, zum Beispiel ein kleines Kind. Theoretisch ist es ein tolles Sicherheitsfeature, trotzdem scheint es uns in den Wahnsinn zu treiben. Eines der Kinder – und wir haben Charlie im Verdacht – schlägt immer wieder auf der rechten Seite gegen das Auge, sodass es nicht auf einer Höhe mit der linken Seite ist und die Kinder nicht sehen kann. Und wenn es schielt, funktioniert es überhaupt nicht.

Als wir klein waren, spielten mein Bruder Nate und ich mit unserem automatischen Garagentor gern Indiana Jones. Einer von uns drückte auf den Knopf der Fernbedienung, und dann guckten wir, wer sich am längsten zu warten traute, bevor wir losrannten und uns im letzten Augenblick unter dem sich schließenden Tor hindurchrollten. Damals gab es noch keine Sicherheitsfeatures. Dieser Garagentoröffner funktionierte völlig blind. Es hätte uns auch den ganzen Spaß verdorben, wenn das Risiko, zerquetscht oder zumindest schmerzhaft zusammengedrückt zu werden, ausgeschaltet worden wäre. Nate war richtig gut darin, er duckte und rollte sich immer in letzter Sekunde hindurch. Gott, ich vermisse ihn noch immer.

Charlie stürmt in die Küche, in T-Shirt, Shorts und ohne Schuhe.

»Mom, was ist, wenn der Erde die Schwerkraft ausgeht?«

»Was habe ich dir gesagt, dass du anziehen sollst?«

Keine Antwort.

»Es ist November, du brauchst eine Hose, ein langärmeliges Hemd und Schuhe«, sage ich.

Ich werfe einen Blick auf die Armbanduhr. 7.15 Uhr. Er steht noch immer da, und ich nehme an, er wartet auf eine Antwort auf die Frage über die Schwerkraft.

»Na los!«

»Komm schon, Junge, wir suchen dir was Besseres«, schlägt Bob vor, und sie schwirren zusammen ab.

Ich packe die beiden anderen Kinder in Mützen und Jacken, verschicke noch ein paar E-Mails, schnalle Linus in seinen Schalensitz fürs Auto, höre meinen Anrufbeantworter auf der Arbeit ab, packe meine eigene Tasche, schreibe eine Nachricht für Abby wegen des Fußballspiels, kippe den letzten Rest kalten Kaffee hinunter und treffe schließlich Bob und einen passend angezogenen Charlie vor der Haustür.

»Fertig?«, fragt Bob und sieht mich an.

Wir ballen beide die Fäuste, bringen sie in Position.

»Fertig.«

Heute ist Freitag. Bob setzt die Kinder dienstags und donnerstags an der Schule und der Kindertagesstätte ab, und ich bringe sie montags und mittwochs hin. Der Freitag ist immer offen. Wenn nicht einer von uns einen stichhaltigen Grund vorbringt, weshalb er unbedingt vor der Schule zur Arbeit muss, knobeln wir es aus. Schere schneidet Papier. Papier wickelt Stein ein. Stein zertrümmert Schere. Wir nehmen das Knobeln beide sehr ernst. Ein Sieg ist etwas Wundervolles. Ohne Kinder im Auto sofort zur Arbeit zu fahren ist himmlisch.

»Eins, zwei, dreeii!«

Bob hämmert seine geschlossene Faust auf mein Friedenszeichen und grinst triumphierend. Er gewinnt weitaus öfter, als er verliert.

»Verdammter Glückspilz.«

»Es ist alles nur Geschick, Schatz. Schönen Tag noch«, sagt er.

»Dir auch.«

Wir küssen uns zum Abschied. Es ist unser typischer morgendlicher Abschiedskuss. Ein flüchtiges Küsschen. Eine gut gemeinte Gewohnheit. Als ich den Blick senke, sehe ich Lucys runde blaue Augen, die genau aufpassen. Ein Bild davon schießt mir durch den Kopf, wie ich selbst meine Eltern beobachtet habe, wenn sie sich küssten, als ich noch klein war. Sie gaben sich einen Begrüßungs- und einen Abschieds- und einen Gutenachtkuss, und zwar so, wie ich eine meiner Tanten geküsst hätte, und ich war immer schrecklich enttäuscht davon. Es war nie etwas Aufregendes dabei. Ich versprach mir, dass ich – wenn ich eines Tages heiraten sollte – Küsse haben würde, die etwas bedeuteten. Küsse, von denen ich weiche Knie bekommen würde. Küsse, die den Kindern peinlich sein würden. Küsse wie die von Han Solo, wenn er Prinzessin Leia küsst. Ich habe meinen Vater meine Mutter nie so küssen sehen. Warum nicht? Ich habe es nie verstanden.

Jetzt verstehe ich es. Wir leben nicht in irgendeinem George-Lucas-Blockbuster-Abenteuer. Unser morgendlicher Abschiedskuss ist nicht romantisch, und er ist mit Sicherheit nicht sexuell. Es ist ein Routinekuss, aber ich bin froh, dass wir ihn haben. Er bedeutet trotzdem etwas. Er ist genug. Und er ist alles, wofür wir Zeit haben.

ZWEITES KAPITEL

»Mom, kann ich ein Stück haben?«, fragt Lucy.

»Aber sicher, Schatz, welches Stück möchtest du denn?«

»Kann ich deine Augen haben?«

»Du kannst eins haben.«

Ich rupfe mir den linken Augapfel aus der Augenhöhle. Er fühlt sich ein bisschen wie ein russisches Ei an, nur wärmer. Lucy reißt ihn mir aus der Hand und springt damit davon, lässt ihn auf dem Boden hüpfen wie einen Flummi.

»Sei vorsichtig damit; ich brauche ihn wieder!«

Ich sitze am Küchentisch und starre mit meinem einen Auge auf Hunderte von Zahlen in meiner Excel-Tabelle. Ich klicke mit dem Cursor eine Leerzelle an und gebe noch mehr Daten ein. Während ich tippe, wird mein Auge von irgendetwas außerhalb meines Blickfelds, genau über dem Laptopbildschirm, abgelenkt. Mein Vater, in seiner kompletten Feuerwehruniform, sitzt mir gegenüber im Sessel.

»Hi, Sarah.«

»Gott, Dad, du hast mich zu Tode erschreckt.«

»Du musst mir deinen Blinddarm geben.«

»Nein, der gehört mir.«

»Sarah, widersprich mir nicht. Ich brauche ihn.«

»Niemand braucht seinen Blinddarm, Dad. Du hast keinen neuen gebraucht.«

»Warum hat er mich dann umgebracht?«

Ich blicke hinunter auf meinen Computer. Eine PowerPoint-Folie erscheint auf dem Bildschirm. Ich lese sie.

Gründe, weshalb der Blinddarm deines Vaters durchgebrochen ist:

- *Er hatte zwei Tage lang Bauchschmerzen und hat nichts dagegen unternommen, außer ein bisschen Pepto-Bismol und etwas Whiskey zu trinken.*
- *Er hat die starke Übelkeit mit einem Achselzucken abgetan und nicht auf sein leichtes Fieber geachtet.*
- *Du warst auf dem College, deine Mutter war in ihrem Schlafzimmer, und er hat nicht die Feuerwehr oder den Notruf verständigt.*
- *Der Blinddarm hat sich entzündet und mit Gift infiziert.*
- *Wie jedes andere Lebewesen auch, das allzu lange missachtet wird, hielt der Blinddarm es schließlich nicht mehr aus und tat, was getan werden musste, um die Aufmerksamkeit deines Vaters zu bekommen.*

Ich blicke zu meinem Vater auf. Er wartet noch immer auf eine Antwort.

»Weil du ignoriert hast, was du gefühlt hast.«

»Ich bin vielleicht tot, aber ich bin immer noch dein Vater. Gib mir deinen Blinddarm.«

»Er hat keine Funktion. Ohne ihn bist du besser dran.«

»Eben.«

Er starrt mich unverwandt an, überträgt seine Gebanntheit wie ein Funksignal durch mein eines Auge in mein Bewusstsein.

»Ich werde schon klarkommen. Mach dir keine Sorgen um mich«, verspreche ich.

»Wir machen uns alle Sorgen um dich, Sarah.«

»Ich komme schon klar. Ich muss nur noch diesen Bericht zu Ende schreiben.«

Ich sehe auf den Bildschirm, und die Zahlen sind verschwunden.

»Scheiße!«

Ich sehe auf, und mein Vater ist verschwunden.

»Scheiße!«

Charlie kommt in die Küche gerannt.

»Du hast ›Scheiße!‹ gesagt«, verkündet er voller Freude, mich zu verpetzen, selbst wenn er mich nur bei mir selbst verpetzen kann.

»Ich weiß, tut mir leid«, entschuldige ich mich, mein eines Auge noch immer auf den Bildschirm geheftet, während ich hektisch nach irgendeiner Möglichkeit suche, diese ganzen Daten zu retten. Ich muss diesen Bericht zu Ende schreiben.

»Das ist ein Schimpfwort.«

»Ich weiß, tut mir leid«, wiederhole ich, während ich alles anklicke, was sich anklicken lässt.

Ich sehe nicht zu ihm hoch, und ich wünschte, er würde den Wink verstehen. Aber das tut er nie.

»Mom, du weißt doch, dass ich nicht gut zuhören kann?«

»Ja. Du treibst mich in den Wahnsinn.«

»Kann ich deine Ohren haben?«

»Du kannst eins haben.«

»Ich will beide.«

»Eins.«

»Beide, ich will beide!«

»Na, meinetwegen!«

Ich reiße mir die Ohren vom Kopf und werfe sie wie ein Paar Würfel über den Tisch. Charlie befestigt sie wie Kopfhörer über seinen eigenen und legt den Kopf schief, als würde er versuchen, auf irgendetwas in der Ferne zu lauschen. Er lächelt zufrieden. Ich versuche, es auch zu hören, aber dann fällt mir ein, dass ich gar keine Ohren mehr habe. Er sagt etwas und rennt weg.

»Hey, meine Ohrringe!«

Aber er ist bereits außer Sichtweite. Ich wende mich wieder meinem Computerbildschirm zu. Wenigstens ist er weg, und ich kann sicher sein, dass ich mich jetzt in aller Ruhe konzentrieren kann.

Die Haustür geht auf, und Bob steht auf der anderen Seite des Tischs. Als er mich ansieht, hat er eine Mischung aus Traurigkeit und Abscheu in seinen Augen. Er sagt etwas.

»Ich kann dich nicht hören, Schatz. Ich habe Charlie meine Ohren gegeben.«

Wieder sagt er etwas.

»Ich verstehe nicht, was du sagst.«

Er wirft seine Kuriertasche hin und kniet sich neben mich. Dann klappt er meinen Computerbildschirm zu und packt mich an den Schultern, fast tut er mir weh.

Er brüllt mich an. Ich kann ihn noch immer nicht hören, aber an seinem eindringlichen Blick und den blauen Adern, die an seinem Hals hervortreten, sehe ich, dass er mich anbrüllt. Was immer er mir zu sagen versucht, er brüllt es in Zeitlupe, damit ich es von seinen Lippen ablesen kann.

»Mach auf?«

Ich sehe zur Tür.

»Ich verstehe nicht.«

Er brüllt es immer wieder, schüttelt meine Schultern.

»Wach auf?«

»Ja!«, brüllt er und hört auf, mich zu schütteln.

»Ich bin wach.«

»Nein, das bist du nicht.«

MONTAG

Welmont ist ein wohlhabender Vorort von Boston, mit baumgesäumten Straßen, Landschaftsgärten, einem Fahrradweg, der sich durch die Stadt schlängelt, einem privaten Country Club und Golfplatz, einem Zentrum mit Modeboutiquen, Wellnesscentern, einem Gap-Geschäft und Schulen, mit denen jeder prahlt, den besten des Bundesstaates. Bob und ich haben uns für diese Stadt wegen ihrer Nähe zu Boston entschieden, wo wir beide arbeiten, und wegen des erfolgreichen Lebens, das sie verspricht. Wenn irgendwo in Welmont noch ein Haus für unter einer halben Million Dollar zu haben ist, steht mit Sicherheit irgendein gewiefter Bauunternehmer in den Startlöchern, um es zu kaufen, abzureißen und etwas zu bauen, was dreimal so groß und teuer ist. Fast jeder in der Stadt fährt einen Luxuswagen, macht Urlaub in der Karibik, ist Mitglied des Country Clubs und besitzt einen Zweitwohnsitz am Cape oder in den Bergen nördlich von Boston. Unserer ist in Vermont.

Bob und ich kamen frisch von der Harvard Business School, ich schwanger mit Charlie, als wir hierherzogen. Mit 200 000 Dollar Studienschulden am Hals und ohne Ersparnisse war es ein beängstigendes Vorhaben, sich Welmont und alles, wofür es steht, zu leisten. Aber wir zogen beide Erfolg versprechende Jobs an Land und hatten ein unerschütterliches Vertrauen in unsere Verdienstmöglichkeiten. Acht Jahre später können wir mit den Durchschnittsbürgern von Welmont in jeder Hinsicht mithalten.

Die Grundschule von Welmont liegt nur etwa drei Meilen beziehungsweise zehn Minuten von unserem Haus in der Pilgrim Lane entfernt. Als ich an einer Ampel halten muss, werfe ich rasch einen Blick in den Rückspiegel. In der Mitte sitzt Charlie und spielt irgendetwas auf seinem Nintendo DS. Lucy starrt aus dem Fenster, während sie zu irgendeinem Hannah-Montana-Song auf ihrem iPod vor sich hin summt. Und mit dem Rücken zu mir, in seinem Auto-Schalensitz, nuckelt Linus an seinem Schnuller und sieht sich *Elmos Welt* in dem Spiegel an, den Bob an der Kopfstütze der Rückbank befestigt hat; das Video selbst läuft hinter ihm auf dem DVD-Player, der bei meinem Acura SUV zur Standardausstattung gehört. Niemand weint oder beklagt sich oder bittet mich um irgendetwas. Ach, die Wunder der modernen Technik!

Ich bin noch immer wütend auf Bob. Ich habe um 8.00 Uhr eine Besprechung zur europäischen Personalpolitik. Sie ist für einen wichtigen Kunden, und ich stehe unter Stress deswegen, und jetzt mache ich mir zu allem Übel auch noch Sorgen, dass ich es nicht rechtzeitig schaffen werde, weil heute Montag ist – und damit mein Tag, um die Kinder zur Schule und zur Tagesstätte zu bringen. Als ich Bob das gesagt habe, hat er nur einen Blick auf seine Armbanduhr geworfen und gemeint: *Keine*

Sorge, du schaffst das schon. Aber ich war nicht auf der Suche nach einer Zen-Einstellung.

Charlie und Lucy sind für das Vor-Schulbeginn-Programm der Schule angemeldet, das jeden Morgen von 7.15 Uhr bis 8.20 Uhr in der Turnhalle stattfindet. Dort können die Kinder von Eltern, die vor 9.00 Uhr zur Arbeit müssen, unter der Aufsicht eines Lehrers herumhängen, bevor der Schultag offiziell um 8.30 Uhr beginnt. Mit nur fünf Dollar pro Tag und Kind ist das Vor-Schulbeginn-Programm ein echtes finanzielles Gottesgeschenk.

Als Charlie in den Kindergarten kam, wunderte ich mich, nur wenige Kinder aus Charlies Klasse im Vor-Schulbeginn-Programm zu sehen. Ich war davon ausgegangen, dass alle Eltern in der Stadt dieses Angebot benötigten. Dann nahm ich an, dass die meisten von ihnen Kindermädchen hatten, die bei ihnen im Haus lebten. Manche haben tatsächlich eins, aber offenbar haben die meisten Kinder in Welmont Mütter, die sich entschieden haben, aus dem Berufsleben auszuscheiden und Vollzeit-Moms zu sein – alles Frauen mit einem Collegeabschluss, manche sogar mit einem Doktortitel. Darauf wäre ich nie im Leben gekommen. Ich kann mir nicht vorstellen, meinen Beruf aufzugeben, all die Jahre mit Aus- und Fortbildung vergeudet zu haben. Ich liebe meine Kinder, und ich weiß, dass sie wichtig sind, aber das sind meine Karriere und das Leben, das wir uns dank dieser Karriere leisten können, auch.

Auf dem Schulparkplatz halte ich, schnappe mir ihre beiden Rucksäcke – die, ich schwöre es, mehr wiegen als die Kinder selbst –, steige aus und öffne die hintere Tür wie ein Chauffeur. Wem will ich eigentlich etwas vormachen? Nicht wie ein Chauffeur. Ich *bin* ein Chauffeur. Niemand rührt sich.

»Na los, *aussteigen*!«

Den Blick immer noch auf ihre elektronischen Geräte geheftet und als hätten sie alle Zeit der Welt, klettern Charlie und Lucy nacheinander aus dem Wagen und steuern im Schneckentempo auf die Schulpforte zu.

Ich lasse Linus im Wagen und scheuche sie vor mir her, während der Motor und Elmo weiterlaufen.

Ich weiß, jemand aus *60 Minutes* oder *Dateline NBC* würde mir deswegen eine ordentliche Standpauke halten, und inzwischen rechne ich jeden Tag insgeheim damit, dass Chris Hansen hinter einem parkenden Volvo hervorschießt und mich überrumpelt. Ich habe mir meine Argumente bereits zurechtgelegt. Erst einmal wiegt der Auto-Schalensitz, in dem alle Babys unter einem Jahr von Gesetzes wegen fahren müssen, unvorstellbare neunzehn Pfund. Dazu kommt Linus, der fast genauso viel wiegt wie der Autositz, und das erbärmliche ergonomische Design des Griffs, sodass es physisch unmöglich ist, ihn irgendwohin zu tragen. Ich würde gern einmal ein Gespräch mit dem ungeheuer starken und offensichtlich kinderlosen Mann führen, der diese Dinger entworfen hat. Linus sieht sich zufrieden Elmo an. Warum soll ich ihn stören? Welmont ist eine sichere Stadt. Und ich werde nur ein paar Sekunden fort sein.

Es ist ein ungewöhnlich warmer Morgen für die erste Novemberwoche. Noch gestern trugen Charlie und Lucy draußen Fleecemützen und Handschuhe, aber heute sind es fast zehn Grad, und sie brauchen kaum ihre Jacken. Zweifellos aufgrund des Wetters ist der Spielplatz der Schule voller tobender Kinder, was morgens nicht typisch ist. Das erregt Charlies Aufmerksamkeit, und schon bevor wir den Haupteingang erreichen, rennt er davon.

»Charlie! Komm hierher!«

Meine Ermahnung bremst ihn nicht einmal. Er steuert schnurstracks auf das Klettergerüst zu, ohne noch einmal zurückzusehen. Ich nehme Lucy auf den linken Arm und laufe ihm nach.

»Ich habe keine Zeit dafür«, sage ich zu Lucy, meiner gefügigen kleinen Verbündeten.

Als ich das Klettergerüst erreiche, ist die einzige Spur von Charlie seine Jacke, die zerknautscht auf einem Haufen Holzspäne liegt. Ich schnappe sie mir mit der Hand, in der ich bereits zwei Rucksäcke halte, und suche den Spielplatz ab.

»Charlie!«

Ich brauche nicht lange, um ihn zu entdecken. Er sitzt ganz oben auf dem Kletterturm.

»Charlie, komm herunter, aber sofort!«

Er scheint mich nicht zu hören, die Mütter in der Nähe hingegen schon. In ihren Designer-Sweatshirts, -T-Shirts und -Jeans, Tennisschuhen und Clogs scheinen diese Mütter alle Zeit der Welt zu haben, um morgens auf dem Schulspielplatz herumzuhängen. Ich spüre die Verurteilung in ihren strengen Blicken und stelle mir vor, was sie sich alles denken müssen.

Er will an diesem herrlichen Morgen doch nur draußen spielen, wie alle anderen Kinder auch.

Ist es denn zu viel von ihr verlangt, ihn ein paar Minuten spielen zu lassen?

Seht ihr, wie er gar nicht auf sie hört? Sie hat ihre Kinder nicht im Griff.

»Charlie, bitte komm herunter und komm mit. Ich muss zur Arbeit.«

Er bewegt sich nicht vom Fleck.

»Okay. Ich zähle bis drei. Eins!«

Er brüllt wie ein Löwe zu einer Gruppe Kinder herunter, die von unten zu ihm hochsehen.

»Zwei!«

Er rührt sich nicht.

»Drei!«

Nichts. Ich könnte ihn umbringen. Ich sehe hinunter auf meine acht Zentimeter hohen Cole-Haan-Absätze, während ich mich einen geistig umnachteten Moment lang frage, ob ich in ihnen klettern könnte. Dann sehe ich auf meine Cartier-Armbanduhr. Es ist 7.30 Uhr. Ich habe genug.

»Charlie, *sofort,* oder es gibt eine Woche lang keine Videospiele!«

Das hilft. Er steht auf, dreht sich um und gibt sich geschlagen, aber anstatt mit den Füßen nach der nächsten Sprosse unter sich zu tasten, geht er in die Knie und springt in die Luft. Ein paar anderen Müttern und mir stockt der Atem. In diesem Sekundenbruchteil stelle ich mir gebrochene Beine und eine durchtrennte Wirbelsäule vor. Aber er springt lächelnd vom Boden auf. Gott sei Dank ist er aus Gummi. Die Jungen, die diesem todesmutigen Stunt zugesehen haben, jubeln voller Bewunderung. Die Mädchen, die in der Nähe spielen, scheinen ihn gar nicht zu bemerken. Die Mütter schauen weiter zu, um zu sehen, wie ich den Rest dieses Dramas bewältige.

Da ich weiß, dass noch immer Fluchtgefahr besteht, setze ich Lucy auf dem Boden ab und nehme Charlie bei der Hand.

»Aua, nicht so fest!«

»Dein Pech.«

Er zerrt an meinem Arm, so fest er kann, lehnt sich zur Seite und versucht sich loszureißen – wie ein aufgeregter Dobermann an einer Leine. Meine Hand ist jetzt verschwitzt, und er beginnt mir wegzurutschen. Ich halte ihn fester. Er zerrt heftiger.

»Nimm mich auch bei der Hand«, jammert Lucy.

»Ich kann nicht, Schatz, komm schon.«

»Ich will deine Hand halten!«, kräht sie, ohne sich zu rühren, knapp am Rande eines Wutanfalls. Ich überlege schnell.

»Halt Charlies Hand.«

Charlie leckt die ganze Innenfläche seiner freien Hand ab und hält sie ihr hin.

»Igitt!«, kreischt Lucy.

»Na schön, hier.«

Ich schiebe die beiden Rucksäcke und Charlies Jacke bis zu meinem Ellenbogen nach oben und schleppe mich mit einem Kind an jeder Hand in die Grundschule von Welmont.

Die Turnhalle ist überheizt, und es bietet sich das übliche Bild. Die Mädchen sitzen alle an der Wand, lesen oder unterhalten sich oder sitzen einfach nur da und sehen den Jungen zu, die Basketball spielen und in der ganzen Halle herumtoben. Sobald ich seine Hand loslasse, rennt Charlie davon. Ich habe nicht die Willenskraft, ihn zurückzupfeifen, damit er sich ordentlich verabschiedet.

»Mach's gut, mein Lucy-Gänschen.«

»Tschüs, Mommy.«

Ich gebe ihr einen Kuss auf ihren entzückenden kleinen Kopf und werfe die Rucksäcke auf den Haufen Schultaschen auf dem Boden. Hier drinnen halten sich keine Mütter oder Väter auf. Die anderen Eltern, die ihre Kinder morgens herbringen, kenne ich nicht. Ich kenne ein paar der Kinder dem Namen nach und weiß vielleicht, welche Eltern zu welchem Kind gehören – zum Beispiel die Frau, die Hilarys Mom ist. Doch die meisten stürzen schnell zur Tür herein und wieder hinaus, ohne Zeit für Smalltalk. Obwohl ich über niemanden von ihnen viel weiß, fühle ich mich diesen Eltern innerlich verbunden.

Die einzige Mutter, die ich bei dem Vor-Schulbeginn-Programm namentlich kenne, ist Heidi, Bens Mom, die jetzt ebenfalls auf dem Weg nach draußen ist. Heidi, immer in einem Kittel und lila Crocs, ist eine Art Krankenschwester. Ich weiß ihren Namen, weil Ben und Charlie Freunde sind, weil sie Charlie nach dem Fußball manchmal zu Hause absetzt und weil sie eine angenehme Ausstrahlung und ein aufrichtiges Lächeln hat, das im letzten Jahr oft eine ganze Menge Mitgefühl verströmt hat.

Ich habe auch Kinder. Ich kenne das.

Ich habe auch einen Job. Ich kenne das.

Ich bin auch spät dran. Ich kenne das.

Ich kenne das.

»Wie geht's dir?«, fragt Heidi, während wir den Flur hinuntergehen.

»Gut, und dir?«

»Gut. Ich habe dich schon eine ganze Weile nicht mehr mit Linus gesehen. Er muss so groß geworden sein.«

»Oh mein Gott, Linus!«

Ohne ein Wort der Erklärung für Heidi stürze ich los, den

Flur entlang, aus der Schule und die Stufen hinunter zu meinem laufenden Wagen, der zum Glück noch immer da steht. Ich kann den armen Linus wimmern hören, bevor ich die Tür auch nur berührt habe.

Bunny liegt auf dem Boden, und das DVD-Menü steht unbewegt auf dem Bildschirm, aber meine mütterlichen Ohren und mein Herz wissen, dass es bei seinem Weinen nicht um ein geliebtes Stofftier oder einen roten Muppet geht. Sobald das Video zu Ende war und Linus aus seiner magischen Trance zu sich kam, musste er begriffen haben, dass er gefangen war und allein im Wagen saß. Verlassen. Die Urangst Nummer eins eines jeden Babys in seinem Alter ist es, verlassen zu werden. Sein rotes Gesicht und sein Haaransatz sind nass von Tränen.

»Linus, entschuldige, entschuldige!«

Ich schnalle ihn ab, so schnell ich kann, während er immer noch schreit. Ich hebe ihn hoch, drücke ihn an mich und reibe ihm den Rücken. Er schmiert mir einen Rotzfleck auf den Hemdkragen.

»Schscht, ist ja gut, es ist alles gut.«

Es klappt nicht. Um genau zu sein, nehmen die geballte Kraft und Lautstärke seiner Schluchzer nur noch zu. Er ist nicht gewillt, mir so leicht zu verzeihen, und das kann ich ihm nicht verdenken. Aber wenn ich ihn nicht trösten kann, dann kann ich ihn genauso gut zur Kindertagesstätte bringen. Ich schnalle seinen verzweifelten Körper wieder auf den Autositz, setze ihm Bunny auf den Schoß, drücke auf die Starttaste des DVD-Players und fahre – während er Zeter und Mordio schreit – zur Kindertagesstätte Sunny Horizons.

Dort übergebe ich einen noch immer schluchzenden Linus und eine Windeltasche einer der Erziehungshelferinnen in der Tagesstätte, einer freundlichen jungen Brasilianerin, die neu im Sunny Horizons ist.

»Linus, schscht, es ist alles gut. Linus, bitte, Schatz, es ist alles gut«, versuche ich ihm ein letztes Mal gut zuzureden. Ich hasse es, ihn so zurückzulassen.

»Keine Sorge, Mrs. Nickerson. Es ist besser, wenn Sie einfach gehen.«

Wieder im Wagen, atme ich einmal tief aus. Endlich bin ich auf dem Weg zur Arbeit. Der Uhr auf dem Armaturenbrett zufolge ist es 7.50 Uhr. Ich werde mich verspäten. Wieder einmal. Ich beiße die Zähne zusammen, umklammere das Lenkrad und fahre vom Sunny Horizons los, während ich in meiner Tasche nach meinem Handy krame.

Meine Tasche ist peinlich groß. Je nachdem, wo und mit wem ich zusammen bin, dient sie mir als Aktenmappe, Handtasche, Windeltasche oder Rucksack. Egal, wo und mit wem ich zusammen bin, mit diesem Teil komme ich mir immer wie ein Sherpa vor. Während ich nach dem Telefon taste, berühre ich meinen Laptop, Buntstifte, Kugelschreiber, meine Brieftasche, Lippenstift, Schlüssel, Goldfisch-Cracker, einen Saftkarton, Visitenkarten, Tampons, eine Windel, Quittungen, Heftpflaster, eine Packung feuchte Tücher, einen Taschenrechner und Schnellhefter voller Unterlagen. Mein Handy berühre ich nicht. Ich stelle die Tasche auf den Kopf, kippe den Inhalt auf dem Beifahrersitz aus und suche danach.

Wo zum Teufel ist es? Ich habe ungefähr fünf Minuten Zeit, um es zu finden. Mir ist bewusst, dass meine Augen deutlich mehr auf den Beifahrersitz und den Boden achten als auf die Straße. Der Typ, der rechts an mir vorbeischießt, zeigt mir den Mittelfinger. Und spricht in sein Handy.

Auf einmal sehe ich es, aber nur vor meinem geistigen Auge. Auf dem Küchentisch. Scheiße, Scheiße, Scheiße! Ich bin auf dem Mass Pike, ungefähr zwanzig Minuten von der Arbeit entfernt. Ich überlege eine Sekunde, wo ich abfahren und ein Münztelefon finden könnte. Aber dann denke ich: *Gibt es überhaupt noch Münztelefone?* Ich kann mich nicht erinnern, wann ich das letzte Mal irgendwo eins gesehen habe. Vielleicht könnte ich bei einer Drogerie oder einem Starbucks halten. Irgendein netter Mensch dort würde mir bestimmt sein Handy leihen. *Nur für eine Minute. Sarah, deine Bespre-*

chung dauert die ganze nächste Stunde. Sieh einfach zu, dass du hinkommst.

Während ich wie ein NASCAR-Fahrer auf Crack die Straße entlangrase, versuche ich in Gedanken, meine Notizen für diese Besprechung zu ordnen, aber es fällt mir schwer, mich zu konzentrieren. Ich kann nicht klar denken. Erst als ich in das Prudential-Parkhaus einbiege, wird mir bewusst, dass meine Gedanken mit Linus' Video wetteifern.

Elmo will mehr über Familien lernen.

DRITTES KAPITEL

Ich sitze in der ersten Reihe des Wang Theatre, genau rechts von der Mitte. Ich sehe auf meine Armbanduhr und dann wieder hoch, recke den Hals, halte zwischen den Gesichtern in den überfüllten Gängen nach Bob Ausschau. Eine kleine ältere Frau kommt auf mich zu. Zuerst denke ich, die Frau muss mir irgendetwas Wichtiges zu sagen haben, aber dann wird mir klar, dass sie es auf den freien Platz links von mir abgesehen hat.

»Dieser Platz ist besetzt«, sage ich und lege eine Hand darauf.

»Sitzt hier schon jemand?«, fragt die Frau, die braunen Augen düster und verwirrt.

»Es kommt noch jemand.«

»Hä?«

»ES KOMMT NOCH JEMAND.«

»Ich kann nichts sehen, wenn ich nicht vorn sitze.«

»Es tut mir leid, aber hier sitzt schon jemand.«

Die schlammfarbenen Augen der Frau werden auf einmal klar und blicken durchdringend.

»Da wäre ich mir nicht so sicher.«

Ein Mann zwei Reihen hinter uns steht von seinem Platz auf und geht den Gang entlang, vielleicht, um zur Toilette zu gehen. Die alte Frau bemerkt es und lässt mich allein.

Ich berühre den Kragen meines Schlangenledermantels. Ich will ihn nicht ausziehen. Im Theater ist es kühl, und ich fühle mich schön darin. Aber ich will auch nicht, dass jemand Bob seinen Platz wegschnappt. Ich werfe einen Blick auf meine Armbanduhr und meine

Eintrittskarte. Ich bin genau dort, wo ich sein soll. Wo ist Bob? Ich ziehe meinen Mantel aus und lege ihn auf Bobs Platz. Ein kalter Schauder läuft mir den Rücken hinauf bis zu den Schultern. Ich reibe mir meine nackten Arme.

Dann halte ich wieder nach Bob Ausschau, aber schon bald werde ich von der Pracht des Theaters überwältigt – den prunkvollen roten Samtvorhängen, den hoch aufragenden Säulen, den griechischen und römischen Marmorstatuen. Ich richte meinen Blick nach oben. Die Decke ist offen und bietet einen atemberaubenden Blick in den Nachthimmel. Während ich noch immer verzückt bin von den Sternen über mir, spüre ich auf einmal das sanfte Gewicht eines Schattens auf mein Gesicht fallen. Ich erwarte, Bob zu sehen, aber stattdessen ist es Richard, mein Chef. Er wirft meinen Mantel auf den Boden und lässt sich auf den Platz neben mir fallen.

»Ich wundere mich, Sie hier zu sehen«, sagt er.

»Natürlich bin ich hier. Ich bin schon ganz gespannt auf die Vorstellung.«

»Sarah, die Vorstellung ist vorbei. Sie haben sie verpasst.«

Was? Ich wende mich zu all den Leuten um, die bereits in den Gängen stehen. Ich sehe nur ihre Hinterköpfe; alle sind im Aufbruch.

DIENSTAG

Es ist halb vier, und ich habe eine halbe Stunde frei bis zu meiner nächsten Besprechung – die erste Lücke des Tages. Ich beginne, den Salat mit Hühnchen zu essen, den mir meine Assistentin zum Mittagessen bestellt hat, während ich das Büro in Seattle zurückrufe. Während ich Salat kaue und das Telefon klingelt, beginne ich, die E-Mails zu überfliegen, die sich in meinem Posteingang angesammelt haben. Der Geschäftsführer nimmt ab und bittet mich um ein Brainstorming. Es geht darum, welcher unserer viertausend Berater verfügbar und am besten geeignet sein könnte für ein Informationstechnologie-

Projekt, das nächste Woche hereinkommt. Ich unterhalte mich mit ihm, während ich abwechselnd Antworten auf ein paar E-Mails aus England zu Leistungsbeurteilungen tippe und meinen Salat esse.

Ich kann mich nicht mehr daran erinnern, wann ich gelernt habe, zwei völlig verschiedene berufliche Gespräche auf einmal zu führen. Doch ich tue es schon lange, und ich weiß, dass es keine gewöhnliche Kunst ist, nicht einmal für eine Frau. Außerdem habe ich gelernt, geräuschlos zu tippen und zu klicken, sodass die Person am anderen Ende der Leitung nicht abgelenkt wird oder – noch schlimmer – beleidigt ist. Und ehrlich gesagt entscheide ich mich immer, nur diejenigen E-Mails zu beantworten, die meinen Geist nicht fordern, die nur mein Ja oder Nein erfordern, während ich telefoniere. Es kommt mir ein bisschen so vor, als hätte ich eine gespaltene Persönlichkeit: Sarah spricht am Telefon, während ihr verrücktes Alter Ego tippt. Immerhin arbeiten wir beide als ein Team.

Ich bin Vizepräsidentin der Personalabteilung bei Berkley Consulting. Berkley hat ungefähr fünftausend Angestellte in siebzig Büros in vierzig Ländern. Wir bieten strategische Beratung für Unternehmen weltweit und in allen Branchen – wir sagen ihnen, wie sie innovieren, konkurrieren, restrukturieren, führen, vermarkten, fusionieren, wachsen, sich behaupten und vor allem Geld machen sollen. Die meisten Berater, die für uns arbeiten, haben einen Abschluss in Betriebswirtschaft, aber es sind auch viele Naturwissenschaftler, Anwälte, Ingenieure und Ärzte darunter. Sie sind alle hochintelligent, wissen, wie man analytisch denkt, und verstehen es hervorragend, kreative Lösungen für komplexe Probleme zu finden.

Und sie sind überwiegend jung. Berater bei Berkley arbeiten typischerweise dort, wo der Kunde ist. Die Berater für ein beliebiges Projekt können ihren festen Arbeitsplatz irgendwo auf der Welt haben, aber wenn der Kunde ein Pharmaunternehmen in New Jersey ist, dann ist das der Ort, an dem das Berater-Team für die Dauer des Projekts wohnt. Das heißt, ein

Berater aus unserem Büro in London, der aufgrund seiner medizinischen Erfahrung für dieses Projekt eingesetzt wird, wohnt zwölf Wochen lang von Montag bis Donnerstag in einem Hotel in Newark.

Dieser Lebensstil ist machbar für diejenigen, die jung und alleinstehend sind, und eine Zeitlang sogar für diejenigen, die jung und verheiratet sind, aber ein paar Jahre und ein paar Kinder später sieht man mit diesem Leben aus dem Koffer schnell alt aus. Die Burn-out-Quote ist hoch. Dieser arme Kerl aus London wird seine Frau und seine Kinder vermissen. In dem Versuch, ihn zu halten, kann Berkley ihm immer mehr Geld nachwerfen, aber irgendwann ist selbst das für die meisten Leute nicht mehr genug, um den Tribut wettzumachen, den dieser Job von den Familien fordert. Die wenigen Berater, die länger als fünf Jahre durchhalten, werden Geschäftsführer. Jeder, der nach zehn Jahren noch dabei ist, wird Partner und folglich äußerst vermögend. Fast alle sind Männer. Und geschieden.

Ich kam zu Berkley mit Berufserfahrung im Bereich Personalwesen und einem Harvard-MBA, der idealen Mischung aus Theorie und Praxis. Mein Job bringt lange Arbeitszeiten mit sich – siebzig bis achtzig Wochenstunden –, aber ich muss nicht so viel reisen wie die nomadenhaften Berater. Ich fliege alle acht Wochen nach Europa, einmal im Vierteljahr nach China und ein- oder zweimal im Monat für eine Übernachtung nach New York, aber diese ganzen Reisen sind berechenbar, begrenzt und überschaubar.

Meine Assistentin Jessica klopft und kommt mit einem Blatt Papier, auf dem *Kaffee?* steht, in mein Büro.

Ich nicke und halte drei Finger hoch, was einen dreifachen Espresso, nicht drei Kaffees, bedeutet. Jessica versteht meine Zeichensprache und verschwindet mit meiner Bestellung.

Ich leite bei Berkley die gesamte Rekrutierung, die Teamaufstellungen für die Fälle mit der höchsten Priorität, die Leistungsbeurteilungen und die Karriereentwicklung. Berkley Consulting verkauft Ideen, daher sind die Leute, die diese

Ideen entwickeln, unsere wichtigsten Vermögenswerte und Investitionen. Eine Idee, die irgendeines unserer Teams heute entwickelt, könnte morgen leicht auf der Titelseite der *New York Times* oder des *Wall Street Journal* stehen. Die Teams von Berkley leiten oder erschaffen sogar einige der erfolgreichsten Unternehmen der Welt. Und ich erschaffe die Teams.

Ich muss die Stärken und Schwächen jedes einzelnen Beraters und jedes einzelnen Kunden kennen, um die bestmöglichen Verknüpfungen zu entwickeln und so das Erfolgspotenzial zu maximieren. Von den Teams wird verlangt, die unterschiedlichsten Fälle (E-Commerce, Globalisierung, Risikomanagement, Einsätze) in allen möglichen Branchen (Automobil, Gesundheitswesen, Energie, Einzelhandel) zu knacken, aber nicht jeder Berater eignet sich gleich gut für jedes Projekt. Ich jongliere mit vielen Bällen – teuren, zerbrechlichen, schweren, unersetzlichen Bällen. Und genau dann, wenn ich glaube, so viele in der Luft zu haben, wie ich gerade noch handhaben kann, wirft mir einer der Partner noch einen zu. Wie ein überehrgeiziger Cirque-du-Soleil-Clown gebe ich nie zu, zu viele zu haben. Ich bin eine der wenigen Frauen, die in dieser Liga spielen, und das will ich nie in den Augen eines der Partner sehen. *Da haben wir's. Sie hat sich eben den Kopf an der Decke angestoßen. Wir haben sie überfordert. Sieh zu, ob Carson oder Joe das übernehmen können.* Daher werfen sie mir immer mehr Zuständigkeiten zu, und ich fange jede einzelne mit einem Lächeln auf, wobei ich mir manchmal fast ein Bein ausreiße, damit alles leicht aussieht. Mein Job ist alles andere als leicht. Um genau zu sein, ist er sehr, sehr hart. Was wiederum genau der Grund dafür ist, dass ich ihn liebe.

Aber selbst mit meiner jahrelangen Ausbildung und Erfahrung, meiner entschlossenen Arbeitshaltung und der Fähigkeit, gleichzeitig zu essen, zu tippen und zu reden, ist die Härte des Berufs manchmal kaum noch auszuhalten. Es gibt Tage, an denen kein Raum für Irrtümer ist, keine Zeit zum Mittagessen oder Pinkeln, keine extra Minuten, um noch ein kleines bisschen von irgendetwas aus mir herauszuquetschen. An solchen Tagen fühle ich mich wie ein prall gefüllter Ballon, der kurz vor dem Zerplatzen ist. Und genau dann wird mir Richard noch einen Fall auf meinen Stapel legen, mit einem Post-it auf der obersten Seite – *Ihr Input wird so bald wie möglich benötigt* –, und es macht puff. Jessica wird mir eine E-Mail mit einem Termin für eine neue Besprechung schicken, die für die einzige freie Stunde des Tages angesetzt wurde. Puff. Ich fühle mich durchschaubar, unangenehm angespannt. Abby wird anrufen. Linus hat Fieber und einen Ausschlag, und sie kann das Tylenol nicht finden. Und es macht ein letztes Mal puff.

Wenn ich das Gefühl habe, kurz vor dem Explodieren zu sein, schließe ich meine Bürotür ab, setze mich in meinen Sessel, schwenke ihn zu dem Fenster, das auf die Boylston Street hinausgeht – nur für den Fall, dass irgendjemand hereinschauen sollte –, und gestatte mir, fünf Minuten zu weinen. Nicht mehr. Fünf Minuten leises Weinen, um die Anspannung abzubauen, und dann bin ich wieder da. Mehr brauche ich im Allgemeinen nicht, um wieder auf Draht zu sein. Ich weiß noch, wie ich mir das erste Mal gestattete, auf der Arbeit zu weinen. Es war in meinem dritten Monat hier. Ich fühlte mich schwach und schämte mich, und sobald ich mir die Augen getrocknet hatte, schwor ich mir, es nie wieder zu tun. Wie naiv. Der Stress bei Berkley – wie bei allen Consultingunternehmen dieses Kalibers – kennt keine Grenzen und setzt jedem zu. Manche Leute trinken bei Legal Sea Foods in der Mittagspause Martinis. Manche rauchen vor den Drehtüren in der Huntington Avenue Zigaretten. Ich weine fünf Minuten an meinem Schreibtisch. Ich versuche, mein tränenvolles Laster auf zweimal im Monat zu beschränken.

Inzwischen ist es 15.40 Uhr. Ich habe das Telefongespräch beendet und trinke den Kaffee, den Jessica mir gebracht hat. Ich habe ihn gebraucht. Das Koffein bringt mein träges Blut wieder in Schwung und spritzt kaltes Wasser auf mein schläfriges Gehirn. Ich habe zehn unverplante Minuten. Wie soll ich sie füllen? Schnell werfe ich einen Blick auf meinen Terminkalender.

16.00 Uhr Telefonkonferenz, General-Electric-Projekt
16.15 Uhr Lucys Klavierstunde
16.30 Uhr Charlies Fußballspiel. DAS LETZTE

Ich trage die Aktivitäten der Kinder immer in meinen Terminkalender ein, damit ich – wie ein Fluglotse – immer weiß, wann jeder wo ist. Bis zu diesem Augenblick habe ich mir nicht wirklich überlegt, zu Charlies Spiel zu fahren. Bob hat gesagt, er glaube nicht, dass er es diese Woche wieder schaffen könne. Und Abby wird, nachdem sie Charlie beim Fußballplatz abgesetzt hat, nicht bleiben und zusehen können, da sie zurück auf die andere Seite der Stadt fahren muss, um Lucy von ihrer Klavierstunde abzuholen. Es ist sein letztes Spiel in dieser Saison. Ich stelle mir das Ende des Spiels vor und wie all die anderen Kinder vom Platz laufen, in die Arme ihrer jubelnden Moms und Dads. Ich stelle mir Charlies geknicktes Gesicht vor, wenn er begreift, dass die Arme seiner Mom und seines Dads nicht da sind, um ihn in Empfang zu nehmen. Ich kann das Bild nicht ertragen.

Beflügelt von einem dreifachen Espresso und einem doppelten Schuss Schuldgefühle und Mitleid werfe ich einen letzten Blick auf meine Armbanduhr, dann schnappe ich mir mein Handy, den General-Electric-Ordner, meine Tasche und meinen Mantel und verlasse das Büro.

»Jessica, sagen Sie der Vier-Uhr-Besprechung, dass ich mich über mein Handy zuschalten werde.«

Es gibt keinen Grund, warum ich nicht alles machen können sollte.

Ich spreche in mein Handy – ungefähr vierzig Minuten nach Beginn der Vier-Uhr-Besprechung –, als ich die Sportanlagen von Welmont erreiche. Ein Baseballfeld befindet sich neben dem Parkplatz, und dahinter liegt der Fußballplatz. Von meinem Wagen aus kann ich die Kinder in der Ferne bereits spielen sehen. Ich rede schon seit einer ganzen Weile darüber, wer unsere aufstrebenden Experten auf dem Gebiet der grünen Technologie sind. Während ich über das Baseballfeld gehe, wird mir auf einmal bewusst, dass das Räuspern, das Klicken von Kugelschreibern und die allgemeinen Hintergrundgeräusche aus dem Konferenzraum verstummt sind.

»Hallo?«

Keine Reaktion. Ich sehe auf mein Handy. Kein Empfang. Scheiße. Wie lange habe ich diesen Monolog gehalten?

Jetzt bin ich am Fußballplatz, aber nicht in meiner Besprechung. Ich sollte bei beiden sein. Ich sehe auf mein Handy. Noch immer kein Empfang. Das ist nicht gut.

»Hey, du bist ja hier!«, sagt Bob.

Ich denke genau dasselbe, aber mit einer völlig anderen Betonung.

»Ich dachte, du könntest nicht kommen«, erwidere ich.

»Ich habe mich abgeseilt. Ich habe Abby gesehen, als sie Charlie abgesetzt hat, und ihr gesagt, dass ich ihn nach Hause bringe.«

»Wir müssen nicht beide hier sein.«

Ich sehe auf mein Handy. Kein Signal.

»Kann ich mal dein Handy benutzen?«

»Hier ist ein Funkloch. Wen willst du denn anrufen?«

»Ich muss in einer Besprechung sein. Scheiße, was tue ich hier eigentlich?«

Er legt einen Arm um mich und drückt mich an sich.

»Du siehst deinem Sohn beim Fußballspielen zu.«

Aber in diesem Augenblick sollte ich die Mitarbeiter für das GE-Projekt rekrutieren. Meine Schultern wandern in Richtung meiner Ohren. Bob erkennt das verräterische Anzeichen dafür, dass sich Anspannung bei mir aufbaut, und versucht, sie durch sanftes Reiben zu bekämpfen, aber ich wehre mich. Ich will mich nicht entspannen. Das hier ist keine Entspannung.

»Kannst du bleiben?«, fragt er.

Mein Gehirn rast, während ich die Konsequenzen durchgehe, die es nach sich ziehen wird, wenn ich die zweite Hälfte der GE-Besprechung versäume. Aber die Wahrheit ist, egal, was es ist, das ich versäumt habe, ich habe es bereits versäumt. Ich könnte genauso gut bleiben.

»Lass mich nur rasch sehen, ob ich irgendwo ein Signal bekommen kann.«

Ich schlendere am Spielfeldrand entlang und versuche eine Stelle zu finden, an der mein Handy Empfang haben könnte. Ich habe kein Glück. Doch solange ist es einfach köstlich, Siebenjährigen beim Fußballspielen zuzusehen. Eigentlich sollte es gar nicht Fußball heißen. Nach allem, was ich sehen kann, gibt es keine Positionen. Die meisten Kinder jagen und treten den Ball einfach nur, als wäre er ein starker Magnet und die Kinder hilflos von ihm angezogen, wohin er auch rollt. Etwa ein Dutzend Kinder haben ihn jetzt umringt, treten gegen andere Füße und Schienbeine und gelegentlich auch den Ball. Dann wird der Ball ziellos von dem Pulk weggeschossen, und alle jagen ihm wieder hinterher.

Und ein paar der Kinder interessiert das alles gar nicht. Ein Mädchen schlägt Rad. Ein anderes sitzt nur auf der Erde und rupft mit den Händen Grashalme aus. Charlie dreht sich. Er dreht sich im Kreis, bis er fällt. Dann steht er wieder auf, taumelt, fällt wieder, steht auf und dreht sich wieder.

»Charlie, schnapp dir den Ball!«, ermuntert Bob ihn vom Spielfeldrand aus.

Er dreht sich.

Die anderen Eltern feuern ihre Kinder ebenfalls an.

»Los, Julia, los!«

»Komm schon, Cameron!«

»Tritt den Ball!«

Für diesen Wahnsinn habe ich eine wichtige Besprechung versäumt. Ich gehe zurück zu Bob.

»Hat's geklappt?«

»Nein.«

Gerade eben hat es zu schneien begonnen, und die meisten Kinder haben alle Gedanken an den Ball oder daran, warum sie hier sind, aufgegeben, um stattdessen mit der Zunge Schneeflocken aufzufangen. Ich kann nicht aufhören, mehrmals pro Minute auf die Uhr zu sehen. Dieses Spiel – oder wie immer man das nennen sollte – scheint eine Ewigkeit zu dauern.

»Wie lange geht das denn noch?«, frage ich Bob.

»Ich glaube, sie spielen fünfundvierzig Minuten. Kommst du danach mit nach Hause?«

»Ich muss sehen, was ich versäumt habe.«

»Kannst du das nicht von zu Hause aus machen?«

»Ich sollte gar nicht hier sein.«

»Sehe ich dich zur Schlafenszeit?«

»Wenn ich Glück habe.«

Bob und ich kommen oft nicht rechtzeitig nach Hause, um mit den Kindern zu Abend zu essen. Ihre kleinen Mägen fangen gegen 17.00 Uhr an zu knurren, und dann macht Abby ihnen Makkaroni mit Käse oder Chicken Nuggets. Aber wir versuchen beide, gegen 18.30 Uhr zu Hause zu sein, um mit ihnen zusammen den Nachtisch zu essen. Die Kinder nehmen Eiscreme oder Kekse, während es für Bob und mich im Allgemeinen Käse mit Crackern und Wein gibt, sodass unser Dessert eher ein Appetitanreger für das Abendessen ist, das wir zu uns nehmen, nachdem die Kinder um 19.30 Uhr ins Bett gegangen sind.

Der Schiedsrichter, ein Junge von der Highschool, pfeift schließlich, und das Spiel ist aus. Als Charlie vom Spielfeld geht, hat er noch immer nicht bemerkt, dass wir hier sind. Er ist so süß, dass ich es kaum aushalte. Sein gewellter brauner Haarschopf scheint immer ein bisschen zu lang zu sein, egal, wie oft er nachgeschnitten wird. Er hat Bobs blaue Augen und die längsten schwarzen Wimpern, die ich je bei einem Jungen gesehen habe. Bei diesen Augen werden Mädchen eines Tages ausflippen. Auf einmal ist er so alt und doch so jung zugleich.

Alt genug, um Hausaufgaben und zwei Erwachsenenzähne zu haben und in einer Fußballmannschaft zu sein. Jung genug, um jeden Tag draußen spielen zu wollen, noch immer Milchzähne und Zahnlücken zu haben und sich lieber im Kreis zu drehen und Schneeflocken zu fangen, als unbedingt das Spiel gewinnen zu müssen.

Jetzt sieht er uns, und seine Miene hellt sich auf. Er strahlt wie ein Honigkuchenpferd und läuft uns genau zwischen die Beine. Ich stecke mein Telefon ein, um ihn mit beiden Armen an mich drücken zu können. Dafür bin ich hierhergekommen.

»Tolles Spiel, Kumpel!«, lobt Bob.

»Haben wir gewonnen?«, erkundigt sich Charlie.

Sie haben zehn zu drei verloren.

»Ich glaube nicht. Hattest du Spaß?«, will ich wissen.

»Jaa!«

»Wie wär's heute Abend mit Pizza?«, schlägt Bob vor.

»Jaa!«

Wir gehen zum Parkplatz.

»Mom, kommst du mit Pizza holen?«

»Nein, Schatz, ich muss zurück zur Arbeit.«

»Okay, Kumpel, wer ist als Erster beim Auto? Auf die Plätze – fertig – los!«, brüllt Bob.

Sie schießen über das Baseball-Innenfeld, Staubwolken hinter sich aufwirbelnd. Bob lässt Charlie gewinnen, trägt dabei dick auf. Ich höre ihn rufen: »Ich glaub's nicht! Ich hatte dich fast geschlagen! Du rennst ja wie ein geölter Blitz!«

Ich lächele. In meinem Wagen sehe ich wieder nach meinem Telefon. Ich habe Empfang und sieben neue Nachrichten. Ich seufze, hole einmal tief Luft und drücke auf Abhören. Als ich mich langsam über den Parkplatz schlängele, stehe ich schließlich genau hinter Bob und Charlie. Ich hupe und winke und sehe ihnen zu, wie sie nach links in Richtung Pizza und nach Hause abbiegen. Dann biege ich nach rechts ab und fahre in die entgegengesetzte Richtung.

VIERTES KAPITEL

Ich schlendere durch den Public Garden, vorbei an dem Standbild von George Washington auf seinem Pferd, vorbei an den Schwanenbooten auf dem Teich unter den riesigen Weiden, vorbei an Lack, Mack und all den anderen kleinen Bronzeenten.

Ich trage meine Lieblings-Christian-Louboutins aus schwarzem Lackleder, zehn Zentimeter hoch, mit offenen Zehen. Ich liebe das Geräusch, das sie beim Gehen machen.

Klack … klack … klack … klack … klack … klack.

Ich überquere die Straße zum Common. Ein hochgewachsener Mann in einem dunklen Anzug überquert sie hinter mir. Ich gehe durch den Common, vorbei an den Baseballfeldern und dem Froschteich. Der Mann ist noch immer hinter mir. Ich beschleunige meine Schritte.

Klack. Klack. Klack. Klack. Klack. Klack.

Er seine auch.

Ich husche rasch an dem Obdachlosen vorbei, der auf der Parkbank schläft, vorbei an der U-Bahn-Station Park Street, vorbei an dem Geschäftstycoon, der in sein Handy spricht, vorbei an dem Drogendealer an der Ecke. Der Mann folgt mir.

Wer ist er? Was will er? Sieh nicht zurück.

Klack, klack, klack, klack, klack, klack.

Ich komme an den Schmuckgeschäften und dem alten Filene's-Basement-Gebäude vorbei. Ich winde und schlängele mich durch das Einkaufsgewühl und biege links in die nächste Seitenstraße ab. Die Autos und die Menschenmenge sind jetzt verschwunden. Die

Straße ist leer bis auf den Mann, der mich verfolgt, noch dichter jetzt. Ich renne.

KLACK! KLACK! KLACK! KLACK! KLACK! KLACK!

Er auch. Er jagt mich.

Ich kann ihn nicht abschütteln. An der Seitenwand des Finanzgebäudes vor mir entdecke ich eine Rettungsleiter! Rettung! Ich renne darauf zu und beginne sie hochzuklettern. Ich höre die Schritte des Mannes auf den Metallstufen als Echo meiner eigenen. Sie kommen näher.

KLING! KLONG! KLING! KLONG! KLING! KLONG!

Im Zickzack klettere ich immer höher und höher. Meine Lungen schreien. Meine Beine brennen.

Sieh nicht zurück. Sieh nicht nach unten. Lauf weiter. Er ist genau hinter dir.

Ich komme oben an. Das Dach ist flach und leer. Ich laufe bis zur hinteren Kante. Sonst kann ich nirgendwohin. Mein Herz hämmert gegen meine Rippen. Ich habe keine Wahl. Ich wende mich zu meinem Angreifer um.

Es ist niemand da. Ich warte. Niemand kommt. Zögernd bewege ich mich zurück zur Rettungsleiter.

Klack. Klack. Klack. Klack. Klack. Klack.

Sie ist nicht da. Ich laufe den Rand des Dachs ab. Die Rettungsleiter ist nicht mehr da. Ich bin auf dem Dach dieses Gebäudes gefangen.

Ich setze mich, um zu verschnaufen, und denke nach. Vom Flughafen Logan sehe ich ein Flugzeug in den Himmel abheben und versuche, mir einen anderen Weg nach unten einfallen zu lassen, als zu springen.

MITTWOCH

Ich bin eine Bostoner Autofahrerin. Verkehrsvorschriften wie Geschwindigkeitsbegrenzungen und »Durchfahrt verboten«-Schilder sind hier eher Empfehlungen als Gesetze. Ich schlängele mich durch die kreuz und quer verlaufenden Einbahnstraßen der Innenstadt, während ich Schlaglöchern und dreisten, unachtsamen Fußgängern ausweiche, jeden Augenblick mit der nächsten Baustellen-Umleitung rechne und mit geübter Waghalsigkeit über jede gelbe Ampel schieße. Alles im Umkreis von vier Blocks. Die nächste Ampel springt auf Grün, und ruck, zuck habe ich die Hand auf der Hupe, als sich der Honda mit dem New-Hampshire-Nummernschild vor mir nicht in Bewegung setzt – so, wie es jeder Bostoner Autofahrer, der etwas auf sich hält, tun würde.

Am Ende des Tages nach Hause zu fahren erfordert unendlich viel mehr Geduld, als morgens in die Stadt zu fahren, und Geduld war sowieso noch nie meine Stärke. Zu beiden Tageszeiten herrscht immer dichter Verkehr, aber die abendliche Rushhour ist noch deutlich schlimmer. Ich weiß auch nicht, warum. Die Sirene heult, die Tore öffnen sich, und wir machen uns alle auf den Weg wie eine Million Picknick-Ameisen, die auf einer von drei Kekskrümelbahnen zusammenströmen – der Route 93 für die, die an der Nord- oder Südküste leben, und dem Mass Pike für Leute wie mich, die westlich von Boston wohnen. Die Bauingenieure, die diese Straßen geplant und entworfen haben, haben sich vermutlich nie so viele Pendler vorgestellt. Und wenn doch, dann möchte ich wetten, sie leben und arbeiten in Worcester.

Ich krieche im Schneckentempo über den Pike, während ich meine Bremsbeläge abnutze und mir schwöre, dass ich demnächst anfangen werde, die U-Bahn zu nehmen. Der einzige Grund, weshalb ich mich diesem tagtäglichen Dahinschwinden meiner Bremsen und meiner geistigen Gesundheit aussetze, ist, dass ich so meine Kinder noch sehen kann, bevor sie ins Bett gehen. Die meisten Leute bei Berkley verlassen nicht vor 19.00 Uhr das Büro, und viele lassen sich ein Abendessen kommen und bleiben bis weit nach 20.00 Uhr. Ich versuche, um 18.00 Uhr zu gehen, genau im dichtesten Gedränge der Heimkehr-Parade. Mein früher Aufbruch bleibt nicht unbemerkt, vor allem nicht von den jüngeren, alleinstehenden Beratern, und jeden Abend, wenn ich das Büro verlasse, muss ich dem Drang widerstehen, all jenen mit den missbilligenden Blicken in Erinnerung zu rufen, wie viele Stunden ich jeden Abend von zu Hause arbeite. Ich habe vielleicht meine Schwächen, aber ich bin nicht und werde niemals ein Drückeberger sein.

Ich gehe »früh«, weil ich hoffe, mich noch rechtzeitig durch den Verkehr zu kämpfen, um für den Nachtisch, das Baden, das Zu-Bett-Bringen und die Gutenachtgeschichten der Kinder um halb acht zu Hause zu sein. Aber jede Minute, die ich jetzt reglos in meinem Acura sitze, ist eine weitere Minute, die ich sie heute nicht sehen werde. Um 18.20 Uhr ist es draußen bereits seit ein paar Stunden dunkel, und es kommt mir noch später vor, als es ist. Es hat zu regnen begonnen, was das Vorwärtskommen erst recht verlangsamt. Vermutlich werde ich den Nachtisch verpassen, aber immerhin geht es überhaupt noch vorwärts, und für das Baden, die Gutenachtgeschichten und das Zu-Bett-Bringen müsste ich es eigentlich nach Hause schaffen.

Und dann kommt alles zum Stillstand. Es ist 18.30 Uhr. Vor mir leuchten in einer ununterbrochenen Schlange bis zum Horizont rote Bremslichter auf. Irgendjemand muss einen Unfall gehabt haben. Ich bin weit entfernt von einer Ausfahrt, daher kann ich nicht einmal vorher ausscheren und die Nebenstraßen nach Hause nehmen. Ich schalte den Radiosender aus, auf dem sich irgendjemand über irgendetwas beschwert, und lausche auf die Geräusche eines Krankenwagens oder einer Polizeisirene. Ich höre nichts. Es ist 18.37 Uhr. Nichts geht mehr. Ich bin spät dran, sitze fest, und meine kaum noch unterdrückte Anspannung bricht sich Bahn. *SCHEISSE! Was ist LOS?*

Ich sehe den Typen in dem BMW neben mir an, als könnte er es vielleicht wissen. Er sieht mich, zuckt die Schultern und schüttelt den Kopf in entnervter Resignation. Er spricht in sein Handy. Vielleicht sollte ich dasselbe tun. *Mach das Beste aus dieser Zeit.* Ich schnappe mir meinen Laptop und beginne, Berichte von Projektteams zu lesen. Aber ich bin zu gereizt, um produktiv zu sein. Wenn ich arbeiten wollte, wäre ich auf der Arbeit geblieben.

Es ist 18.35 Uhr. Der Pike liegt noch immer lahm. Ich schicke Bob eine SMS, um ihm Bescheid zu geben. 19.00 Uhr. Badezeit. Ich reibe mir das Gesicht und atme in meine Hände ein und aus. Ich will den Stress aus meinem Körper schreien, aber ich bin besorgt, der Typ in dem BMW könnte mich für verrückt halten und in seinem Telefonat über mich herziehen. Daher beherrsche ich mich. Ich will nur noch zu Hause sein. Ich will nur noch meine Cole-Haan-Stöckelabsätze zusammenschlagen und zu Hause sein.

Es ist 19.18 Uhr, als ich vor der Pilgrim Lane 22 vorfahre. Vierzehn Meilen in achtundsiebzig Minuten. Der Sieger des Boston-Marathons hätte mich zu Fuß geschlagen. Und genauso fühle ich mich auch: geschlagen. Ich strecke die Hand über die Sonnenklappe und drücke auf den Knopf des Garagenöffners. Eben schon will ich hineinfahren, als ich bemerke, dass das Garagentor nicht aufgegangen ist. Ich trete die Bremsen durch. Durch die verwinkelten Straßen von Boston und über einen verstopften Pike habe ich es ohne einen Kratzer geschafft, aber um ein Haar hätte ich den Wagen in meiner eigenen Auffahrt zu Schrott gefahren. Fluchend drücke ich immer wieder auf den dämlichen Garagentorknopf, bevor ich schließlich aussteige. Während ich durch Pfützen und eisigen Regen von meinem Wagen zur Haustür sprinte, schießt mir die Redensart »der Tropfen, der das Fass zum Überlaufen bringt« durch den Kopf.

Ich bete, dass ich es wenigstens rechtzeitig für die Gutenachtgeschichten und -küsse nach Hause geschafft habe.

Ich liege bei Lucy im Bett und warte darauf, dass sie einschläft. Wenn ich zu früh aufstehe, wird sie um ein weiteres Buch betteln. Ich habe ihr bereits *Tacky, der Pinguin* und *Blues bester Re-*

gentag vorgelesen. Ich werde »Nein« sagen, und sie wird »Bitte« sagen und dabei das »i« ein paar Sekunden in die Länge ziehen, um mir zu zeigen, dass sie besonders höflich ist und dass ihre Bitte besonders wichtig ist, und ich werde wieder »Nein« sagen, und im Verlauf dieser beginnenden Auseinandersetzung wird sie wieder putzmunter werden. Es ist einfach leichter, wenn ich bleibe, bis sie tief und fest schlummert.

Ich halte ihren kleinen Körper an meinen gedrückt, meine Nase auf ihrem Kopf. Sie riecht himmlisch – eine Mischung aus Johnson's-Babyshampoo, Tom's-of-Maine-Erdbeerzahnpasta und Nilla-Waffeln. Ich glaube, an dem Tag, an dem all meine Kinder aufhören, Johnson's-Babyshampoo zu benutzen, werde ich weinen. Wer wird dann so riechen wie sie?

Sie ist so warm, und ihr tiefer Atem ist hypnotisierend. Ich wünschte, ich könnte mich mit ihr zusammen in den Schlaf sinken lassen, aber ich habe noch jede Menge zu erledigen, bevor ich ins Bett gehen kann. Jeden Abend besteht der Trick darin, zu gehen, nachdem sie den Kampf gegen den Schlaf aufgegeben hat, aber bevor ich dem Bedürfnis nachgebe, selbst die Augen zu schließen. Als ich sicher bin, dass sie tief und fest schläft, schlüpfe ich unter der Decke hervor, schleiche auf Zehenspitzen um all die Spiel- und Bastelsachen (Landminen), die auf dem Boden verstreut liegen, und stehle mich aus ihrem dunklen Zimmer, als wäre ich James Bond.

Bob isst auf dem Sofa eine Schale Müsli.

»Entschuldige, Schatz, ich konnte nicht mehr warten.«

Kein Grund, sich zu entschuldigen. Ich bin erleichtert. Ehrlich gesagt bin ich froh, wenn ich nicht darüber nachdenken muss, was wir zu Abend essen werden, und erst recht, wenn ich nichts kochen muss. Na ja, ich sollte es zugeben, ich koche nicht wirklich: Ich stelle etwas in die Mikrowelle, ich wärme vorgekochtes Essen auf, und die Telefonnummer des Lieferservice ist in unserem Telefon als Kurzwahl gespeichert. Aber Müsli könnte zu Hause glatt mein Lieblingsessen sein. Es ist nicht so, dass ich ein reichhaltiges und erlesenes Dinner bei Pisces oder Mistral nicht zu schätzen wüsste, aber bei einem Abendessen zu Hause mit Bob auf den Sofas geht es nicht um ein stilvolles Ambiente und eine raffinierte Küche. Es geht darum, die Hungerattacken so schnell wie möglich loszuwerden und dann zum nächsten Punkt überzugehen.

Die nächsten drei Stunden verbringen wir im Wohnzimmer – auf getrennten Sofas, mit unseren Laptops auf dem Schoß. Als Hintergrundgeräusch läuft CNN im Fernsehen, und hin und wieder kommt ein interessanter kurzer Bericht. Hauptsächlich schicke ich E-Mails an unsere Büros in China und Indien. In Boston ist es zwölf Stunden früher als in China und zehneinhalb früher als in Indien, das heißt, dort ist es bereits morgen früh. Das verblüfft mich noch immer. Ich bin eine Zeitreisende, schließe in der realen Zeit am Donnerstag Geschäfte ab, während es noch immer Mittwoch ist und ich auf meinem Sofa sitze. Nicht zu glauben.

Bob klickt sich durchs Internet und knüpft berufliche Kontakte. Er arbeitet bei einem vielversprechenden IT-Startup-Unternehmen, das ein riesiges Gewinnpotenzial hat, sollten sie übernommen werden oder an die Börse gehen, aber wie bei den meisten neu gegründeten Unternehmen sind die Aussichten bei der derzeitigen Wirtschaftslage nicht allzu rosig. Die Rezession hat sie schwer getroffen, und die steilen Wachstumskurven, mit denen Bob gerechnet hatte, als er vor drei Jahren dort anfing, wirken jetzt wie eine ferne, lächerliche Fantasie. Im Augenblick versuchen sie einfach, sich über Wasser zu halten. Er hat eben eine zweite Entlassungsrunde überstanden, aber er hat nicht vor, mit angehaltenem Atem zu warten, bis die dritte vor der Tür steht. Das Problem ist, dass Bob wählerisch ist, und derzeit stellen nicht viele Unternehmen ein. Ich kann an seinem zusammengekniffenen Mund und der senkrechten Falte zwischen seinen gefurchten Augenbrauen ablesen, dass er nichts findet.

Seine berufliche Unsicherheit, in Gegenwart und Zukunft, macht ihm schwer zu schaffen. Wenn er anfängt, in dieses schwarze Loch zu fallen – Was, wenn ich morgen meinen Job verliere? Was, wenn ich keinen anderen finde? Was, wenn wir die Hypothekenraten nicht mehr bezahlen können? –, versuche ich diese ganzen Fragen abzutun, um ihm die Last von den Schultern zu nehmen. *Keine Sorge, Schatz, du schaffst das schon. Die Kinder schaffen das schon. Wir alle schaffen das schon.*

Aber diese ganzen Fragen nehmen auch in meinem Kopf immer mehr Platz ein, und in meinem Kopf bin ich der Kapitän der Champion-Schlittenmannschaft, die mit Rekordgeschwindigkeit auf dieses schwarze Loch zuschießt. Was, wenn er wirklich entlassen wird und keinen neuen Job finden kann? Was, wenn wir das Haus in Vermont verkaufen müssen? Aber dann auch: Was, wenn wir es auf diesem angespannten Markt nicht verkaufen können? Was, wenn wir die Studiendarlehen, den Autokredit, die Heizungsrechnung nicht mehr bezahlen können? Was, wenn wir es uns nicht mehr leisten können, in Welmont zu bleiben?

Ich schließe die Augen und sehe das Wort SCHULDEN in Großbuchstaben und mit roter Tinte geschrieben vor mir. Meine Brust schnürt sich zu, und es kommt mir vor, als ob auf einmal keine Luft mehr im Zimmer wäre, mein Laptop auf meinen Knien ist auf einmal unerträglich heiß, und ich schwitze. *Hör auf, darüber nachzudenken. Hör auf deinen eigenen Rat. Er schafft das schon. Die Kinder schaffen das schon. Wir alle schaffen das schon.* Ein trügerisches Mantra.

Ich beschließe, ein paar Minuten fernzusehen, um mich von dem schwarzen Loch abzulenken. Anderson Cooper berichtet über eine Mutter in San Diego, die ihr zwei Jahre altes Kleinkind versehentlich acht Stunden lang auf der Rückbank ihres abgesperrten Wagens gelassen hat, während sie auf der Arbeit war. Als die Mutter am Ende des Tages zu ihrem Wagen zurückkam, war ihr Kind an einem Hitzschlag gestorben. Die Behörden prüfen nun, ob sie Anzeige erstatten sollen.

Was habe ich mir bloß gedacht? CNN ist die Hauptstadt der schwarzen Löcher. Meine Augen füllen sich mit Tränen, während ich an diese Frau und ihr totes Kind denke. Ich stelle mir den Zweijährigen vor, hilflos festgeschnallt mit dem 5-Punkt-Gurt des Autositzes, voller panischer Angst und Verzweiflung bis zum Organversagen. Wie wird diese Mutter sich je verzeihen können? Ich muss an meine eigene Mutter denken.

»Bob, kannst du bitte umschalten?«

Er wechselt zu einem lokalen Nachrichtensender. Einer der Moderatoren listet die heutigen Nachrichten auf, die nur noch deprimierender klingen – Banken, die um ihre Rettung betteln, steil ansteigende Arbeitslosenzahlen, die Börse im freien Fall. Im schwarzen Loch: die USA.

Ich stehe auf und gehe in die Küche, um mir etwas Schokolade und ein großes Glas Wein zu holen.

Um 23.00 Uhr streichen wir beide die Segel. Noch bevor in Boston die Sonne aufgeht, werden die Berater in den verschiedenen europäischen Büros ihren ersten Espresso des Tages schlürfen und ihre E-Mails mit den morgendlichen Fragen, Sorgen und Berichten an meine Adresse schicken. Ungefähr zur selben Zeit wird Linus aufwachen. Und täglich grüßt das Murmeltier, alles wie gehabt.

Früher habe ich immer lange gebraucht, um einzuschlafen, zwischen zwanzig Minuten und einer ganzen Stunde. Um mich abzulenken und meine galoppierenden Gedanken zu beruhigen, musste ich immer irgendetwas lesen, das absolut nichts mit meinem Tag zu tun hatte, zum Beispiel einen Roman. Und Bobs Schnarchen hat mich früher fast um den Verstand gebracht. Es grenzt wirklich an ein Wunder, dass er bei seinem ganzen Knurren und Pfeifen selbst durchschlafen kann. Er sagt, er beschützt unsere Höhle vor wilden Tieren. Aber auch wenn ich seine Theorie über den Ursprung des männlichen Schnarchens nachvollziehen kann, glaube ich doch, dass wir als Spezies im Laufe der Evolution diese Notwendigkeit hinter uns gelassen haben – angefangen mit der fest verriegelten Haustür. Aber sein Fred-Feuerstein-Schnarchen lässt sich von der modernen Technik nicht eindämmen. Es gab so manche Nacht, in der ich ihn am liebsten mit meinem Kissen erstickt und den Kampf mit den Löwen, Tigern und Bären selbst aufgenommen hätte.

Aber nicht mehr. Ungefähr seit Lucys Geburt schlafe ich, keine fünf Minuten nachdem mein Kopf aufs Kissen gefallen ist, tief und fest. Wenn ich etwas zu lesen versuche, komme ich über die Seite, auf der ich beginne, nicht hinaus. Ich kann mich nicht mehr erinnern, wann ich das letzte Mal einen Roman zu Ende gelesen habe. Und wenn ich im Verlauf der Nacht doch einmal in eine Phase etwas leichteren Schlafs komme und Bobs Schnarchen bemerke, rolle ich mich auf die andere Seite und schlummere unbeirrt weiter.

Die Kehrseite davon sind die Auswirkungen auf unser Liebesleben. Es ist mir peinlich, das zuzugeben, aber ich kann mich nicht mal mehr daran erinnern, wann wir das letzte Mal Sex hatten. Ich mag Sex mit Bob, und ich will noch immer Sex mit Bob haben, aber offenbar mag und will ich es nicht genug, um lange genug wach zu bleiben, damit wir es tun. Wir sind am Ende des Tages beide beschäftigt und erschöpft, ich weiß, aber ich bin nicht zu beschäftigt und erschöpft, um Lucy vorzulesen, E-Mails nach China zu schicken und die Stapel mit Rechnungen abzuarbeiten. Und doch ziehe ich die Grenze jeden Abend beim Sex. Genau wie Bob.

Ich kann mich erinnern, wie wir oft am frühen Abend Sex hatten, bevor wir zu müde dafür wurden, manchmal sogar, bevor wir ausgingen (damals, als wir noch ausgingen). Heute tun wir es, falls wir es überhaupt noch unterbringen können, immer zur Schlafenszeit, immer im Bett. Es ist eine Tätigkeit vor dem Schlafengehen wie die Zähne zu putzen oder mit Zahnseide zu reinigen – wenn sie auch nicht mit derselben Regelmäßigkeit stattfindet.

Ich weiß noch, wie ich, als ich noch Single war, in der *Vogue* oder der *Cosmopolitan* oder einer dieser Zeitschriften, in die ich nur beim Friseur reinschaue, einmal las, verheiratete Paare mit

Hochschulabschluss hätten nach eigenen Angaben von allen verheirateten Paaren am wenigsten Sex. Nur zehn- bis zwölfmal im Jahr. Das heißt einmal im Monat. So werde ich NIEMALS sein, dachte ich damals. Natürlich, ich war in den Zwanzigern, Single, kinderlos, längst nicht so gebildet, wie ich es heute bin, und wurde mindestens zwei- bis dreimal die Woche flachgelegt. Früher habe ich die Umfragen in diesen Zeitschriften gelesen und gedacht, sie seien unterhaltsam, aber reine Fiktion. Jetzt hänge ich an jedem der brillanten Worte.

Ich hoffe, Bob bezweifelt nicht, dass ich ihn noch immer attraktiv finde. Ironischerweise finde ich ihn jetzt sogar noch attraktiver als damals, als wir zusammen gingen und ständig Sex hatten. Wenn ich zusehe, wie er Linus ein Fläschchen gibt, Lucys Wehwehchen küsst, Charlie immer wieder zeigt, wie er sich die Schuhe zubinden soll … In den Augenblicken, in denen ich ihn völlig unbefangen und vertieft in seine Liebe zu ihnen sehe, könnte ich vor Zuneigung zu ihm fast platzen.

Ich bedauere die Abende, an denen ich so müde bin, dass ich einschlafe, bevor ich ihm sagen kann, dass ich ihn liebe. Und irrationalerweise bin ich an den Abenden, an denen er einschläft, bevor er es mir sagen kann, wütend auf ihn. Wenn wir schon zu unmotiviert sind, um ein anständiges Abendessen für Erwachsene zu essen, zu beschäftigt mit E-Mails und Arbeitssuche, um uns auf dem Sofa aneinanderzukuscheln und einen Film anzusehen, und zu geschlaucht, um drei Minuten Sex in Erwägung zu ziehen, dann können wir uns doch wenigstens sagen, dass wir uns lieben, bevor wir einschlafen.

Ich liege allein im Bett und warte auf Bob. Ich will ihm sagen, dass ich ihn liebe, dass ich ihn, selbst wenn er morgen seinen Job verlieren sollte, immer noch lieben werde. Dass wir es – egal, wohin uns diese ganzen Sorgen führen – schaffen werden, weil wir uns lieben. Aber er braucht zu lange im Bad, und ich schlafe ein, bevor ich die Gelegenheit habe, es ihm zu sagen. Aus irgendeinem Grund bin ich besorgt, dass er es nicht weiß.

FÜNFTES KAPITEL

Auf dem Weg zur Waschküche bemerke ich hinter den Fitnessgeräten eine Tür, die ich noch nie gesehen habe. Ich bleibe stehen und starre sie an. Wie kann das sein?

»Bob, wo kommt denn diese Tür her?«, rufe ich.

Keine Antwort.

Ich lege eine Hand auf den Türknauf, der – ich schwöre es – nie zuvor da gewesen ist, und halte einen Augenblick inne. Die Stimme meiner Mutter sagt: »Sarah, kümmere dich um deine eigenen Angelegenheiten.«

Ich drehe den Knauf nach rechts.

Eine bedrohliche Alfred-Hitchcock-Film-Stimme sagt: »Nicht.«

Ich muss es wissen.

Ich drücke die Tür auf und stehe auf der Schwelle eines Raums, in dem ich noch nie gewesen bin. In der hinteren Ecke trinkt ein Löwe Wasser aus einem Hummerkorb aus rostfreiem Stahl. Der Raum ist größer als unsere Küche, aber das ist auch schon das Einzige, was mir an ihm auffällt, denn ich bin wie gebannt von dem Löwen – seinen muskulösen Hinterbeinen, seinem unruhigen Schwanz, seinem unerträglichen Gestank. Um nicht zu würgen, halte ich mir Mund und Nase mit meinem Hemd zu.

Es war keine gute Idee, mich zu bewegen. Der Löwe wirft einen Blick über die Schulter, sieht mich, dreht sich genau zu mir um und brüllt. Sein stinkender Atem bläst mir heiß und feucht ins Gesicht. Ich wage es nicht, ihn abzuwischen. Speichel tropft ihm aus dem Maul und sammelt sich in einer beachtlichen Pfütze auf dem Boden.

Wir starren uns unverwandt an. Ich versuche, nicht zu blinzeln. Ich versuche, nicht zu atmen.

Bob kommt hereingeschlendert, ein Bündel – etwa so groß wie Linus und in weißes Lebensmittelpapier gewickelt – in der Hand. Er geht an mir vorbei, reißt das Päckchen auf und wirft eine dicke Scheibe blutiges, rohes rotes Fleisch auf den Boden neben dem Löwen. Der Löwe vergisst, dass ich da bin, und stürzt sich darauf.

»Bob, WAS ist hier eigentlich los?«

»Ich gebe dem Löwen sein Abendessen.«

»Wo ist er denn auf einmal hergekommen?«

»Was meinst du damit? Er gehört uns. Er war bei dem Haus mit dabei.«

Ich lache unsicher auf, weil ich denke, das muss die Pointe zu irgendeinem von Bobs seltsamen Witzen sein, breche dann aber ab, als er nicht mitlacht.

Jetzt, wo der Löwe damit beschäftigt ist, etwas anderes zu verschlingen als mich, sehe ich mich in dem Raum um. Die Wände sind getäfelt, der Betonboden ist mit Kiefernspänen übersät, und die Balkendecke ist zwei Stockwerke hoch. Ein gerahmtes Bild von mir und Bob hängt an der Wand. Ich bemerke noch eine Tür in der Wand dem Löwen gegenüber. Sie ist kleiner, etwa halb so hoch wie eine normale Tür.

Ich muss es wissen.

Ich schleiche auf Zehenspitzen an dem Löwen vorbei, öffne die Tür und krieche hinein. Die Tür fällt hinter mir zu und lässt mich in völliger Dunkelheit zurück. Ich kann nichts sehen, nehme aber an, dass sich meine Augen im Laufe der Zeit an die Dunkelheit gewöhnen werden, so wie im Kino. Ich setze mich im Schneidersitz auf den Boden, gegen die Tür gelehnt, blinzele und warte, gespannt darauf, was ich sehen werde.

Ich habe keine Angst.

DONNERSTAG

Bob und ich stehen in Charlies leerem Klassenzimmer, pünktlich, die Hände in den Manteltaschen, und warten auf Ms. Gavin. Jede Zelle meines Körpers sträubt sich dagegen, hier zu sein. Egal, wie lange diese Besprechung dauern wird, ich werde vermutlich zu spät zur Arbeit kommen und kann schon jetzt sehen, wie ich dem ganzen restlichen Tag hinterherhetzen und ihn nie einholen werde. Ich habe das Gefühl, dass bei mir eine scheußliche Erkältung im Anzug ist, und ich habe vergessen, eine Kapsel DayQuil zu schlucken, bevor wir aus dem Haus gestürmt sind. Und eigentlich will ich das, was Ms. Gavin uns zu sagen hat, auch gar nicht hören – was immer es auch sein mag.

Ich vertraue dieser Ms. Gavin nicht. Wer ist sie überhaupt? Vielleicht ist sie eine schreckliche Lehrerin. Ich kann mich vom Informationsabend daran erinnern, dass sie jung ist, in den Zwanzigern. Unerfahren. Vielleicht ist sie überfordert mit ihrem Job und hat mit den Eltern aller Kinder in ihrer Klasse eine solche Besprechung angesetzt. Vielleicht hat sie irgendetwas gegen Kinder, die sie herausfordern. Charlie kann weiß Gott herausfordernd sein. Vielleicht mag sie keine Jungen. Ich hatte einmal eine solche Lehrerin. Mrs. Knight hat immer nur die Mädchen aufgerufen, immer nur den Mädchen Smileys für ihre Schulaufgaben gegeben und immer nur einen der Jungen auf den Flur oder zum Schulleiter geschickt. Nie eins der Mädchen.

Vielleicht ist diese Ms. Gavin das Problem.

Ich sehe mich in dem Zimmer nach Anzeichen um, die meinen begründeten Verdacht erhärten könnten. Anstelle einzelner Schülerpulte, an denen Stühle befestigt sind, wie ich es aus meinen Grundschultagen in Erinnerung habe, stehen in diesem Klassenzimmer vier niedrige, runde Tische mit jeweils fünf Stühlen ringsherum, wie kleine Esstische. Ideal für ein geselliges Beisammensein, würde ich sagen, nicht zum Lernen. Aber meine hübsch lange Liste mit Dingen, die die unfähige und unqualifizierte Ms. Gavin falsch macht, endet mit dieser einen lahmen Beobachtung auch schon.

Kunstprojekte säumen die Wände. Vorne im Raum kleben auf zwei riesigen Plakattafeln ausgedruckte Fotos von Kindern unter den Überschriften *Rechtschreibstars* und *Rechenchampions*. Charlies Foto ist auf keiner der beiden zu sehen. Fünf leuchtend bunte, gepolsterte Kindersessel stehen in der sogenannten Leseecke neben einem Regal voller Bücher. Ganz hinten im Raum stehen noch zwei Tische: einer mit einem Hamster im Käfig, der andere mit Fischen in einem Aquarium.

Alles sieht gut organisiert, fröhlich und witzig aus. Ich würde sagen, Ms. Gavin liebt ihren Beruf. Und sie ist gut darin. Ich will wirklich nicht hier sein.

Eben schon will ich Bob fragen, ob er mit mir zusammen türmen will, als sie den Raum betritt.

»Danke, dass Sie gekommen sind. Bitte nehmen Sie Platz.«

Bob und ich setzen uns auf zwei Kinderstühle, nur wenige Zentimeter über dem Boden. Ms. Gavin thront über uns auf ihrem großen Lehrerstuhl hinter ihrem Pult. Wir sind Munchkins, und sie ist der große und mächtige Zauberer von Oz.

»Nun, Charlies Zeugnis muss Sie beide sehr beunruhigt haben. Darf ich Sie zunächst einmal fragen, ob Sie von seinen Noten überrascht waren?«

»Schockiert«, antwortet Bob.

»Na ja, sie sind ungefähr so wie letztes Jahr«, entgegne ich.

Augenblick, auf wessen Seite stehe ich hier eigentlich?

»Ja, aber letztes Jahr ging es um die Eingewöhnung«, sagt Bob.

Ms. Gavin nickt, aber nicht, weil sie ihm beipflichtet.

»Ist Ihnen aufgefallen, ob es ihm schwerfällt, seine Hausaufgaben zu machen?«, fragt Ms. Gavin.

Abby beginnt nachmittags mit ihm, und Bob und ich machen oft noch nach seiner üblichen Schlafenszeit mit ihm weiter. Eigentlich sollten die Hausaufgaben nicht länger als zwanzig bis dreißig Minuten dauern. Er kämpft, quält sich ab, trödelt, jammert, weint und hasst. Mehr, als er Brokkoli hasst. Wir drohen, bestechen, beschwören, erklären und machen die Aufgaben manchmal einfach für ihn. Ja, ich würde sagen, es fällt ihm schwer.

Zu seiner Verteidigung muss ich hinzufügen, dass ich in seinem Alter gar keine Hausaufgaben hatte. Ich glaube nicht, dass Kinder – von einigen frühreifen Mädchen einmal abgesehen – mit sieben Jahren alt genug sind, um eigenverantwortlich Hausaufgaben zu machen. Ich glaube, die Schulen üben zu viel akademischen Druck auf unsere kleinen Kinder aus. Andererseits reden wir hier von einer Buchseite mit »ist größer oder kleiner als« oder der Schreibweise von Wörtern wie *Mann, kann, dann*. Es ist keine Raketenwissenschaft.

»Das tut es«, sage ich.

»Es ist brutal«, gesteht Bob.

»Was erleben Sie denn hier?«, wage ich zu fragen.

»Er quält sich. Er wird mit keiner der Aufgaben im Unterricht rechtzeitig fertig, er unterbricht mich und die anderen Kinder, und er träumt oft vor sich hin. Ich ertappe ihn jeden Tag vor dem Mittagessen mindestens sechsmal dabei, wie er aus dem Fenster starrt.«

»Wo ist denn sein Platz?«, frage ich.

»Dort.«

Sie zeigt auf den Stuhl, der ihrem Pult am nächsten ist – und zufällig genau am Fenster. Na ja, wer würde sich nicht in Gedanken verlieren, wenn er eine schöne Aussicht hat? Und vielleicht sitzt er neben jemandem, der ihn ablenkt. Einem Störenfried. Einem hübschen Mädchen. Vielleicht habe ich Ms. Gavin doch zu großzügig beurteilt.

»Könnten Sie ihn vielleicht auf die andere Seite des Klassenzimmers umsetzen?«, frage ich, überzeugt, das ganze Problem gelöst zu haben.

»Dort hat er in diesem Jahr angefangen. Ich brauche ihn genau vor mir, wenn ich eine Chance haben will, seine Aufmerksamkeit zu behalten.«

Sie wartet ab, ob ich noch andere schlaue Ideen habe. Ich habe keine.

»Es fällt ihm schwer, Anweisungen zu befolgen, die mehr als zwei Schritte beinhalten. Wenn ich den Kindern zum Beispiel sage, sie sollen zu ihren Schrankfächern gehen, ihre Mathehefte holen, sich ein Lineal von dem hinteren Tisch nehmen und alles zurück zu ihrem Platz bringen, geht Charlie zu seinem Fach und bringt sein Pausenbrot mit, oder er bringt gar nichts mit und schlendert einfach durchs Klassenzimmer. Erleben Sie so etwas zu Hause auch?«

»Nein«, antwortet Bob.

»Was? Das ist Charlie«, widerspreche ich.

Er sieht mich an, als könne er sich nicht vorstellen, wovon ich rede. Passt *er* denn überhaupt auf? Ich frage mich, was auf Bobs Zeugnis stehen würde.

»Charlie, zieh dich an, auch die Schuhe. Charlie, zieh deinen Pyjama an, wirf deine Schmutzwäsche in den Wäschekorb, putz dir die Zähne. Wir könnten genauso gut chinesisch reden.«

»Ja, aber das sind alles Dinge, die er nicht tun will. Es ist nicht so, dass er sie nicht kann. Alle Kinder versuchen sich vor dem zu drücken, was man ihnen sagt«, versucht Bob es.

Ich niese und entschuldige mich. Meine verstopften Nasennebenhöhlen bringen mich fast um.

»Und er benimmt sich nicht gut bei Aktivitäten, bei denen man sich abwechseln muss. Die anderen Kinder scheuen sich oft davor, mit ihm zu spielen, weil er sich nicht an die Regeln halten will. Er ist impulsiv.«

Jetzt bricht mir das Herz.

»Ist er denn der Einzige, der so etwas tut?«, fragt Bob, überzeugt davon, dass er es nicht ist.

»Ja.«

Bob lässt den Blick über die achtzehn leeren kleinen Stühle schweifen und seufzt in seine Hände.

»Was wollen Sie uns denn nun eigentlich sagen?«, frage ich.

»Ich will sagen, dass Charlie unfähig ist, sich auf alle Aspekte des Schultages zu konzentrieren.«

»Was soll das denn heißen?«, fragt Bob.

»Das heißt, dass Charlie unfähig ist, sich auf alle Aspekte des Schultages zu konzentrieren.«

»Weil?«, fordert Bob sie heraus.

»Das kann ich nicht sagen.«

Ms. Gavin starrt uns an und sagt nichts. Ich habe verstanden. Ich sehe die Informationsblätter mit den Vorschriften schon vor mir, abgestempelt und unterzeichnet von den Schulanwälten. Niemand spricht die Worte aus, die wir alle – so meine Vermutung – in diesem Augenblick denken, Ms. Gavin aus rechtlichen Gründen, Bob und ich, weil wir hier von unserem kleinen Charlie sprechen. Meine Mutter würde dieses Gespräch großartig deichseln. Im nächsten Augenblick würde sie darüber reden, was für schönes Wetter wir haben oder wie hübsch Ms. Gavins rosa Bluse ist. Aber ich halte diese unausgesprochene Anspannung nicht aus.

»Glauben Sie, er könnte ADS oder so haben?«

»Ich bin kein Arzt. Das kann ich nicht sagen.«

»Aber Sie glauben es.«

»Das kann ich nicht sagen.«

»Was zum Teufel können Sie denn überhaupt sagen?«, fragt Bob.

Ich lege ihm eine Hand auf den Arm. So kommen wir doch nicht weiter. Bob beißt die Zähne zusammen; er ist vermutlich kurz davor, aus dem Zimmer zu stürmen. Und ich bin kurz davor, Ms. Gavin zu schütteln und zu schreien: »Das ist mein Junge! Sagen Sie mir, was Ihrer Meinung nach mit ihm los ist!« Aber dann setzt sich die Betriebswirtschaftlerin in mir durch und rettet uns alle. Betrachten wir das Problem aus einem anderen Blickwinkel.

»Was können wir tun?«, frage ich.

»Sehen Sie, Charlie ist ein lieber Junge, und eigentlich ist er sehr schlau, aber er bleibt weit zurück, und der Abstand zwischen ihm und den anderen Kindern wird sich noch vergrößern, wenn wir nichts unternehmen. Aber wir können hier nicht schnell genug handeln, solange die Eltern nicht eine Beurteilung in die Wege leiten. Sie müssen sie schriftlich beantragen.«

»Was genau beantragen?«, fragt Bob.

Ich höre mit halbem Ohr zu, während Ms. Gavin die bürokratischen Hürden auf dem Weg zu einem individuellen Förderprogramm beschreibt. Förderunterricht. Ich kann mich erinnern, wie ich, als Charlie geboren wurde, nach allen zehn Fingern und Zehen bei ihm sah, seine feinen rosigen Lippen und die schneckenförmig geschwungenen Ohren betrachtete. Er ist vollkommen, dachte ich, staunend und dankbar für seine Vollkommenheit. Jetzt könnte mein vollkommener Junge eine Aufmerksamkeitsdefizitstörung haben. Die beiden Gedanken weigern sich, Händchen zu halten.

Kinder werden ihn abstempeln. Seine Lehrer werden ihn abstempeln. Wie hat Ms. Gavin ihn genannt? Impulsiv. Die Kinder werden ihm Schimpfnamen nachrufen, die hässlicher und gemeiner sind als das. Sie werden sie ihm an den Kopf werfen.

»Ich will, dass er von seinem Kinderarzt untersucht wird, bevor wir hier irgendetwas in die Wege leiten«, fordert Bob.

»Ich denke, das ist eine gute Idee«, sagt Ms. Gavin.

Ärzte geben Kindern mit ADS Ritalin. Das ist doch ein Amphetamin, oder? Wir werden unseren siebenjährigen Sohn mit Medikamenten vollpumpen, damit er in der Schule nicht zurückbleibt. Bei dem Gedanken schießt mir das Blut aus dem Gehirn, als ob mein Kreislauf die Idee nicht unterstützen will, und mein Kopf und meine Finger werden taub. Ms. Gavin redet noch immer, aber ihre Stimme klingt gedämpft, als ob sie weit weg wäre. Ich will dieses Problem und seine Lösung nicht.

Ich will Ms. Gavin dafür hassen, dass sie uns diese Dinge gesagt hat. Aber ich sehe die Aufrichtigkeit in ihren Augen, und ich kann sie nicht hassen. Ich weiß, es ist nicht ihre Schuld. Und ich kann Charlie nicht hassen. Es ist auch nicht seine Schuld. Aber ich spüre Hass, er wuchert wild in meiner Brust, und ich muss irgendwohin damit, sonst werde ich mich nur selbst hassen und mir Vorwürfe machen. Ich sehe mich in dem Zimmer nach irgendetwas um – sehe die unschuldigen Gesichter der Kinder auf der »Rechtschreibstar«-Tafel, die gemalten Herzen und Monde und Regenbogen, den Hamster in seinem Laufrad. Der Hass bleibt in meiner Brust gefangen und drückt auf meine Lunge. Ich muss hier raus.

Bob bedankt sich bei Ms. Gavin dafür, dass sie uns informiert hat, und verspricht, dass wir Charlie alle Hilfe zukommen lassen werden, die er braucht. Ich stehe auf und gebe ihr die Hand. Ich glaube, ich lächele sie sogar an, als hätte ich mich gefreut, mit ihr zu reden. Wie lächerlich. Dann bemerke ich ihre Füße.

Im Flur, nachdem Ms. Gavin die Tür zu ihrem Klassenzimmer hinter uns geschlossen hat, nimmt mich Bob in den Arm und fragt mich, ob es mir gut geht.

»Ich hasse ihre Schuhe«, sage ich.

Verblüfft von meiner Antwort, beschließt Bob, an diesem Punkt nicht weiter nachzuhaken, und wir gehen schweigend weiter zur Turnhalle.

Das Vor-Schulbeginn-Programm ist eben zu Ende, und die Kinder reihen sich auf, um zu ihren Klassenzimmern zu gehen. Nachdem wir Lucy begrüßt und verabschiedet haben, finden Bob und ich Charlie in der Reihe.

»Hey, Kumpel, gib mir fünf!«, sagt Bob.

Charlie schlägt mit einer Hand ein.

»Mach's gut, Schatz, bis heute Abend. Tu heute, was Ms. Gavin sagt, okay?«, bitte ich ihn.

»Okay, Mom.«

»Ich habe dich lieb«, sage ich und umarme ihn fest.

Die Kinder vor Charlie setzen sich in Bewegung und gehen im Gänsemarsch aus der Turnhalle wie eine einzige lange

Raupe. Die Reihe kommt bei Charlie zum Stehen, der sich nicht bewegt.

»Na los, Kumpel, geh schon!«, sagt Bob.

Bleib nicht zurück, mein vollkommener Junge.

SECHSTES KAPITEL

Rickys Mom, Mrs. Sullivan, sagt uns, dass der Pool noch nicht fertig sei. Mr. Sullivan müsse ihn erst noch auspumpen und rückspülen. Das Wasser ist trübe und mit fauligen braunen Blättern übersät, sodass es eher wie Teich- als wie Poolwasser aussieht. Aber das ist uns egal. Es ist der erste Tag der Sommerferien, und wir wollen nicht auf Mr. Sullivan warten.

Ich finde einen orangefarbenen Schwimmflügel und schiebe ihn über meinen linken Arm bis zu meinem dünnen Bizeps hoch. Ich krame in dem Koffer mit Schwimmwesten und Wasserspielzeug, aber ich kann den anderen Flügel nicht finden. Ich sehe auf, und Nate trägt ihn wie einen Ellbogenschützer.

»Gib her«, fordere ich und streife ihn von seinem Arm.

Normalerweise kriegt er einen Wutanfall, wenn er nicht bekommt, was er will, daher wundere ich mich, dass er ihn mir einfach überlässt. Vielleicht bekomme ich endlich den Respekt, der einer älteren Schwester zusteht. Ich streife mir den orangefarbenen Schwimmflügel über den anderen Arm, und Nate findet eine Tauchermaske und ein Kickboard.

Ich tauche meinen großen Zeh ins Wasser und zucke zurück.

»Es ist EISKALT!«

»Weichei«, sagt Ricky, während er an mir vorbeirennt und sich hineinstürzt.

Ich wünschte, ich könnte so sein wie er, aber das Wasser ist zu kalt.

Deshalb gehe ich zur Terrasse hinauf und setze mich auf den elas-

tischen Plastikstuhl neben Mom. Mom und Mrs. Sullivan haben sich auf gepolsterten Liegestühlen ausgestreckt, mit dem Gesicht zur Sonne. Sie trinken Diätcola aus Dosen, rauchen Marlboro Lights und unterhalten sich mit geschlossenen Augen. Moms Zehennägel sind leuchtend rot lackiert. Ich wünschte, ich könnte so sein wie sie.

Ich streife meine Schwimmflügel ab und rücke meinen Stuhl ebenfalls in die Sonne. Mrs. Sullivan beklagt sich über ihr Arschloch von einem Ehemann, und es ist mir peinlich, sie »Arschloch« sagen zu hören, denn ich weiß, dass es ein Schimpfwort ist und dass ich eine Ohrfeige bekäme, wenn ich es sagen würde. Ich gebe Acht, kein Geräusch zu machen und nicht herumzuzappeln, denn ich glaube, Mom weiß nicht, dass ich zuhöre, und es ist mir peinlich, aber ich will noch mehr verbotene Worte über Mr. Sullivan hören.

Ricky kommt auf die Terrasse, mit klappernden Zähnen.

»Mir ist so kalt.«

»Ich hab's dir ja gesagt«, sage ich dummerweise, sodass meine Deckung auffliegt.

»Handtücher sind im Bad. Geh und spiel an deinem Atari«, schlägt Mrs. Sullivan vor. »Willst du auch ins Haus gehen, Sarah?«

Ich schüttele den Kopf.

»Sie will bei den Mädchen bleiben. Stimmt's, Schatz?«, fragt Mom.

Ich nicke. Sie streckt einen Arm aus und tätschelt mein Bein. Ich lächele und komme mir wie etwas ganz Besonderes vor.

Ricky verschwindet ins Haus, Mom und Mrs. Sullivan unterhalten sich, und ich schließe die Augen und höre zu. Aber Mrs. Sullivan sagt nichts Schlechtes mehr über Mr. Sullivan, und mir wird das Zuhören langweilig. Ich denke, vielleicht werde ich ins Haus gehen und Pac-Man spielen, aber vermutlich spielt Ricky Space Invaders, und außerdem will ich zu den Mädchen gehören, also bleibe ich.

Dann schreit Mom plötzlich Nates Namen. Ich schlage die Augen auf, und sie schreit Nates Namen und rennt los. Ich stehe auf, um zu sehen, was los ist. Nate treibt mit dem Gesicht nach unten im Pool. Zuerst denke ich, es ist ein Trick, und ich bewundere ihn dafür, wie er uns einen Streich spielt. Doch dann ist Mom bei ihm im Pool, und er verstellt sich noch immer, und ich finde es gemein von ihm, ihr solche Angst einzujagen. Mom dreht ihn um, und ich sehe seine geschlossenen Augen und blauen Lippen. Nun bekomme ich wirklich Angst, und das Herz rutscht mir in die Hose.

Mom trägt Nate auf den Rasen. Sie macht wilde Geräusche, die ich bei einem Erwachsenen noch nie gehört habe, bläst in Nates Mund und fleht ihn an aufzuwachen, aber Nate liegt einfach nur da. Ich kann nicht mehr mit ansehen, wie Nate auf dem Gras liegt und Mom in Nates Mund bläst, daher sehe ich hinunter auf meine Füße, und mein Blick fällt auf die orangefarbenen Schwimmflügel, die auf der Terrasse neben meinem Stuhl liegen.

»Wach auf, Nate!«, wimmert Mom.

Ich kann nicht hinsehen. Ich starre auf meine egoistischen Füße und die orangefarbenen Schwimmflügel.

»Wach auf, Nate!«

»Wach auf!«

»Sarah, wach auf.«

FREITAG

»Eins, zwei, dreeii!«

Meine Finger bilden eine Schere. Bobs Hand ist ein Blatt Papier.

»Gewonnen!«, brülle ich.

Ich gewinne sonst nie beim Knobeln. Ich schneide mit den Fingern durch die Luft und tanze eine alberne Gigue, eine Mischung aus den Schritten von Jonathan Papelbon und Elaine Benes. Bob lacht. Aber die Freude über meinen unerwarteten Sieg ist nur von kurzer Dauer. Sie wird mir verdorben durch Charlies Anblick, der jetzt in der Küche steht – ohne seinen Rucksack.

»Die Wii kann mein Level nicht speichern.«

»Charlie, *was* habe ich dir gesagt, dass du tun sollst?«, frage ich.

Er sieht mich nur an. Meine Stimmbänder spannen sich noch ein bisschen mehr.

»Ich habe dir vor zwanzig Minuten gesagt, du sollst deinen Rucksack hierherbringen.«

»Ich musste das nächste Level erreichen.«

Ich beiße die Zähne zusammen, denn ich weiß, wenn ich den Mund aufmache, werde ich die Beherrschung verlieren. Ich werde ihn anschreien und ihm Angst machen, oder ich werde weinen und Bob Angst machen, oder ich werde toben und die verdammte Wii in den Müll werfen. Bis gestern hat mich Charlies Unfähigkeit, zuzuhören oder auch nur die einfachsten Anweisungen zu befolgen, geärgert, aber auf die typische Art, auf die – denke ich – die meisten Kinder die meisten Eltern ärgern. Jetzt steigt eine Welle von Angst und Frustration in mir auf, und ich muss kämpfen, um sie in Schach zu halten, damit sie nicht überschwappt und uns alle ertränkt. In den wenigen Sekunden, in denen ich angestrengt versuche, still zu bleiben, sehe ich zu, wie Charlies Augen groß und glasig werden. Die Angst und Frustration muss aus meinen Poren strömen. Bob legt mir die Hände auf die Schultern.

»Ich mache das schon. Fahr du los«, bietet Bob an.

Ich werfe einen Blick auf die Armbanduhr. Wenn ich jetzt losfahre, kann ich früh, ruhig und geistig gesund auf der Arbeit ankommen. Unterwegs kann ich sogar noch ein paar Telefonate führen. Ich mache den Mund auf und atme einmal tief aus.

»Danke«, sage ich und drücke seine Blatt-Papier-Hand.

Dann schnappe ich mir meine Tasche, gebe Bob und den Kindern einen Abschiedskuss und verlasse allein das Haus. Draußen ist es nasskalt, und es regnet stark. Ohne Schirm oder Kapuze sprinte ich wie ein geölter Blitz zu meinem Wagen, aber als ich mich eben auf den Fahrersitz schmeißen will, sehe ich einen Penny auf dem Boden liegen. Ich kann nicht widerstehen. Ich halte inne, hebe ihn auf und ducke mich dann in meinen Wagen. Frierend und durchnässt lächele ich, während ich den Motor anlasse. Ich habe das Knobeln gewonnen und einen Penny gefunden.

Heute muss mein Glückstag sein.

Der Regen prasselt nur so herunter und klatscht so schnell gegen die beschlagene Windschutzscheibe, dass die Scheibenwischer kaum mithalten können. Die Scheinwerfer schalten sich ein – ihre Sensoren werden ausgetrickst von dem dunklen Morgen, sodass sie denken, es sei nachts. Auch meinen eigenen Sinnen kommt es vor, als sei Nacht. Es ist die Art von stürmischem Morgen, an dem man sich am liebsten wieder ins Bett verkriechen würde.

Aber ich werde mir meine gute Laune von dem düsteren Wetter nicht verderben lassen. Ich habe keine Kinder wegzubringen, jede Menge Zeit, und der Verkehr fließt, trotz des Wetters. Ich werde früh und gut organisiert zur Arbeit kommen, bereit, den Tag in Angriff zu nehmen, und nicht zu spät, erschöpft, mit Traubensaft bekleckert und außerstande, irgendeinen albernen Wiggles-Song aus dem Kopf zu bekommen.

Und auf dem Weg dorthin werde ich schon einmal etwas Arbeit erledigen. Ich krame in meiner Tasche nach meinem Telefon. Ich will die Harvard Business School anrufen. Der November ist unser wichtigster Rekrutierungsmonat, und wir konkurrieren mit allen anderen Top-Consultingunternehmen – wie McKinsey und der Boston Consulting Group –, um uns die besten und klügsten Köpfe dieses Jahrgangs zu schnappen. Wir ziehen nie so viele Absolventen an Land wie McKinsey, aber die BCG können wir im Allgemeinen schlagen. Nach unserer ersten Runde von einhundertfünfzig Bewerbungsgesprächen bleiben zehn besonders eindrucksvolle Kandidaten, die wir dann versuchen zu werben.

Ich finde mein Telefon und suche in meiner Kontaktliste

nach der Nummer von Harvard. Unter H kann ich sie nicht finden. Das ist seltsam. Vielleicht steht sie unter B wie Business School. Ich schaue auf die Straße, und mir stockt das Herz. Überall leuchten rote Bremslichter auf, verschwommen durch die nasse und beschlagene Windschutzscheibe, reglos wie ein Aquarellbild. Alles auf dem Highway steht still. Alles außer mir. Ich fahre mit siebzig Meilen in der Stunde.

Ich trete die Bremsen durch. Erst greifen sie auf der Straße, und dann tun sie es nicht. Aquaplaning. Ich drücke ein paarmal hintereinander kurz aufs Bremspedal. Aquaplaning. Ich komme den roten Lichtern auf dem Gemälde immer näher.

Oh mein Gott.

Ich reiße das Lenkrad scharf nach links. Zu scharf. Jetzt bin ich von der Überholspur des Highways nach Osten abgekommen, komme zwischen Ost und West ins Schleudern. Ich bin mir sicher, dass sich der Wagen noch immer sehr schnell bewegt, aber ich erlebe dieses Schleudern wie in Zeitlupe. Und irgendjemand hat den Ton abgestellt. Der Regen, die Scheibenwischer, mein Herzschlag … Alles läuft langsam und lautlos ab, als wäre ich unter Wasser.

Ich trete auf die Bremse und reiße das Lenkrad in die andere Richtung in der Hoffnung, das Schleudern zu korrigieren oder zum Stillstand zu kommen. Die Landschaft gerät in eine unbeherrschbare Schräglage, und der Wagen beginnt zu kippen und sich zu überschlagen. Das Überschlagen läuft ebenfalls langsam und lautlos ab, und meine Gedanken – während ich mich überschlage – sind unbeteiligt und seltsam ruhig.

Der Airbag geht auf. Mir fällt auf, dass er weiß ist.

Ich sehe den losen Inhalt meiner Tasche und den Penny, den ich gefunden habe, in der Luft schweben. Dabei muss ich an Astronauten auf dem Mond denken.

Irgendetwas schnürt mir die Kehle zu.

Mein Wagen wird schrottreif sein.

Irgendetwas schlägt gegen meinen Kopf.

Ich werde zu spät zur Arbeit kommen.

Dann hört das Überschlagen auf einmal auf, und der Wagen steht still.

Ich will aus dem Wagen steigen, aber ich kann mich nicht bewegen. Auf einmal verspüre ich einen entsetzlichen und unerträglichen Schmerz oben auf dem Kopf. Zum ersten Mal kommt mir der Gedanke, dass ich vielleicht mehr als nur meinen Wagen kaputtgefahren habe.

Es tut mir leid, Bob.

Der dunkle Morgen wird noch dunkler, bis ich gar nichts mehr sehe. Ich spüre den Schmerz im Kopf nicht mehr. Ich sehe und spüre gar nichts mehr. Ich frage mich, ob ich tot bin.

Bitte lass mich nicht sterben.

Ich komme zu dem Schluss, dass ich nicht tot bin, da ich das Geräusch des Regens hören kann, der auf das Dach des Wagens prasselt. Ich bin am Leben, weil ich dem Regen lausche, und der Regen wird zur Hand Gottes, die mit den Fingern auf das Dach trommelt, während Er überlegt, was Er jetzt tun soll.

Ich lausche angestrengt.

Lausche weiter.

Lausche.

Aber das Geräusch wird schwächer, und der Regen hat aufgehört.

SIEBTES KAPITEL

Der verschwommene weiße Klecks über mir wird schärfer, wird zu einem Neonlicht an der Decke. Irgendjemand sagt immer wieder irgendetwas. Während ich die Helligkeit und die Form des Lichts betrachte, begreife ich allmählich, dass irgendjemand immer wieder irgendetwas zu mir sagt.

»Sarah, können Sie einmal tief Luft holen?«

Ich nehme an, das kann ich, aber als ich es tue, schließt sich meine ganze Kehle um irgendetwas Hartes, und ich würge. Ich bin sicher, ich habe aufgehört einzuatmen, aber meine Lunge füllt sich trotzdem mit Luft. Meine Kehle ist wie ausgedörrt. Ich will mir die Lippen ablecken und etwas Speichel schlucken, aber irgendetwas in meinem Mund lässt das nicht zu. Ich will fragen: »Was ist da los?«, aber ich kann meinen Atem, meine Lippen und meine Zunge nicht kontrollieren. Panik steigt mir in die Augen.

»Versuchen Sie nicht, zu sprechen. Sie haben einen Schlauch im Mund, der Ihnen beim Atmen hilft.«

An der Decke über meinem Kopf ist ein Neonlicht, in meinem Mund ist ein Schlauch, der mir beim Atmen hilft, und dann ist da noch die Stimme einer Frau.

»Können Sie meine Hand drücken?«, fragt die Stimme der Frau.

Ich drücke, aber ich spüre keine Hand in meiner Hand.

»Können Sie Ihre andere Hand drücken?«

Ich verstehe die Frage nicht.

»Können Sie mir zwei Finger zeigen?«

Ich spreize meinen Zeige- und meinen Mittelfinger.

Schere.

Ich habe das Knobeln gewonnen. Das Knobeln, der Regen, der Wagen. Der Unfall. Ich erinnere mich. Ich höre ein elektronisches Piepsen und das Surren mechanischer Geräte. Das Neonlicht, der Schlauch, die Stimme der Frau. Ich bin in einem Krankenhaus. Oh mein Gott, was ist mit mir passiert? Ich versuche, an die Zeit nach dem Unfall zu denken, aber ein brennender Schmerz schießt mir durch die Schädeldecke, und ich kann nicht.

»Gut, Sarah. Okay, das reicht für heute. Wir werden Sie jetzt wieder in Schlaf versetzen, damit Sie sich ausruhen können.«

Augenblick! Das Knobeln, der Wagen, der Regen, der Unfall, und dann was? Was ist passiert? Ist alles okay mit mir?

Das Neonlicht an der Decke wird heller. Die Ränder des Lichts lösen sich auf. Alles verschwimmt weiß.

»Okay, Sarah, atmen Sie so tief wie möglich aus.«

Ich atme aus, während mir eine Schwester den Beatmungsschlauch herausreißt, und es fühlt sich an, als ob sie ein mit Schmirgelpapier umwickeltes Spekulum an den empfindlichen Innenseiten meines Halses hochzieht. An ihrer Vorgehensweise ist nichts Behutsames oder Zögerliches. Sie entfernt ihn mir brutal, und die Erleichterung, die ich empfinde, als sie damit fertig ist, grenzt an Euphorie – ein bisschen wie bei einer Geburt. Ich bin drauf und dran, diese Frau zu hassen, aber dann hält sie mir einen Pappbecher mit schmelzenden Eiswürfeln an die Lippen, und sie ist mein Engel des Erbarmens.

Nach einer Minute legt sie meine Hand um den Becher.

»Okay, Sarah, schlürfen Sie weiter. Ich bin gleich wieder da«, sagt sie und lässt mich allein.

Ich schlürfe das kalte Wasser. Meine aufgesprungenen, staubigen Lippen, mein Mund und meine Kehle sind dankbare Schwämme – wie Erde, die nach einer langen Dürrezeit den

Regen aufsaugt. Mir ist eben ein Beatmungsschlauch entfernt worden. Ich habe einen Schlauch benötigt, um zu atmen. Das ist nicht gut. Aber jetzt brauche ich keinen mehr. Warum habe ich einen Beatmungsschlauch benötigt? Wie lange bin ich schon hier? Wo ist Bob?

Mein Kopf fühlt sich seltsam an, aber zunächst kann ich das Gefühl nicht identifizieren. Doch dann dämmert es mir, in voller Farbe, bei voll aufgedrehter Lautstärke. Mein Kopf ist glühend heiß. Ich lasse den Becher mit Eis los und berühre meinen Kopf. Ich bin verblüfft und entsetzt von dem geistigen Bild, das durch das entsteht, was meine Finger ertasten. Ein beträchtlicher Teil meiner Kopfhaut – etwa von der Größe und Form einer Scheibe Brot – ist kahl rasiert, und auf dieser kahlen Stelle entdecken meine Finger etwa ein Dutzend Metallklammern. Irgendwo genau unter diesen Klammern hat mein Gehirn die Temperatur von vulkanischem Magma.

Ich greife nach dem Pappbecher und gieße mir das wässerige Eis über meinen mit Klammern bestückten Kopf. Dabei erwarte ich allen Ernstes, das Wasser zischen zu hören, aber das tut es nicht. Das Eis lindert den brennenden Schmerz nicht, und ich habe soeben meine ganzen Eiswürfel verbraucht.

Ich warte und atme ohne die Hilfe eines Schlauchs ein und aus. Keine Panik. Die Schwester hätte dich nicht ohne einen Beatmungsschlauch und mit einem Pappbecher Eis in der Hand allein gelassen, wenn dein Gehirn schmelzen würde. Aber vielleicht schmilzt es doch. Teste mal, ob es noch funktioniert.

Wer bist du? Ich bin Sarah Nickerson. *Gut. Du weißt deinen Namen.* Mein Mann ist Bob. Ich habe drei Kinder – Charlie, Lucy und Linus. Ich bin Vizepräsidentin der Personalabteilung bei Berkley. Wir leben in Welmont. Ich bin siebenunddreißig Jahre alt. *Gut. Sarah, es ist alles okay mit dir.* Ich berühre die Klammern und zeichne mit den Fingern die Form der kahlen Stelle nach. *Sie rasieren dir nicht den Kopf und stecken dir Metallteile in die Kopfhaut, wenn mit dir alles okay ist.*

Wo ist Bob? Jemand sollte Bob sagen, wo ich bin und was passiert ist. Oh Gott, jemand sollte auf der Arbeit Bescheid sagen, wo ich bin und was passiert ist. Wie lange bin ich schon hier? Was ist passiert?

Außer während und nach der Geburt meiner Kinder habe ich nie mehr medizinische Versorgung benötigt als ein paar Tabletten Motrin oder ein Heftpflaster. Ich starre in das Neonlicht. Das gefällt mir überhaupt nicht. Wo ist die Schwester? Bitte kommen Sie zurück. Gibt es hier denn keinen Knopf, den ich drücken kann, um sie zu rufen? Ich suche nach einem Knopf, einem Telefon, einem Lautsprecher, in den ich brüllen kann. Ich sehe das Neonlicht an der Decke und einen hässlichen beigen Vorhang, der neben mir hängt. Sonst nichts. Keine Fenster, keinen Fernseher, kein Telefon, nichts. Dieses Zimmer nervt.

Ich warte. Mein Kopf ist zu heiß. Ich versuche, nach der Schwester zu rufen, aber meine brutal behandelte Kehle bringt nur ein heiseres Flüstern zustande.

»Hallo?«

Ich warte.

»Bob?«

Ich warte. Ich warte eine halbe Ewigkeit, während ich mir vorstelle, wie mein Gehirn und alles, was ich liebe, dahinschmelzen.

Schon wieder dieses Neonlicht. Ich muss eingenickt sein. Meine Welt ist dieses Neonlicht. Das Licht und das leise, ununterbrochene elektronische Surren und Piepsen dieser ganzen Geräte – welche auch immer das sein mögen –, die mich überwachen. Mich überwachen und am Leben erhalten? Gott, ich hoffe nicht. Meine Welt sind Besprechungen und Termine, E-Mails und Flughäfen, Bob und meine Kinder. Wie konnte meine Welt auf das hier reduziert werden? Wie lange liege ich schon unter diesem hässlichen Licht?

Ich taste mit der Hand unter der Bettdecke an meinem

Bein hinunter. Oh nein. Ich spüre die Stoppeln von mindestens einer Woche. Die Härchen an meinen Beinen sind hell, fast blond, aber ich habe Unmengen davon, und normalerweise rasiere ich sie mir jeden Tag. Ich reibe mit der Hand über meinen Oberschenkel, als würde ich eine Ziege im Zoo streicheln.

Oh Gott, mein Kinn. Ich habe ein Büschel von fünf Härchen auf der linken Seite meines Kinns. Sie sind rau und drahtig wie Schweineborsten, und in den letzten paar Jahren sind sie mein hässliches Geheimnis und meine Erzfeinde gewesen. Sie sprießen alle paar Tage, daher muss ich sehr wachsam sein. Ich habe meine Waffen – eine Revlon-Pinzette und einen Kosmetikspiegel mit Zehnfach-Vergrößerung – immer bei mir, zu Hause, in meiner Sherpatasche und in meiner Schreibtischschublade auf der Arbeit, sodass ich so ein bösartiges kleines Unkraut, wenn es an die Oberfläche sprießt, theoretisch überall ausreißen kann. Ich war schon in Besprechungen mit Vorstandsvorsitzenden – einigen der mächtigsten Männer der Welt – und konnte mich kaum auf das konzentrieren, was sie sagten, weil ich auf einmal unbeabsichtigt mein Kinn berührte und plötzlich völlig von dem Gedanken besessen war, fünf mikroskopisch kleinen Härchen den Garaus zu machen. Ich hasse sie, und ich habe schreckliche Angst, jemand anders könnte sie vor mir bemerken, aber ich muss zugeben, es gibt fast nichts Befriedigenderes, als sie auszureißen.

Als ich mir übers Kinn streiche, erwarte ich, meine kleinen Schweineborsten zu spüren, aber ich berühre nur glatte Haut. Mein Bein fühlt sich an wie ein Bauernhoftier, was vermuten lässt, dass ich mich seit mindestens einer Woche nicht rasiert habe, aber mein Kinn ist kahl, was bedeuten müsste, dass ich noch keine zwei Tage in diesem Bett liege. Meine Körperbehaarung ergibt keinen Sinn.

Ich höre die Stimmen von Schwestern in einem Gespräch, das – wie ich vermute – von dem Flur vor meinem Zimmer kommt. Und dann höre ich noch etwas. Es ist nicht der Apparat, der mich vielleicht oder vielleicht auch nicht am Leben erhält, nicht das Geplauder der Schwestern, nicht einmal das schwache Surren der Neonlampe. Ich halte den Atem an und lausche. Es ist Bobs Schnarchen!

Ich drehe den Kopf zur Seite, und da ist er, schlafend in einem Sessel vor dem beigen Vorhang.

»Bob?«

Er schlägt die Augen auf, sieht, dass ich ihn sehe, und schnellt hoch.

»Du bist wach«, sagt er.

»Was ist passiert?«

»Du hattest einen Autounfall.«

»Ist alles okay mit mir?«

Er sieht auf meinen Kopf, dann sieht er mir in die Augen und bewusst nicht auf meinen Kopf.

»Es wird alles gut werden.«

Seine Miene erinnert mich an das, was mit seinem Gesicht passiert, wenn er den Red Sox zusieht. Das neunte Inning ist fast gelaufen, es gab zwei Outs, es steht drei zu zwei, niemand ist auf einer Base, und sie haben vier Runs Rückstand. Er will glauben, dass sie noch immer gewinnen können, aber er weiß, dass sie vermutlich längst verloren haben. Und es bricht ihm das Herz.

Ich berühre die Klammern auf meinem Kopf.

»Sie haben dich operiert, um den Druck zu lindern. Der Arzt sagt, du hast es sehr gut überstanden.«

Seine Stimme zittert bei seinen Worten. Die Sox sind nicht nur dabei zu verlieren, sie spielen auch noch gegen die Yankees.

»Wie lange bin ich schon hier?«

»Acht Tage. Sie haben dich ruhiggestellt. Du hast die meiste Zeit geschlafen.«

Acht Tage. Ich war acht Tage nicht bei Bewusstsein. Wieder berühre ich meinen kahlen Kopf.

»Ich muss fürchterlich aussehen.«

»Du bist wunderschön.«

Oh, bitte. Ich will ihn eben schon damit aufziehen, dass er mir mit einem so abgedroschenen Spruch kommt, als er zu weinen beginnt, und ich verstumme vor Schreck. In den zehn Jahren, die ich ihn nun schon kenne und liebe, habe ich ihn noch nie weinen sehen. Ich habe ihn zu Tränen gerührt gesehen – als die Red Sox 2004 die World Series gewannen und als unsere Babys geboren wurden –, aber ich habe ihn nie weinen sehen. Ich selbst weine schnell. Ich weine, wenn ich die Nachrichten sehe, wenn jemand die Nationalhymne singt, wenn jemandes Hund stirbt, wenn mir die Arbeit über den Kopf wächst, wenn mir zu Hause alles über den Kopf wächst. Und jetzt, als Bob weint.

»Es tut mir leid, es tut mir so leid«, schluchze ich jetzt mit ihm.

»Es muss dir nicht leidtun.«

»Es tut mir leid.«

Ich strecke eine Hand aus und berühre sein nasses, verzerrtes Gesicht. Ich kann sehen, dass er versucht, seine Emotionen wieder in den Griff zu bekommen, aber er ist wie eine geschüttelte Flasche Champagner, bei der ich eben den Korken gezogen habe. Nur dass niemand feiert.

»Dir muss gar nichts leidtun. Verlass mich nur nicht, Sarah.«

»Sieh mich an.« Ich zeige auf meinen Kopf. »Sehe ich so aus, als ob ich irgendwohin gehen werde?«

Er lacht und wischt sich die Nase mit dem Ärmel ab.

»Ich schaffe das schon«, sage ich, entschlossen trotz der Tränen.

Wir nicken und drücken uns die Hände, einigen uns auf eine Gewissheit, obwohl wir beide nichts wissen.

»Wissen es die Kinder?«, frage ich.

»Ich habe ihnen gesagt, dass du wegen der Arbeit verreist bist. Sie sind artig, es läuft alles nach Plan.«

Gut. Ich bin froh, dass er ihnen nicht gesagt hat, dass ich im Krankenhaus bin. Kein Grund, ihnen Angst zu machen. Zu

Hause verbringe ich normalerweise vor der Schule ein, zwei Stunden mit ihnen und die letzte Stunde ihres Tages, aber es kommt auch vor, dass ich bis spätabends arbeiten muss und sie gar nicht mehr sehe, bevor sie ins Bett gehen. Und sie sind es gewohnt, dass ich viel reise und oft mehrere Tage am Stück nicht da bin. Trotzdem bin ich, wenn ich verreise, meist nicht länger als eine Woche fort. Ich frage mich, wie lange ich hier sein müsste, bis sie sich wirklich fragen, wo ich bin.

»Wissen sie es auf der Arbeit?«

»Ja, sie haben die meisten der Karten geschickt. Sie haben gesagt, du sollst dir um nichts Sorgen machen und einfach wieder gesund werden.«

»Was denn für Karten?«

»Dort drüben, an der Wand.«

Ich sehe hinüber zu der Wand, aber ich sehe nichts an ihr kleben. Ich erinnere mich an die Bemerkung einer Schwester zu den ganzen wundervollen Genesungskarten. Sie müssen an der Wand hinter dem Vorhang sein.

»Wie lange muss ich hierbleiben?«

»Ich weiß nicht. Wie fühlst du dich?«, fragt er.

Mein Kopf brennt nicht mehr, und erstaunlicherweise tut er nicht allzu weh. Aber ich bin überall wund – so muss sich ein Boxer nach einem Kampf fühlen, stelle ich mir vor. Der Boxer, der verloren hat. Und ich habe einen heftigen Krampf im Bein. Mir ist aufgefallen, dass manchmal eine Art Gerät an meinem Bein ist, das die Muskeln massiert, was hilft. Und ich habe keine Energie. Allein schon dieses Reden mit Bob in den letzten paar Minuten hat mich völlig geschlaucht.

»Ganz ehrlich?«

»Ja«, sagt er, und ich kann sehen, dass er sich auf irgendetwas Entsetzliches gefasst macht.

»Ich bin am Verhungern.«

Er lächelt erleichtert.

»Worauf hast du Lust? Du sollst haben, was du willst.«

»Wie wär's mit Suppe?«, schlage ich vor, weil ich glaube,

mit Suppe auf der sicheren Seite zu sein. Mir ist nicht ganz klar, ob ich schon alles essen darf, was ich will.

»Sollst du haben. Ich bin gleich wieder da.«

Er beugt sich vor und küsst meine aufgesprungenen Lippen. Ich wische ihm die Tränen von der Wange und dem Kinn und lächele. Dann verschwindet er hinter diesem hässlichen beigen Vorhang.

Jetzt bin ich wieder mit dem Neonlicht allein. Dem Neonlicht, dem Piepsen und Surren und dem beigen Vorhang. Und – irgendwo hinter dem Vorhang an der Wand – den wundervollen Genesungskarten von den Kollegen.

ACHTES KAPITEL

»Was ist los, Sarah, wollen Sie Ihr Mittagessen nicht?«, fragt die Schwester.

Ich starre schon seit einer ganzen Weile auf einen weiteren Teller Hühnersuppe mit Nudeln, während ich mich frage, wie ich sie in Angriff nehmen soll. Sie riecht gut. Ich bin sicher, sie riecht unendlich viel besser, als sie schmecken wird, und inzwischen sieht sie ein bisschen abgestanden aus, aber ich bin am Verhungern. Ich will sie essen.

»Ich habe keinen Löffel.«

Die Schwester sieht auf mein Tablett und dann wieder zu mir hoch.

»Wie wär's mit dem Brownie?«, fragt sie.

Ich sehe auf das Tablett, dem ich Gesellschaft geleistet habe, und dann wieder zu ihr hoch.

»Was für ein Brownie?«

Wie aus heiterem Himmel hält die Schwester auf einmal einen Löffel in der Hand und legt einen in Zellophan verpackten Brownie auf das Tablett, neben den Teller mit Suppe. Ich starre sie an, als würde sie gleich auch noch einen Vierteldollar hinter meinem Ohr hervorzaubern.

»Haben Sie das nicht auf Ihrem Tablett gesehen?«, fragt sie und reicht mir den Löffel.

»Das war nicht auf meinem Tablett.«

»Aber jetzt sehen Sie es«, sagt sie, eher schlussfolgernd als fragend.

»Mhm.«

Ich schlürfe einen Löffel Brühe. Ich hatte recht: Die Suppe ist Spülwasser. Also wende ich mich dem Brownie zu. Schokolade schmeckt immer genießbar.

»Ich komme in ein paar Minuten mit Dr. Kwon wieder«, sagt sie.

Okay. Könnten Sie dann auch noch ein Glas Milch für mich herbeizaubern?

Ein asiatischer Mann in einem weißen Laborkittel steht am Fußende meines Betts, ein Klemmbrett in der Hand, und klickt immer wieder mit seinem Kugelschreiber, während er die Seiten meines – wie ich vermute – Krankenblatts überfliegt. Sein Gesicht ist unbehaart, glatt, gut aussehend. Seinem Gesicht nach könnte er achtzehn sein. Aber ich nehme an, das hier ist Dr. Kwon, mein Arzt, und in dem Fall sollte er besser dem Alter trotzende Gene haben und mindestens dreißig sein.

»Sarah, schön, Sie wach zu sehen. Wie fühlen Sie sich?«

Angespannt, müde, verängstigt.

»Gut.«

Er klickt seinen Stift an und schreibt etwas auf. Oh, ich werde ausgefragt. Ich sollte mich besser konzentrieren. Egal, worauf er mich testet, ich will eine Eins bekommen. Ich will nach Hause. Ich will zurück auf die Arbeit.

»Was würden Sie sagen, wie sieht's mit mir aus?«, frage ich.

»Gut. Es sieht alles ganz gut aus in Anbetracht der Umstände. Sie wurden in einem ziemlich üblen Zustand eingeliefert. Sie hatten eine Schädelimpressionsfraktur und mehrere Gehirnblutungen. Wir mussten Ihren Schädel öffnen und eine Drainage legen. Wir konnten alles entfernen, aber durch die Blutungen und die Entzündung haben Sie doch einigen Schaden erlitten. Die Computertomographie Ihres Schädels hat gezeigt, dass Sie ganz gut Federn gelassen haben. Aber Sie haben Glück, dass die Verletzung auf der rechten und nicht auf der linken Seite ist, sonst würden Sie jetzt vermutlich nicht mit mir reden.«

Ich glaube, seine Antwort hat mit »gut« angefangen, aber es fällt mir schwer, aus irgendeinem der Worte, die er danach gesagt hat, so etwas wie »gut« herauszuhören, selbst als ich sie in Gedanken noch einmal wiederhole. »Gehirnschaden.« Das klingt für mich wie das Gegenteil von »gut«. Ich glaube, er hat auch noch etwas von »Glück« gesagt. Mir wird schwindelig.

»Können Sie meinen Mann holen? Ich will, dass er das mit mir zusammen hört.«

»Ich bin hier«, sagt Bob.

Ich drehe mich nach ihm um, aber er ist nicht da. Die einzigen Leute im Raum sind ich und der gut aussehende Dr. Kwon.

»Warum siehst du zu diesem Stuhl? Ich bin hier drüben«, sagt Bob.

»Bob? Ich kann dich nicht finden.«

»Stellen Sie sich auf meine andere Seite«, bittet ihn Dr. Kwon.

»Da bist du ja!«, staune ich, als würden wir eine Runde Guck-guck spielen.

Seltsam, dass ich ihn noch vor einer Sekunde nicht sehen konnte. Vielleicht ist mein Sehvermögen durch den Unfall beeinträchtigt. Vielleicht stand er zu weit hinten. Dr. Kwon verstellt mein Bett, sodass ich jetzt aufrecht sitze.

»Sarah, konzentrieren Sie sich auf meine Nase und sagen Sie mir, wann Sie meinen Finger sehen.«

Er hält seinen Zeigefinger in der Nähe meines Ohrs hoch.

»Ich sehe ihn.«

»Und jetzt?«

»Ja.«

»Jetzt?«

»Nein.«

»Und jetzt?«

»Nein.«

»Ist sie blind?«, fragt Bob.

Natürlich bin ich nicht blind. Was ist das denn für eine verrückte Frage? Dr. Kwon leuchtet mir mit einer Lampe in die Augen. Ich studiere seine kaffeeschwarzen Augen so, wie er irgendetwas an meinen studiert.

»Folgen Sie meiner Lampe. Gut. Nein, die Areale Ihres Gehirns, die für das Sehvermögen zuständig sind, wurden nicht beschädigt, und Ihre Augen sehen gut aus.«

Er nimmt ein Blatt Papier von seinem Klemmbrett, legt es auf meinen Tabletttisch, rollt den Tisch vor mich und reicht mir einen Stift. Groß- und Kleinbuchstaben stehen kreuz und quer auf dem Blatt.

»Sarah, können Sie alle As für mich einkreisen?«

Ich tue es.

»Sind Sie sicher, dass Sie alle gefunden haben?«, fragt er.

Ich überprüfe meine Arbeit.

»Ja.«

Er nimmt noch ein Blatt.

»Können Sie durch die Mitte jeder dieser waagerechten Linien eine senkrechte Linie ziehen?«

Ich teile die neun Linien jeweils in zwei Hälften. Dann blicke ich auf, bereit, das nächste Rätsel zu lösen.

»Fertig? Okay, räumen wir dieses Tablett aus dem Weg. Können Sie jetzt beide Arme ausstrecken, mit den Handflächen nach oben?«

Ich tue es.

»Strecken Sie beide Arme aus?«

»Ja.«

»Ist sie gelähmt?«, fragt Bob.

Schon wieder so eine unsinnige Frage! Was soll das denn? Hat er denn nicht gesehen, wie ich mich eben bewegt habe? Dr. Kwon klopft mit einem kleinen Gummihammer meinen Arm und mein Bein ab.

»Nein, sie hat eine leichte Schwäche auf der linken Seite, aber das sollte sich mit der Zeit und mit der Reha legen. Sie hat einen linksseitigen Neglect. Das ist ein durchaus häufig auftretendes Krankheitsbild bei Patienten, die eine Schädigung der rechten Gehirnhälfte erlitten haben, im Allgemeinen aufgrund einer Gehirnblutung oder eines Schlaganfalls. Ihr Gehirn beachtet nichts auf ihrer linken Seite. Links existiert für sie nicht.«

»Was meinen Sie damit, ›es existiert nicht‹?«, fragt Bob.

»Genau das. Für sie ist es gar nicht da. Sie wird Sie nicht bemerken, wenn Sie links von ihr stehen, sie wird das Essen auf der linken Seite ihres Tellers nicht anrühren, und sie wird vielleicht nicht einmal glauben, dass ihr linker Arm und ihr linkes Bein zu ihr gehören.«

»Weil Links für sie nicht existiert?«, fragt Bob.

»Ganz recht«, bestätigt Dr. Kwon. »Ich meine, ja.«

»Wird es denn wiederkommen?«, fragt Bob.

»Vielleicht, vielleicht auch nicht. Bei manchen Patienten erleben wir, dass die Symptome nach den ersten Wochen von selbst verschwinden, wenn die Entzündung zurückgeht und das Gehirn heilt. Aber bei anderen bleiben sie bestehen, und dann kann man nur lernen, damit zu leben.«

»Ohne Links«, sagt Bob.

»Ja.«

»Sie scheint gar nicht zu bemerken, dass es fehlt«, stellt Bob fest.

»Ja, das trifft auf die meisten Patienten in der akuten Phase unmittelbar nach der Verletzung zu. Sie ist sich ihres fehlenden Bewusstseins größtenteils nicht bewusst. Ihr ist nicht bewusst, dass die linke Seite von allem fehlt. Für sie ist alles da, und alles ist normal.«

Eines gewissen fehlenden Bewusstseins bin ich mir vielleicht nicht bewusst, aber Dr. Kwon und Bob scheint nicht bewusst zu sein, dass ich noch immer hier bin.

»Weißt du, dass du eine linke Hand hast?«, fragt mich Bob.

»Natürlich weiß ich, dass ich eine linke Hand habe«, erwidere ich, peinlich berührt, weil er mir ständig diese albernen Fragen stellt.

Aber dann denke ich über diese alberne Frage nach. Wo ist meine linke Hand? Ich habe keine Ahnung. Oh mein Gott, wo ist meine linke Hand? Was ist mit meinem linken Fuß? Er fehlt ebenfalls. Ich wackele mit den Zehen des rechten Fußes. Dann versuche ich, dieselbe Botschaft an meinen linken Fuß zu senden, aber mein Gehirn schickt sie zurück an den Absender. Bedaure, Empfänger unbekannt verzogen.

»Bob, ich weiß, dass ich eine linke Hand habe, aber ich habe keine Ahnung, wo sie ist.«

NEUNTES KAPITEL

Inzwischen liege ich seit zwölf Tagen im Krankenhaus, und ich wurde von der Intensivstation in die neurologische Abteilung des Krankenhauses verlegt. In den letzten paar Tagen war ich Dr. Kwons Lieblings-Versuchskaninchen. Bevor sie mich aus diesem erbärmlichen Zimmer in die Reha verlegen, will er mehr über den linksseitigen Neglect herausfinden. Er sagt, dass über dieses Krankheitsbild nicht viel bekannt ist – eine Neuigkeit, die ich mehr als nur leicht deprimierend finde. Aber vielleicht wird er durch mich ja irgendetwas Neues lernen, was das klinische Verständnis des Neglects voranbringt. Und vielleicht wird das dann auch mir helfen. Außerdem bin ich gern bereit zu kooperieren, weil für dieses Erforschen meines Zustands nur Fragen, Rätsel, Stift und Papier benötigt werden – keine Nadeln, Blutabnahmen oder Computertomographie des Schädels. Und ich bin dadurch eine ganze Weile beschäftigt – eine Zeit, die ich sonst ausschließlich damit verbringen würde, mir zwanghaft Sorgen um die Arbeit zu machen, Bob und die Kinder zu vermissen und auf die Neonlampe und die abblätternde Farbe an der Decke zu starren. Daher verbringen Dr. Kwon und ich viel wertvolle Zeit miteinander.

Während ich Fragen beantworte und Wörter suche, versuche ich es Dr. Kwon gleichzutun und es seltsam faszinierend anstatt hoffnungslos beängstigend zu finden, dass ich auf der linken Seite nie irgendetwas bemerke oder mit einbeziehe. Mir ist nicht einmal bewusst, dass ich irgendetwas ignoriert habe, bis Dr. Kwon, einer meiner Therapeuten oder eine Schwester mir sagen, was ich übersehen habe. Und dann, wenn ich das riesige Ausmaß dessen, was für mich nicht da ist, begreife, breche ich nicht etwa in ein Meer von Tränen aus oder jammere: »Das ist schlimm, das ist richtig, richtig schlimm«, sondern zwinge mich, das Positivste zu denken, das mir einfällt. Im Allgemeinen ist das so etwas wie: *Wow!* Es kommt mir vor, als würde mir der Herr der schwarzen Löcher einen Schlüssel zu seinem Reich anbieten, während ich mein Bestes versuche, um mich von diesen Löchern fernzuhalten.

Die Tests, bei denen man zeichnen muss, machen mir Spaß. Es scheint eine Ewigkeit her zu sein, dass ich immer und überall einen Künstler-Skizzenblock dabeihatte. Auf dem College war Betriebswirtschaft mein Hauptfach, aber ich hatte ebenso viele Kurse in Grafikdesign, Kunst und Kunstgeschichte belegt. Ich versuche mir vorzustellen, wo auf meinem überquellenden Dachboden diese Skizzenblöcke lagern könnten, aber ich kann sie nicht finden. Vielleicht sind sie auf der linken Seite. Ich hoffe, dass ich sie nicht weggeworfen habe.

Dr. Kwon bittet mich, eine Blume, eine Uhr, ein Haus, ein Gesicht zu zeichnen.

»Sie sind gut«, sagt er.

»Danke.«

»Haben Sie ein ganzes Gesicht gezeichnet?«

»Ja.«

Ich betrachte mein Bild voller Stolz und Liebe. Ich habe Lucy gezeichnet. Während ich ihre Züge bewundere, schleicht sich ein Zweifel in mein Bewusstsein.

»Oder nicht?«, frage ich.

»Nein. Wie viele Augen haben Menschen?«

»Zwei.«

»Haben Sie zwei gezeichnet?«

Ich betrachte mein Bild von Lucy.

»Ich denke schon.«

Er klickt seinen Stift an und schreibt. Er schreibt irgendetwas Negatives über meine Zeichnung von Lucy-Gänschen, und das sollte niemand tun. Ich schiebe ihm das Blatt Papier hin.

»Zeichnen Sie ein Gesicht«, fordere ich.

Er zeichnet ein einfaches Smiley, in zwei Sekunden erledigt.

»Haben Sie ein ganzes Gesicht gezeichnet?«, frage ich.

»Ja.«

Ich klicke meinen Stift so nachdrücklich wie möglich an, hoch in der Luft, und tue dann, als würde ich meine Beurteilung auf ein unsichtbares Klemmbrett schreiben.

»Was schreiben Sie da, Dr. Nickerson?«, gibt er sich tief besorgt.

»Na ja, haben Gesichter nicht Ohren, Augenbrauen und Haare? Ich fürchte, Sie haben eine sehr ernste, aber faszinierende Erkrankung, Doktor.«

Er lacht und zeichnet noch eine herausgestreckte Zunge zu der unteren Linie, die den Mund darstellt.

»Stimmt, stimmt. Unser Gehirn benötigt normalerweise nicht jede einzelne Information, um ein Ganzes zu begreifen. Nehmen wir zum Beispiel unseren blinden Fleck. Wir alle haben einen blinden Fleck an der Stelle, wo unser Sehnerv die Retina verlässt, aber normalerweise bemerken wir diese Leerstelle in unserem Gesichtsfeld gar nicht, weil unser Gehirn das Bild ergänzt«, doziert Dr. Kwon. »Genau das tun Sie vermutlich auch. Sie sind allein auf die rechte Hälfte angewiesen, um daraus ein Ganzes zu machen, und Ihr Gehirn füllt die Lücken unbewusst aus. Wundervolle Beobachtung. Wirklich faszinierend.«

Auch wenn ich mich über seine Aufmerksamkeit und seine Schmeicheleien freue, weiß ich doch, dass das, was für einen übereifrigen Arzt faszinierend ist, von der Welt außerhalb dieses Zimmers vermutlich als sonderbar und unheimlich wahrgenommen werden wird. Ich will beide Augen Lucys zeichnen. Ich will Charlie mit beiden Armen an mich drücken, beide Füße von Linus küssen und alles von Bob sehen. Und ich kann es mir nicht erlauben, nur die rechte Hälfte einer Excel-Tabelle zu lesen. Mein Gehirn muss die linke Seite wieder sehen – wo immer das auch sein mag – und muss aufhören, sie bloß zu vermuten. Vermutungen bringen allen nur viel Ärger.

Zum Mittagessen gibt es heute Hähnchen mit Reis und Apfelsaft. Das Hähnchen braucht mehr Salz, der Reis Sojasauce, und der Apfelsaft könnte einen großzügigen Schuss Wodka vertragen. Aber offenbar habe ich hohen Blutdruck, und ich darf weder Salz noch Alkohol zu mir nehmen. Doch ich esse und trinke jedes fade Essen, das man mir bringt. Schließlich muss ich wieder zu Kräften kommen. Morgen werde ich in die Rehaklinik verlegt, und nach allem, was ich höre, wartet dort viel Arbeit auf mich. Ich kann es kaum noch erwarten. Sosehr ich Dr. Kwon auch mag, dieses Versuchskaninchen will für immer aus seinem Käfig.

Dr. Kwon kommt herein, um vor seiner Visite nach mir zu sehen.

»Wie war Ihr Mittagessen?«, fragt er.

»Gut.«

»Haben Sie das Messer benutzt, um Ihr Hähnchen zu schneiden?«

»Nein, ich habe die Längsseite der Gabel benutzt.«

Klick. Er notiert sich diese faszinierende Information.

»Haben Sie alles aufgegessen?«

»Jaaaa …«

»Sind Sie satt?«

Ich zucke mit den Schultern. Das bin ich nicht, aber ich will keinen Nachschlag.

»Was, wenn ich Ihnen sagen würde, dass auf Ihrem Teller ein Riegel Schokolade liegt?«, fragt er lächelnd.

Er gibt sich Mühe, das muss ich ihm lassen. Schokolade ist bei mir eindeutig der richtige Köder. Aber ich brauche keinen Ansporn. Ich bin hoch motiviert. Es ist nicht so, als ob ich nicht versuchen würde zu sehen, was er sieht.

»Ich sehe ihn nicht.«

Vielleicht kann ich ihn spüren. Ich wische mit der flachen Hand über den leer gegessenen weißen Teller. Da ist nichts. Nicht ein Reiskorn, nicht ein Stück Schokolade.

»Versuchen Sie, den Kopf nach links zu drehen.«

Ich starre auf den Teller.

»Ich weiß nicht, wie ich das machen soll. Ich weiß nicht, wie ich dorthin kommen soll, wo Sie mich haben wollen. Da ist nichts, wohin ich mich drehen oder was ich ansehen könnte. Es ist, als ob Sie mir sagen würden, ich soll mich umdrehen und die Mitte meines Rückens ansehen. Ich glaube, dass die Mitte meines Rückens existiert, aber ich habe keine Ahnung, wie ich sie sehen soll.«

Er notiert sich das und nickt, während er schreibt.

»Mit dem Verstand begreife ich, dass es eine linke Seite des Tellers gibt, aber sie ist kein Teil meiner Wirklichkeit. Ich kann die linke Seite des Tellers nicht ansehen, weil sie nicht da ist. Da ist keine linke Seite. Mir kommt es vor, als ob ich den ganzen Teller ansehe. Ich weiß nicht, es ist frustrierend, ich kann es nicht beschreiben.«

»Ich denke, das haben Sie eben getan.«

»Aber ist dort denn wirklich Schokolade?«

»Aber ja, die Sorte, die Bob gestern gekauft hat.«

Lake Champlain. Die beste. Ohne zu verstehen, wie das klappen soll, fasse ich den oberen Rand des Tellers an und drehe ihn nach unten. Trara! Mandel-Butter-Crunch. Bob ist der Beste!

»Das war geschummelt!«, sagt Dr. Kwon.

»Absolut fair«, halte ich dagegen, während ich einen köstlichen Bissen kaue.

»Okay, aber beantworten Sie mir Folgendes: Woher ist diese Schokolade gekommen?«

Ich weiß, er will, dass ich sage: »Von links.« Aber es gibt kein Links.

»Vom Himmel.«

»Sarah, denken Sie nach. Sie kam von der linken Seite des Tellers, die jetzt rechts ist. Und die rechte – die Sie eben gesehen haben, sodass Sie wissen, dass sie existiert – ist jetzt links.«

Er hätte genauso gut irgendetwas von Pi mal der Quadratwurzel von unendlich sagen können. Es ist mir egal, wohin die rechte Seite des Tellers verschwunden ist. Ich esse gerade meine Lieblingsschokolade, und ich komme morgen in die Reha.

Seit dem Unfall sind zwei Wochen vergangen, und Bob nimmt sich oft frei, um bei mir zu sein, was nicht gut für seine beruflichen Überlebenschancen sein kann, wenn die nächste Entlassungsrunde ansteht. Ich habe ihm gesagt, dass er nicht so oft hier sein sollte. Und er hat mir befohlen, still zu sein und mir keine Sorgen um ihn zu machen.

Mein Lieblingstest – neben dem Zeichnen der Bilder – ist der sogenannte Fluff-Test. Rose, die Physiotherapeutin, klebt mir Wattebällchen überall auf den Körper und fordert mich dann auf, sie zu entfernen. Ich liebe diesen Test, weil ich mir vorstelle, dass ich dabei wie eins von Charlies oder Lucys Kunstprojekten aussehe, wie die Schneemänner, die sie vermutlich in ein paar Wochen in der Schule basteln werden. Gott, ich vermisse die beiden.

Ich zupfe den Watte-»Schnee« ab und gebe Rose Bescheid, als ich fertig bin.

»Habe ich alle erwischt?«

»Nein.«

»Fast alle?«

»Nein.«

»Habe ich links irgendwelche erwischt?«

Wo immer das auch sein mag.

»Nein.«

Seltsam, ich war mir ganz sicher, alle gefunden zu haben. Ich kann keine mehr auf mir spüren.

»Augenblick«, sagt Bob, der auf dem Besucherstuhl gesessen und zugesehen hat.

Bob hält sein iPhone hoch und sagt: »Cheese!«

Er schießt ein Foto und zeigt mir das Display. Ich bin verblüfft. Auf dem Foto von mir auf dem Display bin ich von Kopf bis Fuß mit Wattebällchen bedeckt. Verrückt. Das muss meine linke Seite sein. Und da sind mein Arm und mein Bein. Ich bin über die Maßen erleichtert, dass sie noch immer da sind. Ich hatte schon angefangen zu glauben, sie seien mir amputiert worden und niemand hätte den Mut, es mir zu sagen.

Dann bemerke ich meinen Kopf auf dem Foto. Er ist nicht nur mit Wattebällchen bedeckt, er ist auch nicht rasiert. Mein Haar – abgesehen davon, dass es fettig und verfilzt aussieht – ist genau so, wie ich es in Erinnerung habe. Ich strecke die Hand nach oben aus, um es zu berühren, aber ich spüre nur meinen kahlen Kopf und die Erhebungen, die meine OP-Narben gebildet haben (ein Neurologe des Krankenhauses hat die Klammern vor ein paar Tagen entfernt) und die sich anfühlen wie Brailleschrift. Dem Foto nach zu urteilen, habe ich einen vollen Haarschopf, aber nach dem, was meine Hand spürt, bin ich völlig kahl. Das ist einfach zu seltsam.

»Habe ich noch Haare?«

»Man hat Ihnen nur die rechte Seite rasiert. Auf der linken haben Sie noch immer alle Haare«, antwortet Rose.

Ich starre das Bild an, während ich mit den Fingern über meine Kopfhaut fahre. Ich liebe meine Haare, aber das kann kein schöner Anblick sein.

»Sie müssen den Rest auch abrasieren.«

Rose sieht zu Bob hinüber, als wollte sie eine zweite Meinung einholen.

»Das ist das kleinere Übel, Bob, meinst du nicht auch?«

Er sagt nichts, aber das Ausbleiben seiner Reaktion verrät mir, dass er mir beipflichtet. Und ich weiß, dass es ungefähr so ist, als würde ich ihn fragen: »Was ist dir lieber, Kirche oder Mall?« Er schwärmt für beides nicht besonders.

»Können wir es jetzt gleich machen, bevor ich kneife?«

»Ich hole den Rasierer«, sagt Rose.

Während wir auf Rose warten, steht Bob da und guckt auf seinem iPhone nach seinen E-Mails. Ich habe nicht mehr nach meinen E-Mails gesehen, seit ich hier bin. Man lässt mich nicht. Mein Herz rast allein schon bei dem Gedanken daran. In meinem Posteingang müssen tausend E-Mails auf mich warten. Vielleicht hat Jessica ja auch alles an Richard oder Carson weitergeleitet. Das wäre nur sinnvoll. Wir sind mitten in der Rekrutierung, meiner wichtigsten Zeit des Jahres. Ich muss zurück, um dafür zu sorgen, dass wir die richtigen Leute bekommen, und sie dort einsetzen, wo sie am besten geeignet sind.

»Bob, wohin bist du gegangen?«

»Ich bin hier drüben am Fenster.«

»Okay, Schatz, du könntest genauso gut in Frankreich sein. Kannst du hierherkommen, wo ich dich sehen kann?«

»Entschuldige.«

Rose kommt mit dem Elektrorasierer wieder.

»Sind Sie sich sicher?«, fragt sie.

»Ja.«

Der Rasierer summt gerade ein paar Sekunden, als ich meine Mutter ins Zimmer kommen sehe. Sie wirft einen Blick auf mich und stöhnt auf, als würde sie Frankenstein erblicken. Dann schlägt sie beide Hände vor den Mund und beginnt zu hyperventilieren. Es lebe die Hysterie.

»Wann hast du es ihr gesagt?«, frage ich Bob.

»Vor zwei Tagen.«

Ich bin beeindruckt, dass sie es nach zwei Tagen hierhergeschafft hat. Sie verlässt ihr Haus nicht gern, und sie bricht in Panik aus, wenn sie das Cape verlassen muss. Es ist mit dem Alter schlimmer geworden. Ich glaube nicht, dass sie auf der anderen Seite der Sagamore Bridge gewesen ist, seit Lucy geboren wurde. Linus hat sie noch gar nicht gesehen.

»Oh mein Gott, oh mein Gott, liegt sie im Sterben?«

»Ich liege nicht im Sterben, ich bekomme die Haare geschnitten.«

Sie sieht weitaus älter aus, als ich sie in Erinnerung habe. Sie färbt sich ihr Haar nicht mehr kastanienbraun, sondern lässt es silbergrau werden. Und sie trägt jetzt eine Brille. Ihr Gesicht hängt schlaff herunter, als ob ihr Stirnrunzeln zu stark geworden ist und ihr ganzes Gesicht nach unten zieht.

»Oh mein Gott, Sarah, dein Kopf. Oh mein Gott, oh mein Gott …«

»Helen, es wird ihr wieder gut gehen«, verspricht Bob.

Jetzt schluchzt sie. Das brauche ich wirklich nicht.

»Mom, bitte«, sage ich. »Geh und stell dich ans Fenster.«

ZEHNTES KAPITEL

Auf der neurologischen Station des Baldwin-Rehazentrums gibt es vierzig Betten. Das weiß ich, weil nur zwei der vierzig Betten in Privatzimmern sind und die Versicherung dafür nicht aufkommt. Privatsphäre muss man aus der eigenen Tasche bezahlen.

Bob hat dafür gesorgt, dass ich eines der Einzelzimmer bekommen habe, mit einem Fenster auf der rechten Seite des Betts. Wir nahmen beide an, eine Aussicht auf das Leben jenseits der Grenzen meines Zimmers würde mir Auftrieb geben. Uns war nicht bewusst, dass diese einfache Anfrage präziser hätte formuliert werden müssen.

An diesem sonnigen Tag starre ich aus dem Fenster auf ein Gefängnis. Meine Aussicht besteht aus nichts als Backsteinen und stählernen Gitterstäben. Die Ironie entgeht mir nicht. Offenbar haben die Patienten auf der anderen Seite der neurologischen Station eine Aussicht auf die Leonard Zakim Bridge, die tagsüber eine umwerfende architektonische Leistung und nachts ein atemberaubendes angestrahltes Meisterwerk ist. Natürlich sind all diese Zimmer Doppelzimmer. Alles hat seinen Preis. Pass auf, worum du bittest. Ich bin ein hirnverletztes Klischee.

Was auch immer ich hier tun muss, ich bin bereit dafür. Hart arbeiten, meine Hausaufgaben machen, eine Eins bekommen, wieder nach Hause zu Bob und den Kindern kommen, wieder zur Arbeit. Wieder zurück zur Normalität. Ich bin entschlossen, wieder hundertprozentig gesund zu werden. Hundert Prozent ist schon immer mein Ziel bei allem, es sei denn, es wird noch mehr von mir erwartet, dann schieße ich auch darüber hinaus. Gott sei Dank bin ich eine ehrgeizige Typ-A-Perfektionistin. Ich bin überzeugt davon, dass ich die beste Patientin mit einem Schädel-Hirn-Trauma sein werde, die Baldwin je gesehen hat. Aber man wird mich hier nicht sehr lange sehen, denn ich habe auch vor, schneller gesund zu werden, als es irgendjemand hier erwarten würde. Ich frage mich, was der Rekord ist.

Aber jedes Mal, wenn ich versuche, eine konkrete Vorstellung davon zu bekommen, wie lange es für jemanden mit einem linksseitigen Neglect dauern könnte, vollständig gesund zu werden, bekomme ich nur eine unbestimmte und unbefriedigende Antwort.

»Das schwankt sehr«, sagte Dr. Kwon.

»Was ist denn die durchschnittliche Dauer?«, fragte ich.

»Das wissen wir eigentlich nicht.«

»Hm. Okay, na ja, von welchem zeitlichen Rahmen reden wir denn?«

»Manche werden spontan innerhalb weniger Wochen gesund, manche sprechen auf die Behandlungsmethoden und Rehaübungen nach sechs Monaten an, manche etwas später.«

»Und an was erkennt man, wer in zwei Wochen und wer erst später gesund werden wird?«

»Das wissen wir nicht.«

Ich bin noch immer verblüfft davon, wie wenig die Ärzte über meinen Zustand wissen. Ich nehme an, deswegen nennt man es die medizinische *Praxis*.

Es ist jetzt 9.15 Uhr, und ich sehe mir Regis und irgendeine Frau an. Früher war es Regis und irgendeine andere Frau. An ihren Namen kann ich mich nicht erinnern. Es ist lange her, dass ich morgens ferngesehen habe. Martha, meine Physiotherapeutin, ist eben hereingekommen und hat sich vorgestellt. Sie hat strähniges blondes Haar, das zu einem strengen Pferdeschwanz zusammengebunden ist, und vier Diamant-Ohrstecker, die sich auf ihrem Ohrläppchen knubbeln. Gebaut ist sie wie ein Rugbyspieler. Sie sieht nüchtern aus, hart. Gut. Packen wir's an.

»Und, was meinen Sie, wann ich wieder zur Arbeit kann?«, frage ich, während sie mein Krankenblatt liest.

»Was machen Sie beruflich?«

»Ich bin Vizepräsidentin der Personalabteilung bei einem Consultingunternehmen.«

Sie lacht mit geschlossenem Mund und schüttelt den Kopf. »Konzentrieren wir uns darauf, dass Sie wieder laufen und die Toilette benutzen können.«

»Meinen Sie, in zwei Wochen?«, versuche ich es.

Sie lacht und schüttelt wieder den Kopf. Dann sieht sie lange und gebannt auf meinen kahlen Kopf.

»Ich glaube, Sie verstehen nicht ganz, was mit Ihnen passiert ist«, sagt sie.

Ich starre lange und gebannt auf ihr Ohr.

»Und ob ich das verstehe. Ich verstehe genau, was bereits passiert *ist*. Was ich nicht verstehe ist, was passieren *wird*.«

»Heute werden wir versuchen, zu sitzen und zu laufen.«

Du lieber Gott, können wir bitte über das Gesamtbild reden? Ich habe höhergesteckte Ziele, als mir Regis anzusehen und einen Spaziergang zur Toilette zu unternehmen.

»Okay, aber was meinen Sie, wann ich wieder normal sein werde?«

Sie schnappt sich die Fernbedienung, schaltet den Fernseher aus und fixiert mich mit einem strengen Blick, bevor sie antwortet – ungefähr so, wie ich Charlie ansehe, wenn er mir gut zuhören soll.

»Vielleicht nie.«

Ich mag diese Frau nicht.

Meine Mutter hat meinen kleinen Stell-dich-links-von-mir-hin-Trick durchschaut und hockt jetzt auf dem Besucherstuhl zu meiner Rechten wie eine aufgeregte Henne auf einem Nest kostbarer Eier. Obwohl ich jetzt keine medizinische Ausrede mehr habe, versuche ich noch immer, so zu tun, als wäre sie gar nicht hier. Aber sie sitzt genau in meinem Gesichtsfeld, daher ist sie unübersehbar. Und jedes Mal, wenn ich sie angucke, ist da dieser ängstliche Ausdruck in ihrem Gesicht, bei dem ich am liebsten schreien würde. Ich nehme an, es ist die Art von besorgtem Ausdruck, die sich von ganz allein bei jedem abzeichnen würde, der gezwungen wäre, neben mir zu sitzen oder neben dem Typen im Zimmer nebenan mit dem Motorradunfall – dem mit dem entstellten Gesicht und ohne Beine – oder neben der jungen Frau am Ende des Flurs, die nach der Geburt einen Schlaganfall erlitten hat und den Namen ihres neugeborenen Babys nicht sagen kann. Es ist die Art von sorgenvollem Blick – vermischt mit einem Löffel Entsetzen und einem Klecks Grauen –, den jeder haben könnte, der gezwungen wäre, neben einem beliebigen Patienten auf der neurologischen Station zu sitzen. Es kann nicht sein, dass sie wirklich besorgt um mich ist. Sie ist seit dreißig Jahren nicht mehr besorgt um mich gewesen. Daher verstehe ich – auch wenn er mich auf die Palme bringt – ihren Gesichtsausdruck. Was ich nicht verstehe ist, wer sie zwingt, hier zu sitzen.

Martha kommt herein und stellt eine Schüssel aus rostfreiem Stahl auf mein Tablett.

»Helen, könnten Sie sich auf die andere Seite von Sarah setzen?«, fragt sie.

Meine Mutter springt auf und verschwindet. Vielleicht habe ich Martha doch vorschnell verurteilt.

»Okay, Sarah, legen Sie sich auf den Rücken, los geht's. Sind Sie so weit?«, fragt sie.

Aber noch bevor ich meine Zustimmung zu dem geben kann, was wir im Begriff sind zu tun, legt sie mir schon ihre kräftigen Hände um das Gesicht und dreht meinen Kopf zur Seite. Und da ist meine Mutter wieder. Diese verdammte Frau.

»Hier ist ein Waschlappen. Wischen Sie ihr damit über den Arm, und reiben Sie ihre Hand ab, alle Finger.«

»Soll ich ihren anderen Arm auch waschen?«

»Nein, es geht nicht darum, sie zu säubern. Wir versuchen, ihrem Gehirn in Erinnerung zu rufen, dass sie einen linken Arm hat, und zwar durch die Struktur des Lappens, durch die Temperatur des Wassers und dadurch, dass sie ihren Arm ansieht, während das geschieht. Ihr Kopf wird sich wieder zu dieser Seite hier drehen wollen. Drehen Sie ihn dann einfach wieder nach links, so, wie ich es eben getan habe. Okay?«

Meine Mutter nickt.

»Gut«, sagt Martha und verlässt uns eilig.

Also wringt meine Mutter den Lappen über der Schüssel aus und beginnt, meinen Arm abzuwischen. Ich spüre es. Der Lappen ist rau und das Wasser lauwarm. Ich sehe meinen Unterarm, mein Handgelenk und meine Hand, während sie jeden Körperteil berührt. Und obwohl ich spüre, dass das mit *mir* geschieht, ist es fast, als würde ich meiner Mutter dabei zusehen, wie sie jemand anderem den Arm wäscht. Es ist, als würde der Lappen auf meiner Haut meinem Gehirn sagen: *Spürst du das? Das ist deine linke Schulter. Spürst du das? Das ist dein linker Ellenbogen.* Aber ein anderer Teil meines Gehirns – hochnäsig und entschlossen, das letzte Wort zu behalten – hält ständig dagegen: *Ignoriere diesen Unsinn! Du hast gar nichts Linkes! Es gibt kein Links!*

»Wie fühlt sich das an?«, fragt meine Mutter nach ein paar Minuten.

»Es ist ein bisschen kalt.«

»Entschuldige, okay, Augenblick, beweg dich nicht.«

Sie springt auf und huscht ins Bad. Ich starre auf das Gefängnis, während ich mit offenen Augen träume. Ich frage mich, ob sie mir auch warmes Wasser holen würde, wenn ich dort drüben wäre. Ohne Vorwarnung sind ihre Hände plötzlich auf meinem Gesicht, und sie dreht meinen Kopf zur Seite. Sie beginnt wieder, meinen Arm zu reiben. Das Wasser ist zu heiß.

»Weißt du«, sage ich, »Bob muss wirklich pünktlich zur Arbeit kommen. Er sollte dich nicht morgens hierherfahren.«

»Ich bin selbst gefahren.«

Baldwin liegt im Auge eines gewaltigen Tornados des öffentlichen Nahverkehrs, schwer zu erreichen, selbst für die kühnsten und geübtesten Bostoner Autofahrer. Dazu die Rushhour. Und meine Mutter.

»Das hast du getan?«

»Ich habe die Adresse in diesen Karten-Computer eingetippt und genau das getan, was die Dame mir gesagt hat.«

»Du bist mit Bobs Wagen gefahren?«

»Darin sind all die Kindersitze.«

Ich komme mir vor, als hätte ich eine Besprechung versäumt.

»Du hast die Kinder zur Schule gefahren?«

»Damit Bob pünktlich zur Arbeit konnte. Wir haben die Autos getauscht.«

»Oh.«

»Ich bin hier, um dir zu helfen.«

Ich bin noch immer dabei, die Tatsache zu verdauen, dass sie meine Kinder zur Schule und Kindertagesstätte gefahren hat und dann allein zur Rushhour von Welmont nach Boston gefahren ist. Und jetzt muss ich meinem Gehirn schon den nächsten Hammer beibringen. Ich versuche mich daran zu erinnern, wann sie mir das letzte Mal bei irgendetwas geholfen hat. 1984 hat sie mir ein Glas Milch eingeschenkt, glaube ich.

Sie hält meine linke Hand in ihrer, unsere Finger ineinander verhakt, und ihre Hand fühlt sich vertraut an, selbst nach all der Zeit. Ich bin drei, und meine Hand liegt in ihrer, wenn sie mir beim Treppensteigen hilft, wenn wir *Ringel, Ringel, Reihe* singen, wenn ich einen Splitter habe. Ihre Hände sind verfügbar, verspielt und geschickt. Nach Nates Tod hielt sie meine Hand zuerst ein bisschen fester. Ich bin sieben, und meine Hand liegt in ihrer, wenn wir die Straße überqueren, wenn sie mich über einen vollen Parkplatz führt, wenn sie mir die Nägel lackiert. Ihre Hände sind selbstbewusst und sicher. Und dann bin ich acht, und meine Hand muss bei dieser ganzen Trauer auf einmal zu schwer zu halten sein, daher lässt sie sie einfach los. Jetzt bin ich siebenunddreißig – und meine Hand liegt in ihrer.

»Ich muss auf die Toilette«, sage ich.

»Ich hole Martha.«

»Nein, nein. Ich schaffe das schon.«

Jetzt, nach dem Unfall, muss ich erst wieder lernen, allein aufzustehen und zur Toilette zu gehen, daher weiß ich nicht, wieso ich auf einmal glaube, das problemlos zu können. Vielleicht, weil ich das Gefühl habe, normal zu sein, und weil ich pinkeln muss. Ich habe nicht das Gefühl, nur auf eine Hälfte von mir oder eine Hälfte meiner Mutter oder eine Hälfte der Toilette zu achten. Ich habe nicht das Gefühl, dass irgendetwas fehlt. Bis ich diesen ersten Schritt mit dem linken Fuß mache.

Ich bin mir nicht sicher, wo die Unterseite meines linken Fußes im Verhältnis zum Boden ist. Auch kann ich nicht sagen, ob mein Knie gestreckt oder gebeugt ist. Doch dann denke ich, dass es vielleicht überstreckt ist – und nach einer entsetzlichen, panischen Sekunde mache ich mit dem rechten Fuß einen Schritt nach vorn. Aber mein Schwerpunkt ist mir völlig abhandengekommen, und im nächsten Augenblick krache ich auf den Boden.

»Sarah!«

»Nichts passiert.«

Ich schmecke Blut. Ich muss mir die Lippe aufgeschnitten haben.

»Oh mein Gott, beweg dich nicht, ich hole Martha!«

»Hilf mir einfach hoch.«

Aber sie ist schon zur Tür hinaus.

Ich liege auf dem kalten Boden und versuche zu überlegen, wie ich wieder hochkommen soll, während ich mir meine verletzte Lippe lecke und denke, dass es vielleicht doch länger als zwei Wochen dauern könnte, bis ich wieder zur Arbeit kann.

Ich frage mich, wer die Harvard-Rekrutierung für mich übernimmt. Hoffentlich ist es nicht Carson. Außerdem frage ich mich, wer die alljährlichen Beurteilungen überprüft. Das ist ein Riesenprojekt, das ich genau jetzt in Angriff nehmen sollte. Meine Schultern pochen. Ich frage mich, wofür meine Mutter so lange braucht.

Seit Linus' Geburt fällt es mir unglaublich schwer, eine volle Blase zu halten. Zu Bobs großem Ärger kann ich es nicht mehr »halten, bis wir da sind«, und wenn wir länger als eine Stunde mit dem Auto unterwegs sind, muss ich ihn mindestens einmal bitten, kurz irgendwo anzuhalten. Auf der Arbeit trinke ich gut und gern einen halben Liter Kaffee auf einmal, was heißt, dass ich in den letzten zehn Minuten einer einstündigen Besprechung oft unter dem Tisch mit den Füßen auf den Boden klopfe wie eine irische Stepptänzerin, während ich verzweifelt überlege, wie ich in der Sekunde, in der die Besprechung endet, am schnellsten zur nächsten Toilette stürzen kann.

Inzwischen habe ich jede Hoffnung aufgegeben, allein wieder aufstehen zu können, und richte nun hundert Prozent meiner Energie und Konzentration darauf, nicht hier auf den Boden zu pinkeln. Gott sei Dank ist meine Blase – oder auf welchen Teil von mir ich mich hier auch immer konzentriere – in der Mitte und nicht irgendwo links. Ich bete darum, nicht niesen zu müssen.

Schließlich stürzt meine Mutter, gefolgt von Martha, ins Zimmer. Meine Mutter sieht panisch und bleich aus. Martha mustert mich, die Hände in die Hüften gestemmt.

»Na, das war aber impulsiv«, sagt sie.

Ich wüsste ein paar ätzende Dinge, die ich jetzt tun oder sagen könnte, die wirklich impulsiv wären. Aber diese Frau ist für meine Pflege zuständig, und ich muss auf die Toilette, bevor ich hier pinkle, und ich muss wieder auf die Arbeit, bevor ich meinen Job verliere, daher beiße ich mir auf meine blutige Lippe.

»Ich hätte ihr helfen sollen«, meint meine Mutter.

»Nein, das ist nicht Ihr Job. Das ist mein Job. Drücken Sie das nächste Mal auf den Rufknopf. Lassen Sie mich die Therapeutin sein, und seien Sie die Mutter.«

»Okay«, sagt meine Mutter, als hätte sie eben einen Eid abgelegt.

»Seien Sie die Mutter.« Als hätte sie irgendeine Vorstellung davon, was das heißt. »Seien Sie die Mutter.« Auf einmal ärgern und amüsieren mich diese vier Worte und kneifen mich an einer empfindlichen Stelle. Aber vor allem lenken sie mich ab, und ich pinkle den ganzen Boden voll.

ELFTES KAPITEL

Es ist früh am Morgen, noch gab es kein Frühstück, noch haben die Therapeuten nicht mit ihrer Arbeit an mir begonnen, vermutlich haben sich die Kinder zu Hause noch nicht einmal angezogen. Und Bob ist hier.

»Kannst du mich jetzt sehen?«, fragt Bob.

Ich sehe das Gefängnis, das Fenster, den Besucherstuhl, den Fernseher.

»Nein«, sage ich.

»Dreh den Kopf zur Seite.«

Ich drehe den Kopf zur Seite. Ich sehe das Gefängnis.

»Nein, in die andere Richtung.«

»Es gibt keine andere Richtung.«

»Doch, die gibt es. Dreh den Kopf nach links. Ich stehe hier drüben.«

Ich schließe die Augen und stelle mir vor, wie Bob dasteht. Vor meinem geistigen Auge trägt er ein schwarzes Longsleeve mit Rundhalsausschnitt und Jeans, obwohl er nie Jeans zur Arbeit trägt. Er verschränkt die Arme, und er hat sich nicht rasiert. Ich schlage die Augen auf und drehe den Kopf zur Seite. Ich sehe das Gefängnis.

»Ich kann nicht.«

»Doch, du kannst. Es ist ganz einfach.«

»Das ist es nicht.«

»Ich verstehe nicht, warum du nicht einfach den Kopf zur Seite drehen kannst.«

»Ich habe ihn zur Seite gedreht.«

»Nach links.«

»Es gibt kein Links.«

Ich höre ihn entnervt aufseufzen.

»Schatz, sag mir alles, was du hier drinnen siehst«, fordere ich ihn auf.

»Dich, das Bett, das Fenster, den Stuhl, den Tisch, die Blumen, die Karten, die Fotos von mir und den Kindern, die Toilette, die Tür, den Fernseher.«

»Ist das alles?«

»So ziemlich.«

»Okay, was, wenn ich dir jetzt sagen würde, dass alles, was du siehst, nur die Hälfte von dem ist, was wirklich hier ist? Was, wenn ich dir sagen würde, du sollst den Kopf zur Seite drehen und dir die andere Hälfte ansehen? Wohin würdest du dann gucken?«

Er sagt nichts. Ich warte. Ich stelle mir vor, wie Bob in seinem Longsleeve und seinen Jeans dasteht und sucht.

»Ich weiß nicht«, antwortet er schließlich.

»Eben.«

Ellen tanzt zu den Black Eyed Peas. Sie ist zum Schreien. Weitaus besser als Regis und diese Dingsda. Ich wünschte, ich könnte aufstehen und mit ihr Boogie tanzen, aber nach dem gestrigen Missgeschick auf dem Weg zur Toilette habe ich meine Lektion gelernt.

Bob ist vor einer Stunde zur Arbeit gefahren, und jetzt ist meine Mutter da und hockt neben mir auf »ihrem« Stuhl. Sie trägt einen lavendelfarbenen Fleece-Trainingsanzug und weiße New-Balance-Sneaker. Sie sieht aus, als ob sie im Begriff wäre, joggen zu gehen oder zu einer Aerobicstunde in ein Fitnessstudio zu fahren. Ich bezweifle, dass sie auch nur eins von beidem je getan hat. Dann ertappe ich sie dabei, wie sie mich anstatt Ellen ansieht, und ich komme mir vor, als hätte ich eben Blickkontakt mit einem in die Enge getriebenen Spatz aufgenommen. Sie guckt nach unten und inspiziert ihre Sneakers, verändert ihre Haltung auf dem Stuhl, dreht sich zur Seite, um zu sehen, was draußen vor dem Fenster los ist, verändert ihre Haltung auf dem Stuhl, wirft mir einen scheuen Blick zu, sieht rasch wieder auf den Fernseher und fummelt an ihren Haaren herum. Sie braucht irgendeine Aufgabe.

»Mom, kannst du mir einen Hut besorgen?«

»Was denn für einen?«

Mir fällt nur eine einzige Kopfbedeckung ein, die ich habe, die keine Skimütze ist: ein riesiger Sonnenhut aus Stroh. Aber ich bin eindeutig nicht in einem Tropenurlaub oder am Rand eines Swimmingpools. Ich besitze jede Menge Bandanas und Halstücher, mit denen ich meinen Kopf bedecken könnte, aber ich will nicht wie eine Krebspatientin aussehen. Ich will normal aussehen wie jemand, der theoretisch in zwei Wochen wieder zur Arbeit gehen könnte. Und ich will den Kindern keinen Schrecken einjagen.

»Kannst du mir einen kaufen?«

»Wo denn?«

»In der Prudential Mall.«

Sie blinzelt ein paarmal. Ich weiß, dass sie nach einem Ausweg aus dieser geplanten Expedition sucht. *Ich weiß nicht, wo das ist, ich weiß nicht, was für eine Art Hut du willst, ich will meinen Platz nicht verlieren.*

»Ich brauche eine Adresse«, sagt sie.

»800 Boylston Street.«

»Bist du sicher, dass die stimmt?«

»Ja, ich arbeite dort.«

»Ich dachte, du arbeitest bei irgendeinem Wirtschaftsunternehmen.«

Sie sagt es, als hätte sie mich eben bei einer Riesenlüge ertappt, als würde ich in Wirklichkeit bei Gap arbeiten, genau wie sie es schon die ganze Zeit vermutet hat.

»Berkley hat seinen Sitz in der Mall.«

»Oh.«

Ich wünschte, ich könnte selbst hinfahren. Ich würde mir bei Neiman Marcus oder Saks Fifth Avenue irgendetwas Hippes und Hübsches kaufen, und dann würde ich auf der Arbeit vorbeischauen, mich bei Jessica und Richard melden, feststellen, wie es mit den Personalbeurteilungen aussieht, alle Fehlentscheidungen korrigieren, die Carson im Moment in Bezug auf unsere nächste Generation von Beratern trifft, und vielleicht an ein oder zwei Besprechungen teilnehmen, bevor ich wieder zurückkomme.

»Aber du hast in ein paar Minuten Therapie«, wirft sie ein.

»Da musst du nicht dabei sein.«

»Ich muss sehen, was sie machen, damit ich dir helfen kann.«

»Ich brauche wirklich einen Hut, bevor die Kinder hierherkommen. Ich will nicht, dass sie mich so sehen, und es könnte voll sein auf den Straßen. Du kannst morgen bei der Therapie dabei sein.«

Oder am nächsten Tag. Oder am übernächsten.

»Bist du sicher?«, fragt sie.

»Ja, wirklich.«

»800 Boylston Street«, wiederholt sie.

»Du sagst es.«

»Und du berichtest mir, was in der Therapie los war, wenn ich zurückkomme.«

»Ich werde dich über alles unterrichten.«

Oder zumindest über die Hälfte von allem.

Meine Mutter schreibt die Adresse auf eine Quittung, die sie in ihrer Handtasche findet, ich versichere ihr noch zweimal, dass sie die richtige Adresse hat, und dann geht sie endlich. Ich entspanne mich und sehe mir wieder Ellen an. Sie lächelt und plaudert mit irgendjemandem namens Jim. Er klingt wie Jim Carrey. Nach ein paar Minuten geht mir der Gedanke durch den Kopf, dass ich Jim Carrey sehen können sollte. Aber das kann ich nicht. Ich versuche es. Aber ich kann es trotzdem nicht. Ich kann nur Ellen sehen. Was, wenn ich die Person, mit der Ellen redet, niemals sehen können werde? Was, wenn die Reha nichts bringt? Was, wenn das hier nie mehr weggeht? Was, wenn ich nie wieder zurück auf die Arbeit kann? Ich kann so nicht leben.

Ich will mir Ellen nicht länger ansehen und gucke aus dem Fenster. Es ist ein klarer, sonniger Tag, und in dem grellen Spiegelbild in der Scheibe sehe ich meinen hässlichen kahlen Kopf. Ich will mich nicht mehr ansehen, aber ich habe nur die Wahl zwischen Ellen, meinem hässlichen kahlen Kopf und dem Gefängnis. Ellens Gast, wer immer er ist, sagt irgendetwas, das sie erheitert, und Ellen lacht, während ich die Augen schließe und weine.

»Morgen, Sarah.«

Der Stuhl ist leer. Der Fernseher ist ausgeschaltet. Die Stimme klingt vertraut, aber ich kann sie nicht einordnen.

»Hallo?«, frage ich.

»Ich bin hier drüben.«

Ich drehe den Kopf zur Seite. Ich sehe das Gefängnis.

»Okay, wir werden daran arbeiten«, sagt die Frauenstimme.

Dann erscheint die Frau auf dem Stuhl meiner Mutter. Es ist Heidi, Bens Mom. Das ist ein bisschen merkwürdig. Ich hätte nicht erwartet, dass sie sich tagsüber Zeit nimmt, um mich zu besuchen. Vielleicht hat sie mir irgendetwas über Charlie und die Schule zu erzählen. Gott, ich hoffe, er hat keinen Ärger.

»Na, kriegst du im Vor-Schulbeginn-Programm nicht genug von mir?«, fragt sie lächelnd.

Ich erwidere das Lächeln, aber ich verstehe nicht, worüber wir uns so freuen.

»Heidi, vielen Dank, dass du mich besuchst.«

»Du hast keinen Grund, dich zu bedanken. Ich tue nur, was auf dem Dienstplan steht. Du bist mein Elf-Uhr-Termin.«

Hä?

»Ich bin deine BT.«

Nochmal, hä?

»Deine Beschäftigungstherapeutin. Ich arbeite hier.«

»Oh!«

Der Kittel, die lila Crocs, der Lichtbildausweis, der an einer Kordel um ihren Hals baumelt. Ich war immer davon ausgegangen, dass sie irgendeine Art von Krankenschwester ist, aber ich habe sie nie gefragt, was genau sie macht oder wo sie arbeitet.

»Wie geht es dir?«, fragt sie.

»Gut.«

Sie starrt mich an und wartet ab, als wäre ich ein schwieriger Teenager, der bestreitet, dass die Drogen ihm gehören. Ich habe ein Schädel-Hirn-Trauma, mein Kopf ist kahl rasiert, ich kann nicht laufen, weil ich keine Ahnung habe, wo mein linkes Bein ist, und sie ist hier, weil sie meine Beschäftigungstherapeutin ist und ich ihr Elf-Uhr-Termin bin. »Gut« ist nicht annähernd eine zutreffende Antwort.

»Ehrlich gesagt, nicht so gut. Ich will nicht hier sein. Ich will nicht in diesem Zustand sein. Ich will einfach nur nach Hause.«

»Hey, ich will auch nicht, dass du hier bist. Sosehr es mich auch freut, die Gelegenheit zu haben, dich endlich besser kennen zu lernen, würde ich das doch lieber in meinem Wohnzimmer bei einer Flasche Wein tun.«

Ich lächle, weil ich Heidis Freundlichkeit zu schätzen weiß, aber nur für einen winzigen Moment, denn ich bin im Moment zu beschäftigt damit, genauer auszuführen, inwiefern es mir »nicht so gut« geht.

»Ich habe so viel Arbeit versäumt, so viele wichtige Termine. Ich muss wieder zur Arbeit. Und meine Kinder. Charlie hat Probleme in der Schule, und ich vermisse es, Lucy ins Bett zu bringen – und Linus. Ich muss wirklich wieder nach Hause.«

Meine Stimme beginnt schon zu brechen, als ich Lucys Namen sage, und sie versagt völlig, als ich zu Linus komme. Tränen laufen mir übers Gesicht, und ich versuche gar nicht erst, sie zurückzuhalten. Heidi reicht mir ein Taschentuch.

»Ich will mein Leben wiederhaben.«

»Wir bringen dich wieder dorthin. Du musst positiv bleiben. Ich habe Charlie und Lucy gestern beim Vor-Schulbeginn-Programm gesehen, und es geht ihnen gut. Haben sie dich schon gesehen?«

»Sie kommen heute zum ersten Mal.«

Seit dem Unfall sind zweieinhalb Wochen vergangen, und Bob hat mir erzählt, dass Charlie und Lucy angefangen haben zu fragen: »Wann kommt Mommy von der Arbeit nach Hause?« Ich wünschte, ich wüsste es. Und ich wünschte auch, sie müssten mich nicht hier sehen, in diesem Zustand, kahl rasiert und behindert in einer Rehaklinik, aber ich kann es nicht mehr erwarten, sie zu sehen.

»Gut. Und ich habe eben deine Mom getroffen. Sie ist ja so süß. Sie wollte wissen, wo sie dir einen Hut kaufen könnte.«

Natürlich wollte sie das.

»Was hast du ihr gesagt?«

»Ich habe sie zur Pru geschickt.«

»Hat sie nach der Adresse gefragt?«

»Ja, sie ist versorgt.«

Sie ist ein Fall für sich.

»Also, wir werden mit dir trainieren, wieder auf die linke Seite zu achten. Bist du bereit, mit der Arbeit anzufangen?«

»Ja.«

Ich hole einmal tief Luft.

»Kannst du mir sagen, wie spät es ist?«, fragt sie.

»Elf Uhr.«

»Und woher weißt du das?«

»Weil du mir gesagt hast, dass ich dein Elf-Uhr-Termin bin.«

Sie lacht.

»Bei dir werde ich wirklich auf Draht sein müssen. Ehrlich gesagt bin ich heute ein bisschen spät dran. Kannst du mir sagen, wie viel zu spät ich bin?«

»Ich sehe hier drinnen keine Uhr.«

»Na ja, du trägst eine wunderschöne Armbanduhr.«

»Ach ja.«

Meine Cartier-Uhr. Platin, mit rund geschliffenen Diamanten ringsum und römischen Zahlen auf dem Ziffernblatt.

»Kannst du mir sagen, wie spät es darauf ist?«

»Ich kann sie nicht finden.«

»Kannst du sie an deinem Handgelenk spüren?«

»Nein.«

»Wie hast du sie denn angelegt?«

»Das hat meine Mutter für mich getan.«

»Okay, suchen wir deine Uhr.«

Sie steht auf und scheint das Zimmer zu verlassen, aber ich höre die Tür nicht auf- und zugehen. Ich warte darauf, dass sie irgendetwas sagt. Doch sie sagt nichts.

»Du riechst nach Kaffee«, stelle ich fest.

»Gut, du wusstest, dass ich immer noch hier bin.«

»Für einen Kaffee würde ich jetzt alles geben.«

»In der Eingangshalle gibt es ein Dunkin' Donuts. Wenn du mir sagst, wie spät es ist, hole ich dir einen.«

Ich atme wieder ihren Kaffeegeruch ein, und mein Herz schlägt vor Vorfreude ein bisschen schneller, als ich mir den extragroßen Styroporbecher vorstelle, warm in meiner Hand, randvoll mit himmlischem Vanille-Latte. Wo zum Teufel ist meine Uhr?

»Ich sitze links von dir. Kannst du mich sehen?«

»Nein.«

»Folge meiner Stimme. Immer weiter, an dem Fernseher vorbei.«

»Ich kann nicht.«

An dem Fernseher vorbei ist nichts.

»Mmm, dieser Kaffee war ja sooo gut«, schwärmt sie und quält mich, indem sie mir ins Gesicht atmet.

Ich versuche mir vorzustellen, wie der Kaffeeduft als ein sichtbarer Kondensstreifen aus Heidi strömt. Ich bin eine Comic-Maus, die ein riesiges Stück Schweizer Käse erschnuppert.

»Ich kann nicht.«

»Doch, du kannst. Folge meiner Stimme. Komm schon, sieh nach links.«

»Ich habe das Gefühl, alles anzusehen, was in diesem Zimmer ist. Aber ich weiß, dass du im Zimmer bist, das heißt, ich tue das offenbar nicht, aber es kommt mir so vor.«

Das, was ich wahrnehme, und das, von dem ich weiß, dass es wahr ist, führen Krieg in meinem Kopf, bekämpfen sich bis aufs Blut, bereiten mir riesige Kopfschmerzen. Oder vielleicht brauche ich auch nur einen riesigen Kaffee.

»Okay, versuchen wir es mit ein bisschen Stimulation. Spürst du das?«

»Ja.«

»Wie fühlt es sich an?«

»Wie ein Klopfen.«

»Gut. Worauf klopfe ich?«

»Auf meinen Handrücken.«

»Den Handrücken welcher Hand?«

Ich sehe auf meine rechte Hand.

»Meiner linken?«

»Gut. Jetzt versuch dorthin zu sehen, wo ich klopfe.«

Ich sehe hinunter. Mein Bauch wölbt sich peinlich weit, bis auf meinen Schoß. Ich hatte gehofft, vielleicht wenigstens ein paar Pfund abzunehmen, solange ich hier bin, weil ich ja offenbar nur die Hälfte des Essens auf meinem Teller esse. Aber selbst mit der seltsamsten Diät aller Zeiten verliere ich offenbar nicht ein Gramm.

»Sarah, bist du noch bei mir? Sieh auf das, worauf ich klopfe.«

»Ich kann es nicht mehr spüren.«

»Okay, schalten wir mal einen Gang höher. Wie ist es jetzt?«

Ich sehe, dass sich am Rand des Zimmers irgendetwas bewegt, aber es ist zu verschwommen und unbeständig, um zu erkennen, was genau es ist. Dann, auf einmal, wird es scharf.

»Ich sehe deine Hand!«

»Sieh noch mal hin.«

»Ich sehe, wie sich deine Hand auf- und abbewegt.«

»Fallen dir irgendwelche Details an der Hand auf?«

Details an der Hand. Augenblick. Es war schon schwer genug, die Hand ausfindig zu machen und zu identifizieren, und jetzt will sie auch noch Details. Ich gebe mir alle Mühe, die Bewegung ihrer Hand in meinem Gesichtsfeld zu behalten, dehne meine Konzentration so unangenehm weit an den Rand des Gesichtsfelds aus, dass es mir vorkommt, als würde ich versuchen, etwas zu beschreiben, was an meinem eigenen Hinterkopf ist. Ich will eben schon aufgeben, als ich bemerke, dass die Hand einen Smaragdschliff-Diamantring und eine Cartier-Uhr trägt.

»Oh mein Gott, das ist *meine* Hand!«

»Gut gemacht, Sarah.«

»Ich sehe meine linke Hand!«

Ich klinge wie Lucy, die allen verkündet, dass sie sich ganz allein die Schuhe zugebunden hat.

»Gut. Und wie spät ist es auf deiner Uhr?«

Ach ja. Das Ziel. Ich bin so kurz davor, diesen Kaffee zu bekommen, dass ich ihn fast schon schmecken kann. Lies die Uhr. Aber während ich damit beschäftigt war, mir zu gratulieren, dass ich meine linke Hand sehen kann, und mich auf meine bevorstehende Belohnung zu freuen, ist etwas Schreckliches passiert. Meine linke Hand ist verschwunden. Ich versuche, noch einmal dasselbe zu tun wie eben, um sie wieder sehen zu können, aber ich hatte mich nicht an irgendeine vorgeschriebene Abfolge methodischer Schritte gehalten, um sie zu finden, und offenbar kann ich die Erfahrung nicht wiederholen. Die Hand ist einfach wie durch Zauber erschienen. Und dann wieder verschwunden.

»Ich habe meine Hand verloren.«

»Ach, das macht nichts. Das kommt vor. Dein Gehirn wird sich sehr schwer damit tun, die Aufmerksamkeit auf der linken Seite aufrechtzuerhalten. Wir werden dir helfen, sie zu verlängern.«

»Ich denke, ich sollte die Armbanduhr ab jetzt besser am rechten Handgelenk tragen.«

»Okay, und wie wirst du sie dann anlegen?«

Ich starre auf mein rechtes Handgelenk und begreife, dass es unmöglich ist, das zu bewerkstelligen.

»Meine Mutter?«

»Ich denke, du solltest die Uhr an deinem linken Handgelenk belassen. Das werden wir gut als Übung benutzen können. Und ich weiß, dass deine Mom hier ist, um dir zu helfen, und im Augenblick ist das auch okay, aber langfristig ist es keine gute Lösung, dass sie dir das abnimmt.«

Ich könnte ihr nicht mehr recht geben.

»Aber es wäre schön, die Uhrzeit zu wissen«, sage ich.

»Wie wär's, wenn du dafür dein Handy benutzt?«, schlägt sie vor.

Ich würde mein Handy sehr gern benutzen, aber ich habe mein Handy seit dem Unfall nicht mehr benutzt, weil Bob es mir nicht geben will. Immer wieder flehe ich ihn an, es mir zu bringen. Mein Terminkalender und meine E-Mails sind in meinem Handy. Und meine ganzen Kontakte. Dieselben Daten waren auch auf meinem Laptop gespeichert, aber mein Laptop wurde bei dem Unfall zusammen mit dem Acura zerstört. Daher brauche ich unbedingt mein Telefon.

Aber Bob hält mich immer wieder hin, wenn ich das Thema zur Sprache bringe. *Oh, ich kann es nicht finden. Oh, ich habe es vergessen. Oh, ich bringe es dir morgen mit.* Oh, er ist so durchschaubar. Er will nicht, dass ich irgendwelche Zeit mit Gedanken an die Arbeit verbringe, solange ich hier bin. Er meint, ich sollte mir die Arbeit aus dem Kopf schlagen und hundert Prozent meiner geistigen Energie darauf verwenden, wieder gesund zu werden. Und er meint, wenn ich nebenbei ein bisschen Arbeit zu erledigen versuche, wird mich das nur völlig stressen, und dass ich im Augenblick keinen zusätzlichen Stress brauchen kann.

Zu einem gewissen Grad gebe ich ihm ja recht, und ich arbeite ja auch so hart ich kann, um alle Aufgaben zu erfüllen, die die Schwestern und Therapeuten mir stellen, aber es gibt hier in Baldwin eben auch viel Leerlauf. Ich habe täglich drei Stunden irgendeine Art von Therapie. Und die Mahlzeiten könnte man ebenfalls als Gelegenheiten zählen, irgendetwas zu lernen. Zum Beispiel versteckt Martha meinen Nachtisch immer auf der linken Seite meines Tabletts (und wenn ich ihn nicht finden kann, ist meine Mutter, die Gute, stets hilfsbereit zur Stelle). Das heißt, wenn ich die Mahlzeiten mit einrechne, sind es vielleicht noch einmal zwei Stunden. Aber das ist dann auch wirklich alles. Fünf Stunden täglich. Ich könnte leicht ein paar E-Mails und Telefonate unterbringen, ohne es zu übertreiben. Ein paar Telefonate täglich könnten meinen Stresspegel vielleicht sogar senken.

»Bob will mir mein Telefon nicht geben«, verpetze ich ihn.

Heidi geht hinüber zum Stuhl meiner Mutter.

»Ist es das?«, fragt sie, mein Handy in der Hand.

»Ja! Wo hast du es gefunden?«

»Es lag auf dem Tisch links von dir.«

Großer Gott. Ich frage mich, wie lange es schon an diesem unsichtbaren Ort neben mir gelegen hat. Ich stelle mir vor, wie Bob es dorthin gelegt und sich gedacht hat: *Sie kann es gern benutzen, wenn sie es finden kann.*

»Hier«, sagt sie und reicht mir meinen lange verloren geglaubten Freund. »Die Uhrzeit hast du nicht gefunden, aber du hast deine Hand gefunden und für ein paar Sekunden deine Uhr gesehen. Ich gehe jetzt nach unten und hole dir einen Kaffee.«

»Wirklich?«

»Aber ja. Welche Sorte?«

»Vanille-Latte. Extra groß. Vielen Dank.«

»Sollst du haben. Ich könnte auch noch einen vertragen. Wir werden mit Kaffee in der Reha anfangen und uns allmählich zu Wein in meinem Wohnzimmer vorarbeiten. Abgemacht?«

»Abgemacht.«

»Okay, bin gleich wieder da.«

Ich höre, wie die Tür auf- und zugeht, und dann bin ich wieder allein in meinem Zimmer. Meine Mutter ist in der Mall, Heidi holt Kaffee, ich habe mein Handy, und ein paar kurze Augenblicke lang war ich mir meiner linken Hand bewusst. Ich lächle. Es geht mir vielleicht noch nicht gut, aber ich würde sagen, es geht mir schon ein bisschen besser als nicht so gut.

Also, wo soll ich anfangen? Ich denke, als Erstes werde ich Jessica anrufen und mich über alles auf den aktuellen Stand bringen lassen, was seit dem Unfall passiert ist. Dann Richard. Wir werden eine Strategie entwickeln müssen, wie ich von hier aus am besten arbeiten kann. Dann Carson. Ich kann es kaum erwarten, ihre Stimmen zu hören. Ich drücke auf den Einschaltknopf, aber nichts tut sich. Ich drücke ihn immer wieder. Nichts. Der Akku ist leer.

Und ich habe keine Ahnung, wo das Ladegerät ist.

ZWÖLFTES KAPITEL

Meine Mutter ist seit einer Ewigkeit fort. Ich kann mir nicht vorstellen, wofür sie so lange braucht. Es ist ein seltsames Gefühl, mir zu wünschen, dass meine Mutter zu mir zurückkommt. In diesen Brunnen werfe ich schon lange keine Münzen mehr. Aber hier sitze ich aufrecht in meinem Krankenhausbett, begrüße Jessica und Richard und versuche, mich normal zu verhalten, während ich wünschte, meine Mutter würde sich beeilen und endlich wiederkommen. Ich brauche diesen verdammten Hut.

Jessica reicht mir eine riesige und schwere Schachtel Schokolade-Erdnussbutter-Fudge, setzt sich auf den Stuhl meiner Mutter und fragt mich, wie es mir geht.

In meiner besten, selbstbewussten Alltagssprache, als sei das alles gar nicht der Rede wert, antworte ich: »Gut. Schon viel besser«, und danke ihr für den Fudge.

Ich biete ihnen ein Stück davon an, aber sie sagen beide: »Nein, danke.«

Ich wühle in der Schachtel nach dem größten Würfel und stecke ihn mir ganz in den Mund. Großer Fehler. Jetzt bin ich durch all die Schokolade und Erdnussbutter außerstande, ein Gespräch zu beginnen, und Jessica und Richard kommen mir auch nicht entgegen. Sie sehen mir nur beim Kauen zu. Die Stille fühlt sich noch schwerer und unangenehmer an als der riesige Fudgeklumpen in meinem Mund. Ich versuche, schneller zu kauen.

Das Bild von mir, das sich in Jessicas Miene spiegelt, ist nicht sehr schmeichelhaft. Die OP-Narben, die Prellungen, die Kahlheit am ganzen Kopf. Ich bin ein Horrorfilm, und sie würde am liebsten ihr Gesicht in irgendjemands Schulter vergraben. Ihre guten Manieren verhindern, dass sie den Blick abwendet, aber es ist nicht zu übersehen, dass mein Aussehen ihr Angst macht. Das ist nicht das selbstbewusste Bild von Gesundheit und Kompetenz, das ich zu vermitteln hoffte. Wo zum Teufel bleibt meine Mutter mit diesem Hut? Endlich schlucke ich.

»Vielen Dank, dass Sie gekommen sind. Ich hätte mich selbst gemeldet, aber mein Handy war nicht aufzufinden, und mein Laptop hat den Unfall nicht überlebt. Wenn Sie mir per Kurier einen schicken, kann ich leicht von hier aus arbeiten.«

»Machen Sie sich keine Sorgen um die Arbeit, Sarah. Wir werden uns um alles kümmern, bis Sie wiederkommen«, verspricht Richard.

Jessica nickt, Abscheu und Entsetzen scheinen durch ihr gequältes Lächeln.

»Aber ich muss bei der Rekrutierung wirklich alle Fäden in der Hand behalten. Jetzt läuft die heiße Phase. Mein Postfach quillt bestimmt über.«

»Wir haben Ihre ganzen E-Mails an Jessica und Carson weitergeleitet. Lassen Sie die beiden die heiße Phase abwickeln«, sagt Richard.

»Ja, keine Sorge«, pflichtet ihm Jessica bei, wobei sie ungefähr so besorgt aussieht, wie ein Mensch nur aussehen kann.

Natürlich, sie mussten meine ganzen E-Mails weiterleiten. Das ist sinnvoll. Sie wussten nicht, wie lange ich außer Gefecht gesetzt sein würde, und die ausstehenden Entscheidungen können nicht warten. Hier in Baldwin ist die Zeit vielleicht ein versteinerter Wald, aber bei Berkley ist sie eine reißende Stromschnelle.

»Ich weiß, dass ich physisch noch nicht wieder im Büro bin, aber es gibt keinen Grund, weshalb ich nicht von hier aus arbeiten kann«, sage ich zu Richard, während ich Jessica ansehe.

Augenblick. Ich rede mit Richard, aber ich sehe Jessica an. Mir ist eben bewusst geworden, dass ich Richard gar nicht sehe. Er muss rechts von ihr stehen. Links von mir. Na toll. Vor meinem geistigen Auge stelle ich mir Richard vor. Er ist ungefähr einen Meter fünfundachtzig groß, grau meliertes Haar, braune Augen, schlank, fast hager, blauer Anzug, rote Krawatte, Wingtip-Schuhe. Der schlanke Teil ist neu. Aus einer etwas älteren Datenbank meines Gedächtnisses kann ich einen Richard aus der Zeit vor seiner Scheidung hervorholen – fünfzig Pfund schwerer, rosiges, fleischiges Gesicht, melonengroßer Bauch der Männer mittleren Alters, größerer Anzug, dieselbe rote Krawatte. Ich stelle mir den Inhalt seines Kühlschranks in seinem Junggesellen-Apartment im Ritz vor – ein Sixpack Corona, ein paar Limetten, ein abgelaufener Liter Milch. Ich versuche mir sein hageres Gesicht vorzustellen, während ich mich frage, ob er auch nur halb so schockiert aussieht wie Jessica.

»Es ist alles unter Kontrolle, Sarah«, sagt Richards Stimme.

»Was ist mit den alljährlichen Beurteilungen?«

»Carson kümmert sich darum.«

»Sogar Asien?«

»Hat er.«

»Und Indien?«

»Ja.«

»Schön, na ja, sagen Sie ihm, er soll mich anrufen, wenn er irgendwelche Fragen hat oder mich für irgendetwas braucht.«

»Mache ich.«

»Ich kann zumindest telefonisch an internen Besprechungen teilnehmen. Jessica, können Sie mir meinen Terminkalender schicken und mich für Konferenzgespräche einplanen?«

Ein Handy klingelt. Gott, ich vermisse meinen Klingelton.

»Hallo? Ja«, sagt Richards Stimme. »Gut, sagen Sie ihm, ich rufe ihn in fünf Minuten zurück.«

Auf irgendein Zeichen von Richard hin, das ich nicht sehen kann, hebt Jessica ihre Tasche vom Boden auf und legt sie auf ihren Schoß. Der Abspann läuft, der Film ist aus, und sie will zusehen, dass sie von hier verschwindet.

»Entschuldigen Sie, dass ich nur kurz bleiben konnte, aber ich muss diesen Anruf erledigen«, sagt Richard.

»Natürlich, kein Problem, danke fürs Kommen. Und keine Sorge. Ich werde bald wieder hier raus sein.«

»Gut.«

»Aber können Sie mir einen Laptop schicken und mich über Besprechungen auf dem Laufenden halten, solange ich hier bin, Jessica?«

»Sarah, wir vermissen Sie«, antwortet Richard. »Aber wir wollen, dass Sie sich Zeit lassen und erst zurückkommen, wenn Sie wieder hundertprozentig gesund sind. Je früher Sie gesund werden, desto früher können wir Sie wieder ins Feuer werfen. Konzentrieren Sie sich nur auf sich selbst, und machen Sie sich keine Sorgen um die Arbeit. Es ist alles unter Kontrolle.«

»Ich werde Ihnen noch mehr Fudge schicken«, verspricht Jessica – wie ein Elternteil, der mit einem Kind verhandelt und ihm irgendeine lahme Alternative zu dem anbietet, was das Kind wirklich will, aber nicht haben kann.

»Können wir Ihnen sonst noch irgendetwas besorgen?«, fragt Richard.

Einen Computer, ein Handy-Ladegerät, meinen Terminkalender, irgendeine Rettungsleine zu meinem Job.

»Nein, danke.«

»Gute Besserung. Wir vermissen Sie«, sagt Jessica im Hinausgehen.

Richard kommt jetzt in Sicht.

»Hat mich gefreut, Sie zu sehen, Sarah.«

Er bückt sich zu mir hinunter und beugt sich vor, um mir einen höflichen Kuss auf die Wange zu geben. Das nehme ich zumindest an. Ich bin bereits im Begriff, seinen unschuldigen Wangenkuss zu erwidern, als seine Lippen auf einmal erstaunlich genau vor meinen sind, und ohne Zeit zu überlegen, was ich da tue, drücke ich ihm einen dicken Schmatzer genau auf die Lippen.

Ich bin sicher, die Verblüffung auf seinem Gesicht ist dieselbe wie die auf meinem. In meiner Verlegenheit suche ich hektisch nach einer Erklärung. Er muss meine linke Wange angesteuert haben, die Wange, deren Existenz mir nur theoretisch bewusst ist. Diese neurologische Logik reicht mir als Erklärung, aber Richard sieht mich an, als hätte ich vergessen, welche Art von Beziehung wir haben. Als hätte ich den Verstand verloren.

»Okay, äh, na dann«, räuspert er sich. »Gute Besserung.«

Und dann sind sie beide zur Tür hinaus.

Na toll. Ich habe eben meiner Assistentin einen Mordsschrecken eingejagt und meinen Chef sexuell belästigt.

Ich öffne die Schachtel mit dem Fudge und nehme mir noch ein großes Stück. Sie wollen mich nicht wiederhaben, solange ich nicht hundertprozentig gesund bin. Ich kaue auf dieser Information herum, während ich auf dem Stück Fudge kaue. *Was, wenn ich nicht hundertprozentig gesund werde?*

Ich stecke mir noch ein Stück Fudge in den Mund. *Was, wenn ich nicht hundertprozentig gesund werde?* Ich esse noch einen Würfel. Ich esse, bis mir schlecht wird, aber ich schaffe es noch immer nicht, die Frage zu beantworten, und ich kann nicht aufhören, sie mir zu stellen, daher esse ich die ganze Schachtel leer. Nur dass sich die Schachtel noch immer schwer anfühlt. Ich schüttele sie und höre und spüre Fudge an den Rand der Schachtel rutschen. Auf die linke Seite. Die Seite, für die ich kein Bewusstsein habe. Ich schüttele die Schachtel noch einmal, diesmal so, als würde ich versuchen, sie zu ermorden, und ein paar Würfel kommen purzelnd in Sicht. Ich esse sie.

Was, wenn ich nicht hundertprozentig gesund werde?

DREIZEHNTES KAPITEL

»Bitte sag mir, dass da noch andere sind«, flehe ich.

Meine Mutter hat mir eben die drei Hüte vorgeführt, die sie in der Mall für mich gekauft hat. Den dritten trägt sie immer noch auf dem Kopf – einen lächerlich großen viktorianischen Teehut, der mit einem Turm roter Rosen verziert ist –, dazu lächelt sie leicht ernüchtert.

»Was soll das denn heißen? Was gefällt dir denn an dem hier nicht?«

»Du siehst aus wie Minnie Pearl.«

»Tue ich nicht.«

Das Preisschild baumelt sogar noch über den Rand der Krempe.

»Na schön. Dann siehst du eben verrückt aus.«

»Ich habe selbst auch so einen Hut, den ich zu meinen Red-Hat-Veranstaltungen trage.«

Sie nimmt den Hut ab und lässt ihn in ihrem Schoß kreiseln, bewundert ihn aus allen Blickwinkeln. Dann schnuppert sie an den künstlichen Blumen, setzt ihn sich wieder auf, zieht ihn schräg zur Seite und lächelt mich an, als wollte sie sagen: »Und jetzt?« Ja, es ist ein Hut, der für eine verrückte Dame gemacht ist.

»Hast du wirklich nichts anderes bekommen?«

Sie zuckt zur Antwort entschuldigend mit den Achseln und hält die anderen beiden Modelle hoch – einen braunen Leder-Cowboyhut und eine neonrosa Skimütze.

»Ich habe mich gehetzt gefühlt. Und hier drinnen ist es immer kalt, daher dachte ich, die Fleecemütze wäre eine gute Idee, und Bob hat ein paar Country-CDs im Wagen, daher dachte ich, dieser Stil könnte dir gefallen.«

Ich frage mich, was für eine Überlegung hinter der Minnie-Pearl-Variante stecken könnte. Dachte meine Mutter, ich wäre vielleicht so wie die Komikerin? Mir graut zu sehr vor der Antwort, um zu fragen.

»Ich nehme die rosa Mütze.«

Wenn man von der grellen Neonfarbe einmal absieht, werde ich mit einer Fleece-Skimütze wenigstens das Gefühl haben, ich selbst zu sein. Bob und ich sind beide begeisterte Skifahrer. Bobs Familie hatte früher eine Eigentumswohnung in North Conway, New Hampshire, und von Dezember bis April verbrachten sie jedes Wochenende an den Skihängen von Attitash und Cranmore. Seine glücklichsten Kindheitserinnerungen daran sind die, wie er mit seinen älteren Brüdern um die Wette einen Berg hinunterrast. Ich hingegen bin am Cape Cod aufgewachsen, wo die größten Hügel Sanddünen sind, und wir haben nie jenseits der Brücke Urlaub gemacht. Das Skifahren habe ich erst entdeckt, als ich in Vermont aufs Middlebury College ging, wo es praktisch ein Pflichtfach ist.

Mein erster Tag auf Skiern war eine schmerzhafte, eiskalte und erschöpfende Lektion in Sachen Demütigung. Der einzige Grund, weshalb ich den Mut aufbrachte, noch einen weiteren Tag purer Folter zu ertragen, war, dass ich einen Wochenendpass gekauft hatte und wollte, dass sich der finanzielle Aufwand lohnte. Ich erwartete nicht wirklich, mich zu verbessern, geschweige denn Spaß zu haben. Aber an jenem zweiten Tag geschah ein Wunder. Irgendwie wussten meine unbeholfenen Gliedmaßen plötzlich, wie und wann sie sich bewegen mussten, und auf einmal fuhr ich hinunter – auf meinen Skiern und nicht auf dem Allerwertesten. Und seitdem bin ich eine begeisterte Skifahrerin.

In dem Jahr, nachdem wir unser Haus in Welmont gekauft

hatten, haben Bob und ich uns unser Haus in Cortland, Vermont, zugelegt. Die zusätzlichen Hypothekenraten haben uns davon abgehalten, uns ein größeres Haus in Welmont zu leisten, mit einem Schlafzimmer mehr, das wir brauchen werden, falls wir je ein Kindermädchen einstellen wollen, das ganz bei uns lebt. Aber das Opfer hat sich gelohnt. In den Wintermonaten, wenn wir uns ausschließlich vom Haus zum Auto zum Büro und wieder zurück bewegen und die Luft an all diesen Orten überheizt, recycelt und mit Grippeviren verseucht ist, bedeutet das Skifahren an den Wochenenden, zwei ganze Tage lang frische, gesunde Bergluft zu atmen. Und in diesen Wintermonaten, wenn wir uns nur vom Haus zum Auto zur Arbeit und wieder zurück bewegen, sitzen wir ausschließlich. Wir sitzen im Verkehr, sitzen an unseren Schreibtischen, sitzen in Besprechungen und sitzen mit unseren Laptops im Schoß auf den Sofas. Wir sitzen zu jeder wachen Stunde des Tages, bis wir geistig zu erschöpft sind, um noch eine Sekunde länger zu sitzen.

Wenn wir nach Vermont fahren, schlüpfen wir in unsere Skistiefel, stecken die Stiefel in die Bindungen und fahren Ski. Wir fahren im Slalom zwischen Buckeln hindurch, kratzen spätnachmittags über vereiste Flächen und schießen in einem berauschenden Tempo waghalsige Pisten hinunter. Wir biegen und beugen und strecken uns, bis wir körperlich erschöpft sind. Aber im Gegensatz zu der Erschöpfung, die wir normalerweise spüren, weil wir den ganzen Tag gesessen haben, ist diese Erschöpfung seltsam belebend.

Und die Kombination aus Bergluft und körperlicher Anstrengung hat etwas Magisches an sich, das die beharrliche Endlosschleife der Stimme in meinem Kopf unterbricht, die normalerweise in einem fort von all den Dingen plappert, die ich erledigen muss. Obwohl sie jetzt völlig belanglos ist, kann ich die drängende Liste, die kurz vor dem Unfall in meinem Kopf ablief, noch immer hören.

Du musst vor der Mittagszeit Harvard anrufen, du musst mit den Jahresabschluss-Leistungsbeurteilungen anfangen, du musst das BWL-Trainingsprogramm für die naturwissenschaftlichen Kollegen unter Dach und Fach bringen, du musst den Landschaftsgärtner anrufen, du musst dem Londoner Büro eine E-Mail schicken, du musst die überfälligen Bibliotheksbücher zurückbringen, du musst die Hose, die Charlie nicht passt, zu Gap zurückbringen, du musst Babymilchpulver für Linus abholen, du musst die Wäsche von der Reinigung abholen, du musst das Abendessen abholen, du musst einen Zahnarzttermin für Lucy wegen ihres Zahns vereinbaren, du musst einen Hautarzttermin für dich wegen dieses Muttermals vereinbaren, du musst zur Bank, du musst die Rechnungen bezahlen, vergiss nicht, Harvard vor der Mittagszeit anzurufen, dem Londoner Büro eine E-Mail zu schicken …

Spätestens bei meiner zweiten oder dritten Abfahrt den Berg hinunter ist diese ständig plappernde Stimme in meinem Kopf verstummt, und eine dankbare Stille füllt den Raum aus, in dem vorher dieses ganze einseitige, herrische Gespräch stattgefunden hat. Selbst wenn die Pisten überfüllt sind mit anderen Skifahrern und selbst wenn Bob und ich reden, während wir mit dem Sessellift hochfahren, ist die Abfahrt auf Skiern hinunter zur Talstation eine wundervolle Erfahrung in konzentrierter Stille. Keine Liste im Kopf, kein Fernsehen, kein Radio, kein Telefon, keine E-Mail. Nur die Stille der Berge. Stille. Ich wünschte, ich könnte sie in eine Flasche abfüllen, mit zurück nach Welmont nehmen und viele Tage lang immer wieder einen kleinen Schluck davon nehmen.

Meine Mutter reicht mir die Mütze. Ich versuche sie aufzusetzen, aber die Öffnung klappt immer wieder zu, und ich kann sie mir nicht über den Kopf ziehen.

»Sie passt nicht.«

»Komm, lass dir von mir helfen«, bietet meine Mutter an. Sie hält mir die Mütze auf und zieht sie mir über den Kopf. Der Stoff liegt weich und kuschelig auf meiner Haut, und ich muss zugeben, sie fühlt sich gut an.

»Na bitte. Gut siehst du aus«, sagt meine Mutter strahlend,

als hätte sie soeben mein größtes Problem gelöst. »Und Lucy wird begeistert sein, dass sie rosa ist.«

Es ist seltsam zu hören, dass meine Mutter meine Kinder kennt. Sie weiß, dass Lucy für Rosa schwärmt. Natürlich, festzustellen, dass Lucy die Farbe Rosa liebt, erfordert ungefähr so viel Zeit und Einfühlungsvermögen wie die Erkenntnis, dass ich kahl bin. Aber trotzdem. Meine Mutter kennt Lucy. Meine Tochter. Ihre Enkelin.

»Ja, bestimmt. Danke, sie ist perfekt.«

Ich berühre die Mütze auf meinem Kopf und schließe die Augen. Ich stelle mir vor, wie ich nach einem ganzen Tag Skifahren mit Bob auf dem Wohnzimmerboden vor einem knisternden Kamin sitze, wo wir unter dicken Fleecedecken auftauen, heißes Chili essen und eisgekühlten Harpoon-Rum trinken. Manchmal spielen wir auch Backgammon oder Karten, und manchmal gehen wir früh ins Bett. Und manchmal lieben wir uns gleich dort auf den Fleecedecken vor dem Kamin. Ich lächle, als ich an das letzte Mal denke. Aber ich verharre nur für eine Sekunde in dieser warmen und verschwommenen Erinnerung, da ich jetzt eifrig damit beschäftigt bin, die Seiten zurückzublättern, um mich zu erinnern, wie lange dieses kleine Vergnügen schon her ist.

Gott, ich glaube, diesen Kamin haben wir seit drei Jahren nicht mehr gesehen. Kann es wirklich schon so lange her sein? Es scheint, als ob sich jedes Mal, wenn wir eine Fahrt dorthin ins Auge fassen, eine Million kleiner Ausreden verschwört, um uns davon abzuhalten, den Wagen zu packen und nach Norden zu fahren – Arbeit, Reisen, Schwangerschaft, im Winter Charlies Karatekurs samstags, im Frühjahr T-Ball-Spiele, verschiedene Projekte rund ums Haus, Lucys Ohrenentzündungen, wir haben zu viel zu tun, sind zu erschöpft. Und jetzt das hier.

Ich beiße die Zähne zusammen und nehme mir fest vor, in diesem Winter nach einem langen Tag Skifahren mit Bob vor diesem Kamin zu sitzen, zu essen, zu trinken und glücklich zu sein. Keine Ausreden. Das Geplapper in meinem Kopf beginnt eine neue Liste zu erstellen. *Du musst gesund werden, du musst hier raus, du musst nach Hause, du musst wieder zur Arbeit, du musst nach Vermont fahren, du musst gesund werden, du musst hier raus, du musst nach Hause, du musst wieder zur Arbeit …*

Während ich von diesem inneren Auftrag fast hypnotisiert werde, werde ich mir noch einer anderen Stimme in meinem Kopf immer deutlicher bewusst. Diese Stimme ist ein Flüstern, aufrichtig und verängstigt. Ich erkenne sie. Es ist meine eigene Stimme, die immer wieder die bohrende Frage wiederholt, die zu beantworten ich mich weigere, seit ich mir *Ellen* angesehen habe, seit ich Richard und Jessica gesehen habe.

Was, wenn ich nicht gesund werde?

Ich bitte meine Mutter, mir von ihrer Fahrt zur Mall zu erzählen, in der Hoffnung, dass ihr Geplapper die Stimme übertönen wird. Sie holt fröhlich aus, die Geschichte ihres Ausflugs zu erzählen.

Was, wenn ich nicht gesund werde?

Für ein Flüstern ist die Frage erstaunlich schwer zu ignorieren.

»Mommy«, brüllt Lucy, die vor allen anderen ins Zimmer stürmt.

»Komm herüber auf diese Seite«, sagt meine Mutter.

»Komm zu mir hoch«, sage ich und klopfe neben mir aufs Bett.

Lucy klettert über das Schutzgitter und auf meinen Schoß. Sie trägt ihre Winterjacke über ihrem Kleine-Meerjungfrau-Nachthemd, ihre Turnschuhe mit den Absätzen, die bei jedem Schritt aufleuchten, und ihre rosa Fleecemütze. Ich umarme sie innig, und sie drückt mich fest, ihre kleinen Hände um meinen Nacken geschlungen, ihr Gesicht an meine Brust gedrückt. Ich atme ein glückseliges »Mmm« aus, denselben Laut, den ich von mir gebe, wenn ich frisch gebackenes Brot rieche oder eben ein sündhaftes Stück Schokolade gegessen habe. So köstlich ist ihre Umarmung. Dann lehnt sie sich zurück, nur ein paar Zentimeter von meinem Gesicht weg, und mustert mich. Ihre Augen leuchten auf.

»Wir passen zusammen, Mommy!«, stellt sie fest, entzückt von meiner rosa Skimütze, genau wie es meine Mutter vorausgesagt hat.

»Wir sind ja so chic«, sage ich.

»Hey, Schatz«, begrüßt mich Bob.

Die anderen kommen nacheinander zur Tür herein. Alle tragen Mützen – Bob eine Red-Sox-Kappe, Charlie eine marineblaue Bombermütze, Linus – der in seinem Auto-Schalensitz schläft – ein elfenbeinfarbenes Strickmützchen, und natürlich meine Mutter, die verrückte Hutmacherin. Eine wirklich brillante Idee. Jetzt werden die Kinder kaum auf meinen Kopf achten. Ich schenke Bob ein dankbares Lächeln.

»Wo sind denn deine ganzen Haare?«, fragt Lucy, besorgt und verwirrt.

So viel zu dieser Theorie.

»Ich musste mir die Haare ganz kurz schneiden lassen«, antworte ich.

»Warum denn?«

»Weil sie zu lang waren.«

»Oh. Mir haben sie zu lang gefallen.«

»Mir auch. Sie werden ja wieder nachwachsen«, versichere ich ihr.

Ich frage mich, wann die linke Seite wieder »nachwachsen« wird, und wünschte, ich hätte ähnlich viel Vertrauen in ihre Rückkehr.

»Lebst du jetzt hier?«, fragt sie, noch immer verwirrt und besorgt.

»Nein, Schatz, ich lebe bei euch allen zu Hause. Ich bleibe nur ein bisschen hier, für ein spezielles Programm, um ein paar neue Dinge zu lernen. Es ist wie Schule.«

»Weil du dir im Auto den Kopf angestoßen hast?«

Ich sehe zu Bob hoch. Ich weiß nicht, wie viel er ihnen erzählt hat. Er nickt.

»Ja. Hey, wer hat dir denn die Nägel so hübsch lackiert?«

»Abby«, sagt sie und bewundert ihre rosa Finger. »Die Zehen hat sie mir auch gemacht. Willst du mal sehen?«

»Na klar.«

Ich schaue zu Charlie hinüber – während Lucy ihre Schuhe aufbindet – und mache mich auf das etwas kompliziertere Kreuzverhör gefasst, das jetzt wohl kommen wird. Normalerweise würde er die klaffenden Lücken in meinen Politiker-Antworten auf Lucys schwache Fragen sofort durchschauen und sich in das Verhör stürzen. Er würde meine lahme Haarschnitt-Geschichte in der Luft zerreißen wie ein hungriger Pitbull ein saftiges Steak. Aber stattdessen steht er einfach nur vor Bob und starrt auf den Boden. Er sieht mich nicht an.

»Hey, Charlie«, fange ich an.

»Hi, Mom«, sagt er, die Arme verschränkt, den Blick noch immer gesenkt.

»Wie läuft's in der Schule?«

»Gut.«

»Was gibt's Neues?«

»Nichts.«

»Komm hierher.« Ich strecke einladend einen Arm aus.

Er schlurft zögernd ein paar Schritte vor und bleibt in einem Abstand zu mir stehen, den man kaum als »hier« bezeichnen kann. Ich ziehe ihn an mich, und da er den Blick noch immer gesenkt hält, küsse ich ihn auf seine blaue Mütze.

»Charlie, sieh mich an.«

Er tut, was ich ihm sage. Seine Augen sind rund und unschuldig, besorgt und trotzig, umrahmt von diesen dichten schwarzen Wimpern. Es ist so unfair, dass Lucy nicht seine Wimpern bekommen hat.

»Schatz, Mommy geht es gut. Keine Sorge, okay?«

Er blinzelt, aber der besorgte Trotz weicht kein bisschen aus seinem Blick. Ich verkaufe ihm eine Lüge, doch er kauft sie mir nicht ab. Irgendein Kinderexperte hat einmal gesagt – oder ich habe es irgendwo gelesen –, dass Eltern ihre Kinder niemals belügen sollten. Ich habe noch nie etwas so Lächerliches gehört. Dieser sogenannte Experte hat ganz offensichtlich kein fragelustiges Kind wie Charlie. Wenn ich es mir recht überlege, hat dieser »Experte« vermutlich gar keine Kinder. Es gibt Tage, an denen ich schon vor dem Frühstück ein Dutzend Mal ausweichen, flunkern und glattweg lügen muss. *Was sind Massenvernichtungswaffen? Worüber streitest du mit Dad? Woher kommen die Babys? Was ist das [er hält einen Tampon in der Hand]?* Die Wahrheit ist oft zu erschreckend, zu kompliziert, zu … erwachsen für Kinder.

Und Lügen sind oft die beste Erziehungsmethode, die mir zur Verfügung steht. *Ich habe Augen im Hinterkopf. Deine Miene wird so festfrieren. Es wird nicht wehtun. Spider-Man liebt Brokkoli. Hier, das [eine Sprühflasche mit Wasser] wird die Monster in deinem Schrank töten. In null Komma nichts.*

Und dann gibt es da diese Notlügen, die das unterstützen und schützen, was für Kinder wundervoll und zauberhaft ist. Der Weihnachtsmann, der Osterhase, die Zahnfee, Disney-Prinzessinnen, Harry Potter. Ich will die Eltern gar nicht kennen, die einem Siebenjährigen sagen, dass es das alles nicht gibt.

Die Wahrheit ist, es gibt keinen Weihnachtsmann, es gibt keine Zauberer, Eltern bezahlen Bares für Babyzähne, und Feenstaub ist im Geschäft gekaufter Glitzer. Es gibt Leute auf dieser Welt, die Amerikaner hassen und in diesem Augenblick Pläne aushecken, um uns alle zu töten, und ich stecke mir diesen Tampon in die Vagina, damit er das Blut aufsaugt, wenn ich meine Tage habe. Die kalte, harte Wahrheit muss für Kinder in eine warme, weiche, seidige Decke aus Lügen verpackt werden. Oder – wie in diesem Fall – in eine leuchtend rosa Fleece-Skimütze.

»Wirklich, Charlie, es geht mir gut.«

»Siehst du?« Lucy hält ihre Zehen in die Luft wie eine Ballerina. Ihre Zehennägel sind in einem rebellischen Metallicblau lackiert.

»Sie sind wunderschön«, lüge ich. »Wo ist Linus?«

»Er ist neben mir auf dem Boden«, erklärt Bob.

»Kannst du ihn hochheben, damit ich ihn sehen kann?«

Ich warte, und nichts geschieht.

»Bob, kannst du ihn hochheben?«

»Ich habe ihn hochgehoben«, sagt er leise.

Seine Miene verrät meinen Neglect.

»Lucy-Gänschen, kannst du kurz herunterhüpfen?«, frage ich.

Sie krabbelt ans Fußende des Betts, was reicht, und Bob stellt den Auto-Schalensitz neben mir aufs Bett. Linus schläft tief und fest, atmet in langen, tiefen Zügen. Sein Schnuller ist so befestigt, dass das Mundstück genau über dem Gaumen seines offenen Mundes baumelt, damit er jederzeit an ihm nuckeln kann. Gott sei Dank hat er begriffen, wie das geht.

Ich liebe es, wie seine Wangen – die tagsüber wie zwei volle, reife, köstliche Pfirsiche aussehen und unbedingt gekniffen werden wollen – weit über seinen Kiefer nach unten sacken, wenn er schläft. Ich liebe seine zu Fäusten geballten kleinen Hände, die Grübchen, die er anstelle von Fingerknöcheln hat, die Falten seiner pummeligen Handgelenke. Ich liebe das Geräusch seines Atems. Gott, das könnte ich mir die ganze Nacht ansehen.

»Ich will ihn halten«, sage ich.

»Du willst ihn doch nicht aufwecken«, warnt mich Bob.

»Ich weiß, du hast recht. Ich vermisse es nur so, ihn zu halten«, erkläre ich.

»Mommy, ich will bei dir sitzen«, sagt Lucy.

»Okay«, antworte ich.

Bob nimmt Linus fort, und Lucy nimmt ihren Platz auf meinem Schoß wieder ein.

»Liest du mir vor?«, fragt sie.

»Na klar, Schatz. Ich vermisse es, dir vor dem Einschlafen vorzulesen.«

Bob hat Gutenachtbücher mitgebracht und reicht mir einen Band von *Junie B. Jones*, Lucys neueste Lieblingsreihe.

Ich schlage die erste Seite des ersten Kapitels auf.

»›Erstes Kapitel, Verwirrendes Zeug.‹«

Hm. Der Titel könnte nicht treffender sein. Diese Seite ergibt überhaupt keinen Sinn. *B steht für mir gefällt nur Jahre alt. Wenn man nach im letzten Sommer Mutter fuhr mit mir und ich erwachsen bin mich angemeldet ich ging.* Ich taste mich über die Seite wie ein Felskletterer, der über einem Abgrund hängt, suche nach dem nächsten Halt für die Füße, ohne einen zu finden.

»Komm schon, Mommy. ›Mein Name ist Junie B. Jones. Das B steht für Beatrice, aber Beatrice gefällt mir nicht. Mir gefällt nur B, und das ist alles.‹«

Die *Junie B. Jones*-Bücher fangen alle gleich an. Lucy und ich können sie auswendig. Ich weiß die Worte, die auf dieser Seite stehen sollten, aber ich sehe sie nicht. Ich sehe *B steht für mir gefällt nur Jahre alt.* Ich versuche zu überlegen, was ich seit dem Unfall sonst noch gelesen habe. Die Speisepläne des Krankenhauses und die CNN-Nachrichtenzeilen. Mit beidem hatte ich kein Problem. Andererseits schienen die Speisekarten auch eher begrenzt zu sein, und bei den Nachrichtenzeilen erscheint immer nur ein Wort auf einmal, angefangen rechts unten. Ich blicke zu Bob auf, und er sieht, dass mir zum ersten Mal bewusst wird, dass ich nicht wirklich lesen kann.

»Charlie? Oh mein Gott, wo ist Charlie?«, übertrage ich auf einmal meine Panik, als ich mir vorstelle, dass er das Zimmer verlassen hat und allein durch das Krankenhaus läuft.

»Entspann dich, er ist hier bei uns«, beruhigt mich Bob. »Charlie, komm wieder hierher.«

Aber Charlie kommt nicht.

»Mommy, lies!«, bettelt Lucy.

»Weißt du was, Gänschen, ich bin heute Abend zu müde zum Lesen.«

Ich höre Wasser im Bad laufen.

»Kumpel, was machst du denn da? Komm hierher!«, ruft Bob.

»Ich hole ihn«, verblüfft mich meine Mutter. Ich habe ganz vergessen, dass sie hier ist.

Charlie läuft mit voller Wucht gegen einen der Stühle, klettert ihn hoch und beginnt, mit den flachen Händen gegen die Fensterscheibe zu schlagen.

»Hey, hey, das reicht jetzt«, sagt Bob.

Charlie hält für ein paar Sekunden inne, aber dann vergisst er entweder, dass Bob ihm befohlen hat aufzuhören, oder er kann irgendeinem überwältigenden Drang in seinem Körper, gegen Glas zu klatschen, einfach nicht widerstehen, und er beginnt von Neuem, gegen die Scheibe zu schlagen.

»Hey«, sagt Bob, lauter als noch vor ein paar Sekunden.

»Hey, Charlie, weißt du, was das da draußen ist? Das ist ein Gefängnis«, erzähle ich.

Er hält inne.

»Wirklich?«

»Aber ja.«

»Das ist ein echtes Gefängnis?«

»Das ist ein echtes Gefängnis.«

»Sind da echte böse Menschen drin?«

»Aber ja, es ist voll davon.«

»Cooool«, sagt er, und ich könnte schwören, den Deckel des Behälters, in dem sich seine Fantasie befindet, deutlich aufspringen zu hören.

Er drückt wieder die Nase an die Scheibe.

»Was denn für böse Typen?«

»Ich weiß nicht.«

»Was haben sie gemacht?«

»Ich bin mir nicht sicher.«

»Wie wurden sie geschnappt? Wer hat sie geschnappt?«

»Ich weiß nicht …«

»Du lebst neben *bösen* Menschen?«, fragt Lucy, während sie ihr Gesicht an meiner Brust vergräbt und mein Hemd mit ihren Händen umklammert.

»Ich lebe hier nicht, Gänschen«, erwidere ich.

»Versuchen sie manchmal zu flüchten? Wer fängt sie denn dann?«, fragt Charlie.

Seine Stimme ist mit jeder Frage ein bisschen lauter geworden, sodass er jetzt praktisch brüllt. Linus wimmert und nuckelt an seinem Schnuller.

»Pst«, schelte ich Charlie.

»Schscht«, beschwichtigt Bob Linus.

»Wie wär's, wenn ich mit Charlie und Lucy für ein paar Minuten runter zum Dunkin' Donuts gehe?«, fragt meine Mutter.

Das ist genau das, was Charlie zur Schlafenszeit braucht. Zucker.

»Das wäre toll«, meint Bob.

»Donuts!«, brüllen Charlie und Lucy, und Linus wimmert wieder.

»Pst«, sage ich zu allen.

Charlie und Lucy hüpfen von dem Stuhl und meinem Bett und folgen meiner Mutter aus dem Zimmer wie Ratten dem Rattenfänger von Hameln. Selbst nachdem die Tür zugegangen ist, kann ich noch immer hören, wie Charlie meine Mutter mit aufgeregten Fragen zu Verbrechern bombardiert, während sie den Flur hinunter zu den Aufzügen gehen. Und dann kehrt Stille ein.

»Wie läuft's auf der Arbeit?«, frage ich, um das beängstigende Thema meines offensichtlichen Analphabetismus zu vermeiden.

»Ich überlebe.«

»Gut. Und den Kindern geht es offenbar gut.«

»Oh ja. Abby und deine Mutter sorgen dafür, dass sie in ihrer Routine bleiben.«

»Gut.«

Bob hält sich in seiner sinkenden Firma über Wasser, die Kinder kommen ohne mich zurecht, und ich erhole mich von einem Schädel-Hirn-Trauma. Das heißt, wir überleben alle. Gut. Aber ich will so viel mehr. Ich brauche so viel mehr. Wie wir alle.

Du musst gesund werden, du musst hier raus, du musst nach Hause … »Ich will Skifahren gehen.«

»Okay«, erklärt sich Bob allzu leicht einverstanden, als hätte ich nur gesagt, ich hätte gern ein Glas Wasser oder ein Taschentuch.

»Diesen Winter«, ergänze ich.

»Okay.«

»Aber was, wenn ich nicht kann?«

»Das wirst du.«

»Aber was, wenn ich noch immer diesen linksseitigen Neglect habe?«

»Das wirst du nicht.«

»Ich weiß nicht. Ich habe nicht das Gefühl, dass es überhaupt besser wird. Was, wenn das hier nie mehr weggeht?«, frage ich, verblüfft, dass ich dieser Frage eine Stimme außerhalb meines fleecebedeckten Kopfes gegeben habe. Ich weiß nicht, was für eine Antwort darauf ich von Bob erwartet habe, aber auf einmal breche ich in Tränen aus – voller Angst, dass eine offene und ehrliche Antwort den Lauf unser beider Leben für immer verändern könnte.

»Lass mich zu dir«, sagt er.

Er zwängt sich auf den schmalen Platz zwischen mir und dem Schutzgitter und legt sich auf die Seite, mir zugewandt. Es tut gut, ihn neben mir zu spüren.

»Ist es denn möglich, dass dein Gehirn heilen und der Neglect verschwinden wird?«, fragt er.

»Ja, das ist möglich«, sage ich, noch immer unter Tränen. »Aber es ist auch möglich, dass …«

»Dann wirst du gesund werden. Wenn etwas möglich ist, Sarah, egal was, dann habe ich völliges Vertrauen in dich, dass du das schaffst.«

Ich sollte dem Schicksal für Bob danken, und ich sollte ihm sagen, dass ich ihn dafür liebe, dass er mir dieses bedingungslose Vertrauen entgegenbringt, aber stattdessen beschließe ich, mich mit ihm anzulegen.

»Ja, aber ich weiß nicht, wie ich das schaffen soll. Hier geht es nicht darum, eine Eins zu bekommen oder den Job, den ich will, oder einen Termin einzuhalten. Hier ist es nicht so, dass ich nur zehn Dinge tun muss, und dann wird mein Gehirn wieder normal sein.«

Je mehr Therapiestunden ich habe, desto mehr begreife ich, dass das hier keine mathematische Gleichung ist. Niemand will mir irgendwelche Garantien geben. Ich könnte gesund werden oder auch nicht. Die Therapie könnte helfen oder auch nicht. Ich arbeite, so hart ich kann, wie ich immer an allem gearbeitet habe, was ich je getan habe, und dennoch ist das vielleicht auch nicht effektiver, als einfach nur hier zu liegen und zu beten. Ich habe beides getan.

»Ich weiß. Ich weiß, dass vieles von alldem nicht in deiner Macht liegt. Aber manches schon. Mach die Therapie. Sei positiv. Nutz diesen Kampfgeist, den ich so an dir liebe. Denk mal darüber nach. Manche Leute erholen sich von dieser Sache. Willst du dich von ihnen etwa schlagen lassen? Niemals.«

Okay, jetzt hat er meinen Nerv getroffen. Ich wische mir die Augen. Das Ziel ist nicht, gesund zu werden. Das Ziel ist, zu gewinnen! Ich weiß, wie das geht. Bob und ich sind aus demselben superehrgeizigen Stoff gemacht; ich könnte schwören, jedem von uns wurden ein paar Fäden aus einem von Gottes Sporttrikots direkt in die DNA gewebt. In nahezu allen Lebensbereichen lieben wir jede Gelegenheit zum Wettstreit. Zu unserem ersten richtigen Flirt gehörte eine Wette darüber, wer die bessere Note in Finanzwirtschaft bekommen würde (das war er, und danach bat er mich um ein Date). Wir konkurrierten darum, wer nach der Business School den bestbezahlten Job bekommen würde (da gewann ich). Als Charlie und Lucy beide noch auf Kindersitzen saßen, haben wir sie immer um die Wette angeschnallt, um zu sehen, wer schneller ist. Wenn wir Fangball spielen, werfen wir den Ball nicht einfach hin und her. Wir zählen die Punkte. Und das Einzige, was noch besser ist, als mit Bob über die Piste zur Talstation des Mount Cortland zu fahren, ist ein Wettrennen mit ihm dorthin.

Und was bekommt der Sieger? Der Sieger siegt. Das sind genau die aufmunternden Worte, die ich gebraucht habe.

»Ich glaube an dich, Sarah. Du wirst gesund werden, und du wirst nach Hause kommen, und du wirst wieder zur Arbeit gehen, und wir werden in diesem Winter Ski fahren.«

Er klingt wie der Ansager der Liste in meinem Kopf, nur viel freundlicher.

»Danke, Bob. Ich werde das schaffen. Ich werde diese Sache besiegen.«

»Na bitte.«

»Danke. Das habe ich gebraucht.«

»Gern geschehen.« Er küsst mich.

»Ich brauche dich«, sage ich.

»Ich brauche dich auch«, erwidert er und küsst mich noch einmal.

Während wir zusammen in meinem Krankenhausbett liegen und darauf warten, dass die Kinder mit ihren Gutenacht-Donuts zurückkommen, bin ich rundherum optimistisch gestimmt. Ich werde diese Sache auf jeden Fall besiegen. Aber als ich versuche, mir »diese Sache«, gegen die ich hier ankämpfe, vor Augen zu führen – die verletzten Neuronen, die Entzündung, das Fehlen von Links, die anderen Leute mit einem linksseitigen Neglect, die um denselben Platz auf dem Siegerpodest konkurrieren –, ist das einzige Bild, das ich mit Klarheit sehe, das von mir.

VIERZEHNTES KAPITEL

Es ist die erste Dezemberwoche, vier Wochen seit dem Unfall. Ich bin nicht wieder zu Hause. Ich gehe nicht wieder zur Arbeit. Ich habe den wichtigsten Teil der Rekrutierungsphase bei Berkley und Thanksgiving verpasst. Na ja, Bob und meine Mutter haben die Kinder und ein ganzes Thanksgiving-Menü hierher – nach Baldwin – gebracht, und wir haben alle in der Cafeteria zu Abend gegessen, sodass ich Thanksgiving streng genommen nicht verpasst habe. Das selbst gekochte Essen war köstlich (bestimmt weitaus köstlicher als der gräulich aussehende Truthahn mit Kartoffelbrei und Sauce, den ich auf den Plastiktabletts einiger anderer Patienten gesehen habe), und wir waren alle zusammen, aber es kam mir nicht wirklich wie Thanksgiving vor. Es kam mir traurig und seltsam vor.

Ich sitze in einem Zimmer, das man hier den Fitnessraum nennt. Ich muss jedes Mal leise kichern, wenn ich hierherkomme und denke: *Das braucht es also, um mich in ein Fitnessstudio zu kriegen.* Aber es ist kein Fitnessstudio im herkömmlichen Sinne – nicht wie das in Welmont, in das ich nie gehe. Hier gibt es keine Laufbänder, keine freien Gewichte oder Crosstrainer. Es gibt eine nautilusartige Kraftmaschine, größer als Bob, mit Flaschenzügen und einem Gurtwerk, das von einem riesigen, ausgestreckten Stahlarm der Maschine herunterhängt – so sieht es zumindest aus. Ich will nichts damit zu tun haben, was auch immer in diesem Ding vor sich gehen mag.

Neben dieser mittelalterlich anmutenden Vorrichtung gibt

es außerdem noch zwei lange Tische an einer der Wände. Ein ordentlicher Stapel mit Papier-und-Bleistift-Tests liegt auf einem davon, eine bunte Sammlung von Rätseln im Stil des Rubik-Zauberwürfels und Spiele auf dem anderen. Es gibt ein paar Reebok-Stepper und blaue Gymnastikbälle, wie man sie – nehme ich an – auch in einem echten Fitnessstudio finden könnte, einen Barren, um das unterstützte Laufen zu üben, und einen großen Spiegel an einer der Wände. Das ist so ziemlich alles.

An der Wand über dem Rätseltisch hängt ein Poster, das mich inzwischen fasziniert. Es ist ein Schwarz-Weiß-Foto einer Faust unter dem Wort »Haltung«, das in fetten roten Buchstaben geschrieben ist. Die Botschaft und das Bild scheinen nicht recht zusammenzupassen, aber je öfter ich dieses Poster betrachte und darüber nachdenke, desto mehr inspiriert mich diese Kombination. Die Faust steht für Kraft, Stärke, Entschlossenheit, Kampf. Und Haltung. Eine positive Haltung. Ich werde bei meinem Kampf darum, mein Leben zurückzubekommen, eine positive Haltung einnehmen. Ich balle die Faust solidarisch mit der Faust auf dem Bild. Ich bin stark. Ich bin eine Kämpferin. Ich schaffe das.

Ich sitze genau vor der Wand mit dem großen Spiegel. Ich verbringe viel Zeit damit, vor diesem Spiegel zu sitzen und nach meiner linken Seite zu suchen. Hin und wieder schaffe ich es, kleine Teile von mir zu finden. Für eine Sekunde mein linkes Auge. Die Schnürsenkel meines linken Turnschuhs. Meine linke Hand. Es ist eine langwierige und zermürbende Anstrengung für eine solch flüchtige und winzige Belohnung. Ich habe festgestellt, dass meine linke Hand leichter ausfindig zu machen ist als jeder andere meiner linken Körperteile, weil ich dabei nach meinem Diamantring suchen kann. Früher habe ich meinen Ring als wunderschönes Symbol meiner Verbundenheit mit Bob angesehen. Jetzt ist er ein wunderschönes zweikarätiges, funkelndes Ziel. Ich habe Bob gesagt, dass mehr Schmuck meine Genesung vermutlich fördern würde – ein

Diamant-Tennisarmband für mein linkes Handgelenk, eine Diamanttraube, die von meinem linken Ohr baumelt, ein Diamant-Fußkettchen, ein Diamant-Zehenring. Bob hat gelacht, aber ich meinte es nur halb im Scherz.

Martha ist spät dran, meine Mutter ist auf der Toilette, und hier drinnen gibt es außer meinem Spiegelbild eigentlich nichts mehr anzusehen, daher fange ich schon einmal an, mich zu mustern. Ich bin kein schöner Anblick. In diesem Raum ist es immer heiß, daher habe ich meine Fleecemütze nicht aufgesetzt. Mein Haar ist schon ein bisschen nachgewachsen; es ist jetzt gerade so lang, dass es in alle Richtungen absteht. Ich sehe aus wie ein Kresseigel. Ich bin nicht geschminkt. Noch nicht. Das ist etwas, was ich hier vermutlich heute tun werde. Martha wird mich auffordern, mich zu schminken, und ich werde es tun. Dann wird meine Mutter – die sich meistens irgendwo im Hintergrund herumdrückt – entweder kichern oder aufstöhnen, je nachdem, wie der Tag läuft. Und Martha wird mir sagen, dass ich mich auf der linken Seite überhaupt nicht geschminkt habe. Der linken Hälfte meiner Lippen wird der Lippenstift fehlen, meinem linken Auge die Wimperntusche, der Eyeliner und der Lidschatten, meiner linken Wange das Rouge.

Und dann werde ich mein Gesicht im Spiegel betrachten und mich wirklich bemühen zu sehen, was sie sehen, und ich werde mich vollständig geschminkt sehen, durchaus gut aussehend, wenn man von der Kresseigel-Frisur einmal absieht. Es ist ein unheimlicher und manchmal etwas peinlicher Moment, wenn ich begreife, was sie sehen, und es mit dem vergleiche, was ich sehe. Und was nicht. Mir fehlt ein ganzer Kontinent an Erfahrung, und es ist mir nicht einmal bewusst. Mir ist nicht bewusst, dass ich die linke Hälfte meines Gesichts nicht bemerke, die linke Hälfte von Martha, die linke Hälfte jener Seite in *Junie B. Jones*. Für mich fehlt nichts.

Der erste Schritt meiner Genesung besteht darin, mir meines fehlenden Bewusstseins bewusst zu werden, mir ständig und immer wieder in Erinnerung zu rufen, dass mein Gehirn denkt, es würde auf alles achten, während es tatsächlich nur auf die rechte Hälfte von allem und nichts auf der linken Seite achtet. Ich vergesse offenbar jede Sekunde des Tages, dass das so ist. Solange sich der Teil meines Gehirns, der normalerweise für dieses Bewusstsein zuständig ist, abgemeldet hat, muss ich einen anderen Teil meines Gehirns als meinen eigenen Babysitter anheuern, der jeden meiner Schritte überwacht und sich jedes Mal zu Wort meldet, wenn ich eine Erinnerung brauche.

Hey, Sarah, du glaubst, du siehst dein ganzes Gesicht, aber tatsächlich achtest du nur auf die rechte Seite. Da ist noch eine andere Hälfte. Sie heißt die linke Seite. Ganz ehrlich.

Hey, Sarah, diese Seite in dem Buch, die du da ansiehst? Du liest nur die Wörter auf der rechten Hälfte der Seite. Und manchmal sogar nur die rechte Hälfte der Wörter. Wirklich. Da ist auch noch eine linke Hälfte. Deshalb ergibt das alles für dich keinen Sinn. Vertrau mir.

Aber bis jetzt ist mein innerer Babysitter alles andere als zuverlässig und die meiste Zeit nicht einmal zur Arbeit erschienen. Sie ist eine flatterhafte Jugendliche, die nur ihren Freund im Kopf hat. Vielleicht muss ich sie feuern und mit jemand Neuem noch einmal von vorn anfangen.

Der zweite Schritt, sobald ich mir meines fehlenden Bewusstseins bewusst geworden bin, besteht darin, dieses Wissen um die linke Seite wiederzuerlangen, meine Konzentration und Fantasie über das auszudehnen, was mir wie der Rand der Erde erscheint, und die andere Hälfte zu finden. Was früher automatisch und völlig hinter den Kulissen ablief – die Welt als nahtloses Ganzes zu sehen –, ist jetzt ein schmerzhafter und bewusster Prozess, bei dem ich versuchen muss, ein abgetrenntes Links wieder in mein Bewusstsein zu holen. *Sieh nach links. Such links. Geh nach links.* Es klingt so einfach, aber wie soll ich einen Ort sehen, suchen oder dorthin gehen, wenn er für meinen Verstand nicht existiert?

Bob beschwört mich immer wieder, dass ich alles schaffen

kann, was ich mir vornehme. Aber er spricht von meinem alten Verstand. Mein neuer Verstand ist beeinträchtigt, und er schert sich kein bisschen um die linke Seite oder die Erfolgsgeschichte meines alten Verstandes.

Haltung. Faust. Kampf. Ich schaffe das.

Das Seltsamste daran, jeden Tag vor diesem großen Spiegel zu sitzen, ist es, mich selbst in einem Rollstuhl zu sehen. Behindert. Ich fühle mich nicht behindert, und doch sitze ich darin. Aber ich bin nicht wirklich gelähmt, Gott sei Dank. Mein linkes Bein kann sich bewegen. Die Muskeln, Sehnen, Bänder und Nerven in meinem Bein sind alle miteinander verbunden, startklar und bereit. Sie warten auf eine entschiedene Anweisung – wie einer von Charlies Wii-Avatar, der darauf wartet, dass er auf den A-Knopf drückt. *Na los, Sarah, drück auf den A-Knopf.*

Martha betritt den Fitnessraum und stellt sich hinter mich.

»Morgen, Sarah«, sagt sie zu meinem Spiegelbild.

»Morgen.«

»Sind Sie heute allein hierhergekommen?«

Nicht schon wieder. So beginnen Martha und ich jeden Morgen zusammen. Ich wusste, dass sie mich das fragen würde, und ich weiß, dass sie meine Antwort kennt, aber ich spiele trotzdem mit. Es ist unsere kleine Show.

»Nein«, sage ich, als würde ich als Zeugin vor Gericht aussagen.

»Wie sind Sie denn hierhergekommen?«

Ich deute auf das schuldbewusste Spiegelbild meiner Mutter, die jetzt hinter Martha steht.

»Haben Sie es wenigstens versucht?«

»Ich wüsste nicht, wieso ich meine Zeit damit verschwenden sollte zu lernen, wie man einen Rollstuhl benutzt. Ich werde zu Fuß von hier weggehen.«

Haltung. Faust. Kampf.

»Wie oft müssen wir das denn noch durchkauen? Sie sollten jede Gelegenheit wahrnehmen, Ihre linke Seite zu benutzen.«

Bevor ich zum Gegenschlag ausholen kann, packt sie meinen Rollstuhl hinten, schwenkt mich herum und rollt mich aus dem Fitnessraum. Ich höre die Schuhe meiner Mutter hinter uns schnell und abgehackt über den Boden klappern. Wir gehen den langen Korridor hinunter vorbei an meinem Zimmer zu den Aufzügen und halten dort an. Martha schwenkt mich herum.

»Okay, Sarah, jetzt wollen wir mal sehen, wie Sie zum Fitnessraum kommen.«

»Ich will dieses Ding nicht benutzen.«

»Dann werden Sie Ihre heutige Sitzung eben hier auf dem Korridor verbringen.«

»Gut, mir gefällt es hier.«

Martha starrt auf mich herunter, die Hände in ihre breiten Hüften gestemmt, mit fest zugekniffenem Mund. Ich knirsche mit den Backenzähnen, um ihr nicht die Zunge herauszustrecken. Diese Frau bringt nicht gerade meine beste Seite zum Vorschein.

»Helen, geben Sie mir Bescheid, wenn sie es sich anders überlegt«, sagt sie und wendet sich zum Gehen.

»Warten Sie!«, rufe ich ihr nach. »Warum kann ich nicht üben, meine linke Seite zu benutzen, indem ich versuche, im Fitnessraum zu laufen?«

»Das werden Sie schon noch. Aber zuerst machen wir das hier.« Sie hält einen Augenblick inne, um zu sehen, ob sie weiter den Korridor hinuntergehen soll.

Haltung. Faust. Kampf. Na schön.

»Na schön.«

Martha kommt zu mir zurück und wippt dabei selbstgefällig bei jedem Schritt in ihren marineblauen Crocs. Sie legt meine linke Hand auf das Rad und klopft darauf.

»Spüren Sie Ihre Hand?«, fragt sie.

»Ja.«

»Spüren Sie das Rad?«

»Ja.«

»Okay, los geht's. Den Flur hinunter. Halten Sie sich an die Linie.«

Eine gerade gelbe Linie verläuft auf dem Boden über die Länge des Korridors, vermutlich als Orientierungshilfe für behinderte Patienten wie mich. Ich rolle den Rollstuhl. Ich rolle den Rollstuhl. Ich rolle den Rollstuhl. Ich krache gegen die Wand. Und obwohl genau das jedes Mal passiert, bin ich doch verblüfft von dem Aufprall. Mir war gar nicht aufgefallen, dass ich von der gelben Linie abgewichen war, und ich habe die Wand gar nicht gesehen, bevor ich gegen sie geprallt bin.

»Sie müssen Ihre linke Hand benutzen, sonst können Sie nicht geradeaus fahren«, sagt Martha.

»Ich weiß«, erwidere ich in einem Ton, der vor jugendlicher Gereiztheit nur so trieft.

Natürlich weiß ich das. Ich verstehe das Grundprinzip und die Physik des Rollstuhlfahrens. Das ist nicht das Problem. Das Problem ist, dass ich meine Aufmerksamkeit nicht konstant auf meine linke Hand oder das linke Rad oder die linke Wand richten kann, die bedrohlich immer näher rückt. Anfangs habe ich noch alles im Griff. Linke Hand auf linkem Rad. Gut so. Aber sobald ich anfange, mit der rechten Hand das rechte Rad zu drehen, verschwindet alles auf der linken Seite. Puff. Einfach so. Und ohne irgendwelche Rauch-Spezialeffekte, Abschiedsszenen oder Fanfaren. Während ich den Rollstuhl mit der rechten Hand rolle, ist mir nicht nur nicht bewusst, dass ich die linke Hand nicht mehr benutze, mir ist nicht einmal mehr bewusst, dass ich eine linke Hand habe. Dieses Problem scheint mir unlösbar zu sein, und es ist eine Hausaufgabe, mit der ich gar nicht erst anfangen will. Ich will nicht lernen, wie man einen Rollstuhl benutzt.

Martha schiebt mich von der Wand zurück und stellt mich wieder richtig hin.

»Versuchen wir's noch einmal«, sagt sie.

Sie legt meine linke Hand auf das Rad und klopft darauf. »Spüren Sie Ihre Hand auf dem Rad?«

»Ja.«

»Okay, spüren Sie sie weiterhin, denken Sie an Ihre linke Hand, und halten Sie sich an die Linie.«

Ich schließe die Augen und stelle mir meine linke Hand mit dem funkelnden Diamantring auf dem Gummireifen vor. Dann überlege ich, was ich ihr sagen will. *Liebe linke Hand, bitte dreh das Rad dieses Rollstuhls vorwärts.* Aber anstatt meiner juwelengeschmückten Hand nur mit Worten zu sagen, was sie tun soll, stelle ich mir vor, wie mein Verstand diese höfliche Bitte in warme, flüssige Energie verwandelt und in die Nervenbahnen gießt, die meine linke Hand versorgen. Ich stelle mir vor zu spüren, wie diese herrlich warme Flüssigkeit aus meinem Kopf strömt, meinen Hals hinunter, in meine linke Schulter, über meinen Arm und in jede meiner Fingerspitzen.

»Gut, Sarah, weiter so«, lobt Martha.

Mein Flüssigkeits-Mojo funktioniert offenbar. Ich rühre noch eine Portion zusammen und schicke sie meinen Arm hinunter.

»Du kannst es!«, sagt meine Mutter, offenbar überrascht und begeistert zugleich.

Ich schlage die Augen auf. Ich sitze nicht mehr neben den Aufzügen, und ich bin nicht gegen die Wand gekracht. Ich bin wirklich ein Stück vorangekommen. Meine Mutter wippt ein paarmal in den Knien auf und ab und klatscht in die Hände. Wenn ihr jemand ein Paar Pompons in die Hand drücken würde, würde sie vermutlich anfangen, wie ein Cheerleader zu jubeln.

»Gut so«, lobt Martha. »Machen Sie es gleich noch mal.«

Ich sehe die gelbe Linie hinunter. Ich habe noch immer einen langen Weg vor mir. Nach der letzten Klatschbewegung presst meine Mutter die Hände gegeneinander, sodass sie jetzt aussieht, als würde sie beten. *Okay, Sarah, mach es gleich noch mal.* Ich gieße mir noch einen Flüssigkeits-Cocktail in die Hand.

Aber offenbar habe ich mich nicht an dasselbe Rezept gehalten wie beim letzten Mal, denn irgendetwas geht jetzt schief. Ich bin von der gelben Linie abgewichen, und ich spüre Schmerz, aber ich kann nicht genau sagen, was mir wehtut. Ich sehe zu meiner Mutter hoch, und ihre verzerrte Grimasse verrät mir, dass es – was auch immer es sein mag – wehtun muss. Sehr. Dann begreife ich, dass es meine linke Hand sein muss.

»Stopp. Stopp. Ihre Hand hat sich in dem Rad verheddert. Augenblick«, befiehlt Martha.

Martha geht in die Hocke und schiebt meinen Rollstuhl langsam zurück, während sie meine linke Hand aus dem Inneren des Rads befreit.

»Ich hole einen Eisbeutel. Helen, können Sie sie zurück zum Fitnessraum bringen, und wir treffen uns dort? Wir werden als Nächstes ein bisschen unterstütztes Laufen versuchen.«

»Natürlich«, sagt meine Mutter.

Dann rollt sie mich den Flur hinunter zum Fitnessraum und stellt mich vor dem großen Spiegel ab, wo ich angefangen habe. Meine Finger tun höllisch weh, aber ich lächele. Ich habe meine linke Hand benutzt, und jetzt muss ich den Rollstuhl nicht mehr verwenden. Wenn ich laufen könnte, würde in jedem meiner Schritte ein selbstgefälliges Wippen mitschwingen.

FÜNFZEHNTES KAPITEL

Ich sitze in einem Rollstuhl (ich weigere mich, ihn *meinen* Rollstuhl zu nennen) vor einem Ganzkörperspiegel in meinem Zimmer und versuche, meine Hose anzuziehen. Das versuche ich schon seit einer ganzen Weile. Ich kann nicht genau sagen, wie lange schon, da ich meine Armbanduhr nicht anhabe. Dieser Teil des täglichen Ironman-Trainings, das »Sich anziehen« heißt, wird kommen, nachdem ich mich in mein Hemd gekämpft habe. Falls ich die Kraft dafür habe.

Aus irgendeinem Grund fällt es mir unendlich viel leichter, irgendetwas unterhalb der Taille anzuziehen als oberhalb davon – und selbst das ist alles andere als leicht. Inzwischen kann ich mir ganz allein Socken an beide Füße ziehen. Meine linken Zehennägel sind in dem grellsten Schlampen-Rot angemalt, das meine Mutter in der Drogerie finden konnte, und meine rechten Zehennägel bloß klar lackiert. Mir ist bewusst, dass das seltsam aussieht, aber es ist schließlich nicht so, dass ich in absehbarer Zeit offene Schuhe tragen werde. Der rote Nagellack ist eine Art große rote Flagge – wie mein Diamantring –, die mir hilft, meinen linken Fuß zu sehen. Und wenn ich ihn gefunden habe, kann ich mit der rechten Hand meine Socke über ihn ziehen, zerren und zupfen.

Außerdem trage ich Strümpfe in zwei verschiedenen Farben. Dieselbe Logik wie bei dem Schlampen-Nagellack. Meine Therapeuten versuchen, die linke Seite von allem – einschließlich meiner eigenen linken Seite – so interessant und auffällig wie möglich zu gestalten. Daher ist mein rechter Strumpf im Allgemeinen ein normales weißes Söckchen und der linke in allen Regenbogenfarben gestreift, getupft oder kariert. Heute ist er grün und mit Rentieren verziert. Ich wünschte, sie wären alle Rudolphs und ihre Nasen würden aufleuchten.

Ich bin mit dem rechten Fuß bereits durch das rechte Hosenbein und habe mich vorgebeugt – die Brust auf meinen nackten Oberschenkeln abgestützt – und halte mit der rechten Hand den offenen Hosenbund meiner Jeans umklammert, bereit, mich damit auf meinen linken Fuß zu stürzen, sollte ich ihn sehen. Ich komme mir vor, als würde ich einem seltenen Schmetterling mit einem Netz nachstellen. Das Problem ist, dass ich offenbar außerstande bin, zwei Dinge gleichzeitig zu tun. Ich kann die Rentiersocke sehen, oder ich kann meine rechte Hand benutzen. Wenn ich die Socke sehe, dann ist sie, sobald ich versuche, sie mit der rechten Hand einzufangen, verschwunden.

Ich habe die Rentiersocke wieder im Blick und beschließe, mich jetzt mit voller Wucht auf sie zu stürzen. Ich halte den Atem an und versuche mit aller Entschlossenheit, meine Hose wie ein Lasso über meinen Fuß zu werfen. Aber ich verfehle die Socke, die ganze Entschlossenheit bringt meinen Gleichgewichtssinn durcheinander, und ich beginne, aus dem Rollstuhl zu kippen. Während ich nach vorn falle und begreife, dass ich mich nicht bremsen kann, begreife ich auch, dass mir keine Zeit mehr bleibt, die Hände nach vorn zu reißen, um meinen Sturz abzufangen. Meine rechte Hand ist noch immer mit dem Projekt linkes Hosenbein beschäftigt, und wer weiß, wo meine linke Hand ist?

Meine Mutter schreit auf und fängt mich, bevor ich mit dem Kopf auf den schmuddeligen Linoleumboden aufschlage. Gott sei Dank. Das Letzte, was ich jetzt brauche, ist noch eine Kopfverletzung – vom Hose-Anziehen.

Meine Mutter drückt mich wieder gegen die Lehne des

Rollstuhls, schnappt sich meinen linken Fuß und hebt ihn hoch, als wäre ich ihre Stoffpuppe.

»Autsch, so gelenkig bin ich nicht«, beschwere ich mich.

»Entschuldige. Versuch es zurückgelehnt.«

»Du sollst mir doch nicht helfen.«

»Wenn ich dir nicht helfen würde, würdest du jetzt auf dem Boden liegen.«

Da hat sie allerdings recht.

»Gut, aber nicht so hoch. Halt ihn da, da kann ich ihn sehen.«

Schließlich schaffe ich es, meinen Rentierfuß und das damit verbundene Bein durch meine Hose zu fädeln. Ich schwitze, und ich will wirklich gern eine Pause einlegen, aber dann sehe ich mich im Spiegel – die Jeans bis zu den Knien hochgezogen und von der Hüfte aufwärts nackt. Ich muss weitermachen.

Dann hilft mir meine Mutter, mein Gesäß anzuheben und damit in die Hose zu rutschen. Das dauert mehrere Minuten. Dann zupft sie vorn an meinem Bund.

»Diese Hose passt dir nicht«, stellt sie fest.

»Ich weiß. Zieh einfach den Reißverschluss zu.«

Sie versucht es noch einmal, knurrend, um mir zu zeigen, wie sehr sie sich anstrengt.

»Ich kann nicht.« Sie sieht mich an, als wäre ich ein Koffer, der zu vollgestopft ist und sich nicht schließen lässt.

»Versuch es jetzt«, fordere ich sie auf.

Ich hole einmal tief Luft und versuche, meinen Bauchnabel bis zur Wirbelsäule einzuziehen.

»Du brauchst größere Hosen«, sagt meine Mutter und gibt auf.

»Ich brauche keine größeren Hosen. Ich muss abnehmen.«

»Willst du neben all den Dingen, die du hier tun musst, jetzt auch noch mit einer Diät anfangen? Das ist doch Wahnsinn. Ich werde dir eine größere Hose kaufen.«

Ich spüre, wie sie nach dem Etikett sucht, spüre ihre kalten Finger in meinem Kreuz.

»Lass das.«

»Sarah, du solltest dich so akzeptieren, wie du bist.«

»Aber so bin ich. Das ist meine Größe. Ich werde nicht dicker werden.«

»Aber du bist dicker geworden.«

Ich ziehe noch einmal den Bauch ein und zerre an dem Reißverschluss, ohne Erfolg.

»Du musst anfangen, deine Situation zu akzeptieren.«

»Hm. Reden wir jetzt von meiner Jeans oder irgendetwas anderem?«

Ausgerechnet sie kann doch unmöglich glauben, dass sie mir einen Vortrag darüber halten kann, dass ich meine Situation akzeptieren muss. Wann hat sie denn je ihre Situation akzeptiert? Wann hat sie denn je mich akzeptiert? Zu meiner Verblüffung werde ich auf einmal so von heißen Emotionen überflutet, als hätten all die komplizierten Gefühle, die ich je meiner Mutter gegenüber hatte, unbeachtet und unbehelligt irgendwo gelegen – wie eine dicke Staubschicht auf einem Tisch auf dem Dachboden, seit dreißig Jahren unberührt –, und als hätte sie eben einmal über die Oberfläche gepustet und damit jedes Körnchen Verletztheit in stürmische Bewegung versetzt.

»Nur deine Hose«, sagt sie, als sie meine Aufregung spürt, und macht einen Rückzieher.

»Ich werde keine andere Größe tragen«, beharre ich, schwankend zwischen Kampf und Flucht, wobei Flucht nicht wirklich eine realistische Möglichkeit ist.

»Na schön.«

»Na schön.«

Ich starre das Spiegelbild meiner Mutter an, während ein emotionaler Tornado noch immer Energie in mir sammelt, und ich frage mich, wie lange wir wohl in ein und demselben Zimmer werden sitzen können, ohne über all die Dinge zu reden, über die wir nie reden. Sie reicht mir meine schwarzen Merrell-Slipper – meine einzigen flachen Schuhe mit Gummisohlen und ohne Schnürsenkel oder Schnallen –, und mithilfe des

Spiegels und der Weihnachtssocke drücke ich je einen Schuh auf jeden Fuß, ohne jede Hilfe von ihr. Na bitte. Untere Hälfte geschafft. Rentiersocken, Schuhe und meine hautenge Jeans, Reißverschluss und Knopf offen.

Aber so geschickt ich auch darin bin, meine untere Hälfte anzuziehen (für eine Vorschülerin), so scheitere ich doch völlig bei der oberen Hälfte. Ich kann mir nicht vorstellen – es sei denn, ich genese vollständig –, wie ich es je wieder schaffen sollte, ohne fremde Hilfe in meinen BH zu kommen, wie ich es früher getan habe, jeden Tag, seit ich dreizehn bin. Den linken Arm durch den linken Träger, die linke Brust in das linke Körbchen. Ganz zu schweigen von dem Verschluss auf dem Rücken. Mein armes verletztes Gehirn verbiegt sich völlig – wie eine Art Verrenkungskünstler im Zirkus –, wenn es sich auch nur vorzustellen versucht, wie diese Prozedur vonstattengehen soll. Jeden Schritt des Anziehens soll ich zumindest allein versuchen, aber bis ich zu dem BH komme, habe ich jede Lust verloren. Meine Mutter erledigt es einfach für mich, und wir sagen den Therapeuten nichts davon.

Sie hält einen meiner weißen Victoria's-Secret-Push-up-BHs hoch. Ich schließe die Augen und verdränge das demütigende Bild, wie meine Mutter unsanft an meinen Brüsten herumfummelt. Aber selbst mit geschlossenen Augen kann ich ihre kalten Finger auf meiner nackten Haut spüren, und während mir unwillkürlich durch den Kopf geht, was sie tut, schlendert die Demütigung einfach herein, macht es sich bequem und legt die Füße hoch. Wie sie es jetzt jeden Tag tut.

Nachdem das erledigt ist, ist als Nächstes mein Hemd an der Reihe. Heute ist es mein weißes, übergroßes Button-down-Boyfriend-Hemd. Ich komme relativ leicht mit dem rechten Arm durch den rechten Ärmel, aber dann überlasse ich mich meiner Mutter für den linken Ärmel. Ich finde keine treffenden Worte für die Unmöglichkeit, mit der linken Hand in den linken Ärmel zu kommen. Zu guter Letzt reiße ich dabei immer die linke Hand hoch in die Luft, als würde ich in einem Klassenzimmer sitzen und eine Frage stellen wollen, wobei ich das Ärmelloch weit verfehle. Oder ich finde es und schnappe mir den linken Ärmel mit der rechten Hand, ziehe mir dann aber, wenn ich versuche, den Ärmel irgendwie über meinen linken Arm zu bekommen, das ganze T-Shirt hoch und über den Kopf. Allein schon der Hinweis »linke Hand in linken Ärmel« sorgt dafür, dass sich mein Gehirn im Kreis dreht, sodass mir ein bisschen schwindelig wird. Es ist der reinste Wahnsinn.

Und so sitze ich jetzt im Rollstuhl, von der Hüfte abwärts bekleidet, das Hemd weit offen, mein BH und der Pizzateigbauch gut sichtbar, während mir vor dem graut, was als Nächstes kommt. Zuknöpfen.

Mein ganzes Hemd mit einem linksseitigen Neglect und nur der rechten Hand zuzuknöpfen erfordert ungefähr dieselbe einzigartige, komplexe und geballte Konzentration, die – so stelle ich mir vor – jemand bräuchte, der eine Bombe entschärfen will. Ich habe drei der fünf Knöpfe geschafft, die ich mir zuzuknöpfen vorgenommen habe, und ich bin völlig erschöpft. Bevor ich den vierten in Angriff nehme, entdecke ich Heidi im Spiegel, und ich atme die angehaltene Luft und Anspannung der drei Knöpfe aus. Drei sind genug.

»Gut gemacht.« Heidi klingt beeindruckt.

»Danke«, sage ich, aufrichtig stolz auf mich.

»Aber warum in aller Welt willst du das tragen?«, fragt sie.

»Was meinst du?«

»Warum willst du ein Hemd mit Knöpfen tragen?«

»Weil ich jede Gelegenheit wahrnehmen sollte, um mit der linken Seite zu interagieren?«, zitiere ich Martha in der Annahme, dass die Frage ein Test ist.

»Aber in angemessenem Rahmen. Wir sollten auch praktisch denken.«

»Das heißt, ich sollte das hier nicht tragen?«, frage ich.

»Ich würde es nicht tun. Ich würde meine Button-down-Hemden wegpacken und nur noch Pullover tragen.«

Ich denke an meinen Kleiderschrank voller Button-down-Hemden, den Hemden, die ich zur Arbeit trage.

»Für wie lange?«

»Fürs Erste.«

Ich erstelle in Gedanken eine Inventarliste der Hemden, die in meinem Wandschrank hängen – Armani, Donna Karan, Grettacole, Ann Taylor –, tadellos, elegant, teuer, professionell, alle mit Knöpfen. Und da ist vermutlich noch nicht einmal dabei, was in meinem Schrank auf der linken Seite hängt. Heidi spürt meine Abneigung dagegen, mir ihre Philosophie zu Eigen zu machen.

»Es ist wie damals, als Ben geboren wurde und er immer so schrecklich aufgestoßen hat. Monatelang hatte ich den Brei, den er wieder hochgewürgt hat, auf den Schultern, auf dem Rücken und auf der Brust. Es war ekelhaft. Ich musste für fast ein Jahr aufhören, all die Hemden und Pullover zu tragen, die nur chemisch gereinigt werden konnten. Es hätte mich ein Vermögen gekostet, ganz zu schweigen von der ganzen Zeit, die ich mit den ständigen Fahrten zur Reinigung verbracht hätte. Also habe ich stattdessen nur noch waschmaschinenfeste Baumwolle getragen. Es war ja nicht für immer. Es war nur für diese Phase meines Lebens. Und das hier ist jetzt eben keine Button-down-Hemd-Phase für dich.«

Wir beide betrachten mich im Spiegel.

»Ehrlich gesagt ist es auch keine Phase für Hosen mit Reißverschluss«, ergänzt sie dann.

Allmählich begreife ich, dass sie mir nicht nur vorschlägt, mich von meinen ganzen schönen Büro-Hemden und meinen ganzen Jeans und anderen Hosen zu verabschieden, sondern auch, dass ich mich noch einmal neu anziehen soll. Ich soll mein Hemd und meine Jeans ausziehen, was bedeuten würde, dass ich auch meine Schuhe ausziehen müsste, und mit einer ganz anderen Garderobe noch einmal von vorn anfangen. Ich verkrafte nicht einmal die Andeutung dieses Vorschlags und breche in Tränen aus.

»Ist ja gut. Sieh mal, dein Tag ist doch schon hart genug, oder?«

Ich nicke und weine.

»Okay. Dann lass uns ein paar einfache Anpassungen vornehmen, wo wir es können. Überziehhemden. Hosen mit elastischem Bund.«

Unsere Blicke huschen hinüber zu meiner Mutter, die eine schwarze Synthetikhose mit elastischem Bund und einen unförmigen weißen Baumwollpullover trägt. Ich weine noch ein bisschen mehr.

»Ich weiß. Ich weiß, du bist es gewohnt, immer sehr gepflegt und elegant auszusehen. Aber ich denke, wir sollten im Moment mehr Wert auf Unabhängigkeit legen als auf Mode. Die *Vogue* wird einfach noch ein bisschen warten müssen, bis sie ihr Fotoshooting mit dir machen kann.«

Nicht witzig.

»Meinst du vielleicht, mir gefallen die Crocs?« Sie reißt einen lila Gummifuß hoch. »Glaub mir, ich würde auch lieber Jimmy Choos tragen, aber die sind einfach viel zu unpraktisch für das, was ich hier tue.«

Heidi reicht mir ein Taschentuch.

»Aber wenn ich versuchen will, wieder hundertprozentig gesund zu werden, muss ich dann nicht das üben, was ich vor dem Unfall tun konnte?«

»Sarah, ich hoffe, dass es dazu kommt. Ich hoffe, dass du wieder hundertprozentig gesund wirst. Aber das wirst du vielleicht nicht. Anstatt dich ausschließlich auf deine Genesung zu konzentrieren, solltest du dich vielleicht auch darauf konzentrieren zu lernen, besser mit dieser Situation zu leben.«

Ich bin es inzwischen gewohnt, diese Art sich geschlagen gebende, negative Einstellung von Martha zu hören und sie zu ignorieren, aber ich kann nicht glauben, dass ich sie jetzt auch von Heidi zu hören bekomme, meiner Verbündeten, meiner Freundin.

»Ich weiß, das ist wirklich schwer zu akzeptieren, aber

es wird dir in deiner Situation so viel helfen, wenn du es kannst.«

Nicht schon wieder. Die Situation akzeptieren. Trinken sie und meine Mutter dasselbe Kool-Aid? Akzeptieren. Anpassen. Diese Worte schmecken mir überhaupt nicht. Ehrlich gesagt fällt es mir schwer, auch nur über diese Worte nachzudenken, ohne dass ich höre: *Aufgeben. Verlieren. Scheitern*. Akzeptieren und anpassen. Aufgeben. Verlieren. Scheitern.

Was ist mit dem Poster? Haltung. Faust. Kampf. Ich balle die Faust und schniefe.

»Du meinst also, ich soll noch einmal von vorn anfangen?«, frage ich in Bezug auf das, was ich im Moment anhabe.

»Nein, natürlich nicht. Aber morgen, Helen, sollten wir etwas Einfacheres auswählen, okay?«

»Okay«, sagt meine Mutter.

»Warst du mit dem Anziehen fertig, oder fehlt noch irgendwas?«, fragt Heidi.

»Meine Uhr.«

Meine Mutter reicht Heidi meine Cartier-Uhr, und Heidi gibt sie an mich weiter. Aber anstatt mit dem langwierigen Prozess des Umlegens zu beginnen, vergleiche ich sie mit der Uhr an Heidis Handgelenk. Ihre ist eine rosa Plastik-Sportuhr, digital, ohne Schnalle. Sie ist wie ein C geformt und scheint sich so leicht um ihr Handgelenk legen zu lassen wie ein Hufeisen um einen Pfosten. Und ich habe eine Idee.

»Wollen wir tauschen?«, frage ich sie, als wären wir in der Grundschule, wo ich ihr mein Thunfischbrot für ihres mit Erdnussbutter und Marmelade anbiete.

»Nein, Sarah, deine ist …«

»Zu kompliziert«, vermute ich.

»Teuer«, sagt sie.

»Eine tägliche Quelle des Ärgers. Ich brauche einen Abschluss am MIT, um die Schnalle zu handhaben.«

»Das kann ich nicht annehmen«, wehrt sie ab, aber ich kann sehen, dass sie in Versuchung gerät. »Diese Uhr ist vielleicht dreißig Dollar wert. Deine Mutter oder Bob könnten dir eine bestellen.«

»Ja, aber ich will das jetzt gleich machen. Wie war das in diesem Vortrag, den du mir eben gehalten hast? Akzeptieren und anpassen. Ich denke, das ist jetzt eine Rosa-Plastikuhr-Phase für mich.«

Ein Lächeln schleicht sich in ihre Augen.

»Okay, aber wenn du sie wiederhaben willst, sagst du's mir einfach.«

»Abgemacht.«

Heidi ersetzt meine Diamant-und-Platin-Cartier durch ihre rosa Plastikuhr. Ich halte sie mit der rechten Hand am Rand der Öffnung, finde meinen Diamantring auf der linken Seite und klatsche mir dann mit einem glücklichen Zufallstreffer Heidis Uhr um das linke Handgelenk. Ich kann sogar die Uhrzeit lesen. 11.12 Uhr. Meine Mutter klatscht in die Hände.

»Wow, Sarah, die ist ja wirklich toll«, staunt Heidi, voller Bewunderung für ihren guten Tausch. »Bist du dir sicher?«

Ich denke an all die quälenden Minuten, die ich mir eben erspart habe.

Akzeptieren und anpassen.

Du gibst auf. Du wirst verlieren. Du wirst scheitern.

Haltung. Faust. Kampf.

»Ganz sicher. Aber egal, was du sagst oder wie hart ich arbeiten muss, um deine Crocs werde ich dich niemals bitten.«

Sie lacht.

»Abgemacht.«

Keine Sorge, ich gebe nicht auf, sage ich zu meinem widersprüchlichen Selbst. Manchmal bin ich nur zu erschöpft, um noch zu kämpfen.

SECHZEHNTES KAPITEL

Meditation ist als neuester Punkt auf die Liste mit Rehatechniken gesetzt worden, die mir vielleicht oder vielleicht auch nicht helfen werden, zu meinem alten Leben zurückzukehren. Also meditiere ich. Na ja, ich versuche es. Ich hatte noch nie irgendeinen Hang zum Meditieren, und überhaupt kann ich mir beim besten Willen nicht vorstellen, wie jemand so etwas wollen kann. Für mich wirkt Meditation so ziemlich, als würde man gar nichts tun. Ich tue nicht nichts. Ich fülle jede Sekunde jedes Tages mit irgendetwas aus, das erledigt werden kann. Hast du fünf Minuten? Schreib eine E-Mail. Lies die Schulmitteilungen. Wirf eine Ladung Wäsche in die Waschmaschine. Spiel mit Linus *Guck-guck.* Hast du zehn? Ruf jemanden zurück. Entwirf die Tagesordnung für eine Besprechung. Lies eine Leistungsbeurteilung. Lies Lucy ein Buch vor. Sitz mit geschlossenen Augen da und atme, ohne irgendetwas zu planen, zu organisieren oder zu leisten? Ich glaube nicht.

Also, wenn ich mir jemanden vorstelle, der meditiert, dann niemanden, der so ist wie ich. Im Allgemeinen denke ich dabei an einen alten, kahlköpfigen buddhistischen Mönch, der aufrecht auf einer Bambusmatte in einem alten Tempel irgendwo in Tibet sitzt, mit geschlossenen Augen und einem Gesichtsausdruck, der weise und gelassen ist – so, als wisse er um das Geheimnis des inneren Friedens. Auch wenn ich meinen imaginären Mönch für seine Fähigkeit bewundere, diesen Zustand von offensichtlicher Zufriedenheit zu erreichen, so würde ich doch meine rechte Seite darauf verwetten, dass er nicht drei Kinder, zwei Hypotheken und viertausend Berater zu managen hat.

Aber jetzt habe ich keine E-Mails, Telefonate, Schulmitteilungen oder Wäsche zu erledigen (keine Wäsche waschen zu müssen ist einer der wenigen Vorteile, wenn man in einer Rehaklinik lebt), und die Kinder sind nicht hier. Baldwin ist kein buddhistischer Tempel, aber ich bin trotzdem mehr oder weniger kahlköpfig, und ich habe jede Menge Zeit. Außerdem mache ich mir allmählich Sorgen, dass zu viel Fernsehen tagsüber schädlich für mein restliches Gehirn sein könnte. Daher versuche ich es mit Meditation.

Heidi sagt, zu meditieren wird mir helfen, meine Konzentration zu steigern, wovon ich eindeutig mehr gebrauchen könnte. Vor dem Unfall konnte ich mich auf mindestens fünf Dinge gleichzeitig konzentrieren. Ich war ein Multitasking-Genie mit einem gewaltigen Überschuss an Gehirnleistung, die ich beliebig einsetzen konnte. Während ich vor dem Unfall fünf Liter Gehirnbrennstoff benötigte, um mich auf fünf Dinge gleichzeitig zu konzentrieren – einen Liter für jedes –, brauche ich jetzt allein vier Liter Gehirnbrennstoff, um mir der linken Seite bewusst zu sein, sodass nur noch ein Liter Gehirnbrennstoff bleibt, um mich auf eine einzige andere Sache zu konzentrieren. Und dann ist mein Tank einfach leer. Daher könnte ich ein bisschen mehr Konzentration gut gebrauchen. Außerdem könnte mir das Meditieren helfen, meinen Blutdruck und meinen Angstpegel zu senken, die beide ungesund und unproduktiv hoch sind.

Also, los geht's. Ich schließe die Augen.

Einatmen. Ausatmen. Auf den Atem konzentrieren. Atmen. Sonst nichts. Konzentrieren. Atmen. Oh, ich darf nicht vergessen, meiner Mutter zu sagen, dass sie ein paar Decken unter ein Ende von Linus' Matratze in seinem Gitterbettchen legen soll, damit er leichter atmen kann. Bob sagt, er hat einen schlimmen Schnupfen. Ich hasse es, wenn die Kinder krank sind und nicht wissen, wie sie sich die Nase putzen sollen. Wie alt waren denn die anderen beiden, als sie es gelernt haben?

Armer Linus. Vermutlich wird er von jetzt an bis Mai kränkeln. Ich schwöre, sobald die Wintermäntel aus den Schränken geholt werden, ist bei uns zu Hause immer irgendjemand krank. Die ganzen Kinder in der Schule und der Kindertagesstätte schniefen und husten sich ständig gegenseitig an, sabbern auf die Spielsachen, wischen sich ihre laufenden Nasen mit den Händen ab und fassen sich gegenseitig an, hängen sich mit dem Mund an die Hähne des Trinkwasserbrunnens, teilen sich Spielsachen und Snacks und Keime. Es ist so ekelhaft.

Armer Linus. Ich sollte meiner Mutter auch sagen, dass sie die Dusche möglichst heiß aufdrehen und Linus den Dampf einatmen lassen soll. Das wird ihm helfen. Ich vermisse unsere Dusche. Die Dusche hier hat kaum Druck und bleibt nicht lange genug heiß.

Ich vermisse unsere Badetücher. Dicke, weiche, luxuriöse türkische Baumwolle. Und sie riechen himmlisch, vor allem wenn sie frisch aus dem Trockner kommen. Die Badetücher hier sind dünn und steif und riechen zu stark nach industriellen Bleichmitteln. Ich sollte Bob bitten, mir ein Badetuch mitzubringen.

Augenblick. Was tue ich hier eigentlich? Hör auf, an Badetücher zu denken. Hör auf zu denken. Sei still. Atme. Achte auf deinen Atem. Meditiere. Es fällt mir schwer. Alles fällt mir schwer. Ich glaube nicht, dass ich je so hart an irgendetwas gearbeitet habe, ohne Erfolg zu haben. Ich habe einfach keinen Erfolg. Ich scheitere. Ich akzeptiere nicht und passe mich auch nicht an. Ich scheitere einfach nur. Doch ich kann nicht zulassen, dass Bob sieht, wie ich scheitere. Oder die Kollegen. Wie sollen die anderen mich ertragen, wenn ich nicht wieder so werde, wie ich vor dieser Sache war? Ich muss wieder gesund werden. Auf der Arbeit wollen sie mich nicht wiederhaben, wenn ich nicht wieder gesund werde. Das kann ich ihnen nicht verdenken. Ich würde mich auch nicht wiederhaben wollen.

Was ist mit Bob? Wird er mich wiederhaben wollen? Natürlich wird er das. Er würde wie ein Vollidiot dastehen, wenn er seine hirnverletzte Ehefrau verlassen würde. Aber er hat keine hirnverletzte Ehefrau verdient. Er hat seine Partnerin geheiratet, nicht jemanden, den er für den Rest seines Lebens an- und ausziehen, versorgen und pflegen muss. Dazu hat er sich nicht verpflichtet. Ich werde das Kreuz sein, das er zu tragen hat, und das wird er mir übel nehmen. Er wird eine hirnverletzte Ehefrau am Hals haben, um die er sich kümmern muss; er wird todunglücklich, erschöpft und einsam sein, und er wird eine Affäre haben, was ich ihm nicht werde verdenken können.

Augenblick, kann ich mit dieser Geschichte überhaupt Sex haben? Ich denke schon. Eigentlich müsste ich es können. Alle dafür erforderlichen Teile befinden sich genau in der Mitte. Gott sei Dank habe ich keine linke Vagina, die ich dafür erst finden muss. Aber wird Bob so überhaupt Sex mit mir haben wollen? Manchmal sabbere ich aus dem linken Mundwinkel, ohne es zu merken. Wirklich sehr attraktiv. Und ich kann mir weder die Achseln noch mein linkes Bein rasieren. Ich bin ein sabbernder, haariger Kresseigel, der nicht laufen kann. Bob und ich hatten schon vor meinem Unfall kaum noch Sex. Wie wird es jetzt weitergehen? Was, wenn er aus Pflichtgefühl bei mir bleibt und wir nie wieder Sex haben?

Sarah, hör auf. Hör auf mit diesem ganzen negativen Denken. Das bringt doch nichts. Sei positiv. Vielleicht wird der Durchschnittsbetroffene nicht wieder gesund, oder vielleicht werden sogar die meisten Leute nicht wieder gesund, aber ein paar werden es. Du schaffst das. Denk dran: Haltung. Kampf. Du kannst gesund werden. Es ist immer noch möglich. Gib nicht auf. Atme. Konzentrier dich. Klär deine Gedanken.

Du hast recht. Atme. Konzentrier dich. Atme. Wem will ich hier eigentlich etwas vormachen? Ich bin so weit davon entfernt, gesund zu werden. Gesund ist ein kleines Dorf, irgendwo tief im Amazonas-Regenwald versteckt, auf keiner Karte verzeichnet. Viel Glück auf dem Weg dorthin. Viel Glück auf dem Weg überhaupt irgendwohin. Ich kann noch nicht einmal laufen. Linus kann es besser als ich. Bob sagt, dass er bereits um den Couchtisch kurvt. Und ich schleppe mich noch immer am Barren vorwärts, während mir Martha jeden einzelnen meiner gequälten Schritte befiehlt. Linus wird laufen können, bevor ich es wieder kann, und ich werde nicht zu Hause sein, um seine ersten Schritte zu sehen. Nicht dass ich da gewesen wäre, um Charlies oder Lucys erste Schritte zu sehen. Ich war auf der Arbeit. Aber trotzdem. Ich will nach Hause.

Hör auf zu denken! Du sollst meditieren. Du fährst jetzt nicht nach Hause. Du hast nirgends zu sein und nichts zu tun. Sei einfach hier. Atme. Denk an nichts. Kahle Wand. Stell dir eine kahle Wand vor. Atme. Hast du nicht immer davon geträumt, eine solche Auszeit zu nehmen, um zu entspannen und zu verschnaufen?

Ja, aber ich habe nicht davon geträumt, eine Gehirnverletzung zu haben, um die Gelegenheit zu bekommen, mitten am Tag dazusitzen und an gar nichts zu denken. Das ist doch ein etwas hoher Preis für ein bisschen Erholung und Entspannung, meinst du nicht auch? Ich hätte einfach für ein Wochenende in ein Wellnesscenter fahren können.

Sarah, du schweifst schon wieder ab. Du bist mit deinen Gedanken überall, nur nicht hier.

Fühlt es sich so an, Charlie zu sein? Ich möchte es wetten. Bob ist gestern ohne mich mit ihm beim Arzt gewesen. Es war hart für mich, nicht dabei zu sein. Ich kann nicht glauben, dass er auf eine Aufmerksamkeitsdefizitstörung getestet wird. Ich bete, dass er keine hat. Aber dann wiederum wünschte ich fast, er hätte eine. Das würde wenigstens erklären, warum er solche Probleme hat. Und wenn er eine hat, dann können wir wenigstens etwas anderes für ihn tun, als ihn ständig nur anzuschreien. Ja, aber dieses andere wäre, ihm Medikamente zu geben. Wir werden Charlie mit Pillen vollpumpen, damit er aufpassen kann. Ich will gar nicht daran denken.

Hallo? Denk nicht daran! Du sollst an gar nichts denken. Hör auf zu denken.

Entschuldige.

Du musst dich nicht entschuldigen. Sei still. Schalte ab. Stell dir vor, du drückst auf den Ausschaltknopf.

Du hast recht. Hör auf zu denken. Atme. Ein. Aus. Gut. Ein. Aus. Gut, ich tue es. Weiter so.

Okay, aber hör auf, dir dafür wie ein Cheerleader zuzujubeln. Du bist nicht deine Mutter.

Gott sei Dank nicht. Wie lange wird sie eigentlich noch hier herumhängen? Warum ist sie überhaupt hier? Hat sie kein Leben am Cape, zu dem sie zurückkehren kann? Vermutlich nicht. Sie hat sich aus ihrem Leben verabschiedet, als Nate sechs war und im Pool der Nachbarn ertrunken ist. Warum will sie dann auf einmal ein Teil von meinem sein? Sie kann nach all den Jahren nicht plötzlich beschließen, meine Mutter zu sein und für mich da zu sein. Wo war sie denn früher, wenn ich sie brauchte? Nein, sie hatte ihre Chance, meine Mutter zu sein, als ich eine brauchte. Im Moment brauche ich sie zwar wirklich, aber das werde ich nicht immer. Sobald es mir besser geht, werde ich sie nicht mehr brauchen. Dann kann sie zum Cape zurückkehren, wo sie hingehört, und ich kann zu meinem Leben zurückkehren, wo ich hingehöre. Wir können dann beide wieder dorthin zurückkehren, wo wir einander nicht brauchen. Und das wird für alle Beteiligten das Beste sein.

Ich schlage die Augen auf und seufze. Dann schnappe ich mir die Fernbedienung und schalte den Fernseher ein. Ich frage mich, wer heute bei *Ellen* zu Gast ist.

SIEBZEHNTES KAPITEL

Es ist erst kurz nach 10.00 Uhr, und ich habe schon jetzt einen richtig schlechten Tag. Vor ein paar Minuten habe ich versucht, Bob anzurufen, aber er hat nicht abgenommen. Ich frage mich, ob er es weiß.

Ich sitze im Fitnessraum an dem Puzzle- und Spieletisch vor der Aufgabe, mit dem Löffel, den ich in der linken Hand halte, die roten Plastikperlen aus der weißen Müslischale zu meiner Rechten in die unsichtbare Müslischale zu meiner Linken umzufüllen. Mein rechter Arm ist angewinkelt und steckt bewegungsunfähig in einer Schlinge vor meiner Brust. Die Bewegungsinduktionstherapie soll mir helfen, dem Drang zu widerstehen, meine rechte Hand zu benutzen. Das Ausschalten der Konkurrenz soll mir helfen, mich leichter für den Gebrauch der linken Hand zu entscheiden. Aber die meiste Zeit komme ich mir nur vor wie eine Frau ohne Arme.

Schon bevor ich mich dieser Zwangsjacken-Therapie stellen musste, war ich aufgelöst und völlig demoralisiert. Nach irgendeiner Besprechung, die mein Therapeuten-Team heute Morgen ohne mich abgehalten hat, wurde entschieden, dass ich in drei Tagen nach Hause fahren werde. Um genau zu sein, wurde es nicht so sehr von ihnen entschieden als vielmehr feierlich abgesegnet. Mein Versicherungsträger hat schon lange vor meinem Unfall mittels irgendeiner Kosten-Nutzen-Ergebnisanalyse – nicht unähnlich den Analysen, die viele der Berkley-Berater in diesem Augenblick für verschiedene Unternehmen in Excel-Tabellen durchführen – ausgerechnet, dass ich in drei Tagen nach Hause fahren werde. Bestimmt wurde das durch irgendeinen Abrechnungscode und den Code für meinen medizinischen Zustand, wobei meine vielleicht oder vielleicht auch nicht bestehenden Fortschritte nur am Rande berücksichtigt wurden. Vielleicht wurde es auch die ganze Zeit nur durch den Schnittpunkt der Venus rückläufig im Skorpion bestimmt. Aber egal, wie die gesichtslose bürokratische oder mystische Begründung auch lauten mag, das ist mein Schicksal. Ich fahre in drei Tagen nach Hause.

Während mir mein Therapeuten-Team diese gute Neuigkeit mit übertrieben fröhlichen Stimmen und dem aufgesetzten Lächeln einer Laien-Schauspielgruppe im Gesicht mitteilte, saß ich schweigend da, entgeistert, ausdruckslos. Hier bin ich, sitze in einem Rehabett in einer Rehaklinik und arbeite jeden Tag hart in meinen Rehasitzungen, während ich die ganze Zeit denke, dass ich hier sein werde, bis ich fertig mit der Reha bin. Doch wie sich herausstellt, war das nie der Plan. Und der Witz geht auf meine Kosten.

Folgendes habe ich heute Morgen gelernt: In der Welt der Rehakliniken ist es so, dass der Patient bleibt, wenn sich sein Zustand dramatisch verschlechtert. Dann denken alle: *Wir müssen ihn retten.* Aber auch wenn der Patient deutliche Fortschritte auf dem Weg der Genesung macht, bleibt er. Dann hoffen alle: *Wir können ihn immer noch retten.* Eine schnelle Bewegung – egal, ob bergauf oder bergab – bedeutet: mehr Reha. Aber Stillstand – mit meilenweit nichts als flachem Gelände am Horizont – bedeutet, dass der Patient nach Hause fährt. Dann sind sich alle einig: *Verschwende nicht deine Zeit. Er kann nicht gerettet werden.* Wenn die Genesung stagniert, zahlt die Versicherung die Rechnungen nicht mehr, die im Übrigen ungefähr so hoch sind wie der Hügel, den ich zu erklimmen versuche.

Ich sollte begeistert sein. Ich fahre in drei Tagen nach Hause. Rechtzeitig zu meinem Hochzeitstag und zu Weihnachten. Ich fahre nach Hause. Ich habe um diesen Tag gebetet. Ich sollte triumphieren. Aber stattdessen ziehen sich in meinem Magen Knoten ängstlicher Zweifel zusammen, und ich würde mich am liebsten übergeben. Sie sind hier fertig mit mir. Meine Versicherung ist zu dem Schluss gekommen, dass meine Rehabemühungen keine sinnvolle Investition mehr sind. *Sie kann nicht gerettet werden.*

Das kann nicht sein. Es muss noch mehr für mich drin sein. Ich kann allein laufen, aber nur mit Mühe und nur, wenn ich den Stock benutze, den man mir gegeben hat. Der Stock, den man mir gegeben hat, ist einer dieser Gehstöcke aus rostfreiem Stahl, wie sie in Krankenhäusern üblich sind, mit vier Füßen mit Gummikappen am unteren Ende. Mein Gehstock trägt Crocs, mein Gott. Das ist nicht cool. Mein vierfüßiger Stock ist alles andere als dezent. Er ist ein Stock, der schreit: *Seht her, ich habe eine ernsthafte Gehirnverletzung!* Ich hasse ihn, und ich will lernen, ohne ihn zu laufen.

Noch immer kann ich den linken Teil einer Seite nicht lesen, ohne dass ich ständig verbessert, ermuntert und erinnert werden muss, mein l-förmiges rotes Lesezeichen zu benutzen. *Geh nach links, finde den linken Rand, geh weiter, bis du das rote Lesezeichen findest.* Ich kann mich immer noch nicht ohne fremde Hilfe anziehen, brauche Hilfe beim Zähneputzen und beim Duschen. Wie soll ich mich um meine Kinder und mein Zuhause kümmern? Wie soll ich meinen Job machen? Ohne professionelle Unterstützung kann ich nicht einmal den Löffel loslassen, den ich in der linken Hand halte. Ich will, dass der Versicherungsanalytiker, der die Länge meines Aufenthalts festgelegt hat, auf der Stelle hierherkommt und mir in die Augen sieht, während ich den Löffel auf seinen Kopf richte und ihm drohe: »Sehe ich für Sie so aus, als ob ich fertig mit der Reha wäre?«

Martha hat mir erklärt, dass ich zu Hause weiter an den Techniken arbeiten werde, die ich hier gelernt habe. Und Heidi hat mir versichert, dass ich andere Therapeuten haben werde, die auf ambulanter Basis ungefähr dieselbe Arbeit machen. Dr. Nelson – der Arzt, der hier meine Betreuung überwacht – hat gesagt: »Das Gehirn ist etwas sehr Merkwürdiges. Man kann nie wissen.« Und für diese weisen Worte hat er Medizin studiert.

Nichts von dem, was man mir sagt, klingt nach einer guten Nachricht. Es klingt alles ein bisschen verschwommen und geringschätzig, weniger gründlich, weniger meinem Fortschritt verpflichtet, weniger einem Glauben an meinen Fortschritt verpflichtet. Es klingt, als ob ich nicht mehr auf dem Weg der Genesung wäre. Stattdessen klingt es, als hätte man mich auf einem Umweg in eine langsame, trostlose Sackgasse geführt, die zu einem verlassenen, mit Brettern vernagelten Gebäude führt, in dem mich jeder aufgegeben hat.

Die Knoten in meinem Magen verheddern sich und kneifen mich. Ich verliere die Konzentration und verschütte einen Löffel roter Perlen. Die Perlen hüpfen, kreiseln und kullern schließlich vom Tisch. Während ich höre, wie sie kreuz und quer über den Linoleumboden rollen, und überlege, ob ich noch einen Löffel herausschaufeln soll, löst sich das Verheddern und Kneifen zu glühend heißer Wut auf, die ein Loch in meinen Magen sengt und in jede Zelle von mir eindringt. Ich kann sogar spüren, wie sie sich in meine linke Hand brennt. Ich will den Löffel hinwerfen, aber ich kann meinen eigenen Kung-Fu-Griff nicht lockern, daher umklammere ich stattdessen den Löffel, so fest ich kann, bis ich spüre, wie sich meine Fingernägel in die weiche Handfläche bohren. Es tut weh, und ich denke, es könnte sogar sein, dass ich blute, aber ich kann die Hand nicht öffnen, um es zu kontrollieren.

»Ich will das nicht mehr machen. Ich will zurück in mein Zimmer.«

»Ist ja gut. Nur noch einen Löffel. Sie machen das sehr gut«, lobt Martha.

Was hat das denn für einen Sinn? Wie soll diese lächerliche Aufgabe irgendetwas ändern? Warum fahre ich nicht gleich heute nach Hause? Was sollen mir noch drei Tage in diesem Gefängnis denn nützen? Nichts. Es ist entschieden. *Sie kann nicht gerettet werden.*

Mein Gesicht ist verschwitzt und gerötet; heiße Tränen steigen in mir hoch und brennen in meinen Augen. Ich will die Tränen wegwischen, aber meine rechte Hand ist nicht verfügbar, und von meiner linken könnte ich mir bestenfalls erhoffen, dass sie mir mit einem Löffel ins Auge sticht.

»Ich will zurück in mein Zimmer«, sage ich mit brechender Stimme.

»Kommen Sie, machen wir das hier erst noch fertig. Sie schaffen das.«

»Ich will nicht. Ich fühle mich nicht gut.«

»Sie sieht nicht gut aus«, bestätigt meine Mutter.

»Wo fühlen Sie sich nicht gut?«, fragt Martha.

»Im Magen.«

Martha wirft einen Blick auf ihre Armbanduhr.

»Es ist fast Mittag. Glauben Sie, etwas zu essen würde helfen?«

Nein, ich glaube nicht, dass ein beschissenes Mittagessen in der Cafeteria helfen wird.

Ich zucke mit den Schultern.

Sie sieht noch einmal auf ihre Armbanduhr.

»Okay, wir haben noch ein bisschen Zeit. Wie wär's, wenn Sie mit Ihrem Stock und Ihrer Mom zurück zu Ihrem Zimmer gehen, und ich hole Ihnen ein frühes Mittagessen und treffe Sie dort?«

Na toll. Jetzt werde ich die nächsten zwanzig Minuten damit verbringen, einen Korridor hinunterzugehen, für den ich normalerweise dreißig Sekunden brauchen würde.

»Helen, können Sie ihr aus der Schlinge helfen und sie zurück zu ihrem Zimmer führen?«

»Natürlich«, sagt meine Mutter.

Martha beäugt meine Hand, die noch immer den Löffel umklammert hält.

»Ich werde Ihnen etwas Suppe bringen.«

Meine Mutter befreit meinen rechten Arm aus seiner Gefangenschaft, reicht mir meinen Gehstock, und wir machen uns auf den Weg zurück zu meinem Zimmer. Ich habe keine positive Einstellung mehr. Keine Faust mehr. Keinen Kampfgeist mehr. Ich habe kein Interesse mehr an einem Akzeptieren oder Anpassen. Ich habe eine Gehirnverletzung, die nicht verheilt ist, und kein Versprechen, dass sie es je tun wird. Früher hatte ich ein erfülltes und erfolgreiches Leben. Was habe ich jetzt noch?

Ich habe einen Gehstock in einer Hand und einen Löffel in der anderen.

Und noch drei Tage.

»Ich verstehe gar nicht, was los ist, Sarah«, sagt meine Mutter.

Wir sind wieder in meinem Zimmer, meine Mutter auf ihrem Stuhl, ich in meinem Bett.

»Ist schon gut«, erwidere ich.

»Das ist doch eine tolle Neuigkeit. Das heißt, dass keine Gefahr für deine Gesundheit besteht.«

»Ich weiß.«

»Und du wirst sehen, zu Hause wird es dir so viel besser gehen.«

»Mhm.«

Ich freue mich darauf, Abschied von diesem Ort zu nehmen. In drei Tagen werde ich fünf Wochen hier gewesen sein, und ich wollte nie auch nur eine Sekunde länger bleiben als nötig. Ich werde dieses unbequeme Bett nicht vermissen, die schwache Dusche, die rauen Handtücher, das fade Essen, den durchdringenden Geruch von Handreinigern und Desinfektionsmitteln, den Fitnessraum, den trostlosen Blick auf das Gefängnis, Martha. Erst recht nicht vermissen werde ich diese unheimlichen nächtlichen Krankenhausgeräusche, die mich aus dem Schlaf reißen, sodass ich jede Nacht hellwach und beunruhigt daliege – das Stöhnen vor unerträglichen Schmerzen, das panische und wilde Aufkreischen eines Patienten, der aus einem Albtraum hochschreckt, vermutlich noch einmal den entsetzlichen Unfall durchlebt, der ihn hierhergebracht hat, das kojotenartige Wimmern der jungen Mutter, die ihrer Sprache und ihres Neugeborenen beraubt wurde, die Notrufmeldungen über den Lautsprecher mit ihrer unausgesprochenen, schaurigen Botschaft, dass jemand – vielleicht jemand im Zimmer nebenan, vielleicht jemand mit einer Gehirnverletzung wie meiner – eben gestorben ist. Nein, ich werde diesen Ort kein bisschen vermissen.

Aber ich hatte mir vorgestellt, unter etwas anderen Bedingungen von hier wegzugehen. In der Szene, bei der ich in meinem Kopf seit Wochen Regie geführt habe, lief mein Auszug immer ungefähr so ab: Ich würde jedes einzelne Mitglied meines Therapeuten-Teams umarmen – die alle Freudentränen in den Augen hätten –, ihnen für ihren Beitrag zu meiner vollständigen Genesung danken und versprechen, in Verbindung zu bleiben. Dann würde ich – begleitet von der *Die Stunde des Siegers*-Titelmelodie und mit der linken Hand zum Abschied winkend – selbstsicher und ohne Stock durch die Eingangshalle laufen, die voller applaudierender Therapeuten, Ärzte und Patienten sein würde. Das Personal würde von Stolz überwältigt sein, die Patienten von Hoffnung erfüllt, und ich würde für alle eine Inspiration sein. Am Ende der Eingangshalle würden sich die Automatiktüren öffnen, und ich würde in einen klaren, sonnigen Tag hinaustreten. In die Freiheit und mein altes Leben.

Und da ich praktischerweise vergessen habe, dass mein Wagen auf einem Schrottplatz liegt, habe ich mir sogar vorgestellt, ich würde selbst in meinem Acura nach Hause fahren. Doch als ich jetzt in meinem Zimmer sitze – noch drei Tage vor mir, mit der linken Hand unfreiwillig einen Löffel umklammernd, während ich darauf warte, dass Martha mit Suppe wiederkommt, erschöpft von dem peinlich kurzen und nur mit dem Gehstock zu bewältigenden Weg den Flur hinunter –, kommt es mir mehr als lächerlich vor, dass ich eine so weit hergeholte Fantasie je zusammengesponnen und dann auch noch geglaubt habe.

»Und ich werde dir weiterhin bei der Therapie helfen«, sagt meine Mutter.

Das ist weder ein Angebot noch eine Frage. Es ist eine Annahme, eine vorweggenommene Schlussfolgerung. Ich starre sie an, während ich versuche, aus ihr schlau zu werden. Sie trägt eine schwarze Hose mit elastischem Bund, die sie in schwarze Ugg-Boots-Imitate gesteckt hat, einen weißen Pullover mit Zopfmuster, eine schwarz umrandete Brille, baumelnde rote Weihnachtsohrringe und einen dazu passenden Lippenstift. Unter dem Make-up und dem Alter in ihrem Gesicht kann ich noch immer die junge Frau sehen, die sie einmal war, aber ich habe eigentlich keine Vorstellung davon, wie sie zwischen damals und heute aussah.

Ich kann mich an das pfirsichfarbene Rouge erinnern, das sie immer auf ihren sommersprossigen Wangen trug, ihren lindgrünen Lieblingslidschatten, die feinen Haarsträhnen an den Ohren, die nie in ihrem langen Pferdeschwanz blieben, daran, wie sich ihre Nasenlöcher blähten und wieder zusammenzogen, wenn sie lachte, an das Funkeln in ihren hellblauen Augen und den Geruch ihres Lippenstifts (plus oder minus Marlboro Lights und Fruchtkaugummi), der auf meinem Mund haften blieb, wenn sie mich küsste.

Ich bin mir ziemlich sicher, dass sie aufgehört hat, sich zu schminken oder irgendetwas mit ihren Haaren zu machen, nachdem Nate ertrunken war. Ich weiß, dass es danach kein Lachen mit geblähten Nasenlöchern und keine komisch riechenden Küsse mehr gab. Aber ich habe keine konkrete Erinnerung daran, wie sie nach 1982 aussah oder wie sie sich verändert hat. Wann hat sie angefangen, Krähenfüße zu bekommen? Und wie bekommt jemand, der nie lacht oder aus dem Haus geht, überhaupt Krähenfüße? Wann hat ihr Haar angefangen, grau zu werden, und wann hat sie es auf Kinnlänge abgeschnitten? Wann hat sie angefangen, eine Brille zu tragen? Wann hat sie das Rauchen aufgegeben? Wann hat sie wieder angefangen, Lippenstift zu tragen?

Und ich kann mir auch nicht vorstellen, dass sie irgendwelche konkreten Erinnerungen an mich hat oder daran, wie ich nach 1982 ausgesehen oder mich verändert habe. Sie hat keine einzige der unzähligen eintönigen Minuten des letzten Monats damit verbracht, nostalgische Geschichten aus meiner Kindheit mit mir zu teilen. Weil sie nach 1982 meine Kindheit größtenteils nicht mehr mitbekommen hat.

Nachdem sie ihren einzigen Sohn begraben hatte, vergrub sich meine Mutter in ihrem Schlafzimmer, und mein Vater vergrub sich in Bauarbeiten, wenn er nicht auf der Feuerwache war. Während meine Mutter nichts anderes tat, als den Verlust von Nate zu betrauern, empfand mein Vater überhaupt nichts. Schon vor Nates Tod stoisch und emotional distanziert, war er jetzt emotional endgültig verschwunden. Aber zumindest physisch kehrte mein Vater schließlich wieder in seine Rolle als mein Elternteil zurück. Er mähte den Rasen und brachte den Müll weg, er kümmerte sich um die Wäsche und die Einkäufe, er bezahlte die Rechnungen und die Gebühren für meine außerschulischen Aktivitäten. Ich hatte immer Essen auf dem Teller und ein Dach über dem Kopf. Aber von meiner Mutter kehrte kein Teil je zurück. Und es war immer meine Mutter, die ich am meisten brauchte.

Sie bemerkte es nicht, wenn ich mit schmutzigen Kleidern oder Kleidern, die zwei Nummern zu klein waren, zur Schule ging. Sie kam nicht zu meinen Fußballspielen oder Elternabenden. Sie bot mir weder Halt noch Trost in den eineinhalb Jahren, in denen ich so für Bobby Hoffman schwärmte, dass ich mich selbst fast dabei verlor. Sie erzählte mir nichts über sicheren Sex oder guten Sex. Sie vergaß meinen Geburtstag. Sie lobte mich nicht für meine erstklassigen Zeugnisse und feierte nicht meine Zulassung für Middlebury oder Harvard. Sie zog es vor, allein zu sein, nachdem mein Vater gestorben war, als ich zwanzig war, und sie hieß Bob nicht willkommen in dem, was von unserer erbärmlichen kleinen Familie noch übrig war, als ich achtundzwanzig war.

Ich nehme an, ich sah Nate ähnlich genug, um eine ständig quälende Erinnerung an den untröstlichen Schmerz zu sein. Ich nehme an, ich kann – vor allem jetzt, da ich selbst Kinder habe – das Entsetzen verstehen, das einen lähmt, wenn man ein Kind verliert. Aber sie hatte nicht nur ein Kind. Sie hatte zwei. Und ich war nicht gestorben.

Meine Kindheit nach Nates Tod war nicht leicht, aber sie hat mich zu dem gemacht, was ich heute bin: stark, ausgesprochen unabhängig, erfolgsorientiert und fest entschlossen, etwas zu bewegen. Ich hatte es geschafft, meine Vergangenheit hinter mir zu lassen, aber jetzt sitzt meine Vergangenheit auf dem Stuhl mir gegenüber und sagt mir, dass sie noch länger bleiben wird. Sie spürt meinen musternden Blick. Ein nervöses Lächeln umspielt ihre roten Lippen, und ich will es ihr am liebsten aus dem Gesicht schlagen.

»Nein, es reicht. Ich fahre nach Hause, und du fährst auch nach Hause. Jeder fährt nach Hause.«

»Nein, ich bleibe. Ich bleibe, um dir zu helfen.«

»Ich brauche deine Hilfe nicht. Ich brauche die Hilfe von niemandem.«

Martha steht jetzt vor mir, ein Tablett mit Mittagessen in den Händen, die Augenbrauen hochgezogen.

»Wenn ich irgendetwas brauche, werde ich Bob fragen.«

»Bob hat mich gebeten, zu bleiben und ihm zu helfen, dich zu pflegen«, entgegnet meine Mutter.

Ich starre sie an, sprachlos, während ein entfesselter Tobsuchtsanfall in meiner Brust mit den Fäusten trommelt. Martha und Heidi haben sich heute Morgen ohne mich zusammengesetzt und beschlossen, dass ich in drei Tagen nach Hause fahren werde, und Bob und meine Mutter haben sich weiß Gott wann ohne mich zusammengesetzt und beschlossen, dass ich gepflegt werden muss und dass meine Mutter meine Pflegerin sein wird. Gefühle von Verrat und Hilflosigkeit treten schreiend um sich, während sie in die tiefen, dunklen Winkel meiner Magengegend hinabsinken, wo sie sich – obwohl sie dort sogar einmal jahrelang gelebt haben – überhaupt nicht zu Hause fühlen und nicht mehr herausfinden.

»Seit wann sorgst du dich denn um mich? Du hast dich doch nicht mehr um mich gesorgt, seit Nate gestorben ist.«

Alle Farbe weicht aus ihrem Gesicht – bis auf das Rot ihrer Lippen. Auf ihrem Stuhl sitzend, nimmt sie auf einmal eine Haltung angespannter Stille an, wie ein Kaninchen, das Gefahr wittert, im Begriff, um sein Leben zu laufen.

»Das stimmt nicht«, widerspricht sie.

Normalerweise würde ich an diesem Punkt einen Rückzieher machen. Wir reden nicht über Nate oder meine Kindheit. Wir reden nicht über sie oder mich. Normalerweise würde ich mich entscheiden, nichts zu sagen, und meine Suppe essen wie ein braves Mädchen. Und dann würde sie weiter die gute Mutter sein und mir die Suppe abwischen, die mir zweifellos an der linken Seite des Kinns herunterlaufen wird. Und ich würde die gute Tochter sein und lächeln und ihr danken. Aber ich habe die Schnauze voll von dieser Farce. Endgültig voll.

»Du hast mir nie bei meinen Hausaufgaben oder bei Problemen mit meinen Freunden geholfen – oder dabei, aufs College zu kommen oder meine Hochzeit zu planen. Du hast mir nie bei irgendetwas geholfen.«

Ich halte inne, bewaffnet mit tausend weiteren Beispielen und bereit, damit auf sie loszugehen, falls sie versuchen sollte, mir mit einer umgedichteten Geschichte zu kommen.

»Jetzt bin ich hier«, sagt sie.

»Na ja, jetzt will ich dich nicht hier.«

»Aber Sarah, du …«

»Du bleibst nicht.«

»Du brauchst Hilfe.«

»Dann werde ich sie mir von jemand anderem besorgen, wie ich es immer getan habe. Ich brauche dich nicht.«

Ich funkle sie an, fordere sie heraus, mir zu widersprechen, aber ich habe es schon geschafft. Sie weint. Martha reicht ihr ein Päckchen Taschentücher. Meine Mutter putzt sich die Nase und tupft sich die Augen, während sie immer noch schluchzt. Ich sitze da und sehe sie an, provoziere sie mit meinem trotzigen Schweigen. Gut. Ich bin froh, dass sie weint. Ich fühle mich nicht schlecht ihretwegen. Es tut mir nicht leid. Ihr soll zum Weinen zumute sein. Ihr soll es leidtun.

Aber sosehr ein Teil von mir sie auch geteert und gefedert im Stadtzentrum sehen will, kann ich diese harte und herzlose Haltung doch nur ein oder zwei Minuten lang aufrechterhalten, und dann fühle ich mich trotz allem schlecht ihretwegen. Sie hat mir in den letzten fünf Wochen zur Seite gestanden. Sie ist jeden Tag hier gewesen. Sie hat mir geholfen, zu laufen und zu essen, mich zu duschen und mich anzuziehen, zur Toilette zu gehen. Ich habe sie gebraucht. Und jetzt ist sie hier.

Aber ich kann die letzten dreißig Jahre Verlassensein nicht einfach übergehen und so tun, als hätte sie sich nicht die meiste Zeit meines Lebens dagegen entschieden, meine Mutter zu sein. Ich halte es nicht mehr aus, sie weinen zu sehen, aber ich werde den Teufel tun, mich zu entschuldigen oder ihrem Plan, noch länger zu bleiben, zuzustimmen. Wir sind hier alle fertig. Ich fahre nach Hause und zurück zu meinem Leben, und sie wird zurück zu ihrem fahren. Ich schnappe mir mit der rechten Hand meinen Gehstock, stütze mich darauf und schwinge die Beine über die Bettkante.

»Wohin gehen Sie?«, fragt Martha.

»Ich gehe zur Toilette«, antworte ich und stelle beide Füße auf den Boden.

Martha stellt sich neben mich, in der Position des Spotters.

»Helfen Sie mir nicht. Ich brauche die Hilfe von niemandem.«

Sie hält inne und sieht mich noch einmal mit hochgezogenen Augenbrauen an, dann zieht sie sich zurück und geht mir aus dem Weg. Mir ist bewusst, dass Martha mich für eine verwöhnte Göre und schreckliche Tochter halten muss, aber inzwischen ist es mir egal, was irgendjemand hier von mir denkt. Na ja, es ist mir nicht egal, was Heidi von mir denkt, aber sie ist im Augenblick nicht hier. Und im Augenblick bin ich eine verwöhnte Göre und schreckliche Tochter, die wild entschlossen ist, ohne die Hilfe von irgendjemandem zur Toilette zu gehen.

Aber mit einem linken Bein zu laufen, das im einen Moment auftaucht, um im nächsten direkt wieder zu verschwinden, ist extrem frustrierend und kompliziert. Selbst mit dem rechten Fuß einen Schritt nach vorn zu machen erfordert einen bewussten, anhaltenden Glauben an die Existenz meiner linken Seite, denn wenn dieser rechte Fuß in dem Raum zwischen hier und dort ist, stehe ich ausschließlich auf dem linken Bein. Mein linkes Bein und mein linker Fuß müssen angemessen aktiviert werden, müssen eine Balance zwischen Biegen und Dehnen finden. Sie sind dafür zuständig, mein Gleichgewicht und meinen ganzen Körper zu halten – ein großer Befehl für ein Gefolge, das mir gegenüber keinerlei Loyalität empfindet.

Manchmal denke ich, am einfachsten wäre es, auf dem rechten Fuß zu hüpfen, um mich fortzubewegen, aber bislang hatte ich noch nicht den Mut, es zu versuchen. Wenn man es logisch betrachtet, müsste das Hüpfen eigentlich klappen, aber irgendwie weiß ich einfach, dass ich dabei letztendlich ausgestreckt auf dem Boden landen werde. Dass ich dieses Ergebnis schon erwarte, sollte mich eigentlich nicht davon abhalten, trotzdem einen Versuch zu wagen, weil ich meistens am Schluss sowieso ausgestreckt auf dem Boden lande. Ich habe am ganzen Körper große blaue Flecken davon. Ich kann kaum glauben, dass ich mir noch nicht die Hüfte gebrochen oder das Knie verrenkt habe. Gott sei Dank habe ich kräftige Knochen und lockere Gelenke. Ich nehme an, mir ist bewusst, dass Hüpfen langfristig keine praktische Lösung für Mobilität ist.

An dem Punkt kommt mir der Gehstock zugute. Bevor ich mit einem der beiden Füße einen Schritt mache, gehe ich einen Schritt mit der rechten Hand auf dem Gehstock, sodass ich etwas Stabilität und Sicherheit gewinne. Dann verlagere ich mein Gewicht, so gut es geht, auf die rechte Hand, um die Belastung für mein unzuverlässiges linkes Bein zu verringern, und trete mit dem rechten Fuß vor bis zu dem Stock.

Jetzt ist mein linkes Bein irgendwo hinter mir, und der Trick besteht darin, mich erstens daran zu erinnern, dass ich ein linkes Bein habe, und zweitens daran zu glauben, dass es irgendwo hinter mir ist. Dann muss ich es finden und neben mich bekommen. Normalerweise würde man das Bein dafür natürlich einfach anheben und einen Schritt nach vorn machen. Aber zum großen Entsetzen meines Stolzes tue ich das nicht. Dass ich mein linkes Bein anhebe und versuche, wie ein normaler Mensch (na ja, ein normaler Mensch mit einem Gehstock) zu laufen, kommt nur vor, wenn ich auf der Matte im Fitnessraum bin und mir jemand dabei zusieht. Denn wenn ich mein linkes Bein vom Boden hebe, kann ich in null Komma nichts vergessen haben, wo es ist, und dann kann ich nicht sagen, wann es wieder Kontakt zum Boden herstellen wird. Ich rechne immer zu früh oder zu spät damit und tue mir letztendlich irgendetwas Seltsames und Schmerzhaftes an – wozu auch gehört, dass ich ausgestreckt auf dem Boden lande.

Daher ziehe ich mein linkes Bein nach. Das ist weitaus sicherer, und meine Chancen, vorwärtszukommen, sind deutlich höher, wenn mein linker Fuß den Kontakt zum Boden nie verliert. Ich weiß, es sieht erbärmlich aus, aber ich trage eine schwarze Hose mit elastischem Bund – genau wie die meiner Mutter –, eine leuchtend rosa Skimütze, Socken in zwei verschiedenen Farben und kein Make-up. Ich glaube, man kann getrost sagen, dass Eitelkeit nicht mehr meine größte Sorge ist. Außerdem ist jetzt nicht der richtige Zeitpunkt für waghalsige Aktionen. Wenn ich stürze, werden Martha und meine Mutter sofort bei mir sein, um mir aufzuhelfen. Und ich will die Hilfe von niemandem.

Stock. Schritt. Nachziehen. Atmen.

Stock. Schritt. Nachziehen. Atmen.

Ich kann ihre Blicke auf mir spüren. *Denk nicht an sie, Sarah.*

Du kannst es dir nicht leisten, abgelenkt zu werden. Du gehst zur Toilette. Du gehst zur Toilette.

Stock. Schritt. Nachziehen. Atmen.

Meine Mutter putzt sich die Nase. Sie wird nicht mit mir nach Hause kommen. Sie glaubt, sie kann einfach hier aufkreuzen und meine Mutter sein. Aber so ist es nicht. Es ist zu wenig, zu spät. *Hör auf damit. Denk nicht an sie. Du gehst zur Toilette.*

Stock. Schritt. Nachziehen. Atmen.

Ich kann nicht glauben, dass Bob mit ihr darüber geredet hat, ohne vorher mit mir zu sprechen. Ich kann nicht glauben, dass er das mit ihr entschieden hat, anstatt das genaue Gegenteil mit mir zu entscheiden. Was hat er sich eigentlich dabei gedacht? *Denk jetzt nicht daran. Rede später mit ihm. Du gehst zur Toilette.*

Stock. Schritt. Nachziehen. Atmen.

Atmen.

Ich habe es bis zur Toilette geschafft, und ich will am liebsten aufschreien: *Ich hab's geschafft!* und *Seht ihr, ich brauche euch beide nicht!*, aber es wäre voreilig zu feiern und vermutlich unklug zu prahlen. Noch habe ich nicht das getan, wofür ich hierhergekommen bin, und ich bin noch immer weit davon entfernt, pinkeln zu können.

Ich hole einmal tief Luft und bereite mich darauf vor, den Gehstock loszulassen, um im nächsten Augenblick mit der Hand nach der Haltestange aus rostfreiem Stahl neben der Toilette zu greifen. In jenem entsetzlichen Moment zwischen Stock und Stange fühle ich mich wie ein fliegender Trapezkünstler, der sich von einem Stab schwingt und nach dem nächsten greift, hoch über dem Boden – die Katastrophe, die die ganze Vorstellung beendet, nur eine winzige Fehlkalkulation entfernt. Aber ich schaffe es.

Atmen.

Nächster Schritt. *Liebe linke Hand, du musst für mich den Bund meiner Hose und Unterhose finden und sie herunterziehen.*

Ich weiß, das ist ein bisschen viel verlangt, und ich belästige dich nur ungern damit, aber meine rechte Hand ist vollauf damit beschäftigt zu verhindern, dass wir auf den Boden fallen. Und ich will niemanden um Hilfe bitten. Daher musst du das wirklich für mich tun. Bitte.

Nichts geschieht. Wo zum Teufel ist meine linke Hand? Sie muss irgendwo hier drinnen sein. Zuerst finde ich meinen Diamantring und dann auch meine Hand. Oh nein. Ich halte noch immer diesen verdammten Löffel in der Hand. *Liebe linke Hand, bitte lass diesen Löffel los. Du musst den Löffel loslassen, damit du den Bund meiner Hose und Unterhose finden und sie herunterziehen kannst, bevor ich pinkle. Bitte lass den Löffel los.*

Nichts geschieht. *Lass los. Gib ihn frei. Öffne dich. Geh auf. Entspann dich. Bitte!*

Nichts. Gleich drehe ich hier durch. Ich komme mir vor, als würde ich versuchen, ein übermüdetes, ungehorsames, trotziges Kleinkind zu überreden, vernünftig zu sein und zu kooperieren. Am liebsten will ich schreien: *Jetzt hör mir mal gut zu, linke Hand, du tust jetzt das, was ich dir sage, oder du bekommst für den Rest des Tages Hausarrest!*

Ich muss dringend pinkeln, ich kann wirklich nicht länger anhalten, aber ich weigere mich, um Hilfe zu bitten. Ich schaffe das. Ich war auf der Harvard Business School. Ich weiß, wie man Probleme löst. Löse dieses Problem.

Okay. Behalt den Löffel. Das ist schon gut so. Wir werden ihn benutzen. *Liebe linke Hand, finde den Bund deiner Hose und Unterhose und zieh sie mit dem Löffel herunter.*

Zu meinem Erstaunen klappt das. Es erfordert mehrere Anläufe und gutes Zureden, und ich bin froh, dass niemand hier drinnen ist, um das mit anzusehen, aber ich schaffe es, meine Hose und Unterhose mithilfe eines Löffels bis zu den Oberschenkeln herunterzuzerren. Fast geschafft. Während ich mich mit der rechten Hand an die Stange klammere, als hinge mein Leben davon ab, lasse ich mich langsam auf den Toilettensitz sinken.

Süße Erleichterung.

Der Rest ist relativ einfach. Ich wische mich mit der rechten Hand ab, ziehe meine Unterhose und Hose noch im Sitzen mit der rechten Hand wieder hoch, umklammere die Haltestange, stemme mich hoch und schwinge mich von der Stange zu meinem Gehstock. Dann drehe ich mich um und mache ein paar kleine Schritte hinüber zum Waschbecken. Ich lehne mich mit meinem Becken dagegen und lasse den Stock los.

Wie ich es in der Therapie jeden Tag geübt habe, sehe ich auf die linke Seite des Hahns, um mit der rechten Hand den Warmwasserknauf zu finden. Ich drehe das Warmwasser auf und wasche mir die rechte Hand. Ich versuche gar nicht erst, mir die linke zu waschen. Dann trockne ich mir die Hand an der Hose ab, umklammere meinen Stock und verlasse das Badezimmer.

Stock. Schritt. Nachziehen. Atmen.

Ich habe es fast geschafft. *Siehst du? Du brauchst Martha nicht. Du brauchst keine Reha in Baldwin mehr. Und du brauchst eindeutig deine Mutter nicht.*

Ich höre Martha lachen. Wider besseres Wissen blicke ich von meinem Gehstock und meinem Fuß auf. Ich schaue sie an und sehe, dass Martha über mich lacht. Und meine Mutter versucht es sich zu verbeißen.

»Was ist denn so witzig?«, frage ich.

»Sie sollten vielleicht überlegen, ob Sie das Hilfsangebot Ihrer Mutter nicht doch annehmen wollen«, sagt Martha.

Das bringt bei meiner Mutter das Fass zum Überlaufen, und jetzt prusten sie beide los.

»Was denn?«, frage ich.

Meine Mutter hält sich eine Hand vor den Mund, als wollte sie sich beherrschen, aber dann fängt sie Marthas Blick auf und gibt auf, lacht noch schallender los.

»Wo ist denn Ihre linke Hand?«, fragt Martha, während sie sich mit dem Handrücken die Augen abwischt.

Ich weiß es nicht. Ein kribbelndes Vorspiel zu einer nicht

mehr zu verhindernden Peinlichkeit durchströmt mich, während ich nach meiner linken Hand suche. Wo ist meine linke Hand? Ich habe keine Ahnung. Ich ignoriere das Gelächter der beiden ebenso wie die Tatsache, dass ich mich nicht annähernd genug darauf konzentriere, aufrecht in der Mitte des Zimmers zu stehen, und versuche, meinen Diamantring zu finden. Aber ich kann ihn nirgends entdecken.

Egal. Ignoriere sie. Ich bin eben im Begriff, mich weiter in Richtung Bett vorzuarbeiten, als ich auf einmal glattes Metall an meinem Oberschenkel spüre. An meinem nackten Oberschenkel. Der Löffel. Ich sehe hinunter und nach links.

Mein linker Arm steckt in meiner Hose.

ACHTZEHNTES KAPITEL

Ich sitze im Fitnessraum an einem der langen Tische und male das Bild einer Katze ab. Als ich fertig bin, lege ich meinen Bleistift zufrieden hin. Heidi sieht es prüfend an.

»Du bist richtig gut«, sagt sie.

»Habe ich die ganze Katze hinbekommen?«

»Nein, aber das, was du gezeichnet hast, ist weitaus besser als das, was ich könnte.«

»Was habe ich übersehen?«

»Das linke Ohr, die linken Schnurrhaare und die linken Pfoten.«

Ich betrachte die beiden Bilder, sehe immer wieder zwischen der Originalkatze und meiner Katze hin und her. Für mich sehen sie genau gleich aus.

»Okay«, sage ich mit leiser Stimme.

»Aber du hast beide Augen, die linke Hälfte von Mund und Nase und den größten Teil des Körpers auf der linken Seite hinbekommen. Das ist wirklich gut, Sarah. Du nimmst schon so viel mehr auf als am Anfang, als du hierherkamst«, lobt sie, während sie all die Bilder durchblättert, die ich an diesem Morgen abgemalt habe.

Ich habe mich verbessert. Aber »wirklich gut« ist wirklich übertrieben. Charlie und Lucy könnten die ganze Katze abmalen. Aber ich kann es immer noch nicht. Und heute ist mein letzter Tag.

Heidi legt das nächste Blatt auf den Tisch, ein äußerst detailliertes Bild eines städtischen Platzes mit Gebäuden, Autos, Personen, einem Brunnen und Tauben. Es ist weitaus komplexer als jedes andere Bild, das ich während meines Aufenthalts hier bisher abmalen musste. Ich nehme den Bleistift in die Hand, aber dann halte ich unvermittelt inne, nicht sicher, wo ich die Spitze ansetzen soll. Ich muss die linke Seite der ganzen Szene finden. Dann muss ich alles in diesem verwirrend unbeständigen Raum zeichnen, einschließlich der verwirrend unbeständigen linken Seite von allem, was ich dort finde. Und dann muss ich auch noch die linke Seite von allem auf der rechten Seite der Szene finden – die linke Seite jedes Autos, jeder Taube, jeder Person, die linke Hälfte des Brunnens. Ich bemerke einen Mann, der mit seinem Hund Gassi geht, rechts neben dem Brunnen, aber dann werde ich hoffnungslos von einem anderen mit einem Strauß roter Luftballons rechts von ihm angezogen, und der Mann mit dem Hund verschwindet. Wie in aller Welt soll ich das in Angriff nehmen? Das ist vermutlich das Bild, das ich an meinem letzten Tag hätte abmalen können sollen, wenn ich vollständig genesen wäre, den letzten Seiten irgendeines Reha-Übungsbuchs entnommen, Hunderte von Seiten nach dem Kapitel, in dem ich hoffnungslos festhänge.

»Was ist los?«, fragt Heidi.

»Ich kann das nicht.« Ich spüre Panik in mir aufsteigen.

»Natürlich kannst du das. Versuch, mit den Gebäuden anzufangen.«

»Nein. Nein, ich kann das nicht. Ich kann nicht einmal eine Katze abmalen.«

»Die Katze hast du sehr gut hinbekommen. Nimm dir immer nur eine Sache auf einmal vor.«

»Ich kann nicht. Ich kann so nicht nach Hause fahren, Heidi. Wie soll ich denn all das tun, was ich tun soll?«

»Beruhige dich. Du schaffst das schon.«

»Ich schaffe das nicht. Ich kann nicht. Ich kann nicht einmal eine Katze abmalen.«

»Du hast das meiste der Katze …«

»Ich habe in Harvard studiert, und jetzt bin ich eine Idiotin, die nicht einmal eine Katze abmalen kann.« Ich kämpfe mit den Tränen.

Vor dem Unfall konnte ich alles, was auf einem Blatt Papier stand, rasch begreifen – komplizierte Kostenanalysen, Organigramme, Entscheidungsbäume. Jetzt würde mich eine Seite aus Charlies *Wo ist Walter?* vermutlich in die Knie zwingen. Ich schaue wieder auf das Bild, suche verzweifelt nach dem Typen mit den roten Luftballons. Walter ist verschwunden.

»Augenblick«, sagt Heidi.

Sie fegt das Bild mit dem städtischen Platz vom Tisch – vermutlich, damit ich nicht noch weiter verzweifle – und läuft aus dem Fitnessraum. Ich versuche mich zusammenzureißen, bis sie wiederkommt, weil ich das Gefühl habe, dass mein Ausrasten ein Publikum braucht, um möglichst effektiv zu sein. Wohin ist sie gegangen? Vielleicht sucht sie nach einer einfacheren Aufgabe, nach irgendetwas, das ich problemlos bewerkstelligen kann, damit ich mich gut fühle und wir meine letzte Sitzung hübsch und ordentlich mit einer positiven Grundstimmung beenden können. Aber vielleicht ist sie auch zu Dr. Nelson gelaufen und fleht ihn jetzt an, die Entscheidung, mich nach Hause zu schicken, rückgängig zu machen. *Sie kann nicht einmal eine Katze abmalen!*

»Okay.« Sie hat einen Leinenbeutel in der Hand, als sie zu ihrem Platz neben mir zurückkehrt. »Sieh dir dieses Bild an.«

Sie legt ein Blatt Papier auf den Tisch vor mir, genau in die Mitte. Ich sehe zwei einfache Häuser, eins auf der oberen Hälfte des Blattes, das andere unten. Sie haben beide zwei Fenster und eine Haustür. Sie sind in jeder Hinsicht identisch.

»In welchem würdest du lieber wohnen?«, fragt Heidi.

Ich würde in keinem dieser schäbigen kleinen Häuser wohnen wollen.

»Sie sind beide gleich«, erwidere ich.

»Okay, aber wenn du eins wählen müsstest, in welchem würdest du wohnen wollen?«

»Das ist mir egal.«

»Dann wähle einfach eins für mich aus.«

Ich studiere die identischen Häuser ein letztes Mal und suche nach irgendeinem winzigen Detail an einem von ihnen, das ich vielleicht übersehen haben könnte, einer zusätzlichen Scheibe in einem der Fenster oder einer fehlenden Schindel auf einem der Dächer. Nein, sie sind genau gleich.

»Na schön.« Ich deute auf das obere.

Heidi lächelt, aus irgendeinem mir unbekannten Grund entzückt von meiner Wahl des hypothetischen Wohnorts. Sie nimmt mein rotes, l-förmiges Lesezeichen und legt es auf das Papier.

»Okay, geh nach links. Finde den roten Rand.«

Meine Augen kriechen über die weiße Seite nach links, bis ich etwas Rotes sehe. Dann lenke ich den Blick auf die rechte Seite des roten Rands – und bin verblüfft von dem, was ich jetzt dort gezeichnet finde, so unverkennbar, so offensichtlich. Ich sehe zwei einfache Häuser, in jeder Hinsicht identisch, nur dass die linke Hälfte des unteren Hauses von Feuer zerfressen wird.

»Oh mein Gott«, sage ich.

»Siehst du es?«, fragt Heidi.

»Das untere Haus brennt.«

»Ja! Und du hast das obere Haus gewählt!«

»Na und? Die Chancen standen fünfzig zu fünfzig.«

»Das war kein Zufall. Dein Gehirn hat das ganze Bild wahrgenommen. Dir ist nur nicht immer bewusst, was es auf der linken Seite wahrnimmt. Aber deine Intuition hat dir geraten, das obere Haus zu wählen. Du musst auf diese Intuition hören. Du bist keine Idiotin, Sarah. Dein Verstand ist intakt.«

Ich nehme an, das stimmt. Aber was ändert es denn, wenn mein Gehirn das ganze Bild sieht? Wenn es das, was es weiß, mir nicht so mitteilt, dass ich mir dessen bewusst sein kann, was nützt mir das dann?

»Du hast wirklich Glück gehabt. Es gibt hier so viele Leute, die nicht einmal mehr denken oder sich an jemanden erinnern oder sprechen oder sich bewegen können. Stell dir mal vor, du könntest nicht mehr mit Bob oder deinen Kindern sprechen oder dich nicht mehr an sie erinnern oder sie festhalten.«

Im Verlauf des letzten Monats habe ich viele Male einen flüchtigen Blick auf die unfassbare Zerstörung erhascht, die der menschliche Körper und Geist überleben können. In der Cafeteria, auf den Korridoren, im Aufzug, in der Eingangshalle – überall habe ich plötzlich Leute gesehen, denen ein Arm oder Bein oder Teile ihres Schädels fehlten, Leute mit entstellten Gesichtern, ausgelöschtem Gedächtnis, erstickter Sprache, mit Schläuchen und Apparaten, die die Ernährung und das Atmen unterstützten. Ich habe mich immer gezwungen, den Blick abzuwenden, und mir gesagt, dass es nur höflich ist, sie nicht anzustarren. Aber die Wahrheit ist: Ich wollte niemanden sehen, der noch schlimmer dran ist als ich, weil ich mich gar nicht erst auf diese Sichtweise einlassen wollte, die Heidi eben angedeutet hat – dass ich Glück hatte.

»Und du hättest leicht sterben können, Sarah. Du hättest bei diesem Unfall oder bei oder nach der Operation sterben können. Du hättest gegen einen anderen Wagen krachen und jemanden töten können. Was, wenn deine Kinder bei dir im Auto gewesen wären? Du hast wirklich Glück gehabt.«

Ich sehe ihr in die Augen. Sie hat recht. Ich habe immer nur an das gedacht, was an meinem Zustand so entsetzlich, ungerecht und erschreckend ist, und gar nicht begriffen, was an meinem Zustand positiv ist – so als hätte das Positive still und allein weit auf der linken Seite meines Zustands gesessen, zwar vorhanden, aber völlig unbeachtet. Ich kann keine ganze Katze abmalen. Aber ich kann sie erkennen und benennen, ich weiß, wie sie sich anhört und anfühlt. Und ich kann den größten Teil von ihr abmalen, genug, damit jeder, der sie ansieht, weiß, was ich gezeichnet habe. Ich habe Glück gehabt.

»Danke, Heidi. Danke, dass du mir das in Erinnerung gerufen hast.«

»Gern geschehen. Du schaffst das schon. Das weiß ich. Und …«

Sie beugt sich vor, greift in ihren Leinenbeutel und überreicht mir eine Flasche Weißwein mit einer festlichen roten Schleife um den Hals.

»Trara! Fürs nächste Mal, wenn ich dich sehe, in meinem oder deinem Wohnzimmer.«

»Danke«, sage ich lächelnd. »Ich kann es kaum noch erwarten.«

Sie stellt die Flasche Wein auf das brennende Haus auf dem Tisch und umarmt mich.

»Vertrau deiner Intuition. Sie wird dich leiten«, rät sie mir, während sie mich noch immer umarmt.

»Danke, Heidi. Danke für alles.« Ich drücke sie noch ein bisschen fester mit meinem rechten Arm.

Ihr Handy vibriert. Sie lässt mich los und liest eine SMS.

»Ich muss jemanden zurückrufen. Ich bin gleich wieder da, und dann machen wir dich fertig, um nach Hause zu fahren.«

»Okay.«

Zum letzten Mal allein im Fitnessraum, lasse ich den Blick durch den Raum schweifen. *Mach's gut, Barren. Mach's gut, Spiegel. Mach's gut, Poster. Mach's gut, Puzzle- und Spieletisch. Macht's gut, Perlen und Schalen. Macht's gut …* Augenblick!

Ich sehe noch einmal zurück zu dem Poster. Irgendetwas ist anders. Mir ist nur bewusst, dass irgendetwas an dem Poster anders ist, ohne dass ich im ersten Moment sagen könnte, was genau anders ist. Und dann sehe ich es, so unverkennbar, so offensichtlich, genau wie bei dem brennenden Haus.

Das Bild auf dem Poster zeigt zwei Hände, nicht eine. Und die Hände sind nicht zu zwei Fäusten geballt, nicht bereit zum Kampf. Die Hände sind gefaltet. Sie halten einander. Und das Wort über den Händen in der roten Schrift heißt nicht »Haltung«. Das Wort über den Händen, die einander halten, heißt »Dankbarkeit«.

Ich fange an zu weinen, denn ich liebe dieses Poster, das ich die ganze Zeit über völlig falsch verstanden habe. Ich denke an Heidi und Bob und meine Kinder und sogar an Martha und meine Mutter und die ganze Hilfe und Liebe, die ich bekommen habe, und an alles, was ich habe. Vermutlich hat mein Gehirn die ganze Zeit das ganze Poster wahrgenommen und meine Aufmerksamkeit immer wieder darauf gelenkt, hat versucht, es mir zu zeigen. Ein Teil von mir – stillschweigend, unbewusst und unversehrt – wusste immer, worum es bei diesem Poster ging. *Danke, dass du mir das mitgeteilt hast.*

Ich fahre heute nach Hause, nicht in der Lage, eine ganze Katze abzumalen, aber imstande, dieses ganze Poster zu sehen, erfüllt von Dankbarkeit.

NEUNZEHNTES KAPITEL

Bob fährt uns nach Hause. Nach Hause! Selbst die Fahrt in dem zweitürigen VW Käfer meiner Mutter, in dem ich noch nie gesessen habe, kommt mir vor wie zu Hause. Ich sitze wieder in einem Wagen! Da ist das Wissenschaftsmuseum! Ich bin auf der Route 93! Ich bin auf dem Mass Pike! Da ist der Charles River! Ich grüße im Vorbeifahren jeden vertrauten Orientierungspunkt, als würde mir ein guter alter Freund über den Weg laufen, und ich verspüre diese wachsende Aufregung, die sich immer einstellt, wenn ich nach einer langen Geschäftsreise vom Flughafen nach Hause fahre. Aber heute muss man diese Aufregung noch mal zehn nehmen. Ich bin fast da. Ich bin fast *zu Hause*!

Alles tritt überdeutlich zu Tage. Selbst das Nachmittagslicht in der Außenwelt erscheint meinen Augen über die Maßen hell und strahlend, und jetzt verstehe ich, warum Fotografen natürliches Licht bevorzugen. Alles sieht dynamischer aus, dreidimensionaler und lebendiger als irgendetwas, was ich einen Monat lang in dem nüchternen Neonlicht von Baldwin gesehen habe. Doch es ist nicht nur die kühne Schönheit des Außenlichts, die mich so begeistert. Das Sonnenlicht, das durch die Windschutzscheibe scheint, fühlt sich herrlich warm auf meinem Gesicht an. Mmm. Neonlicht tut das nicht. Es ist unvergleichlich.

Und die Luft in Baldwin war immer schal und abgestanden. Ich will wieder echte Luft spüren, ihre kühle Frische (wenn auch etwas verschmutzt von Abgasen) und ihre Bewegung. Ich »drehe« das Fenster einen Spalt breit hinunter. Die kühle Luft pfeift durch den Schlitz in den Wagen und tänzelt durch mein kurzes Haar. Ich atme sie durch die Nase ein, fülle meine Lungen damit und seufze vor purem Glück.

»Hey, es ist kalt«, sagt Bob und fährt mein Fenster mit der Zentralsteuerung auf der Fahrerseite wieder hoch.

Ich starre durch mein geschlossenes Fenster, aber binnen Sekunden kann ich dem Drang, wieder eine wilde Brise zu spüren, nicht mehr widerstehen. Ich drücke auf den Knopf, aber mein Fenster bewegt sich nicht. Ich drücke und drücke und drücke.

»Hey, mein Fenster klemmt«, sage ich weinerlich und vorwurfsvoll, weil mir klar ist, dass Bob auf den Sperrknopf gedrückt und für alle anderen im Wagen entschieden haben muss, dass die Fenster geschlossen bleiben werden. Jetzt weiß ich, wie sich die Kinder fühlen, wenn ich das mit ihnen mache.

»Hör zu, bevor wir nach Hause kommen, will ich mit dir über deine Mutter reden«, ignoriert Bob meine Beschwerde. »Sie wird noch eine Weile bei uns bleiben.«

»Ich weiß, sie hat es mir gesagt«, erwidere ich.

»Oh. Gut«, sagt er.

»Neeiin, nicht gut. Ich will nicht, dass sie bleibt. Wir brauchen sie nicht. Ich schaffe das schon«, entgegne ich.

Er sagt nichts. Vielleicht grübelt er darüber nach. Oder vielleicht ist er auch froh, endlich meine sehr entschiedene Meinung zu dem Thema zu hören (nach der er mich schon längst hätte fragen sollen), und gibt mir zu hundert Prozent recht. Vielleicht lächelt und nickt er. Aber ich habe keine Ahnung, was er tut oder denkt, denn ich bin zu gebannt von der Landschaft vor meinem Fenster, um meine Aufmerksamkeit wieder nach links zu richten, daher weiß ich nicht, was sein Schweigen zu bedeuten hat. Er befindet sich auf dem Fahrersitz. Er ist eine Stimme im Wagen, wenn er redet, und er ist ein unsichtbarer Chauffeur, wenn er schweigt.

»Sarah, du kannst noch nicht allein zu Hause bleiben. Das ist nicht sicher.«

»Ich schaffe das schon. Ich komme zurecht.«

»Was brauchen wir, eine Art Zwölf-Schritte-Programm für dich? Du bist noch nicht so weit, allein zu Hause zu bleiben. Alle Ärzte und Therapeuten haben das gesagt.«

»Dann können wir jemanden einstellen.«

»Das können wir wirklich nicht. Du hast all deine Krankheits- und Urlaubstage bereits aufgebraucht, und das, was du aufgrund deiner Berufsunfähigkeitsversicherung ausgezahlt bekommen würdest, beträgt nicht einmal die Hälfte von dem, was du vorher verdient hast. Mein Job hängt an einem seidenen Faden. Jemanden einzustellen ist teuer, aber deine Mutter ist hier – und sie nimmt kein Geld.«

Na ja, meine Mutter berechnet uns vielleicht keinen Stundensatz, aber ich möchte wetten, wenn sie bleibt, werde ich einen hohen Preis dafür bezahlen. Es muss eine andere Lösung geben. Ich sehe ja ein, wie ernst unsere finanzielle Lage allmählich wird. Ich verdiene mehr als Bob, und jetzt fällt mein Einkommen weg, und ich kann nicht mit Sicherheit sagen, wann genau ich wieder so viel verdienen werde. Die Möglichkeit, dass ich es vielleicht nie wieder tun werde, tanzt inzwischen mindestens einmal täglich über den Boden meiner besorgten Gedanken, legt atemberaubende Sprünge und Pirouetten hin und stellt sich allzu lange ins Rampenlicht, bevor sie wieder in den Kulissen verschwindet. Ich muss mein Gehalt zurückbekommen. Das ist unverzichtbar. Selbst wenn Bob es schaffen sollte, sich an seinen Job zu klammern, und die Wirtschaft es schaffen sollte, sich wieder zu berappeln, werden wir uns unser Leben ohne meinen vollen Beitrag nicht leisten können.

Ich muss gestehen, ich habe darum gebetet, Bob möge seinen Job verlieren. Um genau zu sein, habe ich sogar darum gebetet, er möge seinen Job verlieren *und* vier Monate lang keinen neuen finden. Ich weiß, das ist ein Spiel mit dem Feuer, und es klingt ohnehin nicht nach der Art von Gebet, die Gott erhören würde, aber ich verliere mich dennoch unwillkürlich mehrmals täglich verzweifelt in diesem Wunsch. Wenn Bob jetzt arbeitslos wird, dann wird er vier Monatsgehälter als Abfindung bekommen, und wenn er nicht sofort einen anderen Job an Land zieht, dann kann er bei mir zu Hause bleiben. Und wenn er bei mir zu Hause ist, dann werden wir die Hilfe meiner Mutter nicht brauchen, und sie kann in ihren VW Käfer springen und zurück zum Cape fahren. Und am Ende der vier Monate – wenn Bob seinen neuen, sicheren und sogar besser bezahlten Job hat – werde ich nicht nur so weit sein, dass ich allein zu Hause bleiben kann, sondern ich werde auch so weit sein, dass ich wieder bei Berkley arbeiten kann. Aber bis jetzt geschieht nichts von alldem. Falls Gott überhaupt zuhört, hat Er einen anderen Plan.

»Was ist mit Abby? Vielleicht kann Abby ein bisschen mehr Zeit bei uns verbringen«, schlage ich vor.

Wieder Schweigen. Ich starre aus dem Fenster. Der Schnee, der schwer auf den Bäumen und Feldern liegt, schimmert in der Sonne des späten Nachmittags. Vorhin in der Stadt war mir der Schnee gar nicht aufgefallen, aber jetzt, wo wir nach Westen durch die Vororte fahren, gibt es überall Bäume, Golfplätze und freie Flächen, auf die sich der Schnee friedlich legen kann, ohne zur Seite geschaufelt oder ganz weggeräumt zu werden.

»Abby verlässt uns gleich nach Weihnachten für ein Unterrichtspraktikum in New York.«

»Was?«

»Ich weiß. Es ist ein schreckliches Timing.«

»Das ist das schlimmste Timing, das man sich vorstellen kann!«

»Ich weiß, und sie war hin- und hergerissen wegen ihrer Entscheidung, aber ich habe ihr gesagt, sie soll gehen. Ich habe ihr gesagt, du würdest wollen, dass sie geht.«

»Warum hast du ihr denn so etwas Verrücktes gesagt?«

»Sarah …«

»Warum hast du mir nichts davon erzählt?«

»Weil ich wusste, dass es dich nur stressen würde.«

»Scheiße!«, fluche ich, völlig gestresst.

»Okay. Das heißt, ohne Abby und ohne Zeit, einen Ersatz zu finden – und da deine Mutter sowieso ständig andeutet, dass sie es nicht eilig hat zu gehen –, habe ich sie gebeten zu bleiben. Wir brauchen sie, Sarah.«

Ich sehe weiter aus dem Fenster auf die Landschaft, die an mir vorbeirauscht, während wir uns rasch unserem Zuhause nähern. Fast zu Hause. Fast zu Hause mit meiner Mutter und ohne Abby. Am westlichen Himmel steht die Sonne jetzt direkt auf Augenhöhe, schwebt genau unter der Stelle, wo die Sonnenblende sie abhalten würde, und blendet mich. Ihre Strahlen durch die Windschutzscheibe – die sich zu Beginn der Fahrt so herrlich warm auf meinem Gesicht angefühlt haben – sind jetzt unangenehm heiß, und ich komme mir vor wie eine Ameise unter einer Lupe, die kurz davor ist, versengt zu werden.

»Kann ich bitte die Kontrolle über mein eigenes Fenster haben?«

Ich betätige den Knopf und halte ihn gedrückt, »drehe« mein Fenster vollständig herunter. Kalte Luft peitscht in den Wagen. Für ein paar Sekunden fühlt es sich wundervoll an, aber dann ist es viel zu kalt und viel zu windig. Trotzdem lasse ich das Fenster so, wie es ist, entschlossen, mich in irgendeiner Sache durchzusetzen.

Bob nimmt unsere Ausfahrt, und dann biegen wir in Welmont rechts in die Main Street ab. Das Stadtzentrum ist weihnachtlich herausgeputzt. Kränze hängen an den Straßenlaternen, Girlanden und weiße Lichter säumen die Schaufenster der Geschäfte, und die prächtige, zweihundert Jahre alte Fichte vor dem Rathaus ist bis zur Spitze mit bunten Lichterketten behängt – auch wenn sie um diese Zeit nicht angeschaltet sind. Die Sonne steht jetzt tief und blendet mich nicht mehr. Jeden Augenblick wird es dunkel sein, und die Main Street wird wie eine fröhliche, weihnachtlich schimmernde Postkartenidylle aussehen. Jetzt, wo der kürzeste Tag des Jahres bevorsteht, vollzieht sich der Wechsel von Tag und Nacht blitzschnell und ruft mir in Erinnerung, wie sich in einem unbeachteten Augenblick alles verändern kann.

Bob biegt in die Sycamore Street ein. Wir fahren den Hügel hinauf, um die Kurve und in die Pilgrim Lane. Er biegt in unsere Auffahrt ein, und da ist es.

Unser Zuhause.

ZWANZIGSTES KAPITEL

Ich erinnere mich noch daran, als ich nach Charlies Geburt nach Hause kam, weiß noch, wie ich durch die Haustür in den Windfang trat, einen Blick in die Küche und das Wohnzimmer dahinter warf und dachte, alles hätte sich verändert. Natürlich sah ich denselben Küchentisch mit denselben Stühlen, dasselbe braune Sofa mit dem dazugehörigen Zweisitzer, dieselbe Yankee-Kerze mitten auf demselben Couchtisch, unsere Schuhe auf dem Boden, unsere Bilder an den Wänden, den Stapel Zeitungen neben dem Kamin – alles genau so, wie wir es zwei Tage vorher zurückgelassen hatten. Selbst die Bananen in der Obstschale auf dem Küchentresen waren immer noch gelb. Das Einzige, was sich wirklich verändert hatte, war ich. Ich hatte das Haus achtundvierzig Stunden zuvor als hochschwangere Frau verlassen und war (kaum weniger füllig) als Mutter zurückgekehrt. Und doch kam mir das Haus, in dem ich damals seit fast einem Jahr lebte, irgendwie seltsam vor, als wären wir flüchtige Bekannte, die einander zum ersten Mal offiziell vorgestellt wurden.

Heute habe ich genau dasselbe Gefühl. Nur dass ich diesmal nicht die Einzige bin, die sich verändert hat. Während ich zögernd durch den Windfang schlurfe, in der rechten Hand den Gehstock, auf der linken Seite von Bob gestützt, durchflutet mich ein überwältigendes, aber unbestimmtes Gefühl, dass irgendetwas anders ist. Dann, nach und nach, tritt alles zutage, was sich verändert hat.

Die erste Veränderung, die ich bemerke, ist das Orange. In der Küche sind überall leuchtend orangefarbene Streifen zu sehen. Die Wände, die Türrahmen, der Tisch, die Küchenschränke, die Böden – alles ist mit leuchtend orangefarbenem Graffiti bedeckt, als hätte uns der Geist von Jackson Pollock einen inspirierenden Besuch abgestattet. Oder eher, als hätte irgendjemand Charlie einen Eimer orange Farbe in die Hand gedrückt und ihn einen Nachmittag lang unbeaufsichtigt gelassen. Aber bevor ich aufschreien kann, jemand möge bitte ein paar Papiertücher und eine Flasche Clorox holen, dämmert es mir. Diese Streifen sind keine Farbe, und sie sind nicht ohne System. Leuchtend orangefarbenes Klebeband säumt die linke Seite des Türrahmens. Es verläuft am linken Rand der Küchenschränke entlang und über die linke Seite des Kühlschranks. Es bedeckt den Knauf an der Tür, die in den hinteren Garten führt. Und wer weiß, wie viele weitere orangefarbene Klebestreifen an irgendwelchen Oberflächen haften, die ich nicht einmal bemerke? Vermutlich viele, viele mehr.

Dann bemerke ich das Geländer, das an die Wand des Treppenhauses geschraubt wurde. Es ist aus rostfreiem Stahl wie die Haltestangen in Baldwin, völlig anders als das stattliche Eichengeländer auf der anderen Seite. Ich nehme an, das musste sein. Das stattliche Eichengeländer ist auf der rechten Seite, wenn man die Treppe hinaufgeht, aber wenn man hinuntergeht, ist es auf der linken Seite und daher nicht wirklich da. Außerdem ist am Fuß der Treppe ein neues, industriell geprüftes Babygitter installiert worden – und ein zweites am oberen Ende. Im ersten Moment denke ich, dass sie für unseren inzwischen krabbelnden Linus sind, aber dann komme ich auf die Idee, dass sie auch für mich sein könnten. Ohne die Aufsicht eines Erwachsenen dürfen wir beide die Treppe nicht hinauf oder hinunter. Mein Haus ist jetzt babysicher und sarahsicher.

Mein Gehstock und mein rechter Fuß machen die ersten

Schritte ins Wohnzimmer und berühren einen Boden, der mir völlig fremd vorkommt.

»Wo sind denn die Teppiche?«, frage ich.

»Auf dem Speicher«, antwortet Bob.

»Ach ja.« Mir fällt wieder ein, dass Heidi uns gesagt hat, wir müssten sie wegnehmen.

Drei handgeknüpfte, teure Orientteppiche. Stolperfallen. Zusammengerollt und weggepackt. Wenigstens sind die Hartholzböden in einem guten Zustand. Um genau zu sein, schimmern sie wunderschön. Ich werfe einen Blick auf das Zimmer. Wenn sie nicht alle irgendwo links von mir auf einem Haufen liegen, sind hier keine Matchboxautos, Prinzessinnen-Krönchen, Puzzleteile, Bälle, Legosteine, Buntstifte, Cheerios, Goldfisch-Cracker, Schnabeltassen oder Schnuller auf dem Boden verstreut.

»Wohnen die Kinder noch hier?«, frage ich.

»Hä?«

»Wo ist denn ihr ganzer Kram?«

»Ach, deine Mutter sorgt hier wirklich für Ordnung. Ihre ganzen Sachen sind entweder oben in ihren Zimmern oder unten im Spielzimmer. Wir können doch nicht zulassen, dass du über Spielzeug stolperst.«

»Oh.«

»Setzen wir dich aufs Sofa.«

Bob ersetzt meinen Gehstock durch seinen Unterarm, schiebt seine andere Hand unter meine Achsel und leistet, was die Therapeuten in Baldwin eine gemäßigte Oberkörper-Assistenz nennen würden. Ich lasse mich tief in das Plüschkissen sinken und atme aus. Vermutlich haben wir eine Viertelstunde gebraucht, um von der Auffahrt ins Wohnzimmer zu kommen, und ich bin fix und fertig. Ich versuche, nicht daran zu denken, wie leicht, wie unbewusst ich früher immer ins Haus gestürmt bin und wie viel ich in einer Viertelstunde immer erledigt habe. Normalerweise hätte ich jetzt bereits meinen Laptop hochgefahren, die Nachrichten auf dem Anrufbeantworter abgehört, die Post durchgesehen, den Fernseher eingeschaltet, hätte Kaffee aufgesetzt – und mindestens eines der Kinder an den Füßen oder auf meiner Hüfte.

»Wo sind denn alle?«, frage ich.

»Abby holt Charlie vom Basketball ab, und Linus und Lucy müssten mit deiner Mutter irgendwo hier sein. Ich habe deine Mutter gebeten, sie aus dem Wohnzimmer fernzuhalten, bis ich dich hereingebracht habe. Ich gehe sie holen.«

Jetzt, als ich mit dem Blick in die Richtung sitze, aus der ich gekommen bin, werden die andere Seite des Wohnzimmers und der Wintergarten dahinter sichtbar, die auf dem Weg im Schatten meines Neglects gelegen haben. Unser Weihnachtsbaum ist aufgestellt und mit bunten, leuchtenden Lichterketten und einem Engel, der sich auf der Spitze dreht, geschmückt. Es ist ein großer Baum dieses Jahr, noch größer als unser üblicherweise schon großer Baum, sicher weit über drei Meter hoch. Unsere Wohnzimmerdecke ist gewölbt und mindestens sechs Meter hoch, und wir kaufen immer den größten Baum auf dem Platz. Aber jedes Jahr, kurz bevor wir es tun, zögere ich immer. »Meinst du nicht, er ist ein bisschen zu groß?« Und Bob sagt immer: »Je größer, desto besser, Schatz.«

Ich bin mehr als nur ein bisschen beunruhigt durch die Tatsache, dass ich den Baum nicht bemerkt habe, als ich ins Wohnzimmer kam. Es ist eine Sache, ein Stück Huhn auf der linken Seite meines Tellers zu übersehen – oder Worte, die links auf einer Seite stehen –, aber mir ist soeben ein drei Meter hoher Nadelbaum entgangen, der über und über mit blinkenden bunten Lichtern und glitzerndem Weihnachtsschmuck verziert ist. Selbst der frische Kieferndurft, den ich liebe und den ich tatsächlich bemerkt habe, war kein Hinweis für mich. Jedes Mal, wenn ich glaube, dass mein Defizit vielleicht doch nur klein und nicht so schwerwiegend ist, erlebe ich so etwas, einen unanfechtbaren Gegenbeweis. Das Ausmaß meines Neglects ist immer größer, als ich glaube. Entschuldige, Bob, manchmal ist größer eben doch nicht besser.

Die Tür zum Wintergarten ist geschlossen, was ungewöhnlich ist, wenn niemand darin ist. Bob oder ich gehen dort hinein und schließen die Tür, wenn wir einen beruflichen Anruf entgegennehmen und den Wahnsinn des restlichen Hauses hinter uns lassen müssen, aber sonst lassen wir sie offen. Ich liebe es, sonntagmorgens im Pyjama Zeit allein dort drinnen zu verbringen, Kaffee aus meinem größten Harvard-Becher zu schlürfen, in meinem Lieblingssessel die *New York Times* zu lesen, die Wärme des Kaffees über meine Handflächen in mich aufzunehmen und die Wärme der Sonne auf meinem Gesicht. In meinem Fantasieleben verbringe ich einen ganzen Sonntagmorgen ungestört in diesem Refugium, bis ich mit meinem Kaffee und der Zeitung fertig bin. In meiner absoluten Traumwelt schließe ich dann die Augen und gönne mir den Luxus eines Nickerchens.

Aber dazu kommt es nie. In der Regel habe ich nur ungefähr eine Viertelstunde am Stück, bevor Linus weint, Lucy schreit oder Charlie eine Frage stellt, bevor irgendjemand etwas zu essen oder etwas zu tun braucht, bevor mein Handy vibriert oder mein Laptop eine eingehende E-Mail meldet, bevor ich irgendetwas zerbrechen oder überschwappen oder – was am meisten Aufmerksamkeit an sich reißt – das unheimliche Geräusch höre, wenn auf einmal alles zu still geworden ist. Aber trotzdem, eine Viertelstunde kann ein Segen sein.

Mir fällt ein, dass es jetzt relativ leicht für mich sein dürfte, mir diesen Traum zu erfüllen. Montags bis freitags werden die Kinder in der Schule und der Kindertagesstätte sein, und ich werde nicht zur Arbeit gehen. Ich werde jeden Tag sechs ganze Stunden lang ununterbrochen Zeit haben. Und vielleicht werde ich genau diese sechs Stunden täglich – an fünf Tagen – benötigen, um jedes Wort der kompletten Sonntagszeitung zu lesen, aber das ist mir egal. Ich freue mich auf die Herausforderung. Heute ist Donnerstag. Morgen werde ich zum ersten Mal ausprobieren, wie es ist, einen Tag in der Zuflucht meines Wintergartens zu verbringen.

Ich spähe von meinem Platz auf dem Sofa aus durch die Scheiben der Glastür, und mir fällt auf, dass der Wintergarten offenbar umgestaltet wurde. Mein Lieblings-Lesesessel ist herumgedreht und an die Wand geschoben worden, und den Couchtisch sehe ich gar nicht mehr. Stattdessen entdecke ich irgendeine Art von grünblättriger Topfpflanze, die auf dem Boden steht und aussieht, als müsste sie dringend gegossen werden. Das heißt – falls ich dafür zuständig bin –, sie wird binnen einer Woche verdorrt sein. Ich frage mich, wo sie herkommt. Und ist das dort drüben eine Kommode?

»Mommy!«, brüllt Lucy und rennt zum oberen Treppenende.

»Langsam«, warnt meine Mutter, die hinter ihr herkommt, Linus auf dem Arm.

Mir stockt für eine Sekunde der Atem, und ich könnte schwören, mein Herz steht still. Zu hören, wie meine Mutter Lucy bemuttert, zu sehen, wie mein kleiner Sohn zufrieden an ihrer Hüfte hängt, meine Mutter hier zu sehen, wie sie in meinem Haus lebt. In meinem Leben lebt. Ich glaube nicht, dass ich damit klarkomme.

Lucy reißt beide Babygitter weit auf – fast ohne zu bremsen –, saust durchs Wohnzimmer und springt mit einem Satz auf meinen Schoß.

»Immer schön sachte, Gänschen«, sagt Bob.

»Ist schon gut«, beschwichtige ich.

Sie ist barfuß und lächelt, und ihre Augen strahlen aufgeregt, während sie auf meinem Schoß auf und ab hüpft. Es ist mehr als gut.

»Mommy, du bist zu Hause!«, sagt sie.

»Das bin ich allerdings! Ist das neu?« Ich deute auf das Disney-Prinzessinnen-Kleid, das sie trägt.

»Ja, Oma hat es mir gekauft. Ich bin Belle. Bin ich nicht schön?«

»Die Allerschönste.«

»Linus ist das Biest.«

»Oh, Linus ist zu süß, um das Biest zu sein. Ich glaube, er ist der gut aussehende Prinz«, erwidere ich.

»Nein, er ist das Biest.«

»Willkommen zu Hause«, begrüßt mich meine Mutter.

Die Jugendliche in mir hebt ihren zornigen Kopf und fleht mich mit ihrer unbeholfenen, weinerlichen Stimme an, so zu tun, als hätte ich meine Mutter gar nicht gehört.

»Danke«, flüstere ich kaum hörbar, der Kompromiss der Erwachsenen in mir.

»Wie findest du den Baum?«, fragt Bob strahlend.

»Er ist riesig, ich bin begeistert. Ich wundere mich nur, dass du ihn dieses Jahr nicht im Wintergarten aufgestellt hast, um Linus von ihm fernzuhalten«, antworte ich, während ich mir vorstelle, wie die beiden ständig den unwiderstehlichen Glas- und Keramikschmuck verteidigt haben.

»Dort ist kein Platz mehr neben dem Bett«, erklärt Bob.

»Was für einem Bett?«

»Dem Futonbett. Dort schläft deine Mutter.«

»Oh.«

Ich nehme an, das ist sinnvoll. Irgendwo muss sie ja schlafen, und wir haben kein zusätzliches Schlafzimmer (wenn wir dieses zusätzliche Schlafzimmer hätten, dann hätten wir ein Kindermädchen, das bei uns lebt, und dann müsste meine Mutter nicht hier sein). Aber aus irgendeinem Grund hatte ich sie mir auf der Ausziehcouch im Keller vorgestellt, vermutlich weil ich dann – wenn die Tür zum Keller geschlossen ist – so tun könnte, als wäre sie gar nicht da. Selbst wenn die Tür zum Wintergarten geschlossen ist, werde ich sie durch die Fensterscheiben immer noch sehen können. Sie ist hier. Vielleicht können wir ein paar Jalousien kaufen.

Aber wo werde ich jetzt die Zeitung lesen, meinen Kaffee trinken und mein Erholungsnickerchen machen? Was ist mit meinem Refugium? Die Jugendliche in mir ist empört: *Sie hat dir deinen geheiligten Raum gestohlen!* Im Ernst, ich weiß nicht, ob ich damit klarkommen kann.

»Mommy, sieh mal, wie ich tanze!«, fordert Lucy.

Sie springt hinunter und beginnt, sich im Kreis zu drehen, die Arme über dem Kopf. Meine Mutter legt mir Linus in den Schoß. Er kommt mir schwerer vor, als ich ihn in Erinnerung habe. Er dreht den Kopf, sieht mir in die Augen, berührt mein Gesicht, lächelt und sagt dann: »Mama.«

»Hi, Schatz.« Ich lege den Arm fester um ihn.

»Mama«, sagt er noch einmal und tätschelt immer wieder meine Wange.

»Hi, mein Süßer. Mama ist zu Hause.«

Er kuschelt sich in meinen Schoß, und wir sehen beide Lucy bei ihrer Aufführung zu. Sie reißt die nackten Füße in die Luft, wackelt mit den Hüften, dreht sich im Kreis und ist voller Freude, ihr sich bauschendes rot-goldenes Kleid vorzuführen. Wir klatschen alle und wollen noch mehr sehen. Stets die Komödiantin, gibt sie gern noch eine Zugabe.

Mein Blick wandert über Lucys Kopf hinweg durch die Küche zu den Fenstern, die auf den Garten hinausgehen. Die Außenbeleuchtung ist eingeschaltet. Ich sehe die Schaukel und das Spielhaus, in Schnee gehüllt. Ich sehe einen Schneemann, der eine von Bobs Wintermützen trägt, eine Karottennase und mindestens fünf Stöckchen als Arme. Ich sehe einen roten Tellerschlitten auf der Kuppe unseres bescheidenen Hügels und ein wildes Zickzackmuster aus Fußstapfen und Schlittenspuren.

Und weit und breit kein Gefängnis.

In mancher Hinsicht hat sich alles in meinem Leben dramatisch verändert. Aber in anderer Hinsicht ist mein Leben noch immer genau dasselbe. Winterfreuden im Garten, Lucy, die tanzt, Linus' Finger auf meinem Gesicht, Bob, der lacht, der Duft des Weihnachtsbaums. Damit kann ich klarkommen. Und ich sauge alles tief in mich auf.

EINUNDZWANZIGSTES KAPITEL

Die größte Veränderung hier ist, wie sich herausstellt, nicht das orangefarbene Klebeband an den Wänden oder die Tatsache, dass meine Mutter im Wintergarten schläft. Charlie hat ADHS. Eine Aufmerksamkeitsdefizit-/Hyperaktivitätsstörung. Bob hat mir die Neuigkeit im Bett beigebracht, an meinem ersten Abend zu Hause. Er sagte, der Arzt sei sich sicher und Charlies Symptome seien klassisch, aber nicht schwerwiegend. Bis ich einschlief, weinte ich leise in Bobs Armen, während er mir versicherte, dass alles gut werden würde mit Charlie.

Charlie bekommt Concerta, das wie Ritalin ist, den Wirkstoff aber kontinuierlich über zwölf Stunden freisetzt. Er nimmt jeden Morgen zum Frühstück eine Tablette. Wir sagen Vitamine statt Medizin dazu, damit er nicht denkt, dass er krank, behindert oder beeinträchtigt ist. Bis jetzt hat er nicht über Kopfschmerzen oder Appetitverlust geklagt, und Ms. Gavin sagt, sie habe bereits bemerkt, dass sich sein Verhalten in der Schule positiv verändert hat.

Außerdem haben wir angefangen, viele »Lebensstil«-Anpassungen vorzunehmen, die ihm zum Erfolg verhelfen sollen. Wir haben seine Ernährung umgestellt – kein zuckerhaltiges Müsli mehr, kein Eis am Stiel und keine Gummihaie mehr, die voller E 129 und E 132 stecken, keine Limonade mehr, kein Fastfood mehr. Er ist alles andere als begeistert von dieser Veränderung, und das kann ich ihm nicht verdenken. Selbst ich vermisse die Gummihaie. Er hat für jeden Morgen und Abend eine Erledigungsliste, die in einem Raster ordentlich ausgedruckt auf einer Tafel an seiner Zimmerwand hängt, sodass er klar sehen und abhaken kann, was er jeden Tag vor der Schule und vor dem Schlafengehen zu erledigen hat. Außerdem stehen Charlies Regeln auf einem Blatt Papier, das unter einem Magneten am Kühlschrank hängt.

Nicht schlagen.

Nicht schreien.

Nicht unterbrechen.

Zuhören und tun, was du gesagt bekommst.

Deine Hausaufgaben machen, ohne zu jammern.

Unter Ms. Gavins Anleitung haben Bob und ich außerdem ein Anreizprogramm entwickelt – die Murmelminuten. Charlie beginnt jeden Tag mit sechs Murmeln in einem Kaffeebecher. Jede Murmel ist zehn Minuten Fernsehen und/oder Videospiele wert. Wenn Charlie den ganzen Tag alle Regeln ohne einen Verstoß befolgt, darf er ab 17.00 Uhr eine Stunde fernsehen. Aber für jede Regelverletzung, die er begeht, verliert er eine Murmel.

Heute hat er einen typischen Tag. Es ist 16.00 Uhr, und er hat bereits die Hälfte seiner Murmeln verloren. Er hat Lucy ihren iPod aus den Händen gerissen und ihr damit auf den Kopf geschlagen, als sie versucht hat, ihn sich zurückzuholen. Meine Mutter musste ihn dreimal bitten, seine Jacke vom Boden aufzuheben und an einen Haken im Windfang zu hängen. Und ich war eben in einem Telefongespräch mit meinem ambulanten Ergotherapeuten, als er mich mit einer Maschinengewehrsalve »Mom, Mom, Mom, Mom, Mom, Mom« bombardiert hat. Ich hätte ihm für jedes »Mom« eine Murmel wegnehmen sollen, aber er will unbedingt *Super Mario* spielen, und ich weiß, dass ich besser noch ein paar Murmeln in der Hinterhand haben sollte, wenn wir die Hausaufgaben in Angriff nehmen.

Wir sitzen am Küchentisch – er mit seinen Hausaufgaben vor sich, ich mit meinen Patienten-Aufgaben vor mir – und wünschten beide, wir könnten irgendetwas anderes tun. Ich weiß, dass er darum betet, nicht auch noch seine restlichen Murmeln zu verlieren. Und ich hoffe, dass ich nicht mit ihm zusammen den Verstand verliere. Bob ist auf der Arbeit, und meine Mutter und Linus sind bei Lucys Tanzunterricht. Der Fernseher ist ausgeschaltet, das Haus ist still, und der Tisch ist frei geräumt.

»Okay, Charlie, bringen wir's hinter uns. Wer soll anfangen?«

»Du«, sagt er.

Ich schätze das Cafeteria-Tablett ab, das genau vor mir steht. Eine senkrechte Linie aus orangefarbenem Klebeband teilt das Tablett in zwei Hälften. Das Tablett ist leer.

»Okay, los geht's«, sage ich.

Charlies Aufgabe besteht darin, bis zu fünf rote Gummibälle – von denen jeder etwa so groß ist wie eine Klementine – auf die linke Seite meines Tabletts zu legen. Meine erste Aufgabe besteht darin zu erkennen, wie viele Bälle es sind.

»Fertig«, verkündet er.

Ich beginne meine Hausaufgabe, indem ich mit der rechten Hand am unteren Rand des Tabletts entlangfahre, sie nach links bewege, bis ich den rechten Winkel der unteren linken Ecke spüren kann. Ein unbehagliches Gefühl beschleicht mich jedes Mal, wenn ich meine eigene Mittellinie mit der rechten Hand überquere und sie irgendwo im unbekannten Land des Links verschwinden lasse. Das Gefühl erinnert mich an eine Vertrauensübung, an der ich einmal im Rahmen eines Angestellten-Workshops bei Berkley teilgenommen habe. Stehend und mit geschlossenen Augen sollte ich mich damals nach hinten fallen lassen und darauf vertrauen, dass meine Kollegen mich auffangen würden. Ich kann mich immer noch an jenen Sekundenbruchteil erinnern, in dem ich nicht sehen oder steuern konnte, wie und wo ich landen würde, bevor ich mich fallen ließ. Ich wollte nicht wegen einer albernen Übung mit dem Kopf auf den harten Boden aufschlagen, sodass sich mein gesunder Menschenverstand und ein primitiver Instinkt einschalteten: *Tu das nicht*. Aber irgendwo in meinem Innern war ich doch in der Lage, auf den Ausschaltknopf zu drücken. Und natürlich fingen meine Kollegen mich auf. Eine ganz ähnliche Erfahrung mache ich jetzt, wenn meine rechte Hand die orangefarbene Linie überquert. Instinktive Angst, innerer Mut, blindes Vertrauen.

Jetzt sehe ich rechts neben meine rechte Hand, was mir natürlich und leicht vorkommt, und doch die linke Seite des Tabletts ist.

»Vier«, sage ich.

»Ja! Gut gemacht, Mom!«, lobt Charlie. »Schlag ein!«

Die Bälle zu finden ist der leichteste Teil meiner Hausaufgabe und kein Grund zum Feiern, aber ich will ihm nicht den Spaß daran verderben, mich zu ermutigen. Ich lächele und schlage kurz ein.

»Mit der *linken* Hand«, sagt Charlie.

Er liebt es, mich zu fordern. Für den nächsten Teil dieser Übung muss ich sowieso meine linke Hand finden, daher tue ich ihm den Gefallen und beginne mit der Suche. Ich finde sie an meiner Seite baumelnd und schaffe es, sie zu heben, aber ich kann nicht genau sagen, wo sie jetzt ist. Charlie wartet, hält mir seine gespreizte Hand als Ziel hoch. Aber er benutzt seine rechte Hand, die auf meiner linken Seite ist, sodass sie nicht so leicht im Auge zu behalten ist. Charlie könnte locker der härteste Ergotherapeut sein, den ich je hatte. Ohne auch nur das geringste Vertrauen darin zu haben, dass ich es schaffen könnte, schwinge ich meinen Arm aus der Schulter nach vorne. Ich verfehle seine Hand und treffe ihn genau in die Brust.

»Mom!«, lacht er.

»Entschuldige, Schatz.«

Er knickt meinen Arm am Ellenbogen ab, als wäre ich eine seiner Actionfiguren, spreizt meine Finger auseinander, holt aus und schlägt meine Hand gegen seine, sodass sie mit einem lauten und befriedigenden Klatschen aufeinandertreffen.

»Danke. Okay, nächster Schritt«, beschließe ich, um endlich fertig zu werden.

Jetzt muss ich mit der linken Hand einen der roten Bälle nehmen und zusammendrücken. Die Innenfläche meiner linken Hand kribbelt noch immer von Charlies Abklatschen, was mein Glück ist, denn das verhindert, dass meine Hand verschwindet, und ich kann sie relativ leicht auf das Tablett legen. Ich taste herum und schnappe mir den nächstbesten Ball. Dann drücke ich ihn schwach.

»Ja, Mom! Und jetzt leg ihn zurück.«

An dem Punkt bleibe ich jedes Mal hängen. Ich kann den Ball nicht loslassen. Ich werde den Ball mit ins Bett nehmen, ohne mir dieses blinden Passagiers überhaupt bewusst zu sein, den ich da mit mir herumschleppe. Am nächsten Morgen werde ich mit ihm aufwachen und ihn noch immer fest in meinem eisernen Griff haben – es sei denn, jemand kommt und befreit ihn gnädigerweise aus meiner Umklammerung.

»Ich kann nicht. Ich kann nicht loslassen.«

Ich versuche, den Ball abzuschütteln, aber mein Griff ist zu fest. Ich versuche, meine Hand zu entspannen. Nichts geschieht. Meinem Gehirn war das Festhalten schon immer lieber als das Loslassen.

»Charlie, kannst du mir helfen?«

Er windet mir den Ball aus meiner steifen Hand, lässt ihn auf das Tablett fallen und schiebt es auf die andere Seite des Tischs. Jetzt ist er an der Reihe.

»Ich wünschte, ich hätte deine Hausaufgaben. Deine Hausaufgaben sind leicht«, seufzt Charlie.

»Nicht für mich«, entgegne ich.

Er legt mein rotes Lesezeichen an den linken Rand seines Hausaufgabenblatts, damit ich ihm folgen kann, und wir beginnen beide zu lesen. Aber binnen Sekunden ist das Auffälligste, was er tut, weder das Lesen noch das Schreiben. Er bewegt sich. Er zappelt auf seinem Platz herum, wippt hin und her, hockt sich auf die Knie, dann wieder auf sein Gesäß, baumelt mit den Beinen. Vor meinem Unfall bin ich immer erst dann mit in Charlies Hausaufgaben eingestiegen, wenn er schon mehrere Stunden damit beschäftigt war und nachdem er bereits von ihnen besiegt worden war. Dann war sein Körper bereits ein lustloser Haufen und hatte nichts mehr von diesem chaotischen, wogenden Energiebündel, das ich jetzt erlebe.

»Du fällst gleich von deinem Stuhl. Sitz still.«

»Entschuldigung.«

Sein inneres Perpetuum mobile ist für eine Minute zum Stillstand gekommen, aber dann zuckt irgendetwas, und schon läuft es wieder im höchsten Gang und mit voller Kraft voraus.

»Charlie, du zappelst schon wieder.«

»Entschuldigung«, sagt er noch einmal und sieht zu mir hoch. Seine wunderschönen Augen fragen sich, ob er im Begriff ist, noch eine Murmel zu verlieren.

Aber ich kann sehen, dass er sich nicht absichtlich so aufführt oder ungehorsam ist. Ich werde ihn nicht dafür bestrafen, dass er herumzappelt. Aber es ist klar, dass er seine Energie nicht auf die Worte vor sich lenken kann, wenn so viel davon kreuz und quer durch seinen Körper schießt.

»Was hältst du davon, wenn wir deinen Stuhl mal wegnehmen? Kannst du deine Hausaufgaben im Stehen machen?«, frage ich.

Er schiebt den Stuhl zurück und steht auf, und ich bemerke den Unterschied sofort. Zwar klopft er mit einem Fuß auf den Boden, als würde er mit einer Stoppuhr die Zeit messen, aber davon einmal abgesehen ist kein Zappeln mehr zu sehen. Und er beantwortet die Fragen.

»Fertig!«, ruft er und wirft seinen Bleistift hin. »Kann ich jetzt *Mario* spielen?«

»Augenblick, Augenblick.« Ich lese noch immer die dritte Frage.

Jane hat beim ersten Spiel zwei Tore erzielt und beim zweiten Spiel vier Tore. Wie viele Tore hat sie insgesamt erzielt? Ich überprüfe seine Antworten.

»Charlie, die ersten drei Antworten sind alle falsch. Fang noch einmal von vorn an.«

Er stöhnt und stampft mit dem Fuß auf.

»Siehst du, ich bin dumm.«

»Du bist nicht dumm. Sag das nicht. Denkst du etwa, ich bin dumm?«

»Nein.«

»Na also. Keiner von uns beiden ist dumm. Unsere Gehirne arbeiten nur anders als die der meisten Leute, und wir müssen uns überlegen, wie wir unsere zum Arbeiten bringen. Aber wir sind nicht dumm, okay?«

»Okay«, sagt er, ohne mir wirklich zu glauben.

»Okay. Also, warum hast du sie so schnell gemacht?«

»Weiß nicht.«

»Du hast noch jede Menge Zeit, *Mario* zu spielen. Du musst nichts überstürzen. Lass es uns ein bisschen langsamer angehen und gemeinsam eine Aufgabe nach der anderen lösen. Lies noch einmal die erste.«

Ich selbst lese sie auch noch einmal. *Billy hat zwei Pennys in seiner linken Hosentasche und fünf Pennys in seiner rechten Hosentasche. Wie viele Pennys hat Billy insgesamt?* Ich sehe Charlie an und rechne damit, dass er gleich zu mir zurücksieht, gebannt und bereit für meine nächste Anweisung, aber stattdessen liest er noch immer. Und seine Augen scheinen inzwischen irgendwo auf dem unteren Drittel der Seite zu sein.

»Charlie, fällt es dir schwer, dich nur auf eine Frage zu konzentrieren, wenn auf der Seite so viele stehen?«

»Ja.«

»Okay, ich habe eine Idee. Geh und hol die Schere.«

Ich ziehe mit Charlies Bleistift eine waagerechte Linie unter jede Frage. Er kommt mit der Schere an den Tisch zurück, genau dem Gegenstand, um den ich ihn gebeten habe, was für sich allein schon ein bedeutsamer Sieg ist.

»Schneide jede Frage aus, entlang der Linien, die ich gezogen habe.«

Er tut es.

»Und jetzt leg sie übereinander wie einen Satz Spielkarten, und gib sie mir.«

Ich reiche ihm als Erstes Frage Nummer sieben. Er klopft mit dem Fuß und liest.

»Acht?«, fragt er.

»Richtig!«

Seine Miene hellt sich auf. Ich würde ihn gern mit einer Hand abklatschen, um ihn zu beglückwünschen, aber ich will nicht, dass er abgelenkt wird oder seinen Schwung verliert. Ich decke eine weitere Karte auf. Er liest sie und zählt flüsternd ab, während er einen Finger nach dem anderen auf den Tisch drückt.

»Sechs?«

»Ja!«

Ohne die anderen Worte, die seine Aufmerksamkeit in Versuchung führen, sieht er nur noch die eine Frage und bringt sie nicht mit irgendwelchen anderen Informationen durcheinander. Nach und nach reiche ich ihm alle zehn »Fragekarten«, und er beantwortet alle zehn richtig. Nach ungefähr einer Viertelstunde sind wir fertig. Ein Rekord in der Pilgrim Lane 22.

»Das war's, Charlie, keine Karten mehr. Du hast sie alle gelöst.«

»Ich bin fertig?«

»Ja. Spitzenleistung.«

Übergroßer Stolz zeigt sich in jedem Winkel seines Gesichts. Mir fällt auf, wie ähnlich er mir sieht.

»Kann ich jetzt *Mario* spielen?«

»Das kannst du. Aber weißt du was? Das war so spitze, ich glaube, du hast dir die drei Murmeln zurückverdient.«

»Wirklich?!«

»Aber ja. Du kannst eine ganze Stunde spielen, wenn du willst.«

»Jippie! Danke, Mom!«

Er schießt aus der Küche und kommt dann noch einmal zurück.

»Hey, Mom? Kannst du Ms. Gavin das mit den Fragekarten und dem Stehen sagen? Ich will meine ganzen Aufgaben so machen.«

»Na klar, Schatz.«

»Danke!«

Er ist so schnell wieder verschwunden, wie er gekommen ist, und ich höre seine Füße die Treppe hinunterpoltern wie einen Trommelwirbel.

Ich sehe auf Ms. Gavins Hausaufgabenblatt, das in Streifen zerschnitten ist, und hoffe, dass sie es versteht. Wir können es immer noch wieder zusammenkleben, wenn sie darauf besteht. Unsere Gehirne sind anders verdrahtet, und wir müssen uns überlegen, wie wir sie zum Arbeiten bringen.

Ich höre die gewohnten piepsenden Geräusche von *Super Mario* und stelle mir den ungewohnt selbstzufriedenen Ausdruck auf Charlies Gesicht vor. Ich bleibe am Küchentisch sitzen und warte darauf, dass meine Mutter und die beiden anderen Kinder nach Hause kommen. Auch ich bin zufrieden. Wie eine Super-Mom.

ZWEIUNDZWANZIGSTES KAPITEL

Es ist der Abend unseres Hochzeitstags, und Bob und ich wollen ins Pisces gehen, unser Lieblingsrestaurant in Welmont. Ich bin schon so aufgeregt. Es wird kein Essen auf Plastiktabletts oder aus Styroporbehältern geben; es werden keine Makkaroni mit Käse oder Chicken Nuggets auf der Speisekarte stehen; da werden keine Kinder sein, die weinen oder winseln, oder Eltern, die sie anflehen, ihre Makkaroni mit Käse oder Chicken Nuggets zu essen; und auf jedem Tisch werden sich Salz und eine Weinkarte befinden. Es ist lange her, seit ich eine zivilisierte Mahlzeit in zivilisierter Gesellschaft genossen habe. Mir läuft schon jetzt das Wasser im Mund zusammen.

»Heute Abend gehen offenbar alle aus«, sagt Bob, während wir – verzweifelt auf der Suche nach einem Parkplatz – im Schritttempo die Main Street hinunterkriechen, Fußgänger beobachten, die aussehen, als könnten sie wegfahren, und allen Fahrern hinter uns auf die Nerven gehen.

Wir fahren an einem Behindertenparkplatz vorbei, der frei ist und wirklich sehr verlockend aussieht. Aber wir haben keinen Behindertenparkausweis, und ich will auch keinen. Aus demselben Grund, aus dem wir Charlies Concerta-Pillen Vitamine nennen, will ich keine Autokennzeichen oder Aufkleber oder sonst irgendwelche Pappschilder, die mit diesem Bild eines Strichmännchens in einem Rollstuhl versehen sind. Ich bin kein Strichmännchen in einem Rollstuhl. Bob unterstützt diese Philosophie und begrüßt mein gesundes Selbstbild, aber in diesem Augenblick wünschte ich doch, wir hätten diesen Platz. Bob wird noch langsamer, als wir uns dem Pisces nähern, und hält dann in zweiter Reihe genau davor.

»Was hältst du davon, wenn ich dich hier aussteigen lasse und allein weitersuche?«, fragt Bob.

»Na klar, ich springe schnell hinaus und laufe schon mal vor«, antworte ich, ohne mich zu rühren.

»Ach ja«, sagt Bob, als ihm wieder einfällt, dass ich nirgendwo mehr schnell hinausspringe und schon mal vorlaufe. »Sie sollten hier wirklich einen Pagen haben, der die Wagen der Gäste parkt.«

Schließlich finden wir einen Parkplatz vor dem Käsegeschäft, vier Blocks entfernt. Vier lange Blocks.

»Wie spät ist es?«, frage ich.

»Viertel vor sieben.«

Wir haben für 19.00 Uhr reserviert. Eine Viertelstunde, um vier Blocks weit zu laufen. Es wird knapp werden. Ich sehe auf meine Füße. Ich wollte hohe Absätze tragen, aber sowohl Bob als auch meine Mutter haben darauf bestanden, dass ich meine Merrell-Slipper anziehe. Sie sehen lächerlich aus zu meinem Kleid, aber zum Glück habe ich mich nicht durchgesetzt. Auf acht Zentimeter hohen Absätzen würde ich es niemals vier Blocks weit schaffen.

Bob öffnet meine Tür, schnallt mich ab (wir würden unseren Tisch auf jeden Fall verlieren, wenn ich mich selbst abschnallen müsste), hebt mich unter den Achseln hoch und aus dem Wagen und stellt mich auf den Gehsteig, wo mein Stock schon bereitsteht und auf mich wartet. Ich schnappe mir meinen Stock, und Bob schnappt sich meinen linken Arm.

»Können wir, meine Verehrte?«, fragt er.

»Wir können.«

Und dann zuckeln wir los, zwei Schildkröten, die zum Abendessen hetzen. Ich war nie langsam zu Fuß. Ich schlendere und bummele nicht vor mich hin. Ich schalte in den fünften Gang, und los geht's. Und damit bin ich in dieser Gegend nicht die Einzige. Ich glaube, die meisten Leute in Boston haben einen zügigen, entschlossenen Gang. Wir haben Dinge zu erledigen – wichtige Dinge und viele Dinge –, und wir sind spät dran. Wir haben keine Zeit, herumzutrödeln, ein Schwätzchen zu halten oder an den Rosen zu schnuppern. Das mag selbstgefällig, unhöflich oder sogar ignorant klingen, aber das ist es nicht. Vermutlich sind wir nur praktisch und verantwortungsbewusst und versuchen einfach, mit allem Schritt zu halten, was von uns verlangt wird. Und von November bis Mai blühen diese Rosen sowieso nicht. Draußen ist es eiskalt, und wir laufen, so schnell wir können, um wieder nach drinnen zu kommen, wo es schön warm ist.

Wie zum Beispiel heute Abend. Heute Abend ist die Temperatur auf unter null Grad gesunken, und der Wind, der durch die Main Street peitscht, geht einem durch Mark und Bein. Und es wird auch nicht besser dadurch, dass ich nur die obersten beiden Knöpfe meines Wollmantels zugeknöpft habe, bevor ich aufgegeben und mir gedacht habe: *Wir werden ja kaum eine Sekunde draußen sein.* Wenn ich keinen Neglect hätte, hätte ich nichts gegen einen kurzen Sprint einzuwenden. Aber ich habe einen Neglect, daher schlurfen wir langsam vorwärts. Stock. Schritt. Nachziehen. Atmen.

Die Gehsteige sind gepflastert und unberechenbar holprig, und sie fallen an jeder Querstraße erst ein Stück ab, um dann wieder anzusteigen, sodass dieses Gelände eine weitaus größere Herausforderung für mich ist als die Korridore mit den gelben Linien in Baldwin oder unser teppichfreier Wohnzimmerboden. Bei jedem Schritt und jedem Nachziehen danke ich Gott für meinen Gehstock und für Bob. Ich weiß, ohne die beiden würde ich längst ausgestreckt auf der kalten, harten Erde liegen, gedemütigt und zu spät für das Abendessen.

Da es die Woche vor Weihnachten ist, ähneln die Gehsteige noch mehr als sonst Hochgeschwindigkeitsfließbändern für Konsumenten. Entgegenkommende Einkäufer schießen in einem beneidenswerten Tempo an uns vorbei, während die Fußgänger hinter uns ins Stocken geraten und ungeduldig an unseren Fersen kleben, bis es ihnen eine kurze Lücke auf der Gegenspur ermöglicht, sich an uns vorbeizuschlängeln. Die demografische Struktur ist typisch: Frauen mit frisch manikürten Nägeln und frisch frisierten Haaren, Einkaufstüten irgendwelcher Modeboutiquen um einen Ellenbogen geschlungen, eine protzige, aber teure Handtasche um den anderen, und dazu Jugendliche, immer in Cliquen von dreien oder mehr, immer mit iPods und iPhones und Mocha-Frappuccinos in den Händen. Und alle geben jede Menge Geld aus.

In den seltenen Momenten, in denen ich hier und da einen Blick auf das entgegenkommende Gedränge werfe, fällt mir auf, dass mich niemand direkt ansieht. Alle, die an uns vorübergehen, haben entweder einen Tunnelblick, der gebannt auf irgendeinen winzigen Punkt in gerader Linie vor ihnen irgendwo in der Ferne gerichtet ist, oder sie sehen zu Boden. Verlegene Unsicherheit breitet sich in meinem Magen aus und verkriecht sich dann in eine Ecke. Sehen wir den Tatsachen ins Auge: Man hat mir vielleicht kein Strichmännchen in einem Rollstuhl auf die Stirn tätowiert, aber ich bin behindert. Diese Leute sehen mich nicht an, weil mein Anblick ihnen zu unangenehm ist. Fast sage ich Bob, dass ich wieder nach Hause will, aber dann rufe ich mir in Erinnerung, dass die meisten Leute in der Innenstadt von Welmont (ich selbst eingeschlossen) normalerweise ohnehin nie Blickkontakt zu irgendjemandem aufnehmen – vor allem nicht, wenn sich diese Leute an einem kalten Abend über einen brechend vollen Gehsteig kämpfen, was hier offensichtlich der Fall ist. Es ist nicht persönlich gemeint. Die verlegene Unsicherheit in meinem Magen entschuldigt sich und verschwindet, lässt nur noch ein starkes Frösteln und einen wachsenden Hunger zurück. Das Pisces ist nur noch einen verlockenden Block weit entfernt.

Bob hilft mir aus dem Mantel, setzt mich sicher auf meinen Stuhl und nimmt dann mir gegenüber Platz. Wir atmen beide auf und lächeln, dankbar dafür, wohlbehalten hier zu sein, endlich im Warmen und im Begriff, etwas zu essen. Ich nehme meine rosa Fleecemütze ab, hänge sie an den Griff meines Gehstocks und fahre mir mit den Fingern durchs Haar, als würde ich einem Hund den Bauch kratzen. Auch wenn mein Haar noch immer alles andere als lang ist, ist es inzwischen doch schon lang genug, um so auszusehen, als wäre die Frisur Absicht – nicht so, als würde es nachwachsen, nachdem es mir vor einer neurochirurgischen Notoperation abrasiert wurde. Wenn ich in den Spiegeln zu Hause zufällig einen Blick auf mich erhasche und merke, dass ich wie Annie Lennox aussehe, durchzuckt mich noch immer für einen Sekundenbruchteil der Gedanke: *Wer zum Teufel ist das?* Aber mit jedem Mal starre ich mich ein bisschen weniger an und fühle mich ein bisschen weniger von mir selbst entfremdet. Wie bei all den anderen Veränderungen, die mir im letzten Monat auferlegt wurden, gewöhne ich mich auch an diese allmählich und definiere neu, was normal ist. Ich freue mich darüber, dass meine Haare toll aussehen, ohne dass ich sie trocken föhnen, glätten, einsprühen oder sonst irgendwie an ihnen herumbasteln muss. Ich kann einfach duschen, sie trocken rubbeln, mit der Hand darüberfahren, als würde ich einem Hund den Bauch kratzen, und fertig. Ich hätte mir den Kopf schon längst rasieren sollen.

Wie üblich an einem Samstagabend, ist das Pisces voll besetzt; offenbar ist es sicher vor der Rezession. Von meinem Platz aus kann ich ein junges Paar sehen, das ein Rendezvous hat, einen Tisch voller Männer mit gewichtigem Auftreten und Damen in Kostümen – und einen großen Tisch mit lautstarken Frauen: Damenabend. Und dann sind da noch Bob und ich.

»Alles Gute zum Hochzeitstag, Schatz«, sagt Bob und überreicht mir eine kleine weiße Schachtel.

»Oh Schatz. Ich habe gar nichts für dich besorgt.«

»Du bist nach Hause gekommen. Das ist alles, was ich wollte.«

Das ist so süß. Aber ich habe auch für Weihnachten noch

nichts für ihn besorgt, und da ich ihm jetzt eben nur meine »Heimkehr« geschenkt habe, sollte ich besser zusehen, dass ich in die Gänge komme. Ich betrachte die weiße Schachtel eine Sekunde lang, bevor ich den Deckel abnehme – dankbar, dass er entweder so viel mitfühlenden Weitblick oder nicht genügend Zeit hatte und sie für mich unverpackt gelassen hat. In der Schachtel liegt ein Armband aus Sterlingsilber, an dem drei kleine Scheiben – etwa so groß wie Zehn-Cent-Stücke – befestigt sind. Drei Glücksbringer mit den Gravuren: Charlie, Lucy, Linus.

»Danke, Schatz. Das ist wirklich wunderschön. Kannst du es mir umlegen?«

Bob beugt sich über unseren kleinen Tisch vor und hält mein linkes Handgelenk hoch.

»Nein, ich will es am rechten Handgelenk haben, wo ich es sehen kann.«

»Aber es ist für dein linkes gedacht. Das Bimmeln der Glücksbringer wird dir helfen, deine linke Hand zu finden.«

»Oh. Okay.«

Das heißt, es ist nicht bloß ein aufmerksames Geschenk zum Hochzeitstag, ein sentimentales Schmuckstück. Es ist ein therapeutisches Hilfsmittel für meinen Neglect. Eine Zigarre ist nie nur eine Zigarre. Bob schließt die Schnalle und lächelt. Ich wackele mit der rechten Schulter, die wiederum automatisch meine linke Schulter in Bewegung setzt, und schon höre ich mein Handgelenk bimmeln. Ich bin ein Schaf mit einer Glocke um den Hals.

»Weißt du, wenn du mir helfen willst, meine linke Hand zu finden, dann sind Diamanten auffälliger als Silber«, gebe ich ihm einen nicht sehr dezenten Hinweis für künftigen Reha-Klimbim.

»Ja, aber die machen kein Geräusch. Und an den anderen Gliedern können wir noch mehr Glücksbringer anbringen.«

Ich habe diesen klimpernden, mit irgendwelchem Zierrat überladenen Klunker an den Handgelenken anderer Frauen gesehen – Herzen, Hunde, Hufeisen, Engel, Schmetterlinge, Symbole für jedes Kind. Ich bin kein Sammlertyp. Ich besitze keine Hummel- oder Lladró-Figuren, Wackelkopf-Figuren, Elvis-Erinnerungsstücke, Münzen, Briefmarken, nichts dergleichen. Doch ich sehe das zufriedene Lächeln in Bobs Gesicht, und ich weiß, dass ich ab jetzt silberne Armband-Anhänger sammeln werde. Ich frage mich, ob Annie Lennox eines von diesen Dingern trägt.

»Danke.«

Bobs iPhone summt auf der Tischplatte, und er nimmt ab.

»Arbeit«, erklärt er und liest eine SMS, während seine Miene zunehmend Besorgnis verrät.

»Nein. Oh nein. Oh Gott«, sagt er.

Er tippt mit dem Zeigefinger eine Antwort, drückt weitaus fester auf die Tasten als nötig, das Gesicht zu einer verbissenen Grimasse verzerrt. Dann hört er auf zu schreiben, tippt jetzt auf andere Tasten und scrollt; vermutlich liest er eine E-Mail. Sein Gesicht ist noch immer von der schrecklichen Nachricht gezeichnet, die er in dieser SMS erhalten hat. Jetzt schreibt er wieder.

Sein Haar – normalerweise ein militärisch kurzer Bürstenschnitt – muss dringend gestutzt werden; es fällt ihm wie eine Tolle in die Stirn und ringelt sich an seinen Ohren und im Nacken. Außerdem hat er sich einen Bart wachsen lassen, was ich noch nie besonders schön fand, weil der sein gut aussehendes Gesicht verdeckt und die zarte Haut der Kinder kratzt, wenn er sie küsst. Er sieht müde aus, aber nicht müde vom Schlafmangel, auch wenn ich mir sicher bin, dass er nicht genügend Schlaf bekommt. Er sieht erschöpft aus. Armer Bob.

Ich bin fertig damit, Bobs Gesicht zu mustern, aber er ist noch nicht fertig mit der Geschichte, in die er da auf einmal hineingezogen wurde. Daher beschließe ich, andere Leute zu beobachten. Das junge Paar neben uns teilt sich eine Flasche Champagner. Ich frage mich, was sie wohl feiern. Die junge Frau lacht kokett und ansteckend, und der junge Mann beugt sich über den Tisch vor und küsst sie. Sie berührt sein Gesicht und lacht dann wieder schallend los.

Ich lächle, infiziert von ihrer romantischen Energie. Ich wende mich wieder Bob zu, will ihn auf dieses junge Paar aufmerksam machen – und erkenne die hypnotische, undurchdringliche Gebanntheit seiner Konzentration. Jetzt ist er wirklich nicht mehr da. Sein Körper sitzt mir vielleicht noch gegenüber, aber dieser Bob ist nur noch eine Hülle, ein Hologramm, ein Avatar des echten Bob. Mein Lächeln schwindet. Ich warte und warte. Dass die Arbeit in unser Privatleben eindringt, ist nichts Ungewöhnliches, und in der Vergangenheit hat es mir nie etwas ausgemacht. Verdammt, noch vor einem Monat hätten wir beide mit gesenkten Köpfen hier gesessen, wie verhext von unseren Handys, zwei Avatars beim Abendessen. Aber ich habe keine SMS zu schreiben, keine E-Mails zu lesen und niemanden anzurufen, und allmählich fühle ich mich einsam, verlegen und gelangweilt. Das junge Paar neben uns lacht wieder schallend auf, und beinah bitte ich sie, leiser zu sein.

Doch unsere Bedienung kommt, reißt Bob aus seiner Trance und rettet mich vor mir selbst. Sie stellt sich und die Angebote des Tages vor und fragt uns, ob wir schon etwas trinken möchten.

»Ich nehme den Shiraz des Hauses«, sage ich.

»Wirklich?«, fragt Bob.

Ich zucke mit den Schultern und lächle, während ich mich frage, ob er versuchen wird, mich zu einem Ginger-Ale zu zwingen. Es ist nicht so, dass ich keinen Alkohol trinken dürfte, aber ich bin sicher, dass Martha es nicht gutheißen würde. Ich weiß, dass ich nach dem Essen noch vier Blocks zurück zu unserem Wagen schaffen muss, und vermutlich sollte ich nicht trinken, wenn ich mit dem Gehstock unterwegs bin, aber es ist ja nur das eine Glas. Ich will ein ganz normales Abendessen mit meinem Mann genießen, und normalerweise würde ich mir dazu ein Glas Wein bestellen. Um genau zu sein, würden wir uns normalerweise eine ganze Flasche teilen, und ich werde nur ein Glas trinken, das heißt, ich schütte nicht gleich die Vorsicht mit dem Badewasser aus, oder wie auch immer dieser Spruch heißt. Ich will feiern, und es wird mich entspannen. Ich habe es verdient, mich für einen Augenblick zu entspannen. Alles, was ich noch tue, ist, nach links zu sehen, links zu suchen, links zu finden. Ich will ein Glas köstlichen Rotwein in der rechten Hand halten und mit meinem entzückenden, wenn auch leicht behaarten und unhöflichen Ehemann auf meinen Hochzeitstag anstoßen. Ich will essen, trinken und so fröhlich sein wie das junge Paar neben uns.

»Ich nehme dasselbe«, sagt Bob. »Und ich denke, das Essen können wir auch schon bestellen.«

Wir kennen die Speisekarte auswendig, was heute Abend besonders praktisch ist, weil es bedeutet, dass ich mich nicht damit abmühen muss, die linke Seite oder die linke Hälfte der rechten Seite zu lesen, oder Bob bitten muss, sie mir vorzulesen. Wir bestellen das Übliche.

»Bist du wieder da?« Ich deute mit einem Nicken auf sein Telefon.

»Ja, entschuldige. Sieht aus, als ob wieder eine Entlassungsrunde ins Haus steht. Oh Mann, ich hoffe nur, mein Kopf wird dabei nicht rollen.«

»Wäre das denn wirklich so schlimm?«, frage ich. »Du würdest doch eine Abfindung bekommen, oder?«

»Nicht unbedingt.«

»Aber alle anderen haben drei bis vier Monatsgehälter bekommen.«

»Ja, aber dieser Brunnen wird bald trocken sein, falls er es nicht schon ist.«

»Aber sagen wir mal, du würdest vier Monatsgehälter bekommen, dann wäre das doch gar nicht so schlecht.«

»Es wäre nicht so gut, Sarah. Ich habe dort zu viel von mir investiert, als dass jetzt alles umsonst gewesen sein darf. Ich muss einfach durchhalten. Die Wirtschaft wird irgendwann schon die Kurve kratzen. Sie muss. Ich muss einfach durchhalten und das überstehen.«

Während ich darum gebetet habe, Bob möge seinen Job verlieren, hat er offenbar darum gebetet, ihn zu behalten. Ich weiß nicht, ob Gott ein großer Mathematiker ist, aber ich nehme an, unsere Gebete haben sich gegenseitig aufgehoben. Es ist ungefähr so, wie wenn ich für die Demokraten stimme und Bob für die Republikaner. Ich verstehe und bewundere seinen unbedingten Willen, Erfolg zu haben und niemals aufzugeben. Ich habe denselben natürlichen Siegeswillen, aber während er mir im Blut liegt – wo die Pegel von Zeit zu Zeit schwanken –, ist Bobs in seinem Knochenmark verankert.

»Was haben wir eigentlich letztes Jahr an unserem Hochzeitstag gemacht?«, frage ich in der Hoffnung, unser Gespräch von Bobs Job abzulenken.

»Ich weiß es nicht mehr«, antwortet er. »Waren wir hier?«

»Ich kann mich nicht erinnern. Könnte sein.«

Wir haben in Cortland, Vermont, geheiratet, vor neun Jahren. Die Woche vor Weihnachten haben wir gewählt, weil das dort oben eine so stimmungsvolle und zauberhafte Zeit des Jahres ist. Die Lichter, Freudenfeuer, Weihnachtslieder und der fröhliche Jubel schienen unsere Verbindung zu feiern, zusätzlich zu den bevorstehenden Festtagen. Und unsere Hochzeitsreise war eine ganze Woche Skifahren auf frisch zugeschneiten, weitläufigen Pisten. Wir wussten, dass alle anderen Urlauber und ihre Kinder erst nach Weihnachten kommen würden.

Die Kehrseite einer Hochzeit zu dieser Jahreszeit ist, dass unser Hochzeitstag jetzt oft in dem ganzen Rummel untergeht, den die Vorbereitungen für ein Weihnachtsfest mit Kindern mit sich bringen. Außerdem ist es für mich die Zeit der Jahresabschluss-Leistungsbeurteilungen, was bedeutet, dass ich noch mehr Stress und Arbeit um die Ohren habe als sonst. Daher waren unsere Hochzeitstage in den letzten Jahren nicht unbedingt Großereignisse.

Wir schieben unsere lückenhaften Erinnerungen beiseite und reden über die Kinder. Dann erzähle ich ein bisschen etwas von meiner ambulanten Therapie und vermeide es sorgfältig, über Berkley oder meine Mutter zu sprechen. Währenddessen sieht Bob alle paar Sekunden auf sein Telefon, das in Sichtweite vor ihm auf dem Tisch liegt – still, aber darum flehend, berührt zu werden. Er blickt gequält, wie ein Alkoholiker auf Entzug, der auf seinen Lieblingsmartini starrt. Ich will eben schon vorschlagen, dass er entweder noch einmal nachsehen oder es einstecken soll, als unser Essen kommt.

Ich habe das gegrillte Rinderfilet mit Meerrettich-Kartoffelpüree und geröstetem Spargel bestellt und Bob die Nantucket-Kammmuscheln mit Flaschenkürbis-Risotto. Alles sieht köstlich aus und duftet wundervoll. Ich bin am Verhungern und im Begriff zuzulangen, als ich auf einmal verwirrt und verlegen begreife, dass ich bei meiner Essenswahl nicht mitgedacht habe.

»Schatz, ich kann das nicht essen«, sage ich.

»Was denn, stimmt etwas nicht damit?«

»Nein, mit mir stimmt etwas nicht.«

Er sieht zwischen mir und meinem nicht angerührten Essen hin und her, während er mit demselben analytischen Denken, mit dem er jedes wichtige Problem auf der Arbeit angeht, versucht zu ergründen, wovon ich rede – ohne es zu verstehen. Und dann versteht er es.

»Ah. Warte, lass uns kurz tauschen«, bietet er an.

Er vertauscht unsere beiden Teller, und ich esse ein paar seiner Muscheln und etwas von seinem Risotto, während er mein Fleisch klein schneidet. Ich komme mir wie eine Idiotin vor, während ich zusehe, wie er mein ganzes Filet in ordentliche, mundgerechte Happen zerteilt, als wäre ich ein unfähiges Kind. Das junge Paar neben uns bricht wieder in Gelächter aus. Ich werfe einen Blick über die Schulter, mustere sie unauffällig, und mein verunsichertes Ego geht davon aus, dass sie über mich lachen: eine siebenunddreißigjährige Frau, die ihr Fleisch nicht selbst klein schneiden kann. Die junge Frau lacht noch immer, wischt sich die Tränen aus den Augen, und der junge Mann grinst, während er sein Glas Champagner erhebt. Ich habe keine Ahnung, was so witzig war, aber ich war es eindeutig nicht. Die beiden sind so ineinander vertieft, dass ihnen vermutlich gar nicht aufgefallen ist, dass Bob und ich hier sind. Ich muss mich zusammenreißen.

»So, bitte sehr«, sagt Bob und tauscht unsere Teller noch einmal.

»Danke.« Ich komme mir noch immer ein bisschen dämlich vor.

Ich spieße ein Stück meines vorgeschnittenen Rinderfilets auf und stecke es mir in den Mund. Bob tut dasselbe mit einer Muschel.

»Wie schmeckt's?«, fragt Bob.

»Himmlisch.«

Wir essen auf, sind zu satt für ein Dessert und warten auf die Rechnung. Mein Glas Wein war, wie sich herausstellt, doch keine so gute Idee, nicht weil ich beschwipst bin (das bin ich tatsächlich ein bisschen), sondern weil ich jetzt auf die Toilette muss und es unmöglich noch aushalten kann, bis wir zu Hause sind. Aber ich will wirklich keine öffentliche Toilette benutzen. Ich versuche es mir aus dem Kopf zu schlagen und an etwas anderes zu denken. *Ich will wirklich bald nach Vermont fahren. Ich will wirklich bald wieder arbeiten. Ich will wirklich nach Hause fahren und auf die Toilette gehen.* Es nützt nichts. Ich werde es nicht vier Blocks weit und dann noch die ganze Autofahrt lang aushalten. Wenn ich dachte, der Anblick einer siebenunddreißigjährigen Frau, die sich von ihrem Mann das Fleisch klein schneiden lassen muss, sei peinlich, dann will ich mir den Anblick einer siebenunddreißigjährigen Frau, die sich mitten im Pisces in die Hose macht, lieber gar nicht erst vorstellen. Dann würde das junge Paar neben uns wirklich lauthals losprusten.

»Bob? Ich muss auf die Toilette.«

»Äh, okay. Dann bringen wir dich dahin.«

Ich könnte schwören, das junge Paar bemerkt uns noch immer nicht, als wir uns an ihm vorbeischlängeln, durch das Labyrinth von Tischen, durch einen schmalen Durchgang, wo wir einer Bedienung mit einem Tablett voller Essen und einer Miene kaum verhohlenen ungeduldigen Ärgers in die Quere kommen, und weiter in einen leeren Korridor. Stock. Schritt. Nachziehen. Atmen. Halten.

Vor der Tür zur Damentoilette bleiben wir stehen.

»Schaffst du's ab hier allein?«, fragt Bob.

»Kommst du nicht mit rein?«

»Auf die Damentoilette? Das kann ich nicht machen.«

»Klar kannst du das. Niemand wird darauf achten.«

»Na schön, dann gehen wir auf die Herrentoilette.«

»Nein, schon gut. Aber was, wenn ich dich da drinnen brauche?«

»Dann rufst du mich.«

»Und du wirst kommen, wenn ich dich rufe?«

»Ich werde kommen, wenn du mich rufst.«

»Und du wartest genau hier vor der Tür?«

»Ich warte genau hier.«

»Okay. Los geht's.«

Bob hält mir die Tür auf, und ich gehe zögernd hinein. Die Waschbecken sind vor mir und auf der rechten Seite, was heißt, dass die Kabinen irgendwo links von mir sein müssen. Natürlich. *Sieh nach links, such links, geh nach links.* Ich finde die Kabinen. Es gibt drei normale Kabinen und eine Behindertenkabine. Die Behindertenkabine ist groß, mit reichlich Platz, um hineinzukommen und sich umzudrehen, und sie wäre die Kabine, in die mich jeder meiner Therapeuten schicken würde. Aber sie ist auch die hinterste, und ich muss wirklich dringend pinkeln. Und ich bin nicht behindert.

Ich schaffe es zu der vordersten Kabine und drücke die Tür auf, indem ich mit meinem Gehstock einen Schritt nach vorn mache. Sie schwingt auf, und dann schwingt sie wieder zurück, sodass sie gegen meinen Gehstock knallt. Langsam gehe ich weiter vor, bis ich mich nicht mehr bewegen kann, und stehe jetzt genau vor der Toilette. Zum ersten Mal in meinem Leben wünschte ich, ich wäre ein Mann.

Aber ich bin kein Mann, und daher beginnt jetzt der mühsame Versuch, mich umzudrehen und zu setzen. Das ist immer der Augenblick, wo die Haltestangen in Baldwin – und die, die jetzt in unseren Badezimmern zu Hause angebracht sind – wie durch Zauber genau an der richtigen Stelle aufzutauchen scheinen, genau dort, wo ich mich an ihnen festklammern muss, als hinge mein Leben davon ab. Auf einer öffentlichen Toilette gibt es keine so großzügig angebrachten Haltegriffe. Die Tür hat keinen Türknauf, sondern nur einen wackeligen Metallriegel, und der Toilettenpapierspender ist jetzt irgendwo links von mir und daher für mich völlig unbrauchbar.

Nach etlichem Herumscheppern, Knurren und Vor-mich-hin-Murmeln schaffe ich es schließlich, mich umzudrehen und meinen Schlüpfer und meine Strumpfhose herunterzuziehen. Ich höre, wie in der Kabine neben mir Toilettenpapier abgerollt wird. Na toll. Ich bin sicher, wer immer dort drinnen sein mag, kann sich nicht vorstellen, was ich hier tue. *Vergiss sie. Du hast es fast geschafft.* Ich entscheide, dass ich den Toilettensitz am besten erreiche, indem ich mit der Hand langsam und vorsichtig an meinem Gehstock nach unten gleite – wie ein Feuerwehrmann an einer Stange –, bis ich lande. Wie durch ein Wunder schaffe ich es genau auf den Sitz.

Als ich fertig bin, begreife ich zu meinem absoluten Entsetzen, dass ich feststecke. Ich muss bei der Landung meinen Gehstock umgestoßen haben, denn jetzt lehnt er an der Kabinentür, außer Reichweite. Ich versuche mir vorzustellen, wie ich ohne ihn aufstehe – und ohne Haltestange, ohne eine gemäßigte Oberkörper-Assistenz durch einen hoch qualifizierten Therapeuten, ohne Bob –, aber dabei sehe ich mich entweder mit dem Kopf voran gegen die metallene Kabinentür knallen oder rückwärts in die Schüssel fallen.

»Bob?«, brülle ich.

»Äh, nein, hier ist Paula«, meldet sich die Frau in der Kabine neben mir.

Paula drückt die Spülung.

»Booooob?!«

Ich höre, wie Paulas Kabinentür aufgeht und ihre Schritte sich Richtung Waschbecken bewegen.

»Hi, wie geht's? Hübsches Kleid«, höre ich Bob.

»Äh, ich, äh«, stottert Paula.

»Entschuldigung, es ist unser Hochzeitstag, und wir halten es nicht aus, voneinander getrennt zu sein«, sagt er.

Ich lache und höre Paulas Schuhe aus der Toilette huschen. Die Kabinentür schwingt sanft auf und stößt meinen Stock in meine Richtung um. Ich fange ihn auf. Und da steht Bob und grinst mich an.

»Hast du mich gerufen?«

»Kannst du mir hier bitte heraushelfen?«

»Fertig?«

Er zieht mich an den Achseln nach oben und zerrt mich aus der Kabine.

»Du hättest das Gesicht dieser Frau sehen sollen«, sagt er.

Wir lachen beide schallend auf.

»Sie konnte gar nicht schnell genug von hier wegkommen«, sage ich.

Wir lachen beide noch ein bisschen lauter.

Die Tür zur Damentoilette geht auf. Die junge Frau vom Tisch neben uns kommt herein. Sie wirft einen Blick auf Bob, der mich unter den Achseln hält, sieht auf meine Füße, stöhnt auf, dreht sich auf dem Absatz um und stürzt wieder hinaus.

Bob und ich sehen an mir herunter. Mein Schlüpfer und meine Strumpfhose liegen zerknautscht um meine Knöchel. Wir verlieren beide die Beherrschung. Ich habe schon lange nicht mehr so hemmungslos in Bobs Armen gelacht.

»Na ja, Schatz, ich glaube, diesen Hochzeitstag werden wir nie vergessen«, meint Bob.

Nein, ich glaube nicht, dass wir das je tun werden.

DREIUNDZWANZIGSTES KAPITEL

»Komm schon«, sagt Bob.

Er trägt seine blaue North-Face-Skijacke, Skihose, seine reflektierende Sonnenbrille an einer schwarzen Kordel um den Hals und dazu seinen allerbesten, fröhlichen Optimismus. Er hält meine neuen Skier, die K2 Burnin' Luvs. Sie sind glänzend und elegant, mit einem Wirbeldesign in rostigem Orange auf noch nie benutztem Weiß, mein großes Weihnachtsgeschenk von Bob. Sie sind umwerfend, und normalerweise würde ich beim Anblick brandneuer Skier jubeln und mir vorstellen, wie toll sie reagieren werden. Ich könnte es kaum erwarten, am nächsten Morgen so früh wie möglich auf die Piste zu kommen. Aber jetzt verspüre ich nur Druck.

»Ich bin noch nicht so weit«, sage ich.

Es ist drei Tage nach Weihnachten, und wir sind in Vermont. Linus hält ein Nickerchen, und Charlie und Lucy sind im Windfang und ziehen sich für den Skiunterricht an. Ich sitze noch immer im Pyjama an unserem Esstisch, die *New York Times* vom letzten Sonntag ausgebreitet vor mir. Bob ist übers Wochenende hier, und meine Mutter, die Kinder und ich bleiben die ganze Woche, in der Schulferien sind. Bob ist nicht allzu begeistert davon, mich eine ganze Woche ohne ihn hier oben zu lassen, noch dazu in einem Haus, das nicht professionell sarahgesichert wurde, aber ich habe ihn davon überzeugt, dass eine Woche in Vermont mir guttun würde. Eine Woche in Vermont tut mir immer gut.

»Es war deine Idee«, erinnert mich Bob.

»Ich habe nie gesagt, dass ich Ski fahren will«, sage ich.

»Warum sind wir denn dann hier, wenn du nicht Ski fahren willst?«, fragt er.

»Mir gefällt es hier.«

»Komm schon, ich finde, du solltest es versuchen«, meint Bob.

»Wie soll ich denn Ski fahren? Ich kann ja nicht mal laufen.«

»Vielleicht ist es leichter als zu laufen.«

»Wie soll das denn möglich sein?«

»Ich weiß nicht, vielleicht solltest du, um deine linke Seite wiederzufinden, nicht Bälle von einem Tablett hochheben. Vielleicht solltest du wieder anfangen, die Dinge zu tun, die dir Spaß machen.«

Vielleicht. Vielleicht würde das Skifahren diesen schlummernden Teil meines Gehirns wecken, der offenbar nicht im Geringsten dafür zu begeistern ist, rote Bälle aufzuheben. Vielleicht könnte ich einfach auf meinen neuen K2s den Mount Cortland hinunterwedeln, und meine linken und rechten Gliedmaßen würden ganz natürlich zusammenarbeiten und mich sicher ins Tal bringen. Aber vielleicht – und das ist eher anzunehmen – würde ich auch stürzen und mir ein Bein brechen oder einen Bänderriss im Knie zuziehen. Oder ich würde von der Piste abkommen und gegen einen Baum krachen. Meine Therapie mit den roten Bällen ist vielleicht nicht die Wunderwaffe für meine Heilung, aber immerhin birgt sie nicht das Risiko, dass ich in einem Rollstuhl enden und noch abhängiger von meiner Mutter werden könnte, als ich es ohnehin schon bin.

»Was ist denn das Schlimmste, was passieren kann?«, fragt Bob.

Zwei gebrochene Beine. Noch eine Gehirnverletzung. Tod. Bob sollte wissen, dass er nicht ausgerechnet mir eine so krasse Frage stellen sollte, in der so viel drohendes Unheil anklingt.

Ich lege den Kopf schief und ziehe die Augenbrauen hoch. Bob sieht, dass er die falsche Taktik angewendet hat.

»Man kann nur herausfinden, ob man das Pferd wieder reiten kann, indem man sich noch einmal in den Sattel schwingt«, sagt Bob.

Ein lahmes Cowboy-Klischee. Ich schüttele den Kopf und seufze.

»Komm schon. Versuch's wenigstens. Wir können es ganz langsam angehen. Wir werden mit den Kindern auf der Anfängerpiste bleiben. Ich werde dich festhalten und die ganze Zeit bei dir sein.«

»Bob, sie ist noch nicht bereit zum Skifahren. Sie könnte sich ein Bein brechen«, meldet sich meine Mutter.

Sie steht hinter mir in der Küche und räumt das Frühstücksgeschirr weg. Sie hat Buttermilchpfannkuchen und Würstchen gemacht. Es ist ein seltsames Gefühl, meine Mutter hierzuhaben und zu sehen, wie sie das Frühstück für meine Familie macht. Und es ist ein seltsames Gefühl zu hören, wie sie mich in Schutz nimmt, einer Meinung mit mir ist. Aber ich muss zugeben, ihre Pfannkuchen sind köstlich, und die von ihr geäußerte Besorgnis liefert mir die bestmögliche Ausrede, um im Pyjama zu Hause zu bleiben. *Es tut mir leid, meine Mutter sagt, ich kann nicht fahren.*

»Du wirst dir nichts brechen. Ich verspreche dir, ich werde bei dir bleiben«, sagt Bob.

»Es ist noch zu früh. Du machst zu viel Druck«, entgegne ich.

»Du brauchst hier ein bisschen Druck. Komm schon, ich glaube, es wird dir guttun.«

Das Skifahren würde mir guttun. Aber selbst wenn ich die Möglichkeit, zu sterben oder mich ernsthaft zu verletzen, ausschließe, kann ich mich trotzdem nur als einen ständig verhedderten Knoten aus Skiern und Beinen sehen. Ich sehe, wie meine Skibindungen bei jedem peinlichen Sturz aufspringen werden, wie unmöglich es mir sein wird, an einem rutschigen

Abhang mit dem linken Fuß das Gleichgewicht zu halten, während ich versuche, mit dem rechten Stiefel wieder in die Bindung zu kommen. Dazu kommt der ebenso unerträgliche Gedanke, mit dem rechten Fuß das Gleichgewicht zu halten, während ich versuche, einen kaum reagierenden linken Fuß mit den Zehen voran in die Bindung meines linken Skis zu locken. Nicht eine Sekunde von alldem hört sich für mich nach Spaß an. Und als Skifahren kann man es auch kaum bezeichnen.

»Ich will nicht.«

»Du weißt aber schon, dass du es warst, die gesagt hat, sie will dieses Jahr Ski fahren«, erinnert mich Bob.

»Diesen *Winter*«, berichtige ich ihn. »Das stimmt. Das werde ich auch. Aber nicht heute.«

Er starrt mich an, die Hände in die Hüften gestemmt, und denkt nach.

»Okay, aber du kannst dich nicht ewig im Haus verkriechen«, sagt er mit einem Seitenblick auf meine Mutter. »Du musst wieder mit den ganzen Dingen anfangen, die du früher gemacht hast – deinem Job, dem Skifahren. Wir werden dich noch in diesem Winter auf diesen Berg bringen, Sarah.«

»Okay.« Ich weiß, dass er es nur gut meint, aber ich fühle mich trotzdem eher bedroht als ermutigt.

Bob lehnt meine neuen Skier gegen den Küchentisch mir gegenüber. Vermutlich, damit ich sie sehen und darüber nachdenken kann, was ich verpasse – als Konsequenz meiner Entscheidung. Ich küsse Bob und die Kinder zum Abschied, wünsche ihnen viel Spaß und alles Gute und höre, wie sie mit ihren Nylon-Skianzügen rascheln und mit ihren schweren Stiefeln zur Tür hinausstapfen.

Dann höre ich den Wagen wegfahren, seufze und stelle mich auf einen schönen, stillen Vormittag mit Lesen ein. Ich suche die Stelle, an der ich meine Zeitungslektüre unterbrochen habe. Ich lese ein paar Worte und sehe über den Tisch zu meinen glänzenden neuen Skiern hinüber. *Hört auf, mich anzu-*

starren. Wir fahren heute nicht Ski. Ich lese noch ein paar Worte. Meine Mutter scheppert in der Spüle mit Tellern und Töpfen. So kann ich mich nicht konzentrieren. Ich brauche einen Kaffee.

Ich habe Bob zu Weihnachten eine neue Kaffeemaschine geschenkt, die Impressa S9 One Touch, die allerbeste, modernste Maschine für Cappuccino, Café Mocha Latte, Latte Macchiato. Sie war sündhaft teuer, daher war es kein sehr kluger Kauf in Anbetracht unserer gegenwärtigen finanziellen Lage, aber ich konnte einfach nicht widerstehen. Wenn man auf einen einzigen Knopf auf ihrer polierten Oberfläche aus rostfreiem Stahl drückt, mahlt sie Bohnen, schäumt Milch auf und brüht Kaffee in genau der gewünschten Temperatur, Menge und Stärke. Sie ist selbstreinigend und rühmt sich, die leiseste Kaffeemaschine zu sein, die es im Moment gibt, und sie sieht einfach so schön aus auf unserem Küchentresen. Sie ist wie ein perfektes Kind – gepflegt und gut erzogen, tut genau das, was wir wollen, erledigt ihre Aufgaben, ohne dass man es ihr auch nur sagen muss, und bereitet uns nichts als Freude.

Bob und ich haben gestern bis zum Umfallen Kaffee getrunken. Ich muss mindestens ein Dutzend Mal gepinkelt haben – einschließlich der drei Male, die wir auf dem Weg nach Cortland anhalten mussten (Bob war drauf und dran, mir Windeln anzulegen) –, und dann lag ich hellwach im Bett, während das Koffein noch immer in meinen Adern verrücktspielte, außerstande, meine umherschwirrenden Gedanken anzuhalten, Stunden nachdem ich längst hätte schlafen sollen. Aber das war es wert.

Da wir beide den Gedanken nicht ertragen konnten, das Wochenende getrennt von unserem neuen Baby zu verbringen, haben wir die Impressa mit nach Vermont genommen. Aber leider haben wir irgendwie vergessen, Kaffeebohnen einzupacken, und das nächste Lebensmittelgeschäft hier oben, in dem es einen Kaffee gibt, der es wert ist, mit der Impressa in Kontakt zu kommen, ist in St. Johnsbury, etwa zwanzig Meilen südlich von uns. Sosehr ich mich auch nach einem weiteren perfekten Latte Macchiato sehne – und danach, dieses kräftige, tröstliche Aroma im ganzen Haus zu riechen –, der schnellste Weg zu einer Tasse Kaffee (und der Erlösung von den Koffeinentzugskopfschmerzen, die in meinen Schläfen die Schrauben andrehen) führt heute Morgen zum B&C's-Café.

»Mom?«, rufe ich über die rechte Schulter in die Küche hinter mir, wo sie das Geschirr abspült. »Könntest du kurz zum B&C's fahren und mir einen großen fettfreien Latte besorgen?«

Sie ist gestern Abend in ihrem VW hinter uns hergefahren, damit wir hier einen Wagen haben, während Bob unter der Woche fort ist.

»Ist das im Dorf?«

»Ja.«

Alles ist im Dorf. In Cortland gibt es nur eine einzige Ampel, und die wenigen Landstraßen führen alle entweder zum Dorf, zum Berg oder zum Highway. Und das Dorf selbst ist nicht mehr als ein kurzes Stück Main Street mit einer Handvoll überwiegend altmodischer Tante-Emma-Läden links und rechts, in denen Quiltdecken, Cheddarkäse, Fudge und Ahornsirup verkauft werden. Außerdem gibt es im Dorf ein Sportartikelgeschäft, die einzige Tankstelle, eine Kirche, eine Bücherei, das Rathaus, eine Handvoll Restaurants, eine Kunstgalerie und das B&C's. Meine Mutter ist noch keine vierundzwanzig Stunden hier, und schon scheint sie mit den Örtlichkeiten bestens vertraut zu sein, selbst ohne Bobs Navigationsgerät. Ein Fünfjähriger könnte sich hier zurechtfinden. Verdammt, selbst eine Siebenunddreißigjährige mit einem linksseitigen Neglect könnte es vermutlich ohne Zwischenfall ins Dorf und wieder zurück schaffen.

»Kommst du ohne mich hier zurecht?«, fragt sie.

»Na klar. Es ist ja nur für ein paar Minuten.«

Sie ist nicht überzeugt.

»Ich lese die Zeitung. Linus schläft. Kein Problem.«

»Okay«, willigt sie ein. »Ich bin gleich wieder da.«

Ich höre die Tür hinter ihr zufallen und dann ihren Wagen wegfahren. Ich lächle. In ein paar Minuten werde ich eine dampfende, heiße Tasse Kaffee haben. Und etwa zur selben Zeit werden Charlie und Lucy vermutlich ihren Ganztags-Skiunterricht beginnen, und Bob wird mit dem Sessellift zum Gipfel hochfahren. Ich wundere mich, dass ich mich nicht ausgeschlossen fühle oder auch nur ein winziges bisschen neidisch bin. Der Blick vom Gipfel des Mount Cortland auf die schneebedeckten Baumwipfel, die majestätischen Green Mountains, die Gletscherseen und das sanft geschwungene Tal darunter ist atemberaubend. In das weiche Licht des frühen Morgens getaucht, wirkt vom Gipfel aus die ganze Welt leise, friedlich und still. Herrlich. Ich werde dorthin kommen. Ganz bestimmt.

In der Zwischenzeit, während Linus schläft und alle anderen weggefahren sind, ist es auch hier unten leise, friedlich und still. Ich sehe durch die Glasschiebetür, die auf den Garten hinausgeht – drei Acre weitläufige Wiesenfläche, die an ein bewaldetes Naturschutzgebiet grenzt. Ein Zickzackmuster von Tierspuren, vermutlich von Hirschen, durchzieht die ansonsten unberührte glatte Schneedecke. Es gibt keinen Lattenzaun, der Wildtiere fernhält, unsere Kinder einpfercht oder die Panoramasicht behindert. Das nächste Nachbarhaus kann man nur sehen, wenn man vor der Tür steht, und auch dann nur, wenn die Blätter aller Ahornbäume abgefallen sind. Das Leben hier ist privat, ruhig und hat Platz. Herrlich.

Seit sechs Tagen lese ich dieselbe Zeitung. Inzwischen bin ich beim Sonntags-Wirtschaftsteil angelangt. Dem letzten Teil. Halleluja. Ehrlich gesagt habe ich nicht jedes Wort in jedem anderen Teil gelesen. Aber ich habe den Großteil der Titelberichte gelesen. Das hat den ganzen Sonntag und fast den ganzen Montag gedauert. Diese Artikel sind anspruchsvoll und anstrengend und handeln im Allgemeinen von Armut, Korruption, Ruin und politischen Schuldzuweisungen auf nationaler und internationaler Ebene. Ich fühle mich informiert, nachdem ich diese Seiten gelesen habe, aber nicht unbedingt besser wegen des Aufwands.

Den Sportteil habe ich ganz ausgelassen. Ich interessiere mich einfach nicht für die NFL, NHL, NBA und wie sie alle heißen. Das habe ich noch nie getan. Ich habe den Sportteil noch nie gelesen, und ich werde auch jetzt nicht damit anfangen, nur um irgendein Typ-A-Bedürfnis zu befriedigen und mir zu beweisen, dass ich die *ganze* Sonntagszeitung lesen kann. Ausgelassen habe ich außerdem die Buchbesprechungen (da die Zeitung auch so schon anspruchsvoll genug ist) und die Modeseiten (da ich zu Hosen mit elastischem Bund und Slippern verdonnert worden bin). Das Vor-dem-Unfall-Ich schüttelt missbilligend den Kopf, droht mir mit dem Zeigefinger und nennt mich einen Drückeberger. Aber das Nach-dem-Unfall-Ich befiehlt ihm in einem entschiedenen Tonfall, der keinen Widerspruch duldet, locker zu bleiben und den Mund zu halten. Das Leben ist vielleicht nicht zu kurz, um die ganze Sonntagsausgabe der *New York Times* zu lesen, aber die Woche ist es mit Sicherheit. Zumindest für mich. Auslassen, auslassen, auslassen!

Der Wirtschaftsteil ist mit Abstand mein Lieblingsteil, und das nicht nur, weil er der letzte ist. Da Berkley-Berater jede Branche in so ziemlich jeder Industrienation bedienen, sind fast alle Berichte in diesem Teil in irgendeiner Weise relevant für einen ehemaligen, aktuellen oder künftigen Berkley-Fall. Fast jeder Artikel ist eine verlockende Kostprobe der saftigen, gepfefferten, bittersüßen Unternehmenswelt, in der ich früher zu Hause war und die ich so liebte. Die Wall Street, der Handel mit China, die Autoindustrie, große Pharmakonzerne, Brennstoffzellen-Technologie, Marktanteile, Fusionen und Übernahmen, Gewinne und Verluste, Börsengänge – im Wirtschaftsteil fühle ich mich zu Hause.

Und vermutlich, weil ich den Inhalt liebe, fällt es mir am leichtesten, diesen Teil zu lesen. Hm. Ich sehe hoch zu meinen glänzenden neuen Skiern. Vielleicht ist an Bobs Theorie über das Skifahren als Therapie doch etwas dran – dass ich vielleicht leichter gesund werden und wieder normal funktionieren werde, wenn ich mich in etwas stürze, was mich begeistert, anstatt pflichtschuldig irgendeiner bedeutungslosen, emotional leeren Aufgabe nachzugehen.

»Ich weiß, ihr könnt es kaum noch erwarten, endlich zu fahren, aber ich brauche noch ein bisschen Zeit«, sage ich zu meinen Skiern. Ich könnte schwören, sie sehen enttäuscht aus.

Mir ist aufgefallen, dass ich inzwischen jedes Wort auf der Seite lesen kann, und diese aufregende Entwicklung ist nicht auf den Wirtschaftsteil beschränkt. Neben dem roten, senkrechten Lesezeichen für den linken Rand, das ich aus Baldwin mit nach Hause genommen habe, benutze ich jetzt noch ein zweites Lesezeichen – ein normales weißes Papplesezeichen aus der Buchhandlung in Welmont –, das ich waagerecht unter jede Textzeile lege, die ich lese. Wenn ich zum Ende der Zeile komme, gehe ich nach links über die Wörter, die ich eben gelesen habe, bis ich auf Rot stoße, dann schiebe ich das weiße Lesezeichen ein Stück hinunter und beginne, die nächste Zeile zu lesen. Ich komme mir vor wie das Typenrad einer Schreibmaschine, wenn ich das tue, und in meinem Kopf ertönt sogar jedes Mal das *Doing!*, wenn ich zurück nach links und dann nach unten gehe.

Ohne das waagerechte Lesezeichen habe ich mich oft hoffnungslos auf der Seite verloren, während ich versuchte, zurück zum linken Rand zu kommen. Ich habe es bis zu dem roten Lesezeichen geschafft, aber wie bei einem schlechten Schwimmer, der versucht, auf einer geraden Bahn durch eine starke Meeresströmung zu schwimmen, wurde meine Konzentration dabei jedes Mal nach oben oder unten abgelenkt, manchmal ganze Absätze weit weg von den Worten, die ich eben gelesen hatte. Und ich wusste immer, dass ich irgendwo weit ober- oder unterhalb meines angepeilten Ziels war, weil der Satz, den ich las, auf einmal zu völlig unverständlichem Unsinn wurde. Das zusätzliche Lesezeichen hält mich auf der Linie. Interessanterweise kam die Idee mit diesem zweiten Lesezeichen weder von Martha noch von Heidi oder Bob oder irgendeinem meiner ambulanten Therapeuten. Sie kam von Charlie. So liest er. Und jetzt lesen wir beide so.

Dank dieser Technik würde ich meine Lesegenauigkeit und daher auch mein Verständnis wieder als normal betrachten. Was eine unglaublich tolle Neuigkeit ist. So unglaublich toll sogar, dass ich Luftsprünge machen (im übertragenen Sinn natürlich) und Richard anrufen sollte, um ihm Bescheid zu geben, dass ich wieder gesund und bereit bin, zur Arbeit zurückzukommen. Aber ich habe noch niemandem von meiner unglaublich tollen Neuigkeit erzählt, nicht einmal Bob.

Ich verstehe den Grund für meine eigene untypische Geheimnistuerei gar nicht. Ich glaube, es ist, weil ich weiß, dass ich noch immer nicht bereit bin. Meine Lesegeschwindigkeit ist noch immer viel, viel langsamer, als sie einmal war. Und wo ich einen Text früher nur überflogen habe, traue ich mich das heute nicht. Ich lese jedes einzelne Wort, was zwar gut für die Genauigkeit ist, aber tödlich für die Effizienz. Lesen, nach links gehen, *doing,* nach unten, lesen. Es klappt, aber es ist ein langwieriger Prozess, und in dem Tempo würde ich die tägliche Flut von E-Mails und Papierkram bei Berkley niemals bewältigen können. Mein Job hat ohnehin schon siebzig bis achtzig Wochenstunden, ohne Pausen. Da ist kein Platz, um einen Gang zurückzuschalten. Daher wäre es verfrüht, meine Rückkehr anzukündigen – und klüger, den Mund zu halten.

Aber der eigentliche Grund, warum ich zögere, der Welt meine neu gewonnene Lesefähigkeit zu verkünden, hat – so scheint es mir – nichts mit verantwortungsbewusster Vorsicht oder der Befürchtung, dass ich möglicherweise das nötige Tempo niemals wieder aufnehmen kann, zu tun. Und es ist mit Sicherheit nicht so, dass ich einfach bescheiden wäre oder gern etwas für mich behalten würde. Ehrlich gesagt prahle ich im Allgemeinen so schamlos mit meinen Erfolgen, dass es fast schon unerträglich ist – vor allem vor Bob, der immer stolz ist, wenn er so etwas hört. Aber im Moment will ich noch niemandem etwas davon sagen, und bis ich es tue, werde ich auf meinen Instinkt hören und meine unglaublich tolle Neuigkeit für mich behalten.

Ich lese den Wirtschaftsteil zu Ende und blättere die letzte Seite der Zeitung um. Fertig! *Na ja, bis auf den Sportteil und die Modeseiten und die Buchbesprechungen.* Pst! *Wohl kaum ein Grund zu feiern.* Pst! *Du hast sieben Tage dafür gebraucht! Du solltest das an einem einzigen Vormittag lesen können.* Pst, pst, pst! Ich verscheuche das Vor-dem-Unfall-Ich aus meinen Gedanken und bestehe stattdessen darauf, mich im Glanz dieses Augenblicks zu sonnen. Ich bin in Vermont, die Sonne scheint, das Haus ist still, und ich habe die Sonntagsausgabe der *New York Times* zu Ende gelesen. Ich lächle meine Skier an, will die Freude über meine Leistung mit jemandem teilen. Und ich könnte schwören, sie lächeln zurück. Das Einzige, was in diesem Augenblick noch fehlt, ist ein heißer Kaffee. Wo bleibt meine Mutter? Sie sollte inzwischen zurück sein.

Außerstande, noch eine Minute länger auf mein Koffein zu warten, und beflügelt von meiner neu gewonnenen Selbstsicherheit nach der erfolgreichen Lektüre, beschließe ich, zum Kühlschrank zu gehen, um mir eine Cola light zu holen. Wenn Bob der Meinung ist, dass ich so weit bin, eine Piste mit sechshundert Metern Höhenunterschied auf Skiern hinunterzufahren, dann werde ich doch wohl in der Lage sein, ein paar ebenerdige Meter in die Küche zu laufen, oder? Ich schnappe mir meinen Gehstock, und wir beide humpeln die paar Schritte vom Esstisch hinüber zum Kühlschrank. Ich finde den Türgriff, obwohl er auf der linken Seite und nicht einmal mit leuchtend buntem Klebeband umwickelt ist. So weit, so gut. Ich lasse den Gehstock los und stürze mich auf den Griff. Geschafft. Dann ziehe ich die Tür auf, aber ich stehe genau vor dem Kühlschrank, sodass es mir nur gelingt, die Tür gegen mich selbst zu knallen. Ich drücke sie wieder zu. Zuerst muss ich ihr aus dem Weg gehen. Nach links. Den Türgriff als Haltestange nutzend, schlurfe ich so weit zur Seite, dass die Tür ausreichend Platz hat, und ziehe noch einmal an ihr.

Aber es besteht ein entscheidender Unterschied zwischen Haltestangen in einem Krankenhaus und Kühlschrankgriffen: Haltestangen bewegen sich nicht. Ich kann mich dagegenlehnen, taumeln, mit meinem ganzen Gewicht an ihr zerren und ziehen, und diese Haltestange wird trotzdem – genau wie Bob bei den meisten Auseinandersetzungen – keinen Zentimeter nachgeben. Nicht so ein Kühlschrankgriff, sobald die Tür offen ist. Mir ist klar, dass das eine offensichtliche Tatsache ist, aber es ist eine, auf die ich mich nie zuvor physisch verlassen musste, daher war mir ihre Bedeutung nicht bewusst, bevor ich an der Tür zog.

Als die Tür aufschwingt, reißt sie meinen Arm und meinen Körper mit, und ich verliere in der Hüfte unerwartet das Gleichgewicht, bin aber mit beiden Füßen noch immer fest auf dem Boden, während jeder Muskel meines ausgestreckten Arms von der Anstrengung bebt, mich in dieser misslichen Pose zu halten. Ich starre auf den Boden und klammere mich an den Griff, als hinge mein Leben davon ab, während ich meine ganze körperliche und geistige Kraft zusammennehme, um mich wieder hochzustemmen. Doch ich überschätze die Gegenkraft, die dafür erforderlich ist, lehne mich schließlich zu weit nach hinten und knalle die Tür zu. Als ich es noch einmal versuche, passiert genau dasselbe. Ich versuche es immer wieder, torkele nach vorn und taumele nach hinten. Und jedes Mal, wenn ich nach vorn torkele, erhasche ich einen verlockenden Blick auf die silbernen Dosen mit Cola light, die in dem obersten Fach stehen. Dann taumele ich nach hinten, die Tür geht mit einem saugenden Geräusch zu, und sie sind verschwunden.

Schwitzend und keuchend beschließe ich, mir eine kleine Verschnaufpause zu gönnen. Trotz der Ernsthaftigkeit, mit der ich mein Verlangen zu stillen versuche, entfährt mir ein amüsiertes Kichern. Mein Gott, das alles wegen einer Dose Cola. Okay, Sarah, weiter geht's. Es muss einen Weg geben.

Diesmal wage ich, während ich an der Tür ziehe, rasch einen Schritt nach vorn und ziehe den anderen Fuß nach. Das verhindert, dass ich anfange zu torkeln, aber jetzt stecke ich zwischen der Tür, an der ich mich noch immer festhalte, und den Fächern des Kühlschranks. Nicht ideal, aber ein Fortschritt. Ich stehe fünf Dosen Cola light Auge in Auge gegenüber.

Aufgrund meiner Position bin ich mir nicht sicher, ob ich den Türgriff mit der rechten Hand loslassen kann, ohne auf den Boden zu knallen. Und da sonst niemand zu Hause ist, will ich das Risiko nicht eingehen. Daher muss ich entweder meine linke Hand benutzen oder mich geschlagen geben. Die Kanten der Einlegeböden sind eiskalt und bohren sich auf meiner linken Seite in Schulter, Ellenbogen und Handgelenk, was zwar unangenehm ist, aber auch ein Glück, denn durch die sensorische Stimulation werde ich mir der Existenz meines linken Arms und meiner linken Hand bewusst. Doch als ich an meine kalte linke Hand die Botschaft sende: *Liebe linke Hand, bitte greif nach oben und schnapp dir eine Cola light,* rührt sie sich nicht vom Fleck. Sie hängt an dem Einlegeboden fest. Ich versuche sie zu befreien, indem ich nicht mehr ganz so fest an dem Türgriff ziehe, aber während ich das tue, komme ich wieder ins Torkeln. Ich verkrampfe mich und werde nach hinten gerissen. Ich überlege, was ich tun könnte, aber mir fällt nichts ein. Ich stecke im Kühlschrank fest. *Na toll. Jetzt sitzt du wirklich in der Patsche.*

Ich starre auf die Dosen mit Cola light, die sich nur wenige Zentimeter vor meiner Nase befinden. So nah und doch so fern. Während ich versuche, einen Plan zu entwickeln, wie ich entweder an eine Cola oder aus dem Kühlschrank komme (oder am besten beides), entdecke ich hinter den Dosen zufällig einen Beutel. Es ist der Beutel mit Kaffeebohnen! Wir haben doch daran gedacht, sie mitzunehmen! Wieso in aller Welt hat Bob sie hier drinnen nicht gesehen?

Das macht mich wirklich rasend. Bob war noch nie besonders gut darin, etwas, was er im Kühlschrank sucht, zu finden. Ein typisches Beispiel (und ich bin immer in einem anderen Zimmer des Hauses, wenn er das tut):

»Sarah, haben wir noch irgendwo Ketchup?«

»Im obersten Fach!«

»Ich sehe es nicht!«

»Neben der Mayonnaise!«

»Ich sehe keine Mayonnaise!«

»Sieh in der Tür nach!«

»Es ist nicht in der Tür!«

»Taste alles ab!«

Irgendwann höre ich den Kühlschrank-Alarm piepsen, der verkündet, dass die Kühlschranktür zu lange offen gelassen wurde, und komme zu dem Schluss, dass es an der Zeit ist, Bob zu retten. Ich gehe zum Kühlschrank, wo er noch immer auf der Suche ist, werfe einen Blick auf das oberste Fach, greife hinein, nehme das Ketchup (das neben der Mayonnaise stand) und gebe es ihm. Es ist, als ob er einen Kühlschrank-Neglect hätte. Nach dem, was er mir heute Morgen zugemutet hat, sollte er selbst zu irgendeiner Art Rehatraining gehen.

Nachdem ich mir die Vorhaltungen und Hänseleien fertig ausgemalt habe, mit denen ich Bob begrüßen werde, wenn er nach Hause kommt, grinse ich, außer mir vor Freude und voller Stolz auf mich. Ich habe den Beutel mit Kaffeebohnen gefunden! Ich werde die Impressa benutzen können! *Ja, aber du bist eine siebenunddreißigjährige Frau, die in einem Kühlschrank feststeckt.* Pst!

Ich habe wieder neue Entschlusskraft. Bei dieser Mission geht es jetzt nicht mehr nur um irgendeine dämliche, eisgekühlte Dose Cola light. Es geht um den Heiligen Gral des Koffeins – einen heißen, frisch gebrühten Latte. *Zeit, dich zu steigern, Sarah. Na los. Du warst auf der Harvard Business School. Lös das Problem.*

Ich beuge den Kopf vor, um die Coladosen umzustoßen, die mir inzwischen egal sind, als wäre mein Kopf eine Bowlingkugel und die Dosen die Kegel. Mit zwei Versuchen habe ich sie alle umgeworfen, eine beachtliche Leistung. Dann recke ich den Hals so weit wie möglich vor und schnappe mir mit den Zähnen das zusammengerollte Ende des Kaffeebeutels. Geschafft!

Jetzt muss ich nur noch wieder hier rauskommen. Ich komme zu dem Schluss, dass ich dafür rückwärtsgehen muss. Das klingt einfach, aber ich bin mir nicht so sicher, ob es das auch wirklich sein wird. Ich bin seit dem Unfall nicht mehr rückwärtsgegangen. Rückwärtsgehen ist vermutlich nichts, was die Beschäftigungs- und Physiotherapeuten in Baldwin als notwendige Fähigkeit ansehen. Bestimmt haben sie sich noch nie vorgestellt, wie einer ihrer Patienten mit einem Beutel Kaffeebohnen zwischen den Zähnen in einem Kühlschrank feststeckt. Ich werde Heidi sagen müssen, dass sie das in ihr Programm mit aufnehmen sollen.

Und los geht's. Ich mache mit dem rechten Fuß einen Schritt nach hinten, aber bevor ich auch nur überlegen kann, was ich als Nächstes tun soll, bringt mich meine Rückwärtsbewegung ins Taumeln. Die Tür schwingt zu schnell auf, und durch die Wucht rutscht meine Hand vom Türgriff. Ich falle nach hinten und schlage mit dem Hinterkopf auf dem Fliesenboden auf.

Ich bin inzwischen schon so oft hingeknallt, dass mich ein solcher Sturz nicht mehr wirklich aus der Fassung bringt. Der Schmerz, die Beulen, die blauen Flecken, die Demütigung – ich habe gelernt, das alles mit hoch erhobenem Kopf (im wörtlichen und übertragenen Sinn) auszuhalten. Das ist alles ein Teil der entzückenden tagtäglichen Erfahrung, einen linksseitigen Neglect zu haben. Daher ist es nicht der Sturz selbst, der mich zum Weinen bringt.

Ich weine, weil ich auf dem Weg nach unten aus Versehen den Mund aufgemacht und den Beutel fallen gelassen habe und weil er, als er auf dem Boden landete, aufgeplatzt ist und meine ganzen kostbaren Kaffeebohnen auf dem Boden verstreut wurden. Ich weine, weil ich nicht einmal ein paar ebenerdige Meter zum Kühlschrank gehen und mir eine Cola light holen kann. Ich weine, weil ich nicht selbst zum B&C's fahren kann. Ich weine, weil ich wünschte, ich wäre mit Bob beim Skifahren. Ich weine, weil ich jetzt ausgestreckt auf dem Boden liegen werde, bis mich jemand rettet.

Während ich mich auf dem Boden in Selbstmitleid ergehe, habe ich ganz vergessen, dass Linus ein Nickerchen hält, und mein erbärmliches Heulen weckt ihn auf. Er heult mit mir.

»Entschuldige, Schatz!«, rufe ich in den ersten Stock hoch. »Weine nicht! Alles ist gut! Oma ist bald zu Hause!«

Aber die Stimme seiner Mutter mit ihren falschen Beschwichtigungen aus einem anderen Stockwerk ist nicht das, was Linus will. Er will seine Mutter. Er will, dass seine Mutter hochkommt und ihn in den Arm nimmt. Und ich kann nicht. Ich weine.

»Oh mein Gott, was ist passiert?«, höre ich die Stimme meiner Mutter.

»Es ist alles gut«, schluchze ich.

»Bist du verletzt?«

Jetzt steht sie über mir, einen Styroporbecher in der Hand.

»Nein. Geh und hol Linus, mit mir ist alles okay.«

»Er kann einen Augenblick warten. Was ist passiert?«

»Ich habe versucht, Kaffee zu holen.«

»Ich habe dir deinen Kaffee geholt. Warum hast du nicht auf mich gewartet?«

»Du hast zu lange gebraucht.«

»Oh, Sarah, du bist immer so ungeduldig«, sagt sie. »Jetzt heben wir dich erst mal wieder auf.«

Sie zieht mich an den Armen so weit nach oben, dass ich sitze, fegt neben mir auf dem Boden eine Stelle von Bohnen frei und setzt sich. Sie reicht mir den Becher mit Kaffee.

»Der ist nicht vom B&C's«, stelle ich fest, als ich sehe, dass der Becher keine Aufschrift trägt.

»Das B&C's ist geschlossen.«

»Samstags?«

»Für immer. Der Laden steht leer, und im Fenster hängt ein ›Zu vermieten‹-Schild.«

»Und woher kommt dieser?«, frage ich.

»Von der Tankstelle.«

Ich nehme einen Schluck. Er schmeckt grauenhaft. Ich beginne wieder zu weinen.

»Ich will mir selbst einen Becher Kaffee holen können«, wimmere ich.

»Ich weiß. Ich weiß, dass du das willst.«

»Ich will nicht so hilflos sein.« Mein Weinen wird noch lauter, als ich mich das Wort *hilflos* sagen höre.

»Du bist nicht hilflos. Du brauchst nur etwas Hilfe. Das ist nicht dasselbe. Komm, lass dir von mir ganz hochhelfen.«

»Warum? Warum hilfst du mir?«

»Weil du Hilfe brauchst.«

»Warum du? Warum jetzt? Warum solltest du mir jetzt helfen wollen?«

Sie nimmt mir den Kaffeebecher aus der Hand und ersetzt ihn durch ihre eigene. Dann drückt sie meine Hand und sieht mir fest in die Augen. Ich entdecke eine Entschlossenheit, die ich bei ihr noch nie gesehen habe.

»Weil ich wieder in deinem Leben sein will. Ich will deine Mutter sein. Es tut mir leid, dass ich nicht für dich da war, als du ein Teenager warst. Ich weiß, dass ich damals keine Mutter für dich war. Aber ich will, dass du mir verzeihst und dir jetzt von mir helfen lässt.«

Völlig ausgeschlossen! Sie hatte ihre Chance, und sie hat dich im Stich gelassen. Was ist denn mit all den Jahren, in denen du sie gebraucht hast? Wo war sie denn da? Sie ist zu egoistisch, zu sehr mit sich selbst beschäftigt. Sie kommt spät. Du kannst ihr nicht trauen. Sie hatte ihre Chance.

Pst!

VIERUNDZWANZIGSTES KAPITEL

»Komm schon«, sage ich, den Mund voller Zahnpasta. »Bleib.«

Bob und ich sind in unserem großen Schlafzimmer. Ich lehne mich gegen das Waschbecken und mache mich fertig fürs Bett. Bob steht hinter mir und macht sich fertig für die Fahrt zurück nach Welmont. Und er überwacht mein Zähneputzen, genau wie er es vor ein paar Minuten bei Charlie und Lucy getan hat.

Bei den Kindern kann man sich nicht darauf verlassen, dass sie sich ohne elterliche Aufsicht die Zähne putzen. Charlie geht ins Bad und vergisst, warum er dort ist. Er malt mit den Badestiften auf die Wände, wickelt die ganze Rolle Toilettenpapier ab, bis das Papier als ein unentwirrbarer Haufen auf dem Boden liegt, oder fängt an, mit seiner Schwester Zweiter Weltkrieg zu spielen. Lucy hingegen vergisst nie, warum sie ins Bad geschickt wurde, aber sie ist durchtrieben. Sie macht ihre Zahnbürste mit Wasser nass, steckt sie zurück in die Halterung und verbringt die nächsten zwanzig Minuten damit, vor dem Spiegel unterschiedliche Grimassen zu üben und Selbstgespräche zu führen. Deshalb können wir die Kinder nicht allein ins Bad schicken und erwarten, dass irgendeine Art von Mundpflege stattfinden wird.

Wir sorgen mit mündlichen Ermahnungen dafür, dass sie bei der Sache bleiben. *Putz dir die obere Reihe. Auch die hinteren Ecken. Das war zu schnell, du bist noch nicht fertig.* Manchmal singen wir *Leuchte, leuchte, kleiner Stern*, und sie putzen sich die

Zähne, solange das Lied dauert. Dann reinigt Bob sie ihnen mit Zahnseide.

Jetzt bin ich an der Reihe. Bei mir kann man sich auch nicht darauf verlassen, dass ich mir ohne Aufsicht die Zähne richtig putze. Es ist für mich etwas zu früh am Abend, um mich fürs Bett fertig zu machen, aber Bob will mich versorgt wissen, bevor er abfährt.

»Ich kann nicht«, sagt er. »Du putzt dir die linke Seite nicht.«

Ich starre auf mein Gesicht im Spiegel, während ich mit der Zahnbürste wie wild in meinem Mund herumfuhrwerke, in der Hoffnung, zufällig mit der linken Seite in Berührung zu kommen. Weiß Gott, absichtlich kann ich dort nicht hinkommen. Wenn ich mich nicht wirklich stark konzentriere, ist mir gar nicht bewusst, dass die linke Seite meines Gesichts überhaupt existiert. Und am Ende eines Tages ist es ohnehin wirklich schwer, sich auf irgendetwas richtig zu konzentrieren.

Egal zu welcher Tageszeit, diese Nichtexistenz der linken Seite meines Gesichts hat ständig alles andere als wünschenswerte Folgen. Manchmal sabbere ich aus dem linken Mundwinkel, ohne es zu merken, bis mich jemand (meine Mutter) mit einer Serviette oder einem von Linus' Lätzchen abtupft. Und während ein bisschen Sabber auf Linus' Kinn süß aussieht, bin ich mir ziemlich sicher, dass es bei mir kein sehr vorteilhafter Anblick ist.

Inzwischen bin ich auch dafür bekannt, unwissentlich halb gekaute Essensklumpen in der Backentasche zwischen meinen Zähnen auf der linken Seite und dem Zahnfleisch zu horten – wie ein Backenhörnchen, das Nüsse für den Winter sammelt. Das ist nicht nur eklig, es birgt auch ein Erstickungsrisiko, sodass meine Mutter mehrmals täglich eine »Backenhörnchen-Kontrolle« durchführt. Wenn ich des Hortens überführt wurde, entfernt sie das Essen entweder mit ihrem Finger, oder sie reicht mir ein Glas Wasser und sagt mir, ich soll mir den Mund spülen und ausspucken. In beiden Fällen ist die Lösung genauso eklig wie das Problem.

Außerdem besitze ich eine umfangreiche Sammlung an Kosmetika, die nicht mehr das Tageslicht erblickt. Wimperntusche, Eyeliner und Lidschatten nur auf einem Auge, Rouge nur auf einer Wange und Lippen, die nur auf der rechten Seite rubinrot geschminkt waren, haben dazu geführt, dass jeder sichtlich Angst vor mir hatte. Bob habe ich nur ein einziges Mal gebeten, mich zu schminken – danach sah ich aus, als sollte ich im Rotlichtviertel auf und ab laufen. Offenbar vor die Wahl zwischen geistesgestörte Irre oder Prostituierte gestellt, habe ich entschieden, dass es für uns alle das Beste ist, wenn ich meine Schminksachen künftig in der Schublade lasse.

Also ist natürlich auch das Putzen der Zähne auf der linken Seite nichts, womit ich eine Goldmedaille gewinnen werde. Bob sorgt immer dafür, dass ich es zumindest einmal versuche, und dann erledigt er es für mich. So auch jetzt. Ich stochere in meinem Mund herum, steche mir dabei versehentlich in den Rachen und würge. Ich beuge mich über das Waschbecken, spucke aus und reiche die Zahnbürste Bob.

»Arbeitet sonst noch jemand?«, frage ich.

»Das bezweifle ich. Vielleicht Steve und Barry.«

Die Unternehmensleitung von Bobs Firma hat an Heiligabend allen gesagt, dass sie in der Woche zwischen Weihnachten und Neujahr schließen werden – ein unbezahlter Zwangsurlaub für die gesamte Belegschaft ist für viele Unternehmen eine Möglichkeit, in einer erfahrungsgemäß umsatzschwachen Woche Kosten einzusparen, auch ohne Rezession. Nach allem, was Bob mir erzählt hat, sind Steve und Barry durchgeknallte Workaholics, selbst nach unseren Maßstäben. Steve kann seine Frau nicht ausstehen und hat keine Kinder, und Barry ist geschieden. Natürlich gehen sie arbeiten. Sie haben nichts Besseres zu tun.

»Das ist doch verrückt. Bleib. Nimm dir die Woche frei. Fahr mit den Kindern Ski, sieh dir mit mir am Kamin Filme an. Schlaf. Entspann dich.«

»Ich kann nicht. Ich habe haufenweise Arbeit zu erledigen,

und das ist die ideale Gelegenheit, um alles aufzuholen. Und jetzt hör auf zu reden, damit ich dir die Zähne putzen kann.«

Wegen der ganzen Entlassungen hat Bob zu wenig Mitarbeiter und zusätzlich zu seinem eigenen Job die Arbeit von drei anderen Angestellten übernommen. Ich staune, wie er das alles schafft, aber ich bin auch besorgt, wenn ich sehe, welchen Tribut es von ihm fordert. Bis auf die Zeit, in der er mir und den Kindern morgens vor der Schule und abends vor dem Schlafengehen hilft, und die paar Stunden jede Nacht, in denen er schläft, tut er nichts außer zu arbeiten, sodass er leicht auf einen Achtzehn-Stunden-Tag kommt. Er reibt sich völlig auf, und ich mache mir Sorgen, dass irgendwann nicht mehr viel von ihm übrig sein wird.

Ich hebe die rechte Hand zum Zeichen, dass ich ausspucken muss. »Das heißt, du wirst lieber eine Woche lang unbezahlt arbeiten, als sie mit uns zu verbringen«, stelle ich fest.

»Ich würde liebend gern bleiben, Sarah, aber ich muss tun, was ich kann, um diese Firma und meinen Job am Leben zu erhalten. Du weißt, dass ich das tun muss.«

Jedes Mal, wenn meine Mutter zu Hause die Post hereinholt und ich den Stapel mit weißen Umschlägen auf dem Küchentresen sehe, wird das beängstigende düstere Loch in meinem Magen noch tiefer, düsterer und beängstigender. Selbst wenn Bob seinen Job und sein Gehalt retten kann – wenn ich nicht wieder zu arbeiten anfange, leben wir über unsere Verhältnisse. Die Rechnungen flattern ins Haus wie ein unerbittliches winterliches Schneegestöber, und wir werden allmählich eingeschneit. Und sollte Bob seinen Job verlieren, ohne einen neuen an Land ziehen zu können, bevor ich wieder bei Berkley arbeiten kann, dann werden wir ein paar düstere und beängstigende Entscheidungen treffen müssen. Mein Herz rast; es begreift das, was mein Verstand zu feige ist, sich vorzustellen.

»Ich weiß. Ich verstehe dich ja. Ich wünschte nur, du könntest bleiben. Wann hatten wir beide denn das letzte Mal zur selben Zeit eine Woche frei?«, frage ich.

»Ich weiß es nicht.«

Wir hatten keinen einwöchigen Familienurlaub oder einen Kurzurlaub ohne die Kinder mehr seit der Zeit, als Lucy ein Baby war. Jedes Mal, wenn ich mir eine Woche frei nehmen konnte, konnte Bob es nicht. Und umgekehrt. Letztendlich haben wir meistens ein paar einzelne Urlaubstage zwischendurch genommen – und das aus Gründen, die man kaum als Urlaub bezeichnen konnte; im Allgemeinen, wenn Abby verreist war oder sich krankgemeldet hatte. Mit Ausnahme dieses Jahres – in dem ich meine ganzen freien Tage aufgebraucht habe, als ich in dem entzückenden Baldwin Resort Hotel im Bett gesessen habe – habe ich nie meinen gesamten Urlaub genommen. Bob braucht seinen auch nie vollständig auf. Und diesmal wird er sich nicht aufs nächste Jahr übertragen lassen; wenn er ihn nicht nimmt, dann ist er für immer verfallen.

Zum ersten Mal erscheint mir dieses Verhalten als eine absurde Sünde. Unsere Arbeitgeber bezahlen uns dafür, dass wir jedes Jahr fünf Wochen zusammen verbringen können, fern von unseren Schreibtischen, Besprechungen und Terminen, und jedes Jahr sagen wir im Grunde: »Vielen Dank, aber wir möchten lieber arbeiten.« Was stimmt denn nicht mit uns?

»Bist du sicher? Die Firma kann in dieser Woche nicht untergehen oder gerettet werden, sonst hätten sie sie für die Zeit nicht dichtgemacht. Du bist erschöpft. Bleib. Geh Ski fahren. Ruh dich aus. Eine freie Woche würde dir so guttun.«

»Mund auf«, befiehlt er, Zahnseide um den Finger gewickelt und offenbar ein bisschen zu froh darüber, dass er die Macht hat, mich zum Schweigen zu bringen.

Ich füge mich, und er beginnt, meine Zähne mit Zahnseide zu reinigen. Ausgeschlossen, dass ich das selbst tun könnte. Vermutlich hätte ich mehr Glück, wenn ich meinen rechten großen Zeh trainieren würde, ein Ende des Fadens zu halten, während ich mir mit der rechten Hand die Zähne reinige, als wenn ich meine linke Hand versuchte zu überreden, sich an dieser Aufgabe zu beteiligen. Aber ich bin nicht gewillt, um meiner Mundhygiene willen wie ein Schimpanse auszusehen. Daher reinigt Bob sie für mich, Gott sei Dank, sonst wäre ich vermutlich spätestens mit vierzig zahnlos.

Ich betrachte seine Augen, die sich auf das Innere meines Mundes konzentrieren. Bevor ich Baldwin verließ, musste ich jedes Mal weinen, wenn ich mir vorstellte, wie Bob sich so um mich kümmert. Ich betrauerte den zu erwartenden Verlust unserer gleichberechtigten Partnerschaft aufgrund der beklagenswerten Bürde, die ihm als meinem Pfleger auferlegt werden würde, und schämte mich für unser erbärmliches Schicksal. Aber jetzt, wo ich tatsächlich sehe, wie er sich um mich kümmert, empfinde ich nichts von dem, was ich mir vorgestellt hatte. Ich beobachte seine ruhige und zärtliche Konzentration, und mein Herz quillt über vor warmer und dankbarer Liebe.

»Ich kann nicht, Schatz. Es tut mir leid. Ich werde am Wochenende wiederkommen.«

Das Vor-dem-Unfall-Ich nickt und versteht vollkommen den Ernst dieses Überlebenskampfes. Er tut genau das, was ich auch tun würde. Aber im Augenblick bin ich eher besorgt um ihn als um seinen Job, und ich kann sehen, wofür das Vor-dem-Unfall-Ich blind ist – dass er und sein Job im Grunde zwei getrennte Dinge sind. Als wir mit meinen Zähnen fertig sind, gehen wir zusammen hinüber zum Bett. Bob nimmt meinen Pyjama aus der Kommode.

»Arme hoch«, sagt er in demselben verspielten Ton, den wir beide bei den Kindern anschlagen.

»Wie war ich?«, frage ich, weil ich nicht weiß, ob mein linker Arm dem Befehl gehorcht hat.

»Sag du's mir.«

Er klopft auf mein Armband mit den Glücksbringern, und ich höre das Klingeln irgendwo in der Nähe meiner Oberschenkel, nicht über meinem Kopf. Ich bin nicht überrascht. Jedes Mal, wenn ich beide Arme, beide Hände oder beide Füße auffordere, etwas gleichzeitig zu tun, ist es, als ob die beiden Seiten darum wetteifern, wer es als Erster schafft, und die rechte Seite immer gewinnt. Wenn mein Gehirn *Arme hoch* hört, ertönt der Pistolenschuss, und mein rechter Arm sprintet los und ins Ziel, während mein linker Arm – der weiß, dass er in einer völlig anderen Liga spielt – nicht einmal einen Fingernagel über die Startlinie schieben will und wie gelähmt an Ort und Stelle verharrt, voller Ehrfurcht für die herausragende Leistung meines rechten Arms.

Komm schon, linker Arm, HOCH mit dir!

Ich stelle mir vor, dass mein linker Arm mit einer ähnlichen Stimme wie I-Aah antwortet: *Wieso denn, der rechte Arm ist doch eh schon da.* Ich wünschte, meine linke Seite würde begreifen, dass das hier kein Wettrennen ist.

Bob zieht mir meinen knopflosen Wollpullover über den Kopf, über den linken Arm und dann aus. Dann fasst er hinter meinen Rücken, um meinen BH zu öffnen. In der ersten Zeit, als wir miteinander gingen, hat er nie eine Sekunde gezögert, meinen BH aufzumachen, aber jetzt ist er verwirrt. Ich nehme an, die Motivation spielt bei diesem Phänomen eine große Rolle. Sein Gesicht ist seitlich neben meinem, während er sich mit den Haken abmüht. Ich küsse ihn auf die Wange. Er hört auf, an meinem BH herumzufummeln, und sieht mich an. Ich küsse ihn auf die Lippen. Es ist kein süßer Kuss oder ein »Danke, dass du mir die Zähne putzt und mit Zahnseide reinigst«-Kuss. Und es ist auch keiner unserer flüchtigen, höflichen Abschiedsküsse. Alles, was ich will – gesund werden, meinen Job wiederbekommen, Ski fahren, dass Bob bleibt, dass er weiß, wie sehr ich ihn liebe –, liegt in diesem Kuss. Er erwidert meinen Kuss, und ich könnte schwören, dass ich seinen Kuss links in meinen Zehen spüren kann.

»Du wirst mich nicht zum Bleiben verführen«, sagt er.

»Du bleibst nicht«, entgegne ich und küsse ihn noch einmal.

Er zieht mir den BH ohne weitere Mühe aus, hilft mir aufs Bett und zieht mir meine Hose und Unterwäsche aus. Dann zieht er sich selbst aus und legt sich auf mich.

»Das haben wir schon lange nicht mehr gemacht«, sagt er.

»Ich weiß.«

»Ich habe Angst, dir wehzutun«, gesteht er, während er mir mit einer Hand übers Haar streicht.

»Schlag nur nicht meinen Kopf gegen das Gitter, dann ist alles okay«, scherze ich und lächle.

Er lacht, was mir verrät, wie nervös er ist. Ich umfasse seinen Nacken und ziehe ihn für einen weiteren Kuss an mich. Seine nackte Brust – breit, stark und glatt – fühlt sich so gut an meiner an. Und sein Gewicht auf mir. Ich hatte ganz vergessen, wie sehr ich das Gefühl seines Gewichts auf mir liebe.

Ich hatte diese Sache nicht zu Ende gedacht, bevor ich ihn geküsst habe, aber selbst in dieser passivsten aller Stellungen muss ich meine linke Seite aktiv benutzen. Ich habe das rechte Bein um ihn geschlungen, aber mein linkes Bein liegt einfach nur auf dem Bett – ein lebloser Fleischklumpen, kein bisschen erregt –, und meine Asymmetrie macht es Bob schwer, »in die Gänge zu kommen«. Und auch wenn ich gern bereit bin, alle möglichen absurden Rehahilfsmittel und -techniken zum Lesen, Laufen und Essen auszuprobieren, so weigere ich mich doch, irgendwelche roten Lineale, orangefarbenen Klebebänder, Gehstöcke oder therapeutischen Sex-Utensilien in unser Schlafzimmer zu lassen. Ich will normalen Sex mit meinem Ehemann haben, bitte.

»Es tut mir leid, ich kann mein linkes Bein nicht finden«, sage ich, auf einmal überwältigt von dem Wunsch, es wäre eine Prothese und ich könnte das nutzlose Ding einfach abnehmen und auf den Boden werfen.

»Das macht nichts«, beruhigt er mich.

Wir schaffen es, in Schwung zu kommen, und mir fällt auf, dass Bob mein linkes Bein hält, indem er unter dem Knie dagegendrückt und so mein Gleichgewicht hält. Es erinnert mich daran, wie er mein Bein festgehalten hat, als ich bei den Geburten unserer Kinder pressen musste. Meine Gedanken verlieren sich in Erinnerungen an diese Geburten – Wehen, PDAs, Fußstützen, Dammschnitte. Ich reiße mich zusammen und verscheuche die Gedanken, als mir bewusst wird, dass solche Bilder völlig unpassend und kontraproduktiv für das sind, was ich im Augenblick tue.

»Entschuldige, mein Bein ist so behaart«, sage ich.

»Pst.«

»Entschuldige.«

Er küsst mich – vermutlich, um mich zum Schweigen zu bringen –, und es klappt. Alle aufdringlichen Gedanken und die Verlegenheit lösen sich auf, und ich schmelze dahin: von seinem Kuss, unter seinem Gewicht und davon, wie gut er sich anfühlt. Es ist vielleicht kein vollkommen normaler Sex, aber er ist normal genug. Und irgendwie eben doch vollkommen.

Bob zieht sich wieder an, hilft mir in meinen Pyjama, und wir legen uns beide wieder nebeneinander hin.

»Ich vermisse das Zusammensein mit dir«, sagt er.

»Ich auch.«

»Wie wär's mit einem Date vor einem knisternden Kamin, wenn ich wiederkomme?«

Ich lächle und nicke. Er sieht auf die Uhr.

»Ich sollte besser los. Macht euch eine schöne Woche. Und wir sehen uns am Samstag.« Er küsst mich.

»Komm am Freitag.«

»Ich werde gleich am Samstagmorgen kommen.«

»Nimm dir den Freitag frei. Komm am Freitagmorgen.«

»Ich kann nicht. Ich muss wirklich arbeiten.«

Aber er hat einen winzigen Augenblick lang gezögert, bevor er gesprochen hat, daher weiß ich, dass seine Fassade bröckelt.

»Lass uns darum knobeln«, schlage ich vor.

Eine gebannte Sekunde lang starren wir uns an. Wir wissen beide, was nach dem letzten Knobeln passiert ist.

»Okay.« Er zieht mich hoch, sodass ich ihm gegenübersitze.

Wir ballen beide die Fäuste.

»Eins, zwei, dreeii!«, sage ich.

Bobs Papier wickelt meinen Stein ein. Ich habe verloren. Aber Bob kostet seinen Sieg nicht aus.

»Ich werde mir am Freitag den halben Tag frei nehmen und am frühen Freitagabend herkommen«, sagt er.

Ich greife nach seiner Hand, ziehe ihn an mich und umklammere ihn fest mit einem Arm.

»Danke.«

Er steckt mich unter eine dicke Fleecedecke und eine Daunendecke.

»Gut so?«, fragt er.

Es ist eigentlich noch nicht meine Schlafenszeit, aber ich habe nichts dagegen, früh ins Bett zu kommen. Seit ich aus Baldwin wieder zurück bin, bekomme ich jede Menge Schlaf, mindestens neun Stunden jede Nacht, dazu jeden Nachmittag ein oder zwei Stunden ein Nickerchen, und ich genieße es. Zum ersten Mal, seit ich mich erinnern kann, fühle ich mich nicht erschöpft, wenn ich morgens aufwache.

»Ja. Bitte fahr vorsichtig.«

»Mache ich.«

»Ich liebe dich.«

»Ich dich auch. Träum was Schönes.«

Ich lausche auf die Geräusche seines Aufbruchs, und dann beobachte ich den Strahl der Scheinwerfer, der über die Schlafzimmerwände wandert, als Bob aus der Ausfahrt und davonfährt. Es ist nach 20.00 Uhr, aber ich kann immer noch die Äste und Stämme der Ahornbäume und Kiefern vor dem Fenster sehen, pechschwarze Silhouetten vor einem cremig blauen Himmel. Draußen muss der Mond heute Abend hell scheinen. Ich glaube nicht, dass es in ganz Cortland irgendwo Straßenlaternen gibt.

Bob hat die Schlafzimmertür einen Spaltbreit offen gelassen – vermutlich, damit meine Mutter mich hören kann, falls ich um Hilfe rufen muss. Der Schein des Feuers, das noch immer im Kamin brennt, tänzelt durch die Öffnung. Ich lausche auf das Prasseln und Knistern des Holzes, während ich in den Schlaf sinke, graue Schatten überall um mich herum.

FÜNFUNDZWANZIGSTES KAPITEL

Es ist Montagmorgen, und meine Mutter räumt das Frühstücksgeschirr ab. Für mich gab's Hafergrütze mit Ahornsirup und Erdbeeren, dazu einen Latte, und für die Kinder und meine Mutter Rühreier mit Speck, englische Muffins und Orangensaft. Meine Mutter ist eine überzeugte Anhängerin eines warmen und herzhaften Frühstücks, was mir neu ist. Ich bin mit Kokos-Reis-Crispies, Pop-Tarts und Hawaii-Punsch aufgewachsen.

Ich habe viel über meine Mutter gelernt seit dem Tag, an dem ich aus Baldwin nach Hause gekommen bin. Sie ist auch überzeugt davon, dass man vor dem Abendessen das Tischgebet sprechen soll, dass man im Haus Pantoffeln oder Socken tragen und niemals in Schuhen oder barfuß laufen soll, dass die ganze Wäsche gebügelt werden muss (einschließlich der Handtücher und Unterwäsche), dass jeder jeden Tag mindestens eine Viertelstunde an die frische Luft soll – ungeachtet des Wetters –, dass die Kinder zu viel »Zeug« haben und zu viel fernsehen, dass Bob ein »guter Mann« ist, sich aber »in ein frühes Grab arbeitet«, und dass Gott einen Plan hat. Mit Ausnahme des zwanghaften Bügelns stimme ich ihren Ansichten und ihrer Lebensweise durchaus zu (auch wenn ich selbst nicht danach gelebt habe), und ich wundere mich darüber, wie ähnlich wir uns sind.

Aber bei alldem, was ich über sie in Erfahrung bringe, habe ich doch kaum eine Ahnung, was sie von mir denkt – außer dass sie denkt, dass ich ihre Hilfe brauche. Ich merke, dass ich mehr über sie erfahren will und dass ich sie beobachte, um Hinweise zu finden, außerstande, sie zu fragen. Es ist, als wäre ich wieder auf der Junior High, wo ich im Klassenzimmer auf Sean Kellys Hinterkopf starre, während ich mich in meinem unerträglich unbeholfenen Schweigen frage, ob er mich mag. Glaubt meine Mutter, dass ich eine gute Frau bin? Eine gute Mutter? Ist sie stolz auf mich? Glaubt sie, dass ich wieder ganz gesund werde? Ich weiß es nicht.

Und je mehr ich erfahre, desto mehr Fragen scheinen ans Licht zu kommen, vor allem über die Vergangenheit. Wo war diese Frau in meiner Kindheit? Wo waren meine Regeln, warmen Mahlzeiten und gebügelten Kleider? Ich frage mich, ob sie weiß, wie viele Stunden ich mir *Drei Mädchen und drei Jungen* angesehen habe und wie viele Lyoner-Mayonnaise-Sandwiches ich allein vor dem Fernseher gegessen habe, ohne das Tischgebet zu sprechen, während sie sich im Schlafzimmer einschloss und mein Vater die Nachtschicht auf der Feuerwache verbrachte. Ich frage mich, warum ich ihr nicht genug war.

Die Wettervorhersage für den Mount Cortland meldet heute Morgen starke Winde, und alle Gipfellifte sind geschlossen. Obwohl das Charlie und Lucy an den Anfängerhügeln nicht betreffen würde, haben wir beschlossen, uns heute einen ruhigen Tag zu machen und zu Hause zu bleiben. Ich habe angenommen, sie würden es kaum erwarten können, sich einen Film anzusehen oder ein Videospiel zu spielen, weil sie beides nicht mehr gemacht haben, seit wir am Freitag mit dem Auto hierhergekommen sind, aber sie wollen beide draußen im Garten spielen.

»Schneeanzüge, Mützen, Handschuhe, Stiefel«, sage ich, während sie um die Wette in den Windfang rennen.

»Wo sind die Strandsachen?«, ruft Charlie. Er meint die Tonne mit Schaufeln, Eimern und Förmchen, die sich zum Spielen im Schnee genauso gut eignen wie für den Sand.

»Es ist alles schon draußen«, ruft meine Mutter. »Charlie, Augenblick! Deine Vitamine!«

Er raschelt und poltert in Schneeanzug und Stiefeln zurück in die Küche und schluckt gehorsam sein Concerta.

»Braver Junge. Und jetzt ab mit dir«, lobt meine Mutter.

Wir beobachten die beiden durch das Panoramafenster. Lucy, die ein Paar ihrer zahlreichen Feenflügel wie einen Rucksack über ihrer Jacke trägt, sammelt Stöckchen in einen roten Eimer. Charlie läuft weiter in Richtung Wald und beginnt, sich im Schnee zu rollen. Währenddessen kurvt Linus, noch immer in seinem Strampelpyjama, im Wohnzimmer um den Couchtisch und klickt magnetische Züge aneinander.

»Ich werde mit Linus gleich ein bisschen an die frische Luft gehen«, kündigt meine Mutter an.

»Danke.«

Sie setzt sich auf den Sessel neben mir, zu meiner Rechten. Da setzt sie sich am liebsten hin, damit ich sie auch sicher sehen kann. Sie hält ihren Becher mit Kräutertee in der Hand und schlägt ein *People*-Magazin auf. Vor mir liegt die gestrige *New York Times*. Ich suche nach Seite C5, der Fortsetzung des Artikels über die Kosten des Irakkriegs, mit dem ich gestern auf der Titelseite angefangen habe. Ich kann sie nicht finden.

»Ich weiß ja, dass du diesen Tick mit der *Sunday Times* hast, aber es gibt leichtere Methoden, um an die Nachrichten zu kommen und dein Lesen zu üben.«

»Sag mir bitte nicht, dass im *People*-Magazin Nachrichten stehen.«

»Ich meine ja nur. Das hier könntest du heute noch zu Ende lesen.« Sie blättert betont eine Seite um.

Sie kapiert es nicht. Es geht nicht darum, einfach irgendetwas zu lesen oder den leichten Weg zu gehen. Es geht darum, das zu lesen, was ich normalerweise auch lesen würde. Beim Lesen der *Sunday Times* geht es darum, mein Leben zurückzubekommen.

»Du wirst nichts über Angelina Jolie wissen, wenn du das alles gelesen hast«, feixt meine Mutter.

»Ich werd's überleben«, entgegne ich.

Meine Mutter grinst noch immer über ihren kleinen Witz, während sie eine durchsichtige Plastik-Pillendose öffnet, sich eine Handvoll weißer und gelber Pillen in die hohle Hand schüttet und jede einzeln mit einem Schluck Tee nimmt.

»Wofür sind die denn?«, frage ich.

»Die hier?« Sie schüttelt ihre Pillendose. »Das sind *meine* Vitamine.«

Ich warte auf eine weitere Erklärung.

»Das sind meine Glückspillen. Meine Antidepressiva.«

»Oh.«

»Ohne die bin ich nicht ich selbst.«

In all der Zeit bin ich nie auf die Idee gekommen, dass sie klinisch depressiv sein könnte. Mein Vater und ich haben uns gegenseitig und allen, die nach ihr gefragt haben, immer gesagt, sie trauere noch immer, sie habe eine schwere Zeit oder sie fühle sich heute nicht gut, aber wir haben nie das Wort »depressiv« verwendet. Ich habe gedacht, ihr mangelndes Engagement für das, was von ihrer Familie noch übrig war, für mich, sei ihre freie Entscheidung gewesen. Zum ersten Mal denke ich über die Möglichkeit einer ganz anderen Erklärung nach.

»Wann hast du denn angefangen, die zu nehmen?«

»Vor ungefähr drei Jahren.«

»Warum bist du denn nicht schon früher zu einem Arzt gegangen?«, frage ich in der Annahme, dass sie sie schon längst gebraucht hätte.

»Dein Dad und ich haben nie darüber nachgedacht. In unserer Generation ging man nicht wegen Gefühlen zum Arzt. Man ging zum Arzt, wenn man sich etwas gebrochen hatte, operiert werden musste oder ein Baby bekam. Wir glaubten nicht an Depressionen. Wir dachten beide, ich bräuchte nur etwas Zeit, um zu trauern, und dann würde ich wieder ein Lächeln aufsetzen und weiterleben können.«

»Aber so war es nicht.«

»Nein, so war es nicht.«

Bei den wenigen gemeinsamen Erlebnissen mit meiner

Mutter haben unsere Gespräche immer nur an der Oberfläche gekratzt und nie zu irgendetwas geführt. Es ist eine solche Lappalie, zu hören, wie meine Mutter zugibt, was nie bestritten wurde, dass sie nicht glücklich war und nie wirklich weitergelebt hat. Aber ihr freimütiges Eingeständnis ermutigt mich doch, das Gespräch fortzusetzen, in diese großen und undurchsichtigen Gewässer einzutauchen. Ich atme einmal tief ein, weil ich keine Ahnung habe, wie weit unten der Grund sein könnte oder worauf ich auf dem Weg dorthin stoßen könnte.

»Hast du denn einen Unterschied bemerkt, als du angefangen hast, die Pillen zu nehmen?«

»Oh ja, sofort. Na ja, nach einem Monat oder so. Es war, als hätte ich in einer dunklen, verschmutzten Wolke gelebt, die nun endlich aufstieg und davonschwebte. Ich wollte wieder etwas unternehmen. Ich fing wieder an zu gärtnern. Und zu lesen. Ich bin einem Buchclub beigetreten und den Red-Hat-Damen, und ich habe angefangen, jeden Morgen einen Spaziergang am Strand zu machen. Ich wollte jeden Morgen aufwachen und etwas unternehmen.«

Vor drei Jahren. Charlie war damals vier und Lucy zwei. Bob träumte noch begeistert von seinem Startup-Unternehmen, und ich arbeitete noch bei Berkley – schrieb Berichte, flog nach China, sicherte den Erfolg und Fortbestand eines Millionen-Dollar-Unternehmens. Und meine Mutter gärtnerte wieder. Ich kann mich an ihren Gemüsegarten erinnern. Und sie las und sammelte Gegenstände am Strand. Aber sie versuchte nicht, wieder Kontakt zu ihrer einzigen Tochter aufzunehmen.

»Bevor ich anfing, die Medikamente zu nehmen, wollte ich morgens nicht aufwachen. Ich war wie gelähmt von quälenden Fragen. Was, wenn ich auf Nate im Pool besser aufgepasst hätte? Dann wäre er jetzt immer noch hier. Ich war seine Mutter, und ich habe ihn nicht beschützt. Was, wenn dir etwas zugestoßen wäre? Ich hatte es nicht verdient, deine Mutter zu sein. Ich hatte es nicht verdient zu leben. Fast dreißig Jahre lang habe ich Gott jeden Abend angefleht, mich im Schlaf sterben zu lassen.«

»Es war ein Unfall. Es war nicht deine Schuld«, sage ich.

»Manchmal denke ich, dein Unfall war auch meine Schuld«, gesteht sie.

Ich starre sie an. Ich verstehe nicht, was in aller Welt sie damit meinen könnte.

»Ich habe Gott um einen Grund angefleht, in deinem Leben zu sein, um eine Möglichkeit, dich wieder kennenzulernen.«

»Mom, bitte. Gott hat mir keinen Schlag auf den Kopf gegeben und mir die linke Seite von allem genommen, damit du wieder in meinem Leben sein konntest.«

»Aber ich bin in deinem Leben, weil du einen Schlag auf den Kopf bekommen und die linke Seite von allem verloren hast.«

Gott hat einen Plan.

»Weißt du, du hättest mich einfach anrufen können.«

Und nicht Gott und eine schwächende Gehirnverletzung mit hineinziehen sollen.

»Das wollte ich ja. Ich habe es versucht, aber jedes Mal, wenn ich zum Telefon gegriffen habe, war ich auf einmal wie erstarrt, bevor ich zu Ende wählen konnte. Mir fiel nichts ein, was ich sagen könnte, nichts, was genug sein würde. Ich hatte Angst, du würdest mich hassen, und es könnte zu spät sein.«

»Ich hasse dich nicht.«

Die Worte kommen mir über die Lippen, ohne dass ich bewusst darüber nachdenke, als würde ich eine Standardantwort abspulen, so wie man *gut* sagt, wenn jemand *Wie geht's?* fragt. Aber in den folgenden stillen Momenten begreife ich, dass diese Worte die Wahrheit und nicht nur ein höfliches Lippenbekenntnis sind. In dem komplexen Geflecht meiner nicht so bewundernswerten Gefühle gegenüber meiner Mutter ist nicht ein einziger Strang aus Hass gewebt. Während ich meine Mutter mustere, bemerke ich eine spürbare Veränderung in ihrer Energie, als würde sich der Pegel ihrer nervösen Schwingung senken. Nicht auf null, aber doch deutlich.

»Es tut mir so leid, dass ich dich enttäuscht habe, Sarah. Ich lebe mit so viel Reue. Dass ich nicht besser auf Nate aufgepasst habe, dass ich nicht bei ihm war, bevor es zu spät war, dass ich all die Jahre mit dir verloren habe, dass ich mir nicht schon früher Antidepressiva besorgt habe. Ich wünschte, diese Pharmaunternehmen könnten auch eine Anti-Reue-Pille herstellen.«

Ich nehme diesen aufrichtigen Wunsch zur Kenntnis, während ich das Gesicht meiner Mutter betrachte – die Sorgenfalten, die eigentlich eher Sorgenfurchen sind, tief zwischen ihren Augenbrauen und auf ihrer Stirn, den Schmerz in ihren Augen, die Reue, die in jeden ihrer Züge eingraviert ist. Irgendein zukünftiges behördlich zugelassenes, rezeptpflichtiges Medikament wird sie nicht von ihrem Schmerz befreien. Meine Mutter braucht nicht noch eine Pille in ihrem Pillendöschen. Sie braucht Vergebung. Sie braucht meine Vergebung. Und auch wenn *Ich hasse dich nicht* und *Es war nicht deine Schuld* bereitwillige, aufrichtige Angebote waren, weiß ich doch, dass sie bestenfalls schmerzlindernd sein können. *Sie ist nicht hässlich* ist nicht dasselbe wie *Sie ist schön* und *Er ist nicht dumm* nicht dasselbe wie *Er ist schlau.* Das Heilmittel meiner Mutter gegen ein Leben voller Reue liegt in den Worten *Ich vergebe dir*, ausgesprochen von niemand anderem als mir. Das weiß ich intuitiv, aber irgendein Teil von mir – einer, der alt und verletzt ist und selbst ein solches Wundermittel bräuchte – verweigert diese Großzügigkeit und will nicht zulassen, dass diese Worte meinen Kopf verlassen. Und selbst dann müssten sie, bevor sie ausgesprochen werden könnten, den langen Weg von meinem Kopf zu meinem Herzen zurücklegen, um sich die Aufrichtigkeit zu verdienen, die sie bräuchten, um zu wirken.

»Ich empfinde auch Reue«, sage ich stattdessen, auch wenn ich weiß, dass die Schuldgefühle einer jungen Schwester winzig sein müssen im Vergleich zu denen einer Mutter, ein Staubkorn auf meinen Schultern im Vergleich zu einem ganzen Planeten auf ihren. »Ich vermisse ihn noch immer.«

»Ich auch. Jeden Tag. Und ich bin immer noch traurig. Aber die Traurigkeit verschluckt mich nicht mehr völlig, wie sie es früher getan hat. Und jetzt gibt es auch Freude. Ich sehe ein wenig von Nate, als er klein war, in Linus, und ich sehe viel von ihm in dir und Charlie. Es heilt meine Seele zu sehen, dass Teile von ihm noch immer lebendig sind.«

Ich sehe zu, wie Linus ein Dutzend aneinandergehängte Züge um den Couchtisch schiebt. Ich war erst drei, als Nate so alt war, wie Linus es jetzt ist, und ich kann mich weder an sein Äußeres noch an seine Persönlichkeit gut genug erinnern, um in diesem Augenblick eine Ähnlichkeit zu erkennen. Ich frage mich, was genau meine Mutter sieht. Als ich einen Blick aus dem Fenster werfe, sehe ich Charlie in der Ferne spielen, einen Berg aus Schnee bauen. Ich kann mich an Nates große Abenteuerlust erinnern, seine Entschlossenheit, seine Fantasie. Charlie hat all diese Eigenschaften. Und ich auch.

»Was ist mit Lucy? Siehst du irgendetwas von Nate in ihr?«

Lucy spielt noch immer in der Nähe des Hauses. Ihre Handschuhe liegen auf dem Boden, und sie streut Glitzer auf mehrere Nester, die sie aus Zweigen, Steinen und Kiefernzapfen gebastelt hat, vermutlich als Zuhause für die Waldfeen, an die sie glaubt.

»Nein. Diese entzückende kleine Maus ist einzigartig.«

Wir lachen beide. Ich mag das Geräusch, das meine Mutter macht, wenn sie lacht. Ich wünschte, sie hätte diese Pillen schon entdeckt, als ich noch ein Kind war, und ich würde dieses Geräusch nicht erst mit siebenunddreißig Jahren und zu dem Preis eines Schädel-Hirn-Traumas kennenlernen. Ich schaue auf ihre Pillendose. Auf einmal habe ich das Gefühl, dass sie weitaus mehr Pillen genommen hat, als ihr gegen die Depression verschrieben sein sollten. Ich frage mich, wogegen sie sonst noch Medikamente nehmen könnte.

SECHSUNDZWANZIGSTES KAPITEL

Es ist Donnerstag, und wir verbringen alle eine wunderbare Ferienwoche. Die ersten paar Tage bin ich mit meinem Gehstock wie auf rohen Eiern gegangen, nachdem ich gemerkt hatte, dass wir die Wii in Welmont vergessen haben. Ich ging davon aus, dass dieses Versäumnis eine verheerende Katastrophe mit Tränen und Wutanfällen nach sich ziehen und vielleicht sogar von Bob einen FedEx-Versand über Nacht erfordern würde, aber die Kinder haben nicht einmal danach gefragt. Charlie und Lucy waren entweder draußen oder zufrieden damit, mit meiner Mutter und mir drinnen »altmodische« Spiele zu spielen, Spiele, die keine linke Seite erfordern, wie zum Beispiel *Ich packe meinen Koffer*, *Ich sehe was, was du nicht siehst* und *Stein, Papier und Schere* (sogar die Kinder schlagen mich dabei jedes Mal). Meine Mutter hat außerdem eine Zwölferpackung Knetmasse gekauft, und wir hatten alle viel Spaß dabei, sie zu rollen und zu formen oder so zu tun als ob (und Linus hat unerlaubterweise eine kleine Kostprobe davon genommen).

Nicht vergessen habe ich den Becher mit Murmeln, aber auch den haben wir bislang nicht gebraucht. Bei der ganzen Zeit, die sie im Freien verbringen, sind die Kinder am Ende des Tages erschöpft, und ich erlaube ihnen vor dem Schlafengehen gern eine Stunde Nick jr. ohne Gegenleistung. Und Charlies Aufmerksamkeit schien die ganze Woche normal zu sein. Es könnte an seinem Concerta liegen, aber meine Mutter und ich glauben, dass er von so viel unstrukturierter Zeit im Freien eindeutig profitiert – davon, dass er nicht durch Wände oder Zäune oder einen Platz in einem Klassenzimmer eingeengt wird, von so viel körperlicher Bewegung und von Tagen, die er nicht damit verbringt, von einer Sache zur nächsten zu hetzen.

Und ehrlich gesagt glaube ich, dass auch ich davon profitiert habe, frei von Verpflichtungen und Terminen zu sein. Das Einzige, was ich mir diese Woche im Fernsehen angesehen habe, war *Ellen*. Ich habe weder die CNN-Schlagzeilen gelesen noch irgendwelche Nachrichten gesehen, und ich vermisse es nicht. Natürlich vermisse ich die Arbeit, aber ich vermisse nicht diese nervöse Anspannung, die daher rührt, dass ich zu jeder Sekunde jedes Tages auf den nächsten dringenden Anruf reagieren muss, auf die dreißig unerwarteten E-Mails, die eingehen, während ich in einer Besprechung bin, oder auf irgendeine unvorhergesehene Krise, die zweifellos noch vor 6.00 Uhr auf mich zusteuert. Sicher ist das aufregend, aber das ist es auch, der Hirschfamilie zuzusehen, die stehen bleibt und uns ansieht, während sie den Garten durchquert.

Meine Mutter hat Charlie und Lucy heute Morgen für ihren Unterricht zum Berg gebracht und Linus für die Fahrt mitgenommen. Nach viel aufrichtigem Betteln habe ich Charlies Wunsch erfüllt und ihm erlaubt, von den Skiern zum Snowboard zu wechseln. Er hatte gestern seinen ersten Kurs und ist absolut begeistert. Snowboard zu fahren ist das Coolste, und ich wurde zur coolsten Mom aller Zeiten erklärt, weil ich ihm erlaubt habe, ein irre cooler Snowboarder zu werden.

Heute Morgen beim Frühstück hat er durchaus geschickt um die Erlaubnis gekämpft, den Kurs heute ausfallen zu lassen und allein loszufahren, aber ich habe Nein gesagt. Bob und ich können beide nicht Snowboard fahren, daher werden wir ihm auf der Piste (vorausgesetzt, ich werde je wieder auf die Piste kommen) keine Hilfe sein können. Also muss er die Grundlagen richtig erlernen, und ich bin überzeugt davon, dass man dafür länger als einen Tag benötigt. Er behauptet, er habe es drauf und dass der heutige Unterricht *langweilig* sein wird, aber Charlie besitzt grundsätzlich mehr Selbstvertrauen als Können – und sogar noch mehr Ungeduld –, und ich will nicht, dass er sich den Hals bricht. Dann hat er es mit Schmollen versucht, aber ich habe keinen Zentimeter nachgegeben. Danach hat er probiert, Lucy auf seine Seite zu ziehen, in der Hoffnung, sich mit ihr zu verbünden und mich zu zermürben, aber Lucy gefällt ihr Kurs. Sie ist vorsichtig und sozial und zieht es vor, unter den wachsamen Blicken und dem begeisterten Ansporn ihrer Lehrer zu sein. Als ihm schließlich klar wurde, dass er nur die Wahl zwischen dem Unterricht oder gar nichts hatte, gab er auf, aber er hat mir meinen »Coolste Mom aller Zeiten«-Status aberkannt. Immerhin hatte ich ihn für einen Tag.

Jetzt sitze ich am Küchentisch und male ein Bild des Gartens mit den Ölfarben aus dem wundervollen Künstler-Malkasten, den mir meine Mutter zu Weihnachten geschenkt hat. Von außen ist der Kasten nur ein glatter, schlichter Holzkoffer, aber darin befinden sich Reihen mit Ölfarben, Pastellstiften, Acrylfarben, Kohlestiften und Pinseln – ein Fest der Farben und kreativen Möglichkeiten. Ich habe mir ein paar klebrige Kleckse aus Lampenschwarz, Titanweiß, Kadmiumgelb, Ultramarinblau, gebrannter Siena, ungebrannter Umbra, Alizarinrot und Phthalogrün auf meine Glaspalette gedrückt und mit meinem Palettenmesser aus rostfreiem Stahl so viele Kombinationen wie möglich gemischt. Aus manchen meiner Mischungen sind nur Schlammtöne entstanden, aber andere haben sich wie durch göttlichen Zauber zu neuen Farben vermischt, die frisch, leuchtend und lebendig sind.

Die Landschaft unseres Gartens sieht ohnehin wie ein Ölgemälde aus, daher fällt es mir leicht, mich inspirieren zu lassen – das schneebedeckte Feld, in der Ferne bewacht von Ahornbäumen und Kiefern, die sanft geschwungenen Hügel dahinter, der bewölkte blaue Himmel darüber, unser leuchtend rostrot gestrichener Schuppen und der alte kupfergrüne Wetterhahn, der auf seinem Dach sitzt. Es ist Jahre her, dass ich einen Pinsel in der Hand gehalten habe, aber es kommt mühelos wieder wie Fahrradfahren (auch wenn ich sicher bin, dass Fahrradfahren für mich im Augenblick nicht das beste Beispiel ist). Beim Malen geht es ausschließlich ums Sehen. Es geht darum, über die schnellen und oberflächlichen Annahmen, die die Augen und der Verstand normalerweise treffen, hinwegzusehen und zu erkennen, was wirklich da ist. Es geht darum, sich für jedes Detail Zeit zu nehmen. Ich sehe den Himmel, der nicht einfach nur blau ist, sondern aus vielen Blautönen, Weiß und Grau besteht – am weißesten ist er da, wo er die Hügel berührt, und am blauesten dort, wo er hoch oben über den Wolken steht. Ich sehe die drei unterschiedlichen Rottöne auf dem Schuppen, erschaffen aus Sonnenlicht und Schatten, und die Schatten der Wolken, die wie rußige schwarze Gespenster über die Hügel tänzeln.

Ich betrachte meine Leinwand und lächle, zufrieden mit dem, was ich entworfen habe. Dann werfe ich meinen Pinsel in das Gurkenglas mit den anderen Pinseln, die ich bereits benutzt habe, und stelle die Leinwand zur Seite, um sie trocknen zu lassen. Ich schlürfe meinen Kaffee, der inzwischen eiskalt ist, und lasse den Blick auf der Landschaft ruhen. Nach ein paar Minuten habe ich genug vom Anblick des Gartens und will irgendetwas anderes tun. Meine Mutter müsste bald wieder zu Hause sein. Sie hat mir gesagt, dass ich nicht durchs Haus laufen soll, solange sie fort ist, und obwohl ich mich wirklich gern aufs Sofa legen würde, habe ich meine Lektion gelernt, als ich dieses eine Mal zum Kühlschrank »gelaufen« bin. Also beschließe ich, meine nächste Aktivität auf etwas zu beschränken, was ich von dort aus tun kann, wo ich sitze.

Die Sonntagsausgabe der *New York Times* liegt auf dem Tisch, so, dass ich gut drankomme. Ich ziehe sie zu mir herüber und beginne Teile herauszunehmen, suche nach dem Wochenrückblick. Zwischen den zusammengelegten Seiten finde ich das *People*-Magazin meiner Mutter. Ich nehme es in die Hand und betrachte das Titelbild. Das Vor-dem-Unfall-Ich kann nicht glauben, dass ich es tatsächlich in Erwägung ziehe. Aber was soll's. Sehen wir doch mal, was Angelina Jolie so treibt.

Ich schiebe die Zeitung beiseite und schlage die Zeitschrift auf, werfe einen beiläufigen Blick auf die Fotos von Stars und die kurzen Texte, die erklären, wer mit wem zu sehen ist. Ich bin irgendwo auf den ersten Seiten, als meine Mutter ins Wohnzimmer platzt, keuchend und schnaufend, Linus auf ihrer Hüfte.

»Alles okay mit dir?«, frage ich.

»Er wird allmählich so schwer«, stöhnt meine Mutter.

Er ist schwer, der Größe und Form nach einem Thanksgiving-Truthahn ähnlich, aber tatsächlich hat er ein bisschen abgespeckt, seit er laufen lernt. Meine Mutter setzt Linus auf dem Boden ab, zieht ihm die Stiefel aus und den Reißverschluss seiner Jacke auf. Dann atmet sie einmal tief und befreit durch und sieht zu mir herüber. Ihre Miene hellt sich auf.

»Aha!«, sagt sie, als sie mich auf frischer Tat ertappt.

»Ich weiß, ich weiß.«

»Ist das nicht toll?«

»Toll ist ein bisschen übertrieben.«

»Oh, ich bitte dich, es ist witzig. Nenn es ein heimliches Laster. Es spricht nichts dagegen, auch mal ein bisschen nur zum Vergnügen zu lesen.«

»Die *Sunday Times* bereitet mir Vergnügen.«

»Oh, ich bitte dich! Deine Miene, wenn du dieses Ding liest, ist gequälter als Charlies an seinem schlimmsten Hausaufgabentag.«

»Wirklich?«

»Ja, du siehst aus, als wärst du beim Zahnarzt.«

Hm.

»Aber ich kann die *New York Times* nicht durch *People* ersetzen. Ich muss immer noch die Nachrichten mitbekommen.«

»Das ist ja schön und gut, aber das hier kann auch eine gute

Übung für dich sein. Nenn mir zum Beispiel alle Leute, die auf dieser Seite zu sehen sind«, sagt sie, über meine Schulter gebeugt.

»Renée Zellweger, Ben Affleck, diese Frau da kenne ich nicht – und Brad Pitt.«

»Katie Holmes, verheiratet mit Tom Cruise. Sonst noch jemand?«

Ich sehe mir die Seite noch einmal an.

»Nein.«

»Irgendjemand neben Brad Pitt?«, fragt sie in einem koketten Ton, der mir verrät, dass die Antwort nicht Ja oder Nein lautet, sondern sie wissen will, wer es ist.

Ohne dass ich erst zu sehen versuche, wer dort ist, gehe ich nach der Wahrscheinlichkeit und tippe auf gut Glück.

»Angelina.«

»Nein«, sagt sie und fordert mich mit ihrem Tonfall auf, es noch einmal zu versuchen.

Hm. Ich sehe sonst niemanden. Okay. *Sieh nach links, such links, geh nach links.* Ich tue so, als würde ich nach meinem roten Lesezeichen suchen, obwohl ich es nicht hier habe. Oh mein Gott. Sieh dir das an. Da ist er.

»George Clooney.«

Ich hätte nicht gedacht, dass ich *ihn* übersehen könnte, nicht einmal mit einem Schädel-Hirn-Trauma.

»Ja, das wird eine gute Übung für mich sein.« Ich freue mich über Georges schelmische, lächelnde Augen.

»Gut, ich bin stolz auf dich«, lobt meine Mutter.

Sie hat noch nie gesagt, dass sie stolz auf mich ist. Nicht, als ich das College abschloss, nicht, als ich für die Harvard Business School zugelassen wurde, und nicht in Bezug auf meinen beeindruckenden Job oder meine nicht ganz so beeindruckenden, aber trotzdem ganz passablen mütterlichen Fähigkeiten. Sie sagt mir das erste Mal, dass sie stolz auf mich ist, als ich ein *People*-Magazin lese. Das ist vielleicht das Seltsamste, worauf je eine Mutter oder ein Vater stolz gewesen ist.

»Sarah, das ist wunderschön«, wendet meine Mutter ihre Aufmerksamkeit jetzt meinem Bild zu.

»Danke.«

»Wirklich, du hast Talent. Wo hast du das denn gelernt?«

»Ich habe auf dem College ein paar Kurse besucht.«

»Du bist wirklich gut.«

»Danke«, sage ich noch einmal, während ich ihre Miene betrachte. Sie scheint entzückt zu sein von dem, was ich gemalt habe.

»Mir gefällt sogar, wie bei den Dingen die linke Seite fehlt oder verblasst.«

»Wo denn?«

»Überall.«

Sieh nach links, such links, geh nach links. Mit meiner rechten Hand finde ich den linken Rand der Leinwand und lenke meine Aufmerksamkeit dann von links nach rechts über das Bild. Das Erste, was mir auffällt, ist der Himmel – eine völlig unberührte weiße Leinwand am linken Rand, die allmählich in ein wolkiges Grau übergeht und schließlich zu einem fast klaren Tagesblau wird, als ich den rechten Rand erreiche. Es sieht fast aus, als würde sich ein morgendlicher Nebel von links nach rechts über dem Horizont auflösen. Die Ahornbäume haben auf der linken Seite keine Äste, die Kiefern nur eine Hälfte ihrer grünen Nadeln. Und obwohl sich das Naturschutzgebiet in beide Richtungen weiter erstreckt, als das Auge blicken kann, erstreckt sich auf meinem Gemälde der Wald nur auf der rechten Seite. Die linke Seite jedes sanft geschwungenen Hügels ist nur flach, und die linke Seite des Schuppens löst sich irgendwie im Nichts auf. Den Wetterhahn habe ich ganz zu malen vergessen. Er steht auf der linken Hälfte des Schuppendachs.

Ich seufze und schnappe mir einen triefend nassen Pinsel aus meinem Gurkenglas.

»Na ja, das wird auch eine gute Übung für mich sein.« Ich frage mich, wo ich damit anfangen soll, die Lücken auszufüllen.

»Nein, nicht doch. Du solltest es so lassen. Es ist gut so, wie es ist.«

»Wirklich?«

»Es ist interessant anzusehen, irgendwie bewegend oder geheimnisvoll, aber nicht auf eine unheimliche Weise geheimnisvoll. Es ist gut. Du solltest es so lassen, wie es ist.«

Ich richte den Blick wieder auf mein Gemälde und versuche es mit den Augen meiner Mutter zu sehen. Ich versuche es, aber anstatt nur die rechte Seite von allem zu sehen, sehe ich jetzt alles, was fehlt. Alles, was nicht stimmt.

Auslassungen. Fehler. Neglect. Gehirnschaden.

»Willst du später den Kindern noch ein bisschen zusehen, bevor ihr Unterricht zu Ende ist, und dann in der Hütte zu Mittag essen?«, fragt meine Mutter.

»Gern.«

Ich starre noch immer auf mein Gemälde – auf die Pinselstriche, die Schattierungen, die Komposition – und versuche zu sehen, was meine Mutter sieht.

Versuche zu sehen, was gut ist.

SIEBENUNDZWANZIGSTES KAPITEL

Ich sitze in einer Nische in der Hütte der Talstation des Mount Cortland, die rechte Schulter an das Fenster gepresst, das auf die Südseite des Berges hinausgeht. Meine Mutter sitzt mir gegenüber und strickt an einem unpraktischen, aber entzückenden elfenbeinfarbenen Wollpullover für Linus, der in seinem Buggy schläft. Ich wundere mich, dass er bei dem ganzen Lärm und Trubel hier drinnen schlafen kann. Es ist fast Mittag, und der Raum füllt sich allmählich mit lauten, hungrigen Skifahrern, die alle in ihren schweren Stiefeln über den Hartholzboden poltern. In der Hütte gibt es keine Teppiche, Vorhänge oder Dekorstoffe irgendwelcher Art, nichts, was die Geräusche dämpfen würde, sodass jeder Stiefelschritt und jede Stimme durch den ganzen Raum hallt und ein unmusikalisches Echo erzeugt, von dem ich irgendwann Kopfschmerzen bekommen werde.

Gestern im Supermarkt hat meine Mutter an der Kasse ein Arbeitsheft mit Wortsuchrätseln entdeckt, und weil sie sich erinnert hat, dass Heidi mir in Baldwin immer Wortsuchaufgaben gestellt hat, hat sie es gekauft. Sie freut sich über jede Gelegenheit, meine Therapeutin zu sein. Im Moment habe ich eines der Rätsel in Arbeit und bereits elf der zwanzig Wörter gefunden. Ich nehme an, die restlichen neun sind irgendwo auf der linken Seite versteckt, aber ich habe keine Lust, sie alle aufzuspüren. Ich beschließe, stattdessen aus dem Fenster zu sehen und mit offenen Augen zu träumen.

Es ist ein heller und sonniger Tag geworden, noch heller

durch die Spiegelung der Sonne auf so viel Weiß, und meine blinzelnden Augen benötigen eine Minute, um sich daran zu gewöhnen. Ich halte nach den Kindern Ausschau, die bei ihrem Unterricht auf der Rabbit Lane drüben am Magic-Carpet-Lift sind, und entdecke Charlie in der Mitte des Hügels auf seinem Snowboard. Er fällt alle paar Sekunden nach hinten auf seinen Po oder nach vorn auf die Knie, aber in den wenigen Sekunden dazwischen, in denen er tatsächlich auf den Beinen steht, scheint er sich richtig gut zu bewegen, und es sieht aus, als würde es Spaß machen. Ein Glück, dass er junge Knochen hat und nur etwa einen Meter zwanzig groß ist – nicht allzu hoch über dem Boden, auf den er immer wieder knallt. Ich kann mir nicht vorstellen, wie wund, erschöpft und von blauen Flecken übersät ich wäre, wenn ich so oft hinfallen würde. Ich denke über die letzten Monate nach. Na ja, vielleicht kann ich es mir doch vorstellen.

Dann entdecke ich Lucy, die am oberen Ende des Lifts wartet, vermutlich auf eine Anweisung. Im Gegensatz zu ihrem unerschrockenen Bruder würde sie ohne ausdrückliche Erlaubnis nicht einen Ski allein bewegen. Sie verharrt noch immer reglos, und Charlie habe ich aus den Augen verloren, daher schweift meine Aufmerksamkeit jetzt nach rechts ab – wie sie es meistens tut –, zum unteren Ende des Fox Run und des Wild Goose Chase, meiner beiden Lieblingspisten. Dort sehe ich die Skifahrer als verschwommene Kleckse in Rot, Blau und Schwarz, die in einem Meer von Weiß ins Tal segeln und sich dann wieder in die Schlange des Sessellifts vor meinem Fenster einreihen.

Ich wünschte, ich wäre dort draußen. Ich sehe einen Mann und eine Frau – ich nehme an, ein Ehepaar – genau vor meinem Fenster nebeneinander zum Stehen kommen. Sie haben rosige Wangen und Nasen, sie lächeln sich an und unterhalten sich. Ich kann nicht verstehen, was sie sagen. Aus irgendeinem Grund will ich, dass sie aufsehen und mich bemerken, aber das tun sie nicht. Stattdessen drehen sie sich wieder zum Berg um und reihen sich in die Schlange vor dem Lift ein, rutschen hin und wieder ein paar Meter vor, um noch einmal hochzufahren. Sie erinnern mich an Bob und mich. Alles um mich herum bombardiert meine Sinne, löst in mir einen fast überwältigenden Drang danach aus, meine glänzenden neuen Skier zu holen und auf diesen Berg zu fahren – die Geräusche der Hütte, der Geruch von Pommes frites, der strahlende Glanz des Außenlichts, der Gedanke an die kalte Bergluft in meinen Lungen, auf meinen Wangen und in meiner Nase, der Anblick des jungen Paars und seine gemeinsame Begeisterung nach einer tollen Abfahrt ... Ich will dort draußen sein!

Das wirst du. Aber ich habe nicht so viel Selbstvertrauen. Es fällt mir schon schwer genug, mit meinem Gehstock auf flachen, rutschfesten Böden zu laufen. *Das WIRST du,* beharrt das Vor-dem-Unfall-Ich. Sein Ton lässt keinen Raum für irgendeine andere Möglichkeit. Das Vor-dem-Unfall-Ich denkt so schwarz-weiß, und mir fällt auf, dass es – genau wie Charlie – mehr Selbstvertrauen hat, als gut für mich ist. *Das wirst du.* Diesmal ist es Bobs Stimme in meinem Kopf, überzeugt und aufmunternd. Widerstrebend glaube ich ihm.

»Was war das denn?«, fragt meine Mutter.

»Was?« Ich frage mich, ob ich irgendetwas von dem, was ich eben gedacht habe, vielleicht laut ausgesprochen habe.

»Da draußen. Dieser Mensch, der da im Sitzen den Berg herunterkommt.«

Ich suche die Kleckse auf dem Hügel ab, ohne zu sehen, wovon sie redet.

»Wo denn?«

»Da.« Sie zeigt in die Richtung. »Und hinter ihm steht ein Skifahrer.«

Schließlich sehe ich, was sie meint. Jetzt, wo die beiden näher kommen, sieht es so aus, als ob die vordere Person auf einem Schlitten sitzt, der wiederum auf einem Ski befestigt ist, während die hintere Person Ski fährt und eine Art Griff hält, der an dem Schlitten befestigt ist – wahrscheinlich, um ihn zu lenken.

»Wohl jemand, der behindert ist«, vermute ich.

»Vielleicht könntest du das auch tun«, sagt sie. Ihre aufgeregte Stimme hüpft über den Tisch auf mich zu wie ein Tischtennisball.

»Das will ich nicht.«

»Warum denn nicht?«

»Weil ich nicht im Sitzen Ski fahren will.«

»Na ja, vielleicht gibt es für dich eine Möglichkeit, es im Stehen zu tun.«

»Ja, man nennt es Skifahren.«

»Nein, ich meine eine besondere Art.«

»Du meinst eine behinderte Art.«

»Ich meine, vielleicht gibt es eine Möglichkeit für dich, jetzt Ski zu fahren.«

»Ich will jetzt nicht Ski fahren, wenn ich es nicht auf die normale Art kann, und ich bin noch nicht so weit. Ich will keine behinderte Skifahrerin sein.«

»Du bist die Einzige, die dieses Wort verwendet, Sarah.«

»Egal. Wir haben keine ›Spezial‹-Ausrüstung, und ich werde nicht Tausende von Dollar in irgendeine Art Skischlitten investieren, den ich sowieso nicht benutzen will.«

»Vielleicht haben sie ja welche hier. Entschuldigen Sie, Miss?«

Meine Mutter winkt eine junge Frau heran, die in diesem Augenblick an unserem Tisch vorbeikommt. Sie trägt eine der rot-schwarzen Skijacken, an denen die Mount-Cortland-Mitarbeiter zu erkennen sind.

»Sehen Sie diesen Skifahrer, der dort draußen im Sitzen den Berg herunterkommt? Hat er diese Ausrüstung hier gemietet?«

»Ja, die ist vom NEHSA, dem Behindertensportverband Neuengland«, antwortet sie. Sie wirft einen Blick auf meinen Gehstock. »Der ist in dem Gebäude nebenan. Ich kann Sie gern hinbringen, wenn Sie wollen.«

»Nein, danke«, erwidere ich, noch bevor meine Mutter anfangen kann, unsere Sachen zusammenzupacken. »Wir wollten uns nur erkundigen, danke.«

»Kann ich Ihnen ein paar Informationen darüber bringen?«

»Nein, schon gut, danke«, sage ich.

»Okay, na ja, der NEHSA ist jedenfalls gleich nebenan, falls Sie es sich anders überlegen«, wiederholt sie und geht weiter.

»Ich denke, das sollten wir uns mal ansehen«, meint meine Mutter.

»Ich will nicht.«

»Aber du wolltest doch unbedingt Ski fahren.«

»Das ist kein Skifahren, das ist Sitzen.«

»Es ist eher Skifahren, als in dieser Hütte zu sitzen. Es ist im Freien. Es geht den Berg hinunter.«

»Nein, danke.«

»Warum versuchst du's nicht wenigstens?«

»Ich will nicht.«

Ich wünschte, Bob wäre hier. Er hätte dieses Gespräch nach den ersten paar Sekunden abgewürgt. Der »Skifahrer« und der Hundeschlittenführer hinter ihm kommen vor unserem Fenster zum Stehen. Der Schlittenführer trägt dieselbe rotschwarze Jacke wie die Frau, mit der wir eben gesprochen haben. Ein Lehrer. Die Beine des »Skifahrers« sind aneinander- und auf den Schlitten geschnallt. Der »Skifahrer« ist vermutlich von der Hüfte abwärts gelähmt. Ich bin nicht gelähmt. Oder vielleicht wurden dem »Skifahrer« die Beine amputiert und er hat an einem oder beiden eine Prothese. Ich habe noch beide Beine. Der »Skifahrer« und der Lehrer unterhalten sich einen Moment lang. Der »Skifahrer« strahlt übers ganze Gesicht. Dann lenkt der Lehrer den »Skifahrer« vor zum Anfang der Schlange, wo beide weitaus müheloser in den Sessellift steigen, als ich es erwartet habe.

Ich sehe ihnen nach, während sie den Berg hochfahren, verfolge ihre Auffahrt, bis ihre Sitze zu klein werden, um sie noch zu erkennen. Die nächste halbe Stunde bis zum Mittagessen verbringe ich damit, den Ski- und Snowboardfahrern zuzusehen, die im Zickzackkurs den Fox Run und den Wild Goose Chase herunterbrettern. Aber ehrlich gesagt beobachte ich das Treiben an dem Hang nicht nur passiv. Ich halte nach dem sitzenden »Skifahrer« und seinem Schlittenführer Ausschau. Aber ich sehe sie nicht wieder.

Während des gesamten Mittagessens werfe ich immer wieder einen verstohlenen Blick aus dem Fenster, aber ich kann sie nirgends mehr entdecken. Sie müssen zu einem anderen Pistengebiet gefahren sein. Als wir unsere Sachen zusammenpacken, um nach Hause zu fahren, sehe ich ein letztes Mal hinüber. Ich kann sie noch immer nicht entdecken.

Aber wenn ich die Augen schließe, kann ich das lächelnde Gesicht des »Skifahrers« sehen.

ACHTUNDZWANZIGSTES KAPITEL

Es ist Ende Januar, und Bob und ich sind wieder im Klassenzimmer von Ms. Gavins erster Klasse, aber diesmal hat sie uns Erwachsenenstühle hingestellt, und meine Schuhe sind vermutlich genauso hässlich wie ihre. Das Schuljahr an der Grundschule von Welmont ist in drei Abschnitte unterteilt, und wir sind jetzt etwa bei der Hälfte des zweiten Drittels. Ms. Gavin hat uns um ein Gespräch gebeten, um über Charlies Fortschritte zu reden, bevor die nächsten Zeugnisse nach Hause geschickt werden.

Wir setzen uns, und Bob streckt einen Arm aus und ergreift meine linke Hand. Ms. Gavin nimmt es kurz zur Kenntnis, bevor sie mit einem freundlichen Lächeln beginnt. Vermutlich fasst sie unser Händehalten so auf, dass wir nervös sind und uns auf entmutigende Neuigkeiten gefasst machen, ein rührendes Angebot emotionalen Beistands. Ich kann zwar durchaus ein Element besorgter Verbundenheit in Bobs Berührung erkennen, aber ich denke, der Hauptgrund, weshalb er meine Hand hält, ist, dass ich sie still halten soll.

Die meiste Zeit baumelt mein linker Arm einfach von der Schulter herunter, nutzlos, aber auch ohne Aufmerksamkeit auf sich zu lenken. Doch seit Kurzem hat meine linke Hand begonnen, ein Interesse an Konversation zu zeigen und ohne mein Wissen zu gestikulieren.

Meine ambulanten Therapeuten, meine Mutter, Bob – alle sind der Ansicht, dass das eine gute Entwicklung ist, ein Zeichen dafür, dass das Leben in meine linke Seite zurückkehrt. Ich stimme ihnen zu, aber für mich ist es auch ein etwas unheimliches neues Symptom, weil es sich so anfühlt, als ob jemand anders als ich der Puppenspieler wäre. Manchmal unterstreichen die kleinen Gesten treffend das, was ich in dem Augenblick sage, aber mitunter sind die Bewegungen auch völlig losgelöst von jedem erkennbaren Inhalt, und mein Arm scheint einfach ziellos, ja sogar spastisch, umherzustreifen. Gestern, während einer peinlich leidenschaftlichen Diskussion über *Kate Plus 8* mit meiner Mutter, wanderte meine linke Hand auf einmal zu meiner linken Brust und blieb dort. Und das weiß ich auch nur, weil meine Mutter, nachdem sie und Bob auf meine Kosten eine ganze Weile Tränen gelacht hatten, mich in diesen Riesenwitz einweihte und meine Hand von der Brust nahm (aus eigener Willenskraft konnte ich sie nicht loslassen). Daher ist es zwar gut möglich, dass Bob meine Hand hält, um mich liebevoll zu unterstützen, doch vermutlich will er eher verhindern, dass ich mich vor Ms. Gavin begrapsche. Aber was auch immer der Grund ist, ich bin ihm auf jeden Fall dankbar.

»Wir sind ja alle so froh, dass Sie wieder zu Hause sind, Mrs. Nickerson«, sagt Ms. Gavin.

»Danke.«

»Wie geht es Ihnen?«, fragt sie.

»Gut.«

»Gut. Ich war so besorgt, als ich hörte, was passiert ist. Und als Sie so lange nicht zu Hause waren, war ich auch besorgt, Charlie würde anfangen, sich im Unterricht aufzuführen, und noch weiter zurückfallen.«

Ich nicke und warte darauf, dass sie genauer ausführt, inwiefern er sich aufführt und wie weit er zurückgefallen ist. Bob drückt meine Hand. Er wartet ebenfalls.

»Aber er macht sich richtig gut. Ich würde sagen, vormittags läuft es besser als nachmittags, was daran liegen könnte, dass die Wirkung des Medikaments einsetzt, sobald er es morgens genommen hat, und im Laufe des Tages nachlässt, oder daran, dass er am Nachmittag erschöpfter ist. Aber im Großen und Ganzen kann ich eindeutig eine Verbesserung feststellen.«

Wow. Ich hatte die ganze Zeit gehofft, eine solche Neuigkeit über Charlie zu hören, aber nicht gewagt, diese Hoffnung laut auszusprechen. Zu Hause läuft es in letzter Zeit so viel besser mit ihm – er ist mit seinen Hausaufgaben in weniger als einer Stunde fertig, und das ohne größere Diskussionen oder Dramen, er vergisst nicht, seine Schuhe anzuziehen, wenn ich ihn bitte, seine Schuhe anzuziehen, und er verliert nicht mehr als die Hälfte seiner Murmeln an einem Tag –, aber wir wussten nicht, ob sich irgendwelche dieser Verbesserungen in seinem Verhalten auch im Klassenzimmer zeigen. Bob drückt glücklich meine Hand, und wir warten darauf, dass Ms. Gavin genauer ausführt, in welcher Weise und wie weit sich Charlie verbessert hat.

»Er kann Anweisungen jetzt besser befolgen, und meistens ist er imstande, die Arbeitsblätter zu bearbeiten, die ich der Klasse austeile.«

Sie reicht Bob einen Stapel weißer Blätter. Bob hält noch immer meine linke Hand, während er mir ein Blatt nach dem anderen reicht. Auf jedem Blatt steht ganz oben Charlies Name; er ist mit Bleistift in seiner Handschrift geschrieben. Auf den meisten Blättern hat Charlie alle Fragen beantwortet, was allein schon eine bemerkenswerte Leistung ist, und bis jetzt sehe ich bei ungefähr zehn Fragen auf jeder Seite jeweils nur zwei oder drei falsche Antworten. *Tolle Arbeit! Sehr schön! Gut gemacht!* steht mit rotem Korrekturstift auf fast jedem Blatt – mit zusätzlichen Ausrufezeichen und Smileys auf vielen davon. Ich glaube nicht, dass ich je zuvor ein Lob auf Charlies Arbeiten gesehen habe.

»Hier ist die letzte Seite«, sagt Bob.

Es ist ein Blatt mit einfachen Rechenaufgaben. *100 %!!!* steht eingekreist ganz oben. Eine perfekte Punktzahl für meinen wundervoll unperfekten Jungen.

»Können wir die mit nach Hause nehmen?«, frage ich strahlend.

»Natürlich.« Ms. Gavin strahlt zurück.

Ich kann es kaum erwarten, dieses Blatt voller Additionen und Subtraktionen zusammen mit meiner Mutter zu bejubeln, die genauso begeistert sein wird, und es mit einem Magneten mitten auf dem Kühlschrank zu befestigen. Oder vielleicht sollten wir es einrahmen und an die Esszimmerwand hängen.

»Das ist eine Riesenverbesserung, meinen Sie nicht auch?«, fragt Ms. Gavin.

»Ein Unterschied wie Tag und Nacht«, sagt Bob.

»Ich lasse ihn eine extragroße gelbe Karteikarte benutzen, mit der er die Fragen unter der, auf die er sich konzentriert, abdecken kann. Die Fragen in einzelne Streifen zu zerschneiden war zu zeitaufwändig. Außerdem haben sich die anderen Kinder für sein ›Bastel-Projekt‹ interessiert, und auf einmal wollten sie alle ihre Blätter zerschneiden. Das heißt, ich habe nichts dagegen, wenn Sie es zu Hause so machen, aber hier benutzen wir die gelbe Karteikarte, und das scheint gut zu klappen.«

»Okay, das wäre für uns auch leichter. Sitzt oder steht er dabei?«, frage ich.

»Ich habe ihm gesagt, er kann tun, was ihm lieber ist, und früher hat er meistens gestanden, aber inzwischen setzt er sich wieder hin. Ich glaube, das Stehen hilft ihm durchaus, still zu bleiben und sich auf das zu konzentrieren, was er tut, aber ein paar andere Kinder haben ihm deswegen das Leben schwer gemacht. Ein paar der Jungen haben ihn gehänselt.«

Wer? Wer macht ihm das Leben schwer? Nennen Sie mir Namen, ich will Namen hören.

»Wie denn zum Beispiel?«, fragt Bob.

»Na ja, als er gestanden hat, hat ihm jemand den Stuhl weggezogen, sodass er, als er sich wieder setzen wollte, auf den Boden gefallen ist. Einmal hat jemand einen Schokoladen-Muffin auf seinen Stuhl gelegt, und als er mit seiner Arbeit fertig war, hat er sich daraufgesetzt. Sie haben ihn damit aufgezogen und gesagt, die Schokolade sei Kacka. Sie haben ihn Hosenscheißer genannt.«

Ich fühle mich, als hätte mir Ms. Gavin eben mit ihrem hässlichen Schuh gegen die Brust getreten. Mein armer Charlie. Ich sehe an Ms. Gavin vorbei, und mein Blick fällt auf die Tafel mit den »Rechtschreibstars«. Charlies Foto ist in die Reihe der Schüler aufgenommen worden. Seine Augen sind zusammengekniffen, so übertrieben breit lächelt er. Auf der Tafel sind außerdem vier Fotos von anderen Jungen zu sehen. Sie lächeln ebenfalls. Noch vor einer Minute hätte ich gesagt, das sind alles entzückende kleine Jungen, aber jetzt sehe ich nur noch eine Gang lausiger kleiner Monster. Satansbrut. Warum hat uns Charlie nichts davon gesagt?

»Was haben Sie dagegen unternommen?«, fragt Bob.

»Ich tadele die Kinder, die ihn hänseln, wenn ich es mitbekomme, aber ich bin sicher, vieles davon läuft ab, ohne dass ich es bemerke. Und bedauerlicherweise scheinen die Strafen die Jungen nur noch mehr anzustacheln.«

Ich kann es mir vorstellen. Mündliche Verwarnungen, Pausenverbote oder zum Schulleiter geschickt zu werden – das sind alles Dinge, die nur Öl ins Feuer gießen. Aber es muss etwas geben, was wir tun können. In meinem Kopf beginnen fragwürdige Rachefantasien abzulaufen. Auge um Auge, Kacka um Kacka. Ich übertrage meine ohnmächtige Wut auf den Griff meines Gehstocks. Stockschläge. Gegen Stockschläge hätte ich nichts einzuwenden.

»Und was jetzt? Soll Charlie das alles etwa einfach erdulden?«, fragt Bob. »Was halten Sie davon, die Kinder, die ihn ärgern, in einen anderen Teil des Klassenzimmers zu setzen?«

»Das habe ich bereits getan. Damit er, wenn er will, seine Aufgaben im Stehen erledigen kann, ohne dass ihn jemand belästigt. Aber er hat sich entschieden, bei der Arbeit jetzt sitzen zu bleiben. Ich glaube, er will einfach so sein wie alle anderen auch.«

Ich weiß, wie er sich fühlt.

»Mir ist klar, dass man dieses Wort in der heutigen politisch korrekten Welt nicht verwenden soll, aber glauben Sie, er wird je ›normal‹ sein?«, frage ich.

Mein Herz verkrampft sich. Ich weiß, dass ich mich nach Charlie erkundige, aber meine Frage kommt mir vor, als würde ich sie über mich selbst stellen. Werde ich je normal sein? Werde ich je *100 %* oben auf meinem Blatt sehen? Ms. Gavin schweigt einen Augenblick, und ich kann sehen, dass sie ihre Worte sorgfältig abwägt, bevor sie den Mund aufmacht. Ich weiß, dass ihre Antwort nur die Meinung einer jungen Lehrerin über einen jungen Schüler sein wird, auf der Grundlage ihrer sehr begrenzten Erfahrung mit ihm. Aber mein Herz, zu dem diese Logik nicht durchdringt, hat das Gefühl, dass die Wahrheit über Charlies und auch mein Schicksal irgendwie doch in dem zu finden ist, was sie im Begriff ist zu sagen – so als würde sie mir meine Zukunft prophezeien. Ich umklammere meinen Stock.

»Ich denke, dank der Medikamente, der Verhaltensänderungen, der Ernährungsumstellung, die Sie vorgenommen haben, und der ganzen positiven Bestätigung und Unterstützung, die er bekommt, dürfte Charlies ADHS ihn nicht daran hindern, seine schulischen Möglichkeiten voll auszuschöpfen. Ich zolle Ihnen beiden wirklich großen Respekt dafür, dass Sie so schnell etwas unternommen haben. Viele Eltern hätten mich einfach ignoriert oder jahrelang mir und dem Schulsystem die Schuld gegeben, bevor sie getan hätten, was Sie getan haben, um ihm zu helfen.«

»Danke. Es ist eine solche Erleichterung, das zu hören«, sagt Bob. »Aber was ist mit den anderen, ganz normalen Kindergeschichten, gehört er dazu?«

Sie zögert.

»Unter uns gesagt?«, fragt sie, noch immer zögernd. »Ich habe eine Schülerin, die sich zwanghaft die Nägel bis zur Unkenntlichkeit abkaut, einen Schüler, der es einfach nicht lassen kann, in der Nase zu bohren, eine, die ständig vor sich hin summt, während sie arbeitet, und einen, der stottert. Jedes Jahr werden die Kinder mit einem starken Überbiss ›Bugs Bunny‹ genannt und die Kinder mit einer Brille ›Brillenschlange‹. Ich weiß, alle Eltern wollen, dass ihr Kind dazugehört, und niemand hat es verdient, gehänselt zu werden, aber die Erfahrungen, die Charlie macht, scheinen mir für einen Erstklässler durchaus normal zu sein.«

Ich lache, lasse alle Angst und alle rachsüchtigen Gefühle aus meinem Herzen und ersetze sie durch eine Offenheit und Empathie, die zunächst nur Charlie mit seiner gelben Karteikarte, seinem Murmelbecher, seinen weniger als hundert Prozent und seinem mit Schokolade verschmierten Gesäß gilt. Aber dann dehnt sie sich auch auf diesen ganzen bunten Haufen von Erstklässlern aus, mit all ihren verrückten Ticks, Schrullen und Schwächen. Und schließlich erreicht sie auch Ms. Gavin in ihren hässlichen Schuhen, die die Geduld und den Mut aufbringt, sie jeden Tag zu unterrichten und sich mit ihnen herumzuschlagen. Und weil ich immer noch ein bisschen übrig habe, erstreckt sie sich schließlich auch auf mich. Eine siebenunddreißigjährige Frau, deren Ehemann ihre linke Hand hält, damit sie sich nicht unbewusst an die eigene Brust fasst.

»Und normal zu sein wird sowieso überbewertet, wenn Sie mich fragen«, sagt Ms. Gavin.

»Da gebe ich Ihnen recht«, pflichte ich ihr bei.

Ms. Gavin lächelt. Trotzdem mache ich mir Sorgen um Charlies Zukunft. Wenn die anderen Schüler aufhören, in der Nase zu bohren, und wenn die Kinder mit schlechten Zähnen zu einem Kieferorthopäden gehen und die Kinder mit einer Brille Kontaktlinsen bekommen, wird Charlies ADHS ihn dann weiterhin zu einem Außenseiter machen? Sport ist eine tolle Möglichkeit dazuzugehören, aber Charlie fällt es schwer, zu warten, bis er an der Reihe ist, auf seiner Position zu bleiben und sich an alle Regeln zu halten. Doch all das sind notwendige Fähigkeiten, um beim Fußball, Basketball oder T-Ball erfolgreich zu sein. Er kann sich schon jetzt für keine dieser

Sportarten begeistern, aber er ist zu jung, um zu begreifen, dass sie nur freiwillig sind. Wir melden ihn für alles an, was es in seiner Altersgruppe gibt, und er geht so zu den Trainings und Spielen, wie er zur Schule geht – weil wir es ihm sagen und ihn hinbringen. Doch er wird in nicht allzu ferner Zukunft in ein Alter kommen, in dem er sich – wenn sich seine Fähigkeiten nicht verbessern – vermutlich dagegen entscheiden wird. Und er wird all diese Gelegenheiten verlieren, dazuzugehören und dauerhafte Freundschaften zu schließen, die ein solches Team bieten kann. Es ist ein Jammer, dass wir nicht in der Nähe eines Berges leben. In einem Snowboarding-Team würde er vermutlich aufblühen.

»Machen Sie zu Hause also einfach weiter wie bisher. Ich wollte Sie nur wissen lassen, dass er sich hier schon so viel besser macht. Ich glaube, Sie alle werden diesmal sehr stolz auf sein Zeugnis sein«, endet Ms. Gavin.

»Danke. Das werden wir bestimmt«, sagt Bob.

Während unserer Besprechung hatten die Kinder aus Charlies Klasse Pause und haben draußen gespielt. Da sie noch ein paar Minuten Zeit haben, bevor sie in ihr Klassenzimmer zurückkehren müssen, beschließen Bob und ich, hinüberzugehen und Charlie kurz Hallo zu sagen, bevor Bob erst mich nach Hause und dann wieder zur Arbeit fährt. Wir haben eben das Ende des langen, gepflasterten Fußwegs erreicht, als uns ein Riesentumult, der in der Nähe der Schaukeln ausbricht, innehalten lässt. Es sieht aus, als ob zwei Kinder sich prügelten und ein Lehrer alle Mühe damit hätte, die Streithähne zu trennen. Das komplette restliche Treiben auf dem Spielplatz ist mitten in der Bewegung erstarrt: Alle wollen sehen, was passieren wird. Von dort aus, wo Bob und ich stehen, kann ich die Gesichter der beiden Kinder nicht sehen, aber bereits im nächsten Augenblick erkenne ich eine der beiden Jacken. Charlies orangefarbene North-Face-Skijacke.

»Charlie!«, brülle ich.

Bob lässt meine linke Hand los und sprintet auf Charlie zu. Alle Muskeln meines Körpers wollen ebenfalls zu Charlie laufen, aber mein beschädigtes Gehirn lässt es nicht zu. Mein Kind schwebt in Gefahr, hat Ärger – oder beides – und ist in Sichtweite, aber ich kann nicht zu ihm, um ihn zu retten oder mit ihm zu schimpfen. Bob liegt jetzt mit Charlie auf dem Boden, und der Lehrer zerrt das andere Kind an der Hand weg. Ich schleppe mich an meinem Gehstock vorwärts und bin bei jedem Schritt mit dem Stock frustriert, bei jedem Nachziehen des Beins ungeduldig. Ich bin wütend auf mich, weil ich nicht schon dort bin.

»Was ist denn passiert?«, frage ich, als ich die beiden endlich erreiche.

Charlie kickt mit seinen Stiefeln schmutzigen Schnee hoch und sagt nichts. Seine Nase läuft, und er atmet schwer durch den Mund. Sein Gesicht und seine Fingernägel sind schmutzig, aber ich sehe kein Blut.

»Na los, antworte deiner Mutter«, fordert Bob.

»Er hat etwas Gemeines gesagt«, sagt Charlie.

Ich sehe Bob an. Das muss einer der Jungen sein, die ihn gehänselt haben. Ich versuche auf der linken Seite zu sehen, welchen Jungen der Lehrer in Gewahrsam genommen hat, aber ich kann die beiden nicht finden.

»Hat dieser Junge dich beschimpft?«, frage ich.

Charlie hört auf zu kicken und sieht zu mir hoch.

»Nein«, antwortet er. »Er hat dich beschimpft. Er hat dich einen dummen Krüppel genannt.«

Ich stehe wie angewurzelt da, verblüfft und außerstande, den vorgefertigten Klischee-Vortrag über dumme Sprüche, auf die man nichts geben darf, zu halten, den jede Mutter in ihrer Schürzentasche aufbewahrt. Noch einmal versuche ich nach links zu sehen, während ich mich frage, ob der Junge vielleicht der Nasenbohrer oder der Stotterer ist, aber ich kann ihn noch immer nicht finden. Dann drehe ich mich wieder zu Charlie um.

»Danke, dass du für mich eingetreten bist«, sage ich liebevoll. »Aber du solltest dich nicht prügeln.«

»Aber …«, beginnt Charlie.

»Kein Aber. Kein Prügeln. Außerdem weiß dieser Junge doch gar nicht, wovon er redet«, sage ich. »Ich bin der schlaueste Krüppel, den er je gesehen hat.«

NEUNUNDZWANZIGSTES KAPITEL

Meine Mutter und ich haben die ganze letzte Stunde von unserer Nische in der Hütte der Talstation aus zugesehen, wie Bob und Lucy auf der Rabbit Lane zusammen Ski gefahren sind. Nach viel Quengeln, Winseln, Flehen und Verhandeln – und letztendlich, weil er die Grundlagen letzte Woche in den Februar-Schulferien wirklich gelernt hat – hat Charlie schließlich seinen Wunsch erfüllt bekommen, den Übungshügel zu verlassen. Immer wieder sehen wir ihn kurz, wie er den Fox Run hinunterrast. Sein Gesicht kann ich nie sehen, aber ich stelle mir vor, dass er bis über beide Ohren grinst.

»Ich denke, ich werde zurück zum Haus fahren«, sagt meine Mutter, die Augenbrauen zusammengezogen. Offenbar wird sie von irgendwelchen Schmerzen gequält.

»Was ist denn los?«, frage ich.

»Eigentlich nichts. Ich glaube, ich habe nur ein bisschen Kopfschmerzen von der Sonne. Und ich habe nicht gut geschlafen. Ich denke, ich werde mit Linus ein kleines Nickerchen machen. Willst du mitkommen?«

»Nein, ich bleibe noch.«

»Bist du sicher?«

»Ja. Bist du sicher, dass mit dir alles okay ist?«, frage ich.

»Ich muss mich nur ein bisschen hinlegen. Ruf mich an, wenn du mich brauchst.«

Sie sammelt die Behälter mit Knetmasse, die Pappbücher und die Lastwagen ein, mit denen Linus gespielt hat, und wirft alles in seine Windeltasche. Dann rutscht sie aus der Nische, schnallt Linus in seinen Buggy und geht.

Es ist früh am Morgen, und die Hütte ist still. Ich werfe einen Blick aus dem Fenster, aber ich sehe weder Bob noch Lucy oder Charlie. Meine Mutter hat mir einen Skizzenblock und Bleistifte, das Arbeitsheft mit den Wortsuchrätseln und das neueste *People*-Magazin dagelassen. Aber ich bin mit dieser *People*-Ausgabe schon fertig, und ich habe keine Lust zu zeichnen. Ich sollte ein Wortsuchrätsel lösen. Mein ambulanter Therapeut ist der Ansicht, dass Wortsuchrätsel mir helfen könnten, die Tasten schneller zu finden, die ganz links auf meiner Computertastatur sind, und ich muss schneller tippen können, wenn ich wieder arbeiten gehen will, und ich will auf jeden Fall wieder arbeiten gehen, daher sollte ich jedes Wortsuchrätsel in diesem Heft lösen. Aber ich habe keine Lust dazu.

Ohne ein bestimmtes Ziel vor Augen zu haben, beschließe ich, ein bisschen spazieren zu gehen. Zu Fuß kann man hier eigentlich nicht sehr weit laufen – außer über den Parkplatz, und das ist vermutlich nicht der sicherste Ort zum Umherschweifen für jemanden, der Dinge, die von links kommen, nicht so leicht wahrnimmt und nicht sofort ausweichen kann. Aber ich bin es leid, in dieser Nische zu sitzen, und ich denke, dass die frische Luft mir guttun wird.

Mein Gehstock und ich treten ins Freie, und die kalte Luft und die warme Sonne beleben mich augenblicklich. Ohne es wirklich vorzuhaben, gehe ich, selbst nachdem ich begriffen habe, wohin mich meine Schritte führen, hinüber zu dem Gebäude nebenan. Ich halte nur kurz inne, um das Schild über der Tür zu lesen. *BEHINDERTENSPORTVERBAND NEUENGLAND*. Dann gehe ich die Behindertenrampe hoch und trete ein.

Ich wundere mich, als ich merke, dass es hier wie in einer typischen Skihütte aussieht – Kiefernböden, Holzbänke, durchsichtige Glasschalen auf einem Tresen, die mit Handwärmern, Lippenbalsam und Sonnencreme gefüllt sind, ein

Drahtständer mit polarisierenden Sonnenbrillen. Ich nehme an, ich hatte erwartet, dass es eher wie in einer Rehaklinik aussehen würde. Außer mir ist nur noch eine weitere Person im Raum, ein junger Mann im Rollstuhl, in den Zwanzigern, würde ich schätzen. Nach seinem Bürstenschnitt und seinem Alter zu urteilen, würde ich sagen, dass er ein Veteran des Irakkriegs ist. Er sieht selbstsicher und entspannt aus, als ob er schon dutzende Male hier gewesen ist. Er ist damit beschäftigt, die Riemen an seinen Beinen einzustellen, und scheint mich nicht zu bemerken.

»Kann ich Ihnen helfen?«, fragt ein Mann mit einer rotschwarzen Mitarbeiterjacke und einem begeisterten Lächeln.

»Ich wollte mich nur umsehen«, lehne ich ab, bemüht, keinen Blickkontakt aufzunehmen.

»Fahren Sie Ski?«, fragt er.

»Früher schon.«

Wir sehen beide mit einem ernsten Nicken auf meinen Gehstock.

»Ich bin Mike Green«, sagt er.

Er lächelt noch immer, sein Gesicht drückt freundliche Fröhlichkeit aus, und er erwartet, dass ich mich ebenfalls mit Namen vorstelle, aber es widerstrebt mir zu sehr, meine Anonymität preiszugeben. Seine großen weißen Zähne wirken noch weißer durch seine Skifahrer-Sonnenbräune – er ist goldbraun im ganzen Gesicht bis auf die weiße, sonnenbrillenförmige Maske um die Augen, wie das Negativ eines Waschbären – und er sieht nicht so aus, als würde er sich leicht geschlagen geben.

»Ich bin Sarah Nickerson«, lenke ich schließlich ein.

»Sarah! Wir haben Sie schon erwartet! Schön, dass Sie endlich gekommen sind.«

Jetzt grinst er mich an, als wären wir alte Freunde, was mir etwas unangenehm ist und mir das Gefühl gibt, dass es jetzt an der Zeit wäre, mich zu entschuldigen und draußen auf dem Parkplatz mein Glück dabei zu versuchen, Autos auszuweichen.

»Sie haben mich erwartet?«

»Aber ja. Wir haben vor ein paar Wochen Ihre entzückende Mutter kennengelernt. Sie hat die meisten Ihrer Unterlagen bereits ausgefüllt.«

Oh, jetzt verstehe ich. Natürlich hat sie das getan.

»Entschuldigung, das hätte sie nicht zu machen brauchen.«

»Sie müssen sich nicht entschuldigen. Wir werden Sie auf den Berg bringen, wann immer Sie so weit sind. Aber Sie haben recht. Sie sind keine Skifahrerin mehr. Jedenfalls vorerst nicht.«

Na bitte. Gleich kommt das inspirierende und überzeugende Verkaufsgeschwafel über diesen fantastischen und wundervollen Skischlitten. Ich zermartere mir das Gehirn auf der Suche nach irgendwelchen effektiven Methoden, ihn zu unterbrechen und ihm höflich *Nicht in einer Million Jahren, Mister* zu verstehen zu geben, ohne ihn zu kränken und bevor er zu viel von seinem Atem und meiner Zeit verschwendet.

»Sie sind eine Snowboarderin«, sagt er todernst.

Das ist nicht das, was ich erwartet hatte. *Nicht in einer Million Jahren.*

»Ich bin was?«

»Sie sind eine Snowboarderin. Wir können Sie heute auf ein Snowboard bringen, wenn Sie Lust dazu haben.«

»Aber ich kann gar nicht Snowboard fahren.«

»Wir werden es Ihnen beibringen.«

»Auf einem normalen Snowboard?«, frage ich, als ich einen Ausweg sehe.

»Es hat ein bisschen zusätzlichen Schnickschnack, aber im Grunde ist es ein ganz normales Snowboard«, antwortet er.

Ich werfe ihm denselben Blick zu, den mir Charlie und Lucy zuwerfen, wenn ich ihnen sage, dass Brokkoli köstlich schmeckt.

»Und was heißt denn schon normal? Jeder braucht eine Ausrüstung, um den Berg hinunterzukommen. Normal wird überbewertet, wenn Sie mich fragen«, erklärt er.

Normal wird überbewertet. Genau die Worte, die Ms. Gavin verwendet hat, als sie von Charlie sprach. Und ich habe ihr recht gegeben. Meine Miene wird sanfter, als würde ich darüber nachdenken, wie köstlich Brokkoli vielleicht schmecken könnte, wenn man ihn mit ein bisschen Parmesankäse bestreut, und Mike wittert seine Chance.

»Kommen Sie, ich werde es Ihnen zeigen.«

Meine Intuition sagt mir, dass ich ihm vertrauen soll, dass dieser Mann weitaus mehr über mich weiß als meinen Namen und das, was meine Mutter ihm vielleicht erzählt hat.

»Okay.«

Er klatscht in die Hände.

»Wunderbar. Dann kommen Sie mit.«

Er geht an dem Veteranen im Rollstuhl vorbei und weiter bis zum Eingang eines angrenzenden Raums, zu schnell, als dass ich mit ihm Schritt halten könnte. Er wartet auf der Türschwelle und sieht mir beim Laufen zu. Schätzt mich ab. Stock. Schritt. Nachziehen. Vermutlich überdenkt er diese ganze Idee mit dem Snowboardfahren noch einmal. Stock. Schritt. Nachziehen. Vermutlich denkt er, dass der Skischlitten doch besser für mich geeignet wäre. Stock. Schritt. Nachziehen. Ich kann spüren, wie der Veteran mich ebenfalls beobachtet und vermutlich derselben Meinung ist. Ich sehe auf die Wand vor mir und bemerke ein Poster von jemandem, der oben auf dem Berg in einem Skischlitten sitzt, hinter ihm sein Schlittenführer auf Skiern. Panik beginnt, kreuz und quer durch meinen Kopf zu schießen, und beschwört jeden Teil von mir, mit dem man vielleicht vernünftig reden kann, Mike zu sagen, dass ich nicht mit ihm mitkommen kann, dass ich gehen muss, dass ich mit meinem Mann in der Hütte verabredet bin, dass ich zurück zu meinen Wortsuchrätseln muss, dass ich in diesem Augenblick irgendwo anders sein muss. Aber ich sage nichts und folge ihm in den angrenzenden Raum.

Der Raum sieht aus wie ein Lagerhaus, vollgestopft mit umgebauter Ski- und Snowboardausrüstung. Ich sehe etliche

Skistöcke unterschiedlicher Höhe, an deren unteren Enden Mini-Skier befestigt sind, Holzdübel, an deren Enden Tennisbälle stecken, Stiefel und alles mögliche Metallzubehör. Als vor mir eine große Anzahl von Skischlitten auftaucht, die aufgereiht an einer Wand stehen, geht meine Panik mit mir durch und steigert sich zu einem regelrechten Anfall.

»Mit dem hier würde ich gern bei Ihnen anfangen.«

Während ich nach links sehe und versuche, Mike, seine weißen Zähne und den Skischlitten, mit dem ich anfangen soll, ausfindig zu machen, wird mir immer schwindeliger. Ich hätte in der Hütte bei meinem *People*-Magazin und meinen Wortsuchrätseln bleiben sollen. Ich hätte mit meiner Mutter nach Hause fahren und ein Nickerchen machen sollen. Aber als ich Mike schließlich finde, steht er gar nicht neben einem der Skischlitten. Er steht vor einem Snowboard. Meine Panik legt sich ein wenig und beruhigt sich, aber sie bleibt skeptisch und wachsam und ist kein bisschen verlegen oder um eine Entschuldigung bemüht wegen dieses falschen Alarms.

Nach dem Wenigen zu urteilen, was ich über Snowboards weiß, sieht dieses hier fast normal aus. Ein metallener Haltegriff ist vor den Stiefelbindungen auf das Brett geschraubt. Er ist etwa hüfthoch, sodass er mich an eine der Haltestangen im Krankenhaus erinnert. Aber ansonsten sieht es aus wie ein gewöhnliches Snowboard.

»Was halten Sie davon?«, fragt er.

»Es sieht nicht allzu schlimm aus. Aber ich verstehe nicht, warum Sie glauben, dass ich eine Snowboarderin bin.«

»Sie können Ihr linkes Bein nicht im Auge behalten, stimmt's? Das heißt, wir werden im Wesentlichen darauf verzichten. Wir werden es neben Ihrem rechten Bein auf dem Brett festschnallen, und los geht's – Sie müssen es nicht nachziehen, anheben oder irgendwohin steuern.«

Das klingt allerdings verlockend.

»Aber wie soll ich wenden?«

»Ah, das ist noch ein Grund, weshalb Sie eine Snowboarderin sind. Beim Skifahren geht es darum, das Gleichgewicht abwechselnd von links nach rechts zu verlagern, aber beim Snowboardfahren geht es darum, das Gleichgewicht abwechselnd von vorn nach hinten zu verlagern.«

Er macht es mir vor, streckt die Hüfte vor und drückt dann das Gesäß nach hinten, wobei er in beiden Positionen in die Knie geht.

»Kommen Sie, geben Sie mir Ihre Hände, versuchen Sie's mal.«

Er stellt sich vor mich hin, nimmt meine Hände und streckt meine Arme vor mir aus. Ich versuche zu imitieren, was er vorgemacht hat, aber selbst ohne einen Spiegel vor mir zu haben, in dem ich mich sehen könnte, weiß ich, dass alles, was ich tue, eher so aussieht wie Martin Short, der irgendeine sexuelle Handlung nachmacht, als wie jemand, der Snowboard fährt.

»So ungefähr.« Er versucht sich das Lachen zu verbeißen. »Stellen Sie sich vor, Sie hocken über dem Sitz einer öffentlichen Toilette, auf den Sie sich nicht setzen wollen. Das ist nach hinten. Und dann stellen Sie sich vor, Sie sind ein Typ, der möglichst weit in den Wald pinkeln will. Das ist nach vorn. Versuchen Sie's gleich noch mal.«

Ich halte mich noch immer an seinen Händen fest und bin gerade im Begriff, nach vorn zu schwingen, als ich auf einmal mitten in der Bewegung innehalte. Es kommt mir komisch vor, so zu tun, als würde ich Mike anpinkeln.

»Entschuldigung, mein Vergleich ist etwas bildhaft, aber er funktioniert. Nach vorn – auf die Zehen; nach hinten – auf die Fersen.«

Ich versuche es noch einmal. Ich gehe mit der rechten Hüfte vor und dann zurück, vor und dann zurück. Und anders, als wenn ich mein rechtes Bein oder meine rechte Hand bewege, geht meine linke Hüfte mit, wenn ich die rechte Hüfte bewege. Jedes Mal. Wenn man so ein Snowboard steuert, dann sieht es so aus, als ob ich das könnte.

»Aber was ist mit dem Bremsen? Wie soll ich meine Geschwindigkeit regulieren?«

»Diese Fahrerstange hier ist für Ihr Gleichgewicht, so wie Sie sich jetzt an meinen Händen festhalten. Aber am Anfang ist sie auch für uns Lehrer da, damit wir uns festhalten können. Wenn wir heute hochfahren, werde ich mit dem Gesicht zu Ihnen Snowboard fahren, und ich werde Ihre Geschwindigkeit steuern. Und sobald Sie Ihr Gleichgewicht im Griff haben, können wir zu einem dieser Bretter übergehen.«

Er zeigt mir ein anderes Snowboard. Dieses Snowboard hat keine Haltestange, und auf den ersten Blick fällt mir nichts Besonderes daran auf. Dann fädelt Mike eine schwarze Kordel durch eine Metallschlaufe, die an einem Ende des Bretts befestigt ist.

»Statt mich von vorn gegen Sie zu stemmen, werde ich Sie von hinten an diesem Strick festhalten, um Ihnen dabei zu helfen, Ihre Geschwindigkeit zu steuern.«

Ich stelle mir einen Hund an einer Leine vor.

»Und dann werden Sie es irgendwann allein können.«

Er zieht den Strick aus der Schlaufe, als wollte er sagen: »Trara! Ein ganz normales Snowboard!«

»Aber wie soll ich verhindern, dass ich auf der Piste mit anderen Leuten zusammenstoße? Sobald ich mich auf irgendetwas konzentriere, kann ich links von mir nichts mehr sehen.«

Er lächelt, als er merkt, dass er mich so weit hat, dass ich mich selbst auf dem Berg sehe.

»Das ist mein Job, bis Sie es allein können. Und wenn Sie es ohne die Fahrerstange versuchen, können Sie dazu übergehen, einen Ausleger zu benutzen, wenn Sie wollen.« Jetzt hält er einen Skistock hoch, an dessen unterem Ende ein kleiner Ski befestigt ist. »Damit hätten Sie noch einen Kontaktpunkt mehr zum Boden, wie Ihren Gehstock, der Ihnen zusätzliche Stabilität gibt.«

»Ich weiß nicht«, zögere ich.

Ich suche nach noch einem Aber, kann jedoch keins finden.

»Kommen Sie, versuchen wir's. Es ist ein herrlicher Tag, und ich wäre sehr gern dort draußen«, sagt er.

»Sie meinten, meine Mutter habe die *meisten* meiner Unterlagen bereits ausgefüllt?«, setze ich ihm meinen letzten Rest Widerstand entgegen.

»Ach ja. Es gibt da noch ein paar Standardfragen, die wir immer stellen und die nur Sie beantworten können.«

»Okay.«

»Was sind Ihre kurzfristigen Wintersportziele?«

Ich denke nach. Noch vor ein paar Minuten war mein einziges Ziel für heute, ein bisschen spazieren zu gehen.

»Ähm, auf einem Snowboard den Hügel hinunterzufahren, ohne mich oder jemand anders umzubringen.«

»Sehr gut. Das können wir schaffen. Und wie sieht's mit langfristigen Zielen aus?«

»Ich nehme an, Snowboard zu fahren, ohne irgendwelche Hilfe zu brauchen. Und irgendwann will ich wieder Ski fahren können.«

»Perfekt. Und wie sieht's mit Lebenszielen aus? Was sind Ihre kurzfristigen Ziele im Leben?«

Ich verstehe nicht ganz, was diese Information mit meiner Fähigkeit, Snowboard zu fahren, zu tun haben könnte, aber ich weiß die Antwort, deshalb gebe ich sie ihm.

»Wieder arbeiten zu gehen.«

»Was machen Sie beruflich?«

»Ich war Vizepräsidentin der Personalabteilung bei einem Consultingunternehmen in Boston.«

»Wow. Klingt eindrucksvoll. Und was sind Ihre langfristigen Ziele?«

Vor dem Unfall hatte ich gehofft, in den nächsten zwei Jahren zur Präsidentin der Personalabteilung befördert zu werden. Bob und ich haben für ein größeres Haus mit mindestens fünf Schlafzimmern in Welmont gespart. Wir hatten vor, ein Kindermädchen einzustellen, das bei uns im Haus leben sollte.

Aber jetzt, seit dem Unfall, erscheinen mir all diese Ziele ein bisschen belanglos zu sein, um nicht zu sagen: lächerlich.

»Mein Leben wiederbekommen.«

»Schön, Sarah, ich bin so froh, dass Sie gekommen sind. Sind Sie bereit, mit mir Snowboard zu fahren?«

Erschöpft von dem ganzen unnötigen Stress, liegt meine Panik jetzt eingekuschelt in einer weichen Decke und schlummert friedlich. Das Vor-dem-Unfall-Ich ist nicht allzu begeistert von dieser Idee, aber es stemmt sich auch nicht dagegen. Und Bob ist nicht hier, um sein Gewicht in die Waagschale zu werfen. Daher liegt die Entscheidung allein bei mir.

»Okay, versuchen wir's.«

Mike zieht mich an der Fahrerstange auf den Magic-Carpet-Lift, und wir gleiten – beide auf unseren Snowboards – die leichte, aber stete Anhöhe der Rabbit Lane hoch. Der Magic-Carpet-Lift ist wie ein Fließband, und die Leute darauf – hauptsächlich kleine Kinder, ein paar Eltern, ein paar Lehrer, Mike und ich – erinnern mich an Gepäckstücke am Flughafen oder Lebensmittel im Supermarkt, die auf einem schwarzen Gummiband fahren und darauf warten, gescannt zu werden.

Ich halte nach Bob und Lucy Ausschau. Ich will, dass die beiden mich sehen, und bete gleichzeitig, sie mögen es nicht tun. Was wird Bob denken, wenn er mich auf einem Behinderten-Snowboard sieht? Wird er denken, dass ich mich mit meinem Neglect abgefunden und aufgegeben habe? Habe ich aufgegeben? Ist das Anpassen oder Scheitern? Hätte ich warten sollen, bis ich gesund genug bin, um Ski zu fahren, wie ich es früher getan habe? Was, wenn es nie dazu kommt? Habe ich denn nur die Wahl, entweder in dieser Nische in der Skihütte zu sitzen oder Ski zu fahren, wie ich es vor dem Unfall getan habe, ohne irgendetwas dazwischen? Was, wenn jemand von der Arbeit übers Wochenende hier ist und mich sieht? Was, wenn Richard hier ist und sieht, wie ich mich an einer Haltestange festklammere, angeleitet von einem Lehrer des Behindertensportverbands Neuengland? Ich will nicht, dass mich irgendjemand so sieht.

Was tue ich hier eigentlich? Vielleicht war das eine wirklich impulsive und wirklich schlechte Entscheidung. Während wir uns dem Gipfel nähern – der eigentlich nicht der Gipfel von irgendetwas ist, sondern nur das willkürlich gewählte Ende des Magic-Carpet-Lifts, das von der Nische in der Hütte aus zu sehen ist, in der ich sicher und behütet gesessen habe, bevor ich meine Nase hier hineinstecken musste –, wird das nervöse Geplapper in meinem Kopf immer lauter und heftiger und entwickelt sich zu einer echten Panik.

Ich habe es mir anders überlegt. Ich will das nicht. Ich will nicht Snowboard fahren. Ich will zurück in meine Nische und an meinen Wortsuchrätseln arbeiten. Ich will am Fuß des Hügels sein. Aber jetzt sind wir schon am oberen Ende des Lifts angelangt, und es gibt keine Magic-Carpet-Fahrt hinunter. Und anders als die Kinder, die aus ihren eigenen berechtigten oder irrationalen Gründen ausflippen und nicht mehr weiterwollen, kann ich nicht einfach beschließen, mein Brett liegen zu lassen und das kurze Stück zur Talstation zu Fuß hinunterzulaufen. Mein Gehstock liegt unten im NEHSA-Gebäude, und ich kann mir nicht vorstellen, dass Mike sich bereiterklären würde, mir zu Fuß den Hügel hinunterzuhelfen, ohne dass ich zumindest einen ernsthaften Versuch mit dem Snowboard unternommen habe.

Mike reißt mich zur Seite, damit ich am Ende des Fließbands keine Massenkarambolage verursache. Dann dreht er sich zu mir um und legt seine Hände außen neben meine auf die Fahrerstange.

»Fertig?«, fragt er, aufgeregt die Zähne zeigend.

»Nein.« Ich beiße meine zusammen, während ich versuche, nicht in Tränen auszubrechen.

»Na klar sind Sie es. Gleiten wir erst mal nur ein bisschen vorwärts.«

Er beugt sich talwärts vor, und wir setzen uns in Bewegung.

Ob es mir gefällt oder nicht (und es gefällt mir eindeutig *nicht*), ich bin im Begriff, Snowboard zu fahren.

»Sehr gut, Sarah! Wie fühlt es sich an?«

Wie fühlt es sich an? Es fühlt sich an, als ob Aufregung und Angst in meiner Brust umherwirbeln wie Wäscheteile in einem Trockner. In jeder Sekunde werde ich zuerst von dem einen und dann von dem anderen Gefühl überwältigt.

»Ich weiß nicht.«

»Versuchen wir mal abzubiegen. Denken Sie daran: in den Wald pinkeln, um nach links zu fahren, sich über die Toilette hocken, um nach rechts zu fahren. Nach vorn auf die Zehen, nach hinten auf die Fersen. Versuchen wir es erst einmal vorwärts.«

Ich schiebe die Hüfte vor, und wir beginnen nach links zu fahren. Und das fühlt sich entsetzlich falsch an. Meine Knie blockieren, meine Hüfte versteift sich über den Oberschenkeln, und ich stehe komplett aufrecht da. Ich verliere jede Kontrolle über mein Gleichgewicht, aber dann spüre ich, wie Mike mich korrigiert und verhindert, dass ich stürze.

»Was ist passiert?«, fragt er.

»Ich fahre nicht gern nach links. Dann kann ich nicht sehen, wohin ich fahre, bevor wir schon dort sind, und das macht mir schreckliche Angst.«

»Keine Sorge. Ich passe schon auf, wohin wir fahren. Ich verspreche Ihnen, wir werden mit nichts und niemandem zusammenstoßen, okay?«

»Aber ich will nicht nach links fahren.«

»Okay. Dann gleiten wir jetzt einfach ein bisschen, und wenn Sie so weit sind, stellen Sie sich auf die Fersen und fahren nach rechts.«

Er stößt rückwärts gegen die Fahrerstange, und wir beginnen, gemeinsam den Hügel hinunterzugleiten. Nach ein paar Sekunden stelle ich mich auf die Fersen, hocke mich über die imaginäre Toilette, und wir fahren nach rechts. Dann bringe ich meine Hüfte wieder in die neutrale Position, und wir gleiten vorwärts. Ich beschließe, es noch einmal zu versuchen. Hocke, Fersen, neutral, vorwärts. Hocke, Fersen, neutral, vorwärts.

»Super, Sarah! Sie fahren Snowboard!«

Wirklich? Ich lockere meine Konzentration, denke nicht mehr verbissen an die einzelnen Schritte dessen, was ich tue, sondern beginne allmählich, das Gesamtbild zu sehen. *Gleiten, wenden, gleiten. Gleiten, wenden, gleiten.*

»Ich fahre Snowboard!«

»Wie fühlen Sie sich?«, fragt er.

Wie fühle ich mich? Obwohl Mike mein Gleichgewicht hält und meine Geschwindigkeit steuert, entscheide ich selbst, wann wir wenden und wann wir bergab fahren. Ich fühle mich frei und unabhängig. Und obwohl ich mich an einer Behindertenstange festhalte und normale Snowboards keine Behindertenstangen haben, fühle ich mich nicht anormal oder behindert. Mit einem Neglect zu laufen ist so anstrengend und abgehackt; es kostet mich so viel Kraft, mich auch nur ein paar erbärmliche Meter weit zu schleppen. Aber während wir auf unseren Snowboards den Hügel hinuntergleiten, fühle ich mich so flüssig, anmutig und natürlich. Ich fühle die Sonne und die Brise auf meinem Gesicht. Ich fühle Freude.

Am Fuß des Hügels kommen wir zum Stehen, noch immer einander zugewandt. Ich sehe in Mikes lächelndes Gesicht und entdecke mein Spiegelbild in seiner polarisierenden Sonnenbrille. Ich zeige genauso aufgeregt die Zähne wie er. Wie fühle ich mich? Ich fühle mich, als hätte Mike einen riesigen Stein durch die gläserne Wand meiner Vorurteile geschleudert, sie genau in der Mitte getroffen und meine Angst zu einer Million glitzernder Scherben rings um mich im Schnee zertrümmert. Ich fühle mich befreit und über die Maßen dankbar.

»Ich will das gleich noch mal machen!«

»Na super! Weiter geht's!«

Jetzt, wo wir auf flachem Gelände sind, springt Mike mit einem Stiefel aus der Bindung und zieht mich an der Fahrerstange hinüber zum Magic Carpet. Weil er zum NEHSA gehört, können wir gleich vorgehen und die ganze Schlange überspringen.

»Mommy! Mommy!«

Es ist Lucy, die neben Bob vor uns in der Schlange steht. Und Charlie ist bei ihnen. Mike zieht mich neben sie, und ich stelle ihn meiner Familie vor.

»Sieh dich einer an!«, sagt Bob, verblüfft, mich zu sehen, aber strahlend, ohne eine Spur von Enttäuschung oder Verurteilung in seinen Worten oder Augen, in denen ich immer seine Aufrichtigkeit erkennen kann.

»Sieh mich einer an!«, sage auch ich, platzend vor kindlichem Stolz. »Ich bin ein Snowboarder, genau wie Charlie!«

Charlie mustert mich von Kopf bis Fuß, um den Wahrheitsgehalt dieser Aussage zu prüfen. Sein Blick verweilt auf Mikes Hand, die in ihrem Handschuh auf meiner Fahrerstange ruht, und er überlegt, ob meine Erklärung einer Einschränkung bedarf, ob meine Begeisterung eine Realitätsprüfung benötigt.

»Cool!«, meint er.

»Das war eben ihre erste Abfahrt, und sie war richtig toll. Sie ist ein Naturtalent«, lobt Mike.

»Wir wollten vor dem Mittagessen noch eine Abfahrt machen«, sagt Bob. »Könnt ihr euch zu uns stellen?«

»Können wir uns hier einreihen?«, frage ich.

»Na klar«, antwortet Mike und zieht mich hinter Lucy in die Schlange.

Wir fahren mit dem Magic Carpet hoch und treffen uns oben wieder.

»Fertig?«, fragt Mike.

Ich nicke. Er lehnt sich zurück, und wir beginnen zu gleiten. *Gleiten, wenden, gleiten.* Ich lächele, während wir Snowboard fahren, weil ich weiß, dass Bob und die Kinder weiter hinten zusehen, und weil ich weiß, dass Bob vermutlich ebenfalls lächelt. Ich bin am oberen Ende des Rabbit Run statt auf dem Gipfel, und ich stehe auf einem Behinderten-Snowboard statt auf Skiern, aber nichts an dieser ganzen Erfahrung ist weniger als hundertprozentig, weniger als perfekt. Ich bin mit meiner Familie auf dem Berg. Ich bin hier.

Gleiten, wenden, gleiten. Lächeln.

DREISSIGSTES KAPITEL

Es ist Montagmorgen. Ich weiß, dass es Montagmorgen ist, weil wir gestern Abend von Cortland zurück nach Welmont gefahren sind, also muss gestern Abend Sonntagabend gewesen sein. Es ist Anfang März, und ich bin jetzt seit vier Monaten nicht mehr zur Arbeit gegangen, was auch heißt, dass ich seit vier ganzen Monaten ohne den strikten Terminplan lebe, der früher zu jeder wachen Stunde des Tages mein Wer, Was, Wann, Wo und Warum bestimmt hat. Ich weiß, dass es Wochenende ist, wenn wir in Vermont sind, und ich weiß, wann es Montag oder Freitag ist, weil wir dann entweder eben zurückgekehrt sind oder packen, um wieder loszufahren, aber die Tage dazwischen verschwimmen allmählich. Spätestens am Mittwoch weiß ich nicht mehr, ob es Dienstag oder Donnerstag ist. Und es spielt auch keine große Rolle.

Ich weiß außerdem, dass es Montag ist, weil Linus heute nicht in der Kindertagesstätte ist. Dienstags bis freitags geht er immer noch hin, aber montags inzwischen gar nicht mehr – einer unserer vielen Versuche, Geld zu sparen. Charlie und Lucy sind in der Schule, Bob ist auf der Arbeit, und Linus und meine Mutter sind Lebensmittel einkaufen gegangen. Ich bin allein zu Hause, noch im Pyjama, und sitze in meinem Lieblingssessel im Wintergarten. Mein geheiligter Raum.

Ich lese das Magazin *The Week* anstelle der Sonntagsausgabe der *New York Times*. Die Sonntagsausgabe der *New York Times* habe ich gründlich satt. Beim Kinderzahnarzt im Wartezimmer habe ich *The Week* entdeckt, und ich bin begeistert davon. Auf nur drei schnellen Seiten informiert es mich über die wichtigsten Ereignisse der Woche und enthält darüber hinaus auch Meinungen von Redakteuren und Kolumnisten führender Zeitungen wie der *New York Times*. Es widmet sogar uns heimlichen *People*-Fans eine ganze Seite mit den neuesten Hollywood-»Nachrichten«. Alle Artikel beginnen und enden auf ein und derselben Seite, und das ganze Magazin hat nur vierzig Seiten, was für mich bequem zu schaffen ist.

Es besitzt genau die Eigenschaften, die ich bei meinen Lieblingsberatern bei Berkley am meisten schätze: Es ist effizient und doch gründlich, kommt auf den Punkt. Während ich die Seite umblättere und über diesen Vergleich nachgrübele, muss ich auf einmal an die 80/20-Regel denken.

Die 80/20-Regel gilt als universelle Wahrheit und ist eines der Zehn Gebote für die Berkley-Berater. Sie ist ein ökonomisches Prinzip, das besagt, dass zwanzig Prozent Einsatz achtzig Prozent Ertrag bringen. Das heißt im Grunde, dass bei allem, was jemand tut, nur zwanzig Prozent wirklich zählen. Unseren Beratern, die dem Kunden binnen weniger Wochen eine Lösung liefern müssen und sich daher nicht den Luxus erlauben können, sich das ganze nächste Jahr mit einem bestimmten betriebswirtschaftlichen Problem zu befassen, hält die 80/20-Regel also vor Augen, dass sie sich auf die zwanzig Prozent der Informationen konzentrieren müssen, auf die es ankommt, und die achtzig Prozent ignorieren, die vermutlich irrelevant sind (unsere Spitzen-Berater sind diejenigen, die ein Gespür dafür haben, worauf sie sich konzentrieren und was sie ignorieren sollen).

Die Redakteure von *The Week* haben im Grunde die zwanzig Prozent der Nachrichten herausgefiltert, auf die es mir ankommt, und in einem ordentlichen kleinen Magazin veröffentlicht. Ich werde mit dieser ganzen Ausgabe morgen, wenn nicht schon heute, fertig sein, was heißt, dass ich spätestens am Dienstag über die Weltgeschehnisse der Woche ausreichend informiert sein werde, sodass ich die restliche Woche frei und für mich habe, um etwas anderes zu tun. Die 80/20-Regel ist einfach genial.

Ich sehe aus dem Fenster in unseren Vorstadtgarten und dann durch die Glastür ins Wohnzimmer und seufze, außerstande, mir zu überlegen, was dieses andere sein könnte. Es gibt nur eine begrenzte Zahl Wortsuchrätsel, die ich lösen kann, nur eine begrenzte Zahl roter Bälle, die ich finden und von einem Tablett hochheben kann. Meine ambulante Therapie, die zweimal die Woche stattfand, ist jetzt zu Ende. Sie ist nicht zu Ende, weil ich vollständig genesen bin (das bin ich nicht) oder weil ich damit aufgehört habe (das habe ich nicht), sondern weil unsere Versicherung nur zehn Wochen übernimmt, und meine Zeit war abgelaufen. Wie ein Mensch, der auch nur einen Funken Verstand, einen Hauch Mitgefühl und einen Herzschlag besitzt, ein solch abwegiges und verfrühtes Ende festlegen und vertreten konnte, ist mir schleierhaft.

Nachdem ich gefühlte zehn Wochen in die Warteschleife gelegt wurde, bevor ich mit einem echten, lebendigen Menschen bei unserer Versicherung sprechen konnte, habe ich meine ungezügelte Wut an irgendeiner armen Kundenservice-Mitarbeiterin namens Betty ausgelassen, die gewiss keinen Anteil an der Einführung dieser Strategie hatte und mit Sicherheit keinen Einfluss hat, sie zu ändern. Aber es tat gut, Dampf abzulassen. Und damit ist die Sache erledigt. Wenn ich hundertprozentig gesund werden will, dann wird es ab jetzt hundertprozentig an mir liegen, dafür zu sorgen.

Ich lese *The Week* zu Ende. Und jetzt? Ich wundere mich, dass meine Mutter und Linus noch nicht zurück sind. Linus ist jetzt ständig in Bewegung; er läuft, sobald er die Möglichkeit dazu hat, einfach weil er es kann. Er hasst es, still zu sitzen, und er ist außergewöhnlich zielstrebig, ein Charakterzug, von dem meine Mutter behauptet, dass er unmittelbar meiner DNA entspringt. »Vom Wind hat er es nicht«, sagt sie. Ich hoffe, er macht ihr das Leben nicht allzu schwer. Sie geht mit allen drei Kindern fantastisch um, hat ihre Termine im Griff, macht ihnen ihre Mahlzeiten, wäscht ihre ganze Wäsche, und sie genießt die Zeit, die sie mit ihnen verbringt. Aber an den meisten Tagen kann ich trotzdem um 16.00 Uhr sehen, dass sie ausgelaugt ist. Ich habe ein schlechtes Gewissen, weil sie so hart arbeitet, aber ich kann mir nicht vorstellen, wie wir ohne sie zurechtkommen würden.

Ich mache es mir in dem tiefen Sessel gemütlich, schließe die Augen und nehme die entspannende, treibhausartige Wärme des Wintergartens in mich auf. Aber ich bin nicht müde, und ich habe keine Lust auf ein Nickerchen. Ich wünschte, es wäre Samstag. Wenn es Samstag wäre, dann wären wir in Vermont, und ich könnte Snowboard fahren. Ich kann es kaum erwarten, wieder dorthin zu fahren.

Das Telefon klingelt. Meine Mutter hat mir das Telefon gegeben, wie sie es immer tut, bevor sie mich allein zu Hause lässt, aber zwischen den Kissen neben mir, wo ich es normalerweise aufbewahre, ist es nicht. Es klingelt wieder. Ich folge dem Geräusch, bis ich das Telefon auf dem kleinen Beistelltisch mir gegenüber entdecke. Jetzt fällt mir ein, dass Linus damit gespielt hat. Er muss es dort liegen gelassen haben. Drei Schritte und meilenweit entfernt.

Ich könnte aufstehen und mit meinem Gehstock zu dem Tisch hinüberschlurfen, wäre aber vermutlich nicht vor dem vierten Klingeln dort. Vielleicht sollte ich den Anrufbeantworter das Gespräch entgegennehmen lassen, aber habe ich mir nicht eben noch gewünscht, ich könnte irgendetwas tun? Ich werde versuchen, schneller als der Anrufbeantworter zu sein. Das Telefon klingelt wieder. Ich habe nur noch drei Mal.

Ich schnappe mir den Gehstock am Schaft und gleite an ihm herunter, bis ich einen der Gummifüße in der Hand halte. Dann strecke ich den Arm aus und werfe das Ende mit dem Griff auf den Tisch. Ich hantiere mit dem Stock herum, bis das Telefon in dem U des Griffs liegt. Viertes Klingeln. Ich ziehe an dem Stock, und das Telefon fliegt vom Tisch und knallt mir genau gegen das Knie. Autsch. Das Telefon klingelt zu meinen Füßen. Ich strecke den Arm nach unten und hebe es auf, drücke auf die Sprechtaste und brülle fast: »Gewonnen!«, anstatt »Hallo?« zu sagen.

»Hi, Sarah, hier spricht Richard Levine. Wie geht es Ihnen?«

»Gut«, antworte ich, bemüht, nicht allzu atemlos oder gequält zu klingen.

»Gut. Ich rufe an, um zu hören, wie es Ihnen geht, und zu fragen, ob Sie bereit wären, über die Möglichkeit zu sprechen, dass Sie wieder arbeiten kommen.«

Wie geht es mir? Es ist fast Mittag, ich bin im Pyjama, und der stolzeste Augenblick meines Tages wird der sein, in dem ich das Telefon mit meinem Gehstock vor dem sechsten Klingeln abgenommen habe.

»Es geht mir sehr gut, schon viel besser.«

Bin ich bereit, darüber nachzudenken, wieder arbeiten zu gehen? Meine Mutter würde mich vermutlich darauf hinweisen, dass ich noch nicht einmal die erforderlichen Schritte koordinieren kann, um eine Windel zu wechseln. Wie in aller Welt sollte ich dann die Personalabteilung koordinieren können? Aber Bob würde sagen, dass ich bereit bin. Er würde mir sagen, dass ich zugreifen soll. Und auch die Kundenservice-Betty von unserer Krankenversicherung würde mir erklären, dass ich bereit bin. Das Vor-dem-Unfall-Ich lässt die Champagnerkorken knallen, klopft mir auf den Rücken und schiebt mich praktisch zur Tür hinaus.

»Und ich würde sehr gern darüber reden, wieder zu arbeiten.«

»Sehr schön. Wann können Sie kommen?«

Augenblick. Ich hatte vor, heute Nachmittag eine Runde um den Block zu spazieren, bevor ich mein Nickerchen mache. Außerdem kommt meine Mutter vom Lebensmittelgeschäft nach Hause, was heißt, dass ich vermutlich ein neues Heft mit

Wortsuchrätseln haben werde, und auf dem DVD-Rekorder wartet eine neue *Ellen*-Episode auf mich.

»Jederzeit.«

»Wie wär's morgen um zehn Uhr?«

»Perfekt.«

»Wunderbar, also sehen wir uns dann.«

»Ja, bis morgen.«

Ich lege auf, stecke das Telefon hinter das Kissen und nehme die bevorstehenden Konsequenzen dieses unerwarteten Gesprächs zusammen mit der Wärme der Sonne in mich auf. Beide bringen mich ins Schwitzen. Ich bin bereit, darüber zu reden, wieder arbeiten zu gehen. Aber bin ich auch bereit, wieder arbeiten zu gehen? Ich habe die arme Kundenservice-Betty zur Schnecke gemacht und habe es eine kriminelle Machenschaft genannt, dass meine Therapie eingestellt wurde, bevor ich wieder hundertprozentig gesund bin. Bevor ich hundertprozentig bereit bin. Wie gesund und bereit bin ich also? Ich kann lesen und tippen, aber nur langsam, und laufen sogar noch langsamer. Ich mache mir Sorgen, dass ich zu spät zu Besprechungen und Terminen kommen oder irgendein entscheidendes Dokument nicht sehen werde, das mir auf die linke Seite des Schreibtischs gelegt wurde, dass ich vergessen werde, Dateien zu öffnen, die auf der linken Seite meines Computer-Desktops gespeichert sind. Ich denke an die 80/20-Regel. Bin ich überhaupt bei zwanzig Prozent?

Ich war immer stolz darauf, eine Perfektionistin zu sein, hundert Prozent meiner i-Punkte zu setzen, alles zu schaffen. Aber was, wenn weniger als hundert Prozent genug sind? Was, wenn ich zu zwanzig Prozent gesund bin und das ausreicht, um zu meinem Job zurückzukehren? Das könnte doch sein. Meine Arbeit liegt im Bereich Personalwesen, ein Schreibtischjob. Ich muss keine Operationen durchführen (wofür man zwei Hände braucht) oder Foxtrott tanzen (wofür man zwei Füße braucht). Ich kann zu weniger als hundert Prozent gesund sein und trotzdem eins a in meinem Job. Oder etwa nicht?

Ich sitze in meinem Lieblingssessel in meinem geheiligten Raum, mit hämmerndem Herzen, jeder Schlag gleichermaßen angetrieben von Aufregung und Angst. Ich frage mich, ob meine eben erklärte Bereitschaft vernünftiger Optimismus oder eine lächerliche Lüge ist. Durchs Fenster sehe ich in unseren Garten und seufze, außerstande, mich entweder für die eine oder für die andere Antwort zu entscheiden. Ich nehme an, wir werden morgen eine finden.

EINUNDDREISSIGSTES KAPITEL

Ich werfe wieder einen Blick auf meinen Wecker. Es sind vier Minuten vergangen, seit ich das letzte Mal nachgesehen habe. Und wir sind noch immer mit meiner Hose zugange. Ich ziehe immer wieder den Bauch ein, und meine Mutter zerrt immer wieder an ihr, aber der Reißverschluss meiner schwarzen Wollhose lässt sich einfach nicht bis oben zuziehen.

»Ich denke, du solltest besser die hier anziehen«, sagt meine Mutter und hält eine meiner zahlreichen identischen schwarzen Synthetikhosen mit elastischem Bund hoch.

»Ich denke, du solltest es noch einmal versuchen«, entgegne ich.

»Höher wird es nicht gehen.«

»Na schön, dann muss das eben reichen. Wenn meine Jacke zugeknöpft ist, wird sie alles verdecken.«

Als Nächstes kommen wir zu meiner Bluse. In der Zeit, die ich früher benötigt habe, um mich ohne nennenswerte Mühe vollständig anzuziehen, schaffe ich es heute gerade mal, zwei meiner Blusenknöpfe allein zuzuknöpfen. Ich knöpfe noch einen dritten zu – ohne zu atmen und mit zusammengebissenen Zähnen –, bevor ich aufgebe und das ganze Projekt meiner Mutter überlasse. Dann werfe ich einen Blick auf den Wecker. Ich kann es mir nicht leisten, zu spät zu kommen.

Meine Mutter schließt die restlichen Knöpfe meiner Bluse und dann die Jacke. Sie legt mir meine türkisfarbene Perlenkette um den Hals und mein bimmelndes Glücksbringer-Armband ums Handgelenk. Ich wähle ein Paar Diamant-Ohrstecker aus. Sie steckt sie durch meine Ohrlöcher und befestigt die Verschlüsse. Anschließend reibt sie mein ganzes Gesicht mit Grundierungscreme ein und legt Bräunungspuder auf, verteilt einen hellrosa Lidschatten auf meinen Augenlidern, zupft mir ein paar Härchen zwischen den Augenbrauen und am Kinn aus und tönt meine Lippen mit einem dezenten Gloss. Ich werfe einen Blick in den Spiegel und bin zufrieden mit ihrer Arbeit.

Aber dann, als es um meine Schuhe geht, geraten wir in eine Sackgasse. Ich weigere mich, meine Merrell-Slipper anzuziehen (oder ihren anderen Vorschlag – weiße Turnschuhe!), und meine Mutter weigert sich, mich zur Arbeit zu fahren, wenn ich mich entscheiden sollte, hohe Absätze zu tragen.

»Ich muss von Kopf bis Fuß tipptopp aussehen. Ich muss Stärke und Kultiviertheit ausstrahlen.«

»Und wie stark und kultiviert wirst du aussehen, wenn du stolperst und auf die Nase fällst?«

Bedauerlicherweise ist das keine unwahrscheinliche Prophezeiung. Ich beschließe, das Risiko dieser besonderen Demütigung nicht einzugehen, indem ich mich für einen Kompromiss entscheide. Bruno-Magli-Ballerinas. Meiner Mutter sind die klebrigen Gummisohlen der Merrells lieber als die »rutschigen« Unterseiten der Ballerinas, aber sie lenkt ein und holt sie mir. Na bitte. Abgesehen von meiner Annie-Lennox-Frisur, die mir inzwischen sogar richtig gut gefällt, sehe ich fast so aus wie vor vier Monaten. Dem Anlass entsprechend geschäftsmäßig, kultiviert, stark und – was am wichtigsten ist – nicht behindert. Bis ich nach meinem Gehstock greife. An diesem Accessoire ist nichts Starkes oder Kultiviertes, aber leider bin ich darauf angewiesen. Ich wünschte, ich könnte inzwischen mit einem normalen Stock laufen. Ein edler hölzerner Schaft mit einem eleganten Messinggriff weckt doch gleich viel positivere Assoziationen als harter rostfreier Stahl und grauer Gummi – ein distinguierter Herr mit einem leichten, kaum merklichen Hinken, keine gebrechliche Großmutter, die sich von einer gerade überstandenen Hüft-OP erholt. Meine Mutter bietet mir an, den Gehstock für den Anlass herauszuputzen, indem sie ein hübsches Seidentuch um den Griff wickelt, aber ich will nicht unnötig Aufmerksamkeit darauf lenken. Besser ist es, ihn einfach zu ignorieren und zu hoffen, dass alle anderen meinem Beispiel folgen können.

Die Küche ist seltsam still ohne die Kinder, die schon fort sind. Bob hat sie heute früher als sonst zur Schule und zur Kindertagesstätte gebracht, damit meine Mutter und ich Platz und Zeit haben, um uns in aller Ruhe fertig zu machen. Schnell kippe ich eine Tasse Kaffee hinunter. Ich bin zu aufgeregt, um jetzt etwas zu essen. Ich sehe noch einmal auf die Uhr.

»Fahren wir.«

Seit ich aufgewacht bin, bin ich angespannt, und ich glaube, meine Mutter kann es spüren. Aber das Anziehen – auch wenn ich dabei nur Anweisungen gegeben habe – hat uns beiden eine Beschäftigung geboten, in die wir unsere ganze nervöse Energie stecken konnten. Jetzt sind wir auf dem Weg nach Boston, und ich sitze angeschnallt auf dem Beifahrersitz. Meine Angst ist in diesem Wagen gefangen, hat nichts zu tun und kann nirgendwohin, ist klaustrophobisch und steigt mit jeder Sekunde exponentiell an.

Meine Schultern sind bis zu den Ohren hochgezogen, mein rechter Fuß drückt auf das imaginäre Gaspedal auf dem Boden, und meine Nerven schreien: *Schneller, fahr schon, beeil dich doch, damit ich nicht zu spät komme!* Währenddessen hat meine Mutter genau die entgegengesetzte Richtung eingeschlagen und wird immer ruhiger: Sie fährt langsamer als sonst und ist besonders vorsichtig an diesem alles entscheidenden Tag, kriecht sicher auf der rechten Spur des Highways, während alle anderen in Massachusetts offenbar an uns vorbeischießen. Sie ist die Schildkröte, und ich bin der Hase. Selbst unter optimalen Bedingungen waren wir nie dafür bestimmt, im morgendlichen Berufsverkehr gemeinsam in die Stadt zu fahren.

Ich flippe fast aus, als ich auf einmal sehe, wo wir sind, und jeder panische, anderweitig beschäftigte Gedanke in mir verfällt in ein unheimliches Schweigen. Eine Gänsehaut läuft mir über den Rücken und dann den Arm hinunter. An diesem Abschnitt des Mass Pike ist nichts Bemerkenswertes, es gibt keinen bedeutenden Orientierungspunkt, keine Ausfahrt und kein Schild in östlicher oder westlicher Richtung, nichts, was irgendjemandem auffallen würde. Doch hier ist es passiert. Hier habe ich die Kontrolle über den Wagen verloren. Hier hat sich mein ganzes Leben verändert.

Ich will meine Mutter auf die Stelle aufmerksam machen, aber bevor ich meine Gedanken und meine Stimme zusammenbringen kann, sind wir schon vorbei, und dann scheint es mir nicht mehr erwähnenswert zu sein. Ich beschließe zu schweigen – über den Unfallort ebenso wie über den Fahrstil meiner Mutter. Wir werden es schon schaffen. Wir fahren schnell genug.

Wir parken im Prudential-Parkhaus und nehmen den Aufzug zur Ebene der Mall.

»Okay, Mom, ab hier schaffe ich es allein. Wo wollen wir uns danach treffen?«

»Ich soll nicht mitkommen?«

Ich versuche, mich als unabhängig, selbstsicher und einsatzbereit zu präsentieren. Nicht unbedingt die drei Worte, die einem einfallen, wenn ich an meinem ersten Tag mit meiner Mommy auf der Arbeit erscheine.

»Nein, du kannst ein bisschen shoppen gehen. Wir treffen uns im Food-Court, wenn ich fertig bin. Ich rufe dich an.«

»Aber ich wollte so gern sehen, wo du arbeitest.«

»Ein andermal. Bitte.«

Ich kann sehen, dass ich ihre Gefühle verletzt habe, aber es steht zu viel auf dem Spiel. Ich will nicht einmal, dass irgendjemand ahnt, dass meine Mutter mich zur Arbeit gefahren hat. Sie sollen ruhig glauben, dass ich selbst hergefahren bin.

»Bist du sicher?«, fragt meine Mutter.

»Ja. Ich bin ein großes Mädchen. Ich rufe dich an.«

»Okay. Ich werde bei Gap ein paar größere Strampelanzüge für Linus kaufen.«

»Wunderbar.«

»Viel Glück.« Sie umarmt mich, was mich verblüfft.

»Danke.«

Ich gehe an den Geschäften vorbei, folge dem Weg, den ich Tausende von Malen gegangen bin, zur Berkley-Lobby, die etwas abseits in einer Ecke der Mall liegt, die ein Gefühl von Exklusivität vermittelt. Im Empfangsbereich ist alles genauso wie immer: elegante, moderne beigefarbene Ledersessel und ein gläserner Couchtisch – die wie ein Miniatur-Wohnzimmer im Wartebereich aufgestellt sind –, die *New York Times* und das *Wall Street Journal* von heute auf dem Tisch, ein teures Arrangement frischer Blumen auf dem eindrucksvoll hohen Empfangstresen, der Schriftzug *BERKLEY CONSULTING* in Goldbuchstaben an der Wand dahinter. Heather, unsere Empfangsdame, sitzt auf einem Podest hinter dem Tresen, sodass sie hoch über dem Boden thront, nach unten sieht und so den Eindruck von Autorität verstärkt, den Berkley seinen Besuchern aufdrückt.

»Guten Morgen, Heather.«

»Sarah, willkommen zurück.«

»Danke. Es ist schön, zurück zu sein. Ich bin hier, um mit Richard zu sprechen.«

»Ja, Ihre Besprechung ist im Concord Room.«

»Wunderbar. Vielen Dank.«

Ich gehe an Heathers Tresen vorbei, wobei ich mein Bestes tue, um mir das offensichtliche Nachziehen meines linken Beins möglichst wenig anmerken zu lassen.

»Äh, Sarah? Zum Concord Room geht es hier entlang.« Sie zeigt in die entgegengesetzte Richtung, als würde sie mit einer entzückenden, aber sichtlich verwirrten älteren Frau sprechen. Dieser verdammte Gehstock.

»Ich weiß. Ich wollte nur erst noch jemandem Hallo sagen.«

»Oh, Entschuldigung.«

Ich gehe den langen Korridor hinunter – langsamer, als ich es je getan habe – und habe das Gefühl, nach Hause gekommen zu sein. Die vorhersehbare Anordnung der Büros, während ich vorübergehe, die gerahmten Luftaufnahmen der wichtigsten Weltstädte an den Wänden, die Beleuchtung, der Teppichboden, alles erscheint einladend und angenehm vertraut. Ich dachte, ich würde dabei vielleicht Jessica über den Weg laufen, aber ich hatte nicht wirklich vor, auf diesem Abstecher irgendjemandem Hallo zu sagen. Vor meinem Büro bleibe ich stehen.

Ich öffne die Tür und schalte das Licht ein. Mein Computerbildschirm ist ausgeschaltet und mein Schreibtisch frei von Unterlagen. Die Fotos von Bob und den Kindern stehen in genau demselben Winkel da, in dem ich sie zurückgelassen habe. Selbst mein schwarzer Wollpullover hängt noch immer über meinem Schreibtischstuhl, bereit für Tage, an denen ich fröstele und eine zusätzliche Kleiderschicht brauche – im Allgemeinen in den Sommermonaten, wenn die Klimaanlage auf Hochtouren läuft.

Ich dachte, ich würde hineingehen wollen, mich auf meinen Sessel setzen, den Computer hochfahren und für ein paar Minuten durchs Fenster die Leute in der Boylston Street beobachten, aber ich setze mit meinen Ballerinas nicht einen Schritt hinein. Im Empfangsbereich und auf dem Korridor habe ich mich wie zu Hause gefühlt, aber mein Büro – in dem ich in den letzten acht Jahren vermutlich mehr Stunden verbracht habe als in meinem eigentlichen Zuhause – fühlt sich irgendwie zu seltsam an, als wäre es jetzt ein Tatort, der untersucht wird, und auch wenn es nicht mit einem polizeilichen Absperrband gesichert ist, sollte ich trotzdem besser nicht hineingehen und dort irgendetwas in Unordnung bringen. Ich schalte das Licht aus und schließe leise die Tür.

Als ich mich spontan entschieden habe, mein Büro aufzusuchen, habe ich gedacht, dass es nur ein kurzer Umweg sein würde. Ich hätte es besser wissen sollen. Berkleys Büro in Boston ist die Weltzentrale des Unternehmens, eine riesige, weitläufige Geschäftsfläche, und mein Büro liegt so weit vom Concord Room entfernt, wie es möglich ist. Ich bimmele mit meinem Armband und finde Heidis Armbanduhr an meinem linken Handgelenk. Scheiße.

Als ich mich an meinem Gehstock endlich keuchend zum Concord Room geschleppt habe, sitzen alle bereits da, trinken Kaffee, warten auf mich und beobachten jetzt meinen grandiosen Auftritt am Stock. Ich hätte überpünktlich hier sein sollen. Was habe ich mir bloß dabei gedacht?

»Sarah, treten Sie ein«, sagt Richard.

Richard und Carson sitzen ganz am rechten Ende des zehn Plätze langen Konferenztischs. Ich sehe nach links. Gerry und Paul, zwei der Geschäftsführer, sitzen Richard und Carson gegenüber, und Jim Whiting, einer der Partner, sitzt neben Paul. Aus dem Format dieser Truppe ziehe ich zwei schnelle Schlüsse. Erstens, diese Entscheidung hier ist von größter Wichtigkeit. Und zweitens, diese Entscheidung wird höchstens zehn Minuten dauern. Ich könnte hier fertig sein, bevor meine Mutter den Baby-Gap-Laden überhaupt gefunden hat.

An dem höflichen Schweigen und zögernden Lächeln kann ich außerdem ablesen, dass alle besorgt, wenn nicht sogar verwundert und beunruhigt über meinen Gang und meinen Gehstock sind. Ich hole einmal tief Luft, nehme den ganzen Mut zusammen, den ich aufbringen kann, und gebe allen die Hand, bevor ich mich ans Kopfende des Tischs setze. Ich habe einen kräftigen Händedruck – fest, ohne dass er zerquetscht, selbstbewusst und einnehmend –, und ich bete darum, dass er den Schaden ausbügelt, den ich mit diesem ersten Eindruck von mir eben angerichtet habe.

Als Richard mir Kaffee oder Wasser anbietet, lehne ich ab, weil ich nicht riskieren will, dass irgendetwas aus meinem linken Mundwinkel tropft, aber ich wünschte, ich könnte zu beidem Ja sagen. Ich bin fix und fertig, meine Kehle ist wie ausgedörrt von dem langen Fußmarsch durch Berkley, und ich könnte einen Schluck zu trinken gebrauchen. Außerdem fühle ich mich klebrig unter den Achseln und meinem BH, daher würde ich auch gern meine Wolljacke ausziehen, aber ich wage es nicht, diese Nummer in die Show mit aufzunehmen. Abgesehen davon verbirgt die Jacke den Reißverschluss meiner Hose, der sich nicht schließen lässt. Ich finde meine linke Hand mit der rechten und stecke sie zwischen meine Knie. Obwohl ich reichlich spät dran, verschwitzt und durstig bin und darum bete, dass meine linke Hand sich nicht losreißt und irgendetwas tut, was unpassend oder behindert aussieht, lächele ich Richard an, als wäre alles in bester Ordnung und ich bereit anzufangen.

»Nun, Sarah, im nächsten Quartal stehen bei uns eine ganze Reihe großer Projekte ins Haus, und wir hatten einen unerwartet hohen Umsatz. Carson, der in den letzten Monaten für Sie eingesprungen ist, hat ganze Arbeit geleistet, aber wir können es uns auf keinen Fall leisten, künftig auf einem Bein zu humpeln.«

Ich lächele geschmeichelt. Ich stelle mir vor, wie sich die Personalabteilung in den letzten vier Monaten an ihrem eigenen Gehstock vorwärtsgeschleppt hat, behindert und außerstande, ohne mich hundertprozentig zu funktionieren.

»Daher wollten wir bei Ihnen nachfragen, um zu sehen, ob Sie sich schon bereit fühlen, wieder einzusteigen.«

Ich will wieder loslegen. Das schnelle Tempo, die hohe Intensität, einen Beitrag zu etwas Wichtigem zu leisten, das Gefühl, stark und kultiviert zu sein, effektiv zu sein – all das vermisse ich. Ich sehe von einem zum anderen und versuche zu ergründen, wie sehr sie an meine Bereitschaft zur Rückkehr glauben, versuche zu sehen, ob die Miene oder Körpersprache von irgendjemandem die Begeisterung widerspiegelt, die ich überall in mir kribbeln spüre, aber ich bekomme nicht die positive Bestätigung, die ich will. Gerry und Paul haben die Arme verschränkt, und alle haben ein Pokerface aufgesetzt. Alle bis auf Jim. Jim habe ich eben erst die Hand gegeben, aber jetzt kann ich ihn nirgendwo mehr entdecken. Es kann sein, dass er kurz hinausgegangen ist, dass er angepiept wurde und zu irgendeinem wichtigeren Termin musste. Aber wahrscheinlicher ist, dass er nur seinen Stuhl ein kleines Stück zurückgeschoben hat oder dass Carsons Stift, mit dem er auf den Tisch klopft, meine Aufmerksamkeit zu sehr auf die rechte Seite des Raums lenkt oder Gott weiß was und dass er noch immer hier sitzt, im schwarzen Loch meines Neglects.

Wem will ich hier eigentlich etwas vormachen? Hier geht es um mehr als ein deutliches Humpeln. Meine Mutter musste mich anziehen und herfahren, meine linke Hand steckt zwischen meinen Knien, ich habe Angst, vor irgendjemandem eine Tasse Kaffee zu trinken, ich bin erschöpft von dem langen Marsch von meinem Büro zu diesem Konferenzraum, und ich habe keine Ahnung, wo der geschäftsführende Partner ist. Egal, zu wie viel Prozent ich bereit bin, es ist nicht genug. Ich denke an die Arbeit, die ich früher jeden Tag bewältigt habe, die Arbeit, die zu bewältigen von mir erwartet wird. Beim aktuellen Stand meiner Genesung und meiner Fähigkeiten hat der Tag dafür einfach nicht genug Stunden. Und sosehr ich auch wieder loslegen will, bin ich doch nicht bereit, die Qualität der Arbeit, die die Firma benötigt, oder meinen Ruf aufs Spiel zu setzen, um sie abzuliefern.

»Ich möchte wirklich gern wieder anfangen, aber um allen hier Anwesenden gegenüber fair zu sein, muss ich sagen, dass ich noch nicht so weit bin, wieder Vollzeit zu arbeiten. Ich kann alle Arbeiten erledigen, aber ich brauche immer noch für alles ein bisschen länger.«

»Wie wär's mit Teilzeit?«, fragt Richard.

»Ist das wirklich eine Option?«, frage ich zurück.

Berkley hat keine Teilzeitbeschäftigten. Du arbeitest hier, und du gehörst ihnen. Nicht bloß zum Teil. Sondern ganz.

»Ja. Wenn wir Sie richtig verstanden haben, werden Sie noch etwas Zeit benötigen, bevor Sie wieder mit voller Kraft arbeiten können. Aber es ist effizienter und effektiver für uns,

Sie wieder ins Boot zu holen – selbst in Teilzeit –, als jemand Neues zu finden, anzuwerben und einzuarbeiten.«

Ich stelle mir die Kosten-Nutzen-Rechnung vor, die einer unserer Analysten erstellt hat. Irgendwie müssen meine Zahlen – selbst in Teilzeit – attraktiver ausgesehen haben als die Zahlen für einen neuen Vizepräsidenten der Personalabteilung, zumindest für das nächste Quartal. Ich frage mich, welchen Faktor sie zugrunde gelegt haben, um den linksseitigen Neglect zu berücksichtigen.

»Nur damit ich Sie recht verstehe, Teilzeit bedeutet wie viele Wochenstunden?«

»Vierzig«, sagt Richard.

Ich wusste, wie die Antwort lauten würde, schon bevor ich die Frage gestellt habe. In den meisten Unternehmen sind vierzig Stunden Vollzeit, und Teilzeit wären zwanzig. Ich weiß, dass ich zwanzig schaffen könnte. Aber das hier ist Berkley. Vermutlich würde ich die Vollzeitstunden benötigen, um alles zu erledigen, was von einer Teilzeitkraft erwartet wird, aber vermutlich könnte ich es schaffen. Achtzig Stunden Zeit und Mühe für Arbeit und Gehalt im Wert von vierzig Stunden. Bob und ich brauchen mein Einkommen wirklich, wenigstens einen Teil davon.

»Und wann soll ich wieder anfangen?«

»Idealerweise sofort.«

Ich hatte gehofft, er würde sagen, nächsten Monat, um noch etwas Zeit für meine Genesung zu gewinnen. Aber aufgrund der Dringlichkeit der Besprechung und der Anzahl hoher Tiere in diesem Raum hatte ich bereits vermutet, dass sie ab sofort jemanden brauchen, der auf diesem Posten die Zügel in die Hand nimmt. Ich denke an all die Bälle, mit denen ich früher jeden Tag jongliert habe – teure, zerbrechliche, schwere, unersetzliche Bälle – und die ich kaum alle in der Luft halten konnte. Ich habe jede einzelne adrenalingeschwängerte Minute davon geliebt. Und jetzt bin ich hier, wieder bei Berkley, und Richard hat einen Armvoll Arbeit für mich. Meine rechte

Hand ist bereit, sie aufzufangen, aber meine linke Hand steckt zwischen meinen Knien.

»Nun, was halten Sie davon?«, fragt Richard.

Hier bin ich, wieder bei Berkley, und Richard hat die einladenden Worte ausgesprochen, um die ich seit vier Monaten gebetet habe. Ich stehe an der Schwelle zu meinem alten Leben. Ich muss nur noch über sie gehen, um es zurückzubekommen.

ZWEIUNDDREISSIGSTES KAPITEL

»Ich werde es ablehnen.«

Bobs strahlende Miene verzieht sich zu fassungslosem Staunen, als hätte ich ihm in einem Atemzug erzählt, wir hätten im Lotto gewonnen, und im nächsten, ich hätte den Gewinnschein der obdachlosen Frau an der Ecke Fairfield und Boylston gegeben, die immer um Kleingeld bettelt.

»Hast du den Verstand verloren?«

»Nein«, entgegne ich gekränkt. Na ja, ich habe tatsächlich einen Teil meines rechten Verstandes verloren, aber jetzt ist vermutlich nicht der richtige Augenblick, um seine Worte auf die Goldwaage zu legen.

»Warum in aller Welt tust du das denn?«

»Ich bin noch nicht so weit.«

Er fährt sich mit den Fingern immer wieder über Augenbrauen und Stirn, so wie er es tut, wenn die Kinder ihn fast in den Wahnsinn treiben und er versucht, eine ruhige Sekunde zu ergattern. Nur dass die Kinder gar nicht zu Hause sind. Wir sind allein im Haus, sitzen einander gegenüber am Küchentisch.

»Sie denken, du bist es«, sagt er.

»Sie wissen nicht, was wir wissen.«

Sie wissen nicht, wie schwer es mir fällt, jedes Wort auf jeder Seite zu lesen, vor allem die Wörter am linken Rand der linken Seite. Sie wissen nicht, wie lange ich brauche, um die Buchstaben auf der linken Seite der Computertastatur zu finden. Sie wissen nicht, dass mein Büro mit orangefarbenem Klebeband und Schildern, auf denen *SIEH NACH LINKS* steht, versehen werden müsste. Sie wissen nicht, wie lange ich gebraucht habe, um von meinem Büro zum Concord Room zu kommen, und dass ich auf dem Weg dorthin mehrere Türrahmen und eine Topfpflanze gerammt habe, und sie wissen nicht, dass Jim mitten in der Besprechung verschwunden ist, weil er zu weit links von mir saß. Sie haben nicht gesehen, wie ich gestürzt bin, gesabbert habe oder versucht habe, meinen Mantel auszuziehen.

»Ich denke wirklich, dass du so weit bist«, sagt Bob.

»Das bin ich nicht.«

Bobs Zuspruch seit dem Unfall ist unermüdlich, stets bewegt er sich zuversichtlich auf der feinen Linie zwischen Optimismus und Leugnen, Entschlossenheit und Verzweiflung. An manchen Tagen ist das genau der moralische Anschub, den ich brauche, um weiter durchzuhalten, aber an anderen – so wie heute – scheint das alles weiter von der Realität entfernt zu sein, als ich es von der linken Seite des Zimmers bin.

Selbst ein Teilzeitjob bei Berkley würde zu viel Arbeit unter zu viel Zeitdruck bedeuten – ungefähr so, als müsste ich die ganze *Sunday Times* an einem Tag lesen. Ich kann mir die kostspieligen Fehler, die Auslassungen, die Peinlichkeiten und die Entschuldigungen nur zu gut vorstellen. Mein Ego und ich könnten das alles erleiden, aber infolge meines Leidens würden die Berater leiden, die Kunden würden leiden, und Berkley würde leiden. Niemand würde gewinnen.

»Das ist doch genau das, was du übers Skifahren gesagt hast, und jetzt bist du jedes Wochenende auf der Piste«, insistiert Bob.

»Aber ich fahre nicht Ski, ich fahre Snowboard.«

»Der Punkt ist, du bist wieder dort draußen. Und das ist die beste Therapie für dich. Ich glaube, wieder zur Arbeit zu gehen wird dir sehr guttun. Was ist denn das Schlimmste, was passieren könnte?«

»Ich würde kläglich scheitern.«

»Das wirst du nicht. Du musst es wenigstens versuchen.«

»Würdest du das denn tun?«

»Auf jeden Fall.«

»Nein, das würdest du nicht. Du würdest nicht wieder arbeiten gehen, wenn du nicht dein Bestes geben könntest.«

»Doch, das würde ich. Und du wirst es schaffen. Aber du wirst es nicht wissen, wenn du es nicht versuchst.«

»Ich weiß, dass ich nicht Ski fahren kann, auch ohne dass ich es versucht habe.«

»Hier geht es nicht ums Skifahren.«

»Ich weiß.«

»Hier geht es um etwas wirklich Wichtiges.«

»Ich weiß.«

Er fängt wieder an, sich über Augenbrauen und Stirn zu fahren. Und jetzt hat er auch noch dieses pulsierende Zucken an den Schläfen, das er immer bekommt, wenn er versucht, Lucy durch gutes Zureden aus einem ihrer Wutanfälle herauszuholen – ein unmögliches, sinnloses Unterfangen, als würde man versuchen, einen Hurrikan zu überreden, seinen Verlauf zu ändern oder sich zu einem leichten Tropensturm abzuschwächen. Ich kann sie ignorieren, aber Bob kann nicht anders, als irgendetwas zu versuchen. Er redet und zuckt; sie heult und schlägt um sich. Manchmal lässt sie sich bei ihren Wutanfällen durch Ablenkungsmanöver austricksen, aber in den meisten Fällen müssen sie einfach ihren Lauf nehmen, bevor sie sich ausreichend beruhigt hat, um mit Worten erreichbar zu sein.

»Ich flippe hier aus, Sarah. Ich schaffe das nicht allein. Wir können uns diesen Lebensstil ohne dich nicht leisten – den Privatunterricht für die Kinder, die Kindertagesstätte, unsere Studienschulden, die Hypotheken. Und ich weiß nicht, wie lange deine Mutter ihr Leben für uns in die Warteschleife legen wird. Wir sollten uns vielleicht bald überlegen, das Haus in Vermont zu verkaufen.«

»Oder vielleicht sollten wir dieses hier verkaufen«, schlage ich vor.

»Und wo würden wir dann leben?«, fragt Bob. Er geht zwar auf mich ein, aber in einem herablassenden Ton.

»Vermont.«

Er sieht mich an, als hätte ich vorgeschlagen, wir sollten eine unserer Nieren verkaufen. Doch mir scheint das eine durchaus vernünftige Idee zu sein, eine, die in meinem Kopf zunächst nur bruchstückhaft und verschwommen war, in letzter Zeit aber immer deutlicher Gestalt annimmt. Unsere Hypothek für das Haus in Welmont und unsere hiesigen Lebenshaltungskosten sind unsere größten Kostenpunkte. Es könnte über ein Jahr dauern, einen Käufer für unser Haus in Vermont zu finden, aber in Welmont sind die Immobilienpreise selbst in der derzeitigen Wirtschaftslage stabil geblieben. Unser Haus hier ist ein bescheidenes Haus mit vier Schlafzimmern, und die meisten Leute, die etwas in Welmont suchen, wollen mehr Platz haben, aber das Haus ist gepflegt und gut vorzeigbar. Es würde vermutlich sofort einen Käufer finden.

»Wir können doch nicht in Vermont leben«, sagt Bob.

»Warum denn nicht? Die Lebenshaltungskosten dort belaufen sich, verglichen mit hier, praktisch auf null.«

»Weil es dort nichts gibt.«

»Dort gibt es jede Menge.«

»Unsere Jobs gibt es dort nicht.«

»Wir würden schon Jobs finden.«

»Als was?«

»Ich weiß nicht, ich habe noch nicht darüber nachgedacht.«

Aber das will ich tun. In Vermont, dem Königreich des Nordostens, ist nicht viel los. Es ist nicht das Amerika der Unternehmenswelt. Es ist das ländliche Neuengland und nur dünn besiedelt – hauptsächlich von Künstlern, Skifahrern, Mountainbike-Fans, Ex-Hippies, Farmern und Rentnern.

»Ich könnte ein Café eröffnen«, kommt mir eine Idee.

»Wie bitte?«

»Ein Café. Das B&C's hat dichtgemacht, und Cortland braucht ein gutes Café.«

»Vielleicht hat das B&C's dichtgemacht, weil sich in Cortland ein gutes Café nicht halten kann.«

»Vielleicht hatte es einfach keine gute Geschäftsleitung.«

»Das ist eine lächerliche Geschäftsidee.«

»Was ist denn so lächerlich daran? Ist Starbucks ein lächerliches Geschäft?«

»Du willst also ein Starbucks eröffnen?«

»Nein, ich ...«

»Du willst mit Starbucks konkurrieren?«

»Nein.«

»Du willst der Juan Valdez von Cortland County sein?«

»Sehr witzig.«

»Hier ist gar nichts witzig, Sarah. Ich liebe Vermont auch, aber wir sind zu jung und zu ehrgeizig, um die ganze Zeit dort zu leben. Das ist ein Ort für den Urlaub. Unser Leben ist hier. Unsere Jobs sind hier.«

Ich verstehe nicht, wieso sie das sein müssen.

»Weißt du, wir könnten hier beide bald ohne Job dastehen. Ich verstehe nicht, wieso wir uns in Vermont nicht wenigstens umsehen können.«

»Noch mal: Um was zu machen? Willst du bei Mary's Maple Syrup Company die Personalabteilung leiten?«

»Nein.«

»Soll ich am Skihang Tickets für den Lift verkaufen?«

»Nein. Ich weiß auch nicht, was es dort gibt.«

»Dort gibt es nichts.«

»Das weißt du doch nicht. Wir haben uns noch nicht mal umgesehen.«

»Das heißt, du willst deinen Job bei Berkley ausschlagen und dich nach einem Job in Vermont umsehen?«

»Ja.«

»Dieses Gespräch ist doch völlig verrückt.«

»Vielleicht.«

»Nein, das ist es sicher.«

»Okay, dann führen wir eben ein verrücktes Gespräch.«

Bob ist von Natur aus risikofreudig und hat einen brillanten Geschäftssinn und Unternehmergeist. Er sollte für eine solche Diskussion eigentlich offen sein. Und er sollte wissen, dass einige der besten Ideen, der größten Erfindungen und der erfolgreichsten Unternehmen der Welt anfangs auf Widerstand stießen und für verrückt gehalten wurden. Er hat aufgehört, sich mit den Händen durchs Gesicht zu fahren, und seine Schläfen zucken nicht mehr. Doch er sieht mich an, als wüsste er nicht, wer ich bin. Seine Augen verraten Einsamkeit und Angst.

»Es tut mir leid, Sarah. Ich will dieses Gespräch nicht führen. Und ich will dich nicht unter Druck setzen. Ich weiß, dass du noch immer viel durchmachst, aber ich denke, diese Gelegenheit solltest du dir nicht entgehen lassen. Wenn du wartest, werden sie jemand anderen finden, und sie werden dir dieses Angebot vielleicht nicht noch einmal machen. Das ist dein Weg zurück. Du musst für uns zurück zu Berkley gehen.«

Sein letzter Satz klingt eher wie ein Befehl als wie eine Bitte. Aber genauso wenig, wie er mir befehlen konnte, mich wieder auf Skier zu stellen, kann er mir jetzt befehlen, wieder zur Arbeit zu gehen. Meine sture Unabhängigkeit war schon immer eine Wand, die Bob am liebsten eingetreten hätte. Es amüsiert mich, dass er es nach all den Jahren immer noch versucht. So gern er es manchmal – wie zum Beispiel jetzt – auch wäre, er war für mich noch nie der Boss. Unsere Ehe war schon immer eine gleichberechtigte Partnerschaft, auf Gedeih und Verderb. Im Allgemeinen ist das etwas Positives, etwas, worauf wir beide stolz sind, aber manchmal ist es zugegebenermaßen auch schwer, zwei Kapitäne auf ein und demselben Schiff zu haben, mit zwei Paar Händen am Steuerrad. Wenn Bob nach links lenken will und ich nach rechts, muss einer von uns nachgeben, sonst laufen wir Gefahr, die Felsen genau vor uns zu rammen und unterzugehen.

»Ich weiß, dass du Angst hast. Ich habe auch Angst. Aber du bist tapfer. Sieh dir nur all die Dinge an, denen du die Stirn geboten und die du besiegt hast. Ich bin so stolz auf dich. Wenn du jeden Tag die Kraft und den Mut aufbringen kannst, mit deinem Neglect zu kämpfen, dann weiß ich, dass du auch die Kraft und den Mut hast, wieder zur Arbeit zu gehen. Ich weiß, es ist beängstigend, aber ich glaube an dich. Sie glauben an dich. Du schaffst das. Du bist so weit.«

Der Gedanke, jetzt wieder zu Berkley zurückzukehren, ist beängstigend. Aber nicht so beängstigend, wie es ist, wenn man zum ersten Mal Snowboard fährt, versucht, ohne Gehstock zu laufen, oder wie eine schlecht gelaunte Martha. Und das ist auch nicht der Grund, weshalb ich nicht dorthin zurückwill. Seit der Business School habe ich mich immer ins Zeug gelegt, immer mit voller Kraft voraus, habe mich jeden Tag bis zum Umfallen verausgabt, stets nur ein einziges Ziel vor Augen: ein erfolgreiches Leben. Und nicht nur mittelmäßigen Erfolg. Sondern die Art von Erfolg, um die mich meine Kommilitonen an der Elite-Universität beneiden würden, die Art, die meine Professoren künftigen Studenten als leuchtendes Beispiel für Leistung präsentieren würden, die Art, der sogar die überdurchschnittlich erfolgreichen Bürger von Welmont nacheifern würden, die Art, auf die Bob stolz sein würde. Die Art von sichtlich erfolgreichem Leben, die in jeder Hinsicht genau das Gegenteil des kaputten, beschämenden Lebens meiner Kindheit sein würde.

Und dann habe ich meinen Wagen zu Schrott gefahren. Zum ersten Mal seit fast einem Jahrzehnt habe ich aufgehört, mit voller Kraft voraus diese Straße hinunterzurasen. Alles ist zum Stillstand gekommen. Und auch wenn dieser Stillstand in den letzten vier Monaten größtenteils eine schmerzliche und beängstigende Erfahrung gewesen ist, so hat er mir doch die Chance gegeben, den Kopf zu heben und mich umzusehen.

Und ich fange an, mich zu fragen: Was gibt es sonst noch? Vielleicht kann Erfolg auch etwas anderes sein, und vielleicht gibt es noch einen anderen Weg, um ihn zu erzielen. Vielleicht gibt es eine andere Straße für mich, mit einem vernünftigeren Tempolimit. Ob es daran liegt, dass ich nicht kann, dass ich zu viel Angst habe, dass sich etwas in mir verändert hat und etwas anderes will – oder vielleicht auch an einer komplexen Mischung aus allen drei Dingen –, kann ich nicht sagen, aber ich will nicht zurück zu Berkley. Ich will nicht zurück zu diesem Leben. Dieselbe Intuition, die mich zu Mike Green und dem Snowboardfahren geführt hat, führt mich jetzt irgendwo anders hin. Und ich vertraue ihr.

»Ich gehe nicht zurück zu Berkley.«

DREIUNDDREISSIGSTES KAPITEL

Es ist früh am Samstagmorgen, noch bevor die Schwarzrückenspechte begonnen haben, an den Ahornbäumen und Kiefern zu trommeln, und bevor die Lifte am Berg öffnen. Linus ist eben von meinem Schoß gesprungen und liegt jetzt auf dem Boden, einen Laster in einer Hand, Bunny in der anderen, und nuckelt an seinem Schnuller. Er ist noch immer im Pyjama und sieht sich ein *Sesamstraße*-Video an, den Ton ganz leise gestellt. Charlie und Lucy spielen im Moment still in ihren Zimmern. Meine Mutter und ich sitzen vor einem sanft knisternden Kaminfeuer auf dem Sofa und genießen diesen friedlichen Beginn des Tages. Bob ist in Welmont geblieben. Er hat gesagt, er hätte dieses Wochenende zu viel zu tun, aber ich habe den Verdacht, dass er noch immer sauer auf mich ist und nicht einen Wohlfühl-Moment zu meiner »Schnapsidee«, hier zu leben, beitragen will. Ich atme den Duft meines Latte ein, bevor ich noch einen heißen Schluck nehme. Mmm. Ich würde sagen, genau so einen verpasst er jetzt.

Ich gebe vor, ein Wortsuchrätsel zu lösen, aber tatsächlich genieße ich hauptsächlich meinen Kaffee, entspanne mich vor dem Feuer und beobachte meine Mutter. Sie strickt an einem leuchtend roten Schal und ist völlig auf ihre Nadeln konzentriert, spricht immer wieder leise die Reihenfolge ihrer Maschen mit. Sie hält inne, um sich die Schulter zu massieren.

»Alles okay mit dir?«, frage ich.

»Ich glaube, mir tut der Arm weh, weil ich Linus so viel gehalten habe.«

Sie drückt sich den linken Oberarm. Ich bin mir ziemlich sicher, dass sie Linus normalerweise mit dem rechten hält.

»Vielleicht verkrampfst du die Schultern beim Stricken zu sehr«, überlege ich, obwohl ihre Haltung nicht verkrampft aussieht.

»Ich glaube, es ist wegen Linus.«

Sie reibt sich noch ein paarmal den Arm von der Schulter bis zum Ellenbogen und strickt dann wieder weiter. Der Schal ergießt sich von ihren Stricknadeln in ihren Schoß und aufs Sofa wie eine Wolldecke. Er sieht fast fertig aus, und ich stelle mir vor, wie gut er ihr stehen wird, passend zu ihrem silbergrauen Haar, ihrer schwarz umrandeten Brille und dem roten Lippenstift, den sie so gern trägt.

»Du musst deine Red-Hat-Freundinnen vermissen«, sage ich.

»Schon«, antwortet sie, ohne aufzusehen oder das Klappern ihrer Nadeln zu unterbrechen, »aber ich rede ja ständig mit ihnen.«

»Ach ja?«

Ich sehe sie nie telefonieren.

»Wir skypen.«

»Du *skypst?*«

»Aber ja.«

Das ist die Frau, die den Aufbruch ins Zeitalter der Mikrowelle, des Videorekorders und der TV-Fernbedienung verpasst hat – alles Geräte, die sie noch immer verwirren. Sie besitzt kein eigenes Handy und keinen Laptop, und sie hat kein GPS-Navigationssystem für ihren Wagen. Aber sie skypt?

»Woher weißt du denn, was Skypen ist?«, frage ich.

»Ich hab's bei *Oprah* gesehen.«

Ich hätte es wissen müssen. Die drei Informationsquellen meiner Mutter sind *Oprah*, *Ellen* und das *People*-Magazin. Der akademische Snob in mir will sie von oben herab behandeln, aber ich muss ihr Anerkennung zollen. Sie hat es weit gebracht in den vier Monaten. Sie benutzt Bobs Navi wie ein Profi, und sie ist jeden Tag zur Rushhour nach Boston gefahren, als ich in Baldwin war. Sie schafft es inzwischen, die richtige Fernbedienung (wir haben fünf) zu finden und die richtige Tastenkombination zu drücken, um von Kabel auf Videorekorder auf Wii umzustellen (sogar Abby fand das anfangs etwas verwirrend). Sie geht jedes Mal, wenn wir sie anrufen, an das Handy, das Bob ihr überlassen hat, solange sie bei uns ist. Und offenbar skypt sie auf unserem PC.

»Was ist mit deinem Zuhause? Du musst es vermissen, in deinem eigenen Haus zu sein«, sage ich.

»Manches davon vermisse ich. Manchmal vermisse ich die Stille und meine Privatsphäre. Aber wenn ich dort wäre, dann würde ich die Stimmen der Kinder, ihr Gelächter und den ganzen Trubel hier vermissen.«

»Aber was ist mit deinen Sachen? Und deiner Routine?«

»Ich habe hier eine Routine und jede Menge Sachen. Zu Hause ist man, wo man lebt. Und im Augenblick lebe ich bei dir, daher ist das jetzt mein Zuhause.«

Zu Hause ist man, wo man lebt. Ich muss an dieses Schild am Ende des Storrow Drive in Boston denken: *WENN SIE HIER LEBEN WÜRDEN, DANN WÄREN SIE JETZT ZU HAUSE.* Ich sehe aus dem Fenster, sehe die natürliche Schönheit unseres offenen Grundstücks, den grauen Morgen, der sich allmählich mit Farbe füllt, während die Sonne über den Hügeln aufgeht. Ich würde so gern hier leben. Und ich denke, die Kinder wären begeistert davon. Aber Bob hat recht. Wir können nicht einfach hierherziehen und ohne einen konkreten Plan, wie wir unseren Lebensunterhalt verdienen sollen, alle aus ihrer gewohnten Umgebung reißen. Ich stelle mir ein Schild an der Grenze zu Vermont vor: *WENN SIE HIER LEBEN WOLLEN, WERDEN SIE SICH JOBS SUCHEN MÜSSEN. Richtige Jobs,* ergänzt Bobs Stimme in meinem Kopf.

»Aber im Sommer würde ich gern wieder zu Hause sein. Ich werde meinen Garten und die Strände vermissen. Ich liebe den Sommer am Cape«, sagt meine Mutter.

»Glaubst du, bis zum Sommer wird es mir besser gehen?«

»Oh, viel besser, denke ich.«

»Nein, ich meine, glaubst du, ich werde wieder so sein, wie ich vor dem Unfall war?«

»Ich weiß es nicht, Schatz.«

»Alle Ärzte scheinen zu glauben, dass ich, wenn ich bis zum Sommer nicht vollständig gesund sein werde, es vermutlich nie wieder sein werde.«

»Sie wissen auch nicht alles.«

»Aber sie wissen mehr als ich.«

Sie kontrolliert ihre Reihe.

»Ich möchte wetten, sie wissen nicht, wie man Snowboard fährt«, sagt sie dann.

Ich lächle, während ich mir eine verängstigte und unsichere Martha vorstelle, die, auf ein Brett geschnallt, auf dem Fox Run alle paar Zentimeter hart auf ihr Gesäß fällt.

»Nichts ist unmöglich«, meint sie.

Die Ärzte und Therapeuten hätten mir vermutlich auch gesagt, dass ich noch nicht Snowboard fahren könnte, dass es nicht möglich wäre. Und doch tue ich es. »Nichts ist unmöglich.« Ich sitze still da und lasse die Worte meiner Mutter auf mich wirken, bis ich das Gefühl habe, dass sie selbst mein tiefstes Inneres durchdrungen haben, wo ich sie nicht mehr abschütteln kann. Meine Mutter klappert mit ihren Nadeln und ist vertieft in die Arbeit an ihrem Schal, daher bemerkt sie nicht, wie ich sie beobachte, wie sehr ich ihre schlichten und doch wunderschönen weisen Worte liebe, wie stolz ich darauf bin, dass sie getan hat, worum sie gebeten wurde, um hier zu sein, dankbar, dass sie überhaupt gekommen und dann geblieben ist, um mir zu helfen, selbst als ich ihr nicht sehr freundlich gesagt habe, sie solle nach Hause fahren. Gott sei Dank hat sie nicht auf mich gehört.

Ich strecke einen Arm aus und drücke ihren Fuß in der Socke.

»Was denn?« Sie sieht von ihrer Strickarbeit auf.

»Nichts«, entgegne ich.

Sie wendet sich wieder ihrem Schal zu. Ich schlürfe meinen Kaffee und sehe dem Feuer zu, genieße noch einen Wohlfühl-Moment. Ich bin mit meiner Mutter zu Hause.

VIERUNDDREISSIGSTES KAPITEL

Ein typischer winterlicher Nordoststurm hat ganz Neuengland am St.-Patrick's-Tag heimgesucht. Doch während die dreißig Zentimeter Schnee in Welmont für alle über Achtzehnjährigen hauptsächlich ein lästiges Ärgernis waren – Schulausfälle, Flugverspätungen, verstopfte und matschige Straßen, Verkehrsunfälle –, wurde der gut einen halben Meter hohe Schnee hier oben in Cortland von allen als flockiges weißes Geschenk des Himmels begrüßt. Die Bedingungen auf dem Berg könnten an diesem sonnigen, windstillen Samstag gar nicht besser sein.

Ich habe auf meinem Snowboard alle möglichen aufregenden Fortschritte gemacht. Letztes Wochenende hat Mike meine Fahrerstange abmontiert, und statt der Stange benutze ich jetzt nur noch einen einzelnen Stab mit meiner rechten Hand. Am unteren Ende des Stabs ist ein kleiner, kaum sichtbarer Ski befestigt, der mir durch die zusätzliche Stabilität und den Kontakt mit dem Hügel Sicherheit gibt – etwa so wie ein Ausleger bei einem Kanu oder mein Gehstock beim Laufen. Aber mein Ausleger-Stab ist eindeutig cooler als mein Gehstock. Er hat nichts Omahaftes an sich.

Außerdem bin ich mit Mike – der jetzt auf einem Snowboard hinter mir fährt – durch eine Kordel verbunden, die von einer Metallschlaufe an der Spitze meines Bretts zu Mikes Händen läuft. Er muss wie der Weihnachtsmann aussehen, der die Zügel seines Rentiers in der Hand hält, was mich allerdings zu Dasher, Dancer oder Rudolph machen würde. Doch eigentlich ist es mir egal, wie wir für irgendjemand anders aussehen. Von dort aus, wo ich stehe, sehe ich nur ein normales Snowboard und eine herrliche Piste mit frischem Puderschnee. Von hinten steuert er mithilfe der Zügel meine Geschwindigkeit, ruft mir aufmunternde Worte zu, erinnert mich an meine Technik und warnt mich vor allem, was links von uns los ist. Er sagt, den Stab würde ich vielleicht behalten wollen, aber am Ende der Saison müsste ich in der Lage sein, allein Snowboard zu fahren, was aufregend und fast unvorstellbar zugleich ist. Aber im Augenblick kann ich vereiste Flächen, Kurven auf der Piste oder andere Ski- und Snowboardfahrer, die links von mir sind, noch nicht sehen, wenn Mike mich nicht auf sie aufmerksam macht (und manchmal selbst dann nicht), daher weiß ich, dass ich noch nicht bereit bin, nicht mehr an diesen Weihnachtsmann zu glauben.

Inzwischen sind wir von der Rabbit Lane zu meinen bevorzugten mittelschweren Pisten aufgestiegen, und ich bin überglücklich, den Magic-Carpet-Lift und den Anfängerhügel hinter mir gelassen zu haben und auf dem eigentlichen Berg zu sein. Im Augenblick sind wir mitten auf dem Fox Run. Ich halte die Augen und Ohren nach Charlie offen. Immer wieder sehe ich ihn auf seinem Brett. Er ist entzückt, mich zu sehen, und dann noch entzückter, an mir vorbeizurasen. Bei ihm sieht das Snowboardfahren so leicht aus. Ich weiß nicht, wie ich dabei aussehe, aber ich nehme an, die übergroße Anstrengung und Konzentration, die ich dafür aufbringen muss, sieht man mir an. Aber wie gesagt ist es mir egal, wie ich aussehe. Vielleicht sehe ich nicht aus wie eine coole Snowboarderin, aber ich fühle mich wie eine.

Doch obwohl die Bedingungen hervorragend sind, ich Spaß an Charlies Überholmanövern und völliges Vertrauen darein habe, dass Mike auf mich aufpasst, und ich mich wie Shaun White fühle, empfinde ich dennoch nicht dieses pure, unbändige Vergnügen und die tiefe Stille, die ich normalerweise empfinde, wenn ich auf dem Berg bin. Ich achte äußerst konzentriert auf meine Technik und darauf, wie sich das Snowboard auf dem Berg anfühlt, aber ein kleiner Teil dieser Konzentration lauscht dabei auch einem dramatischen Monolog, der in meinem Kopf abläuft, völlig gebannt von der Vorstellung.

Was, wenn Bob recht hat? Was, wenn Berkley der einzige Weg zurück ist? Was, wenn ich meine einzige Chance sausen lasse, zu einem echten Leben zurückzukehren? Vielleicht ist es wirklich eine verrückte Idee, in Vermont zu leben.

Ich hocke mich wieder auf die Fersen und fahre nach rechts. Aber ich habe mich ein bisschen zu weit zurückgelehnt, sodass ich jetzt mit der Kante hängen bleibe, stürze und hart aufs Gesäß knalle. Mike bleibt neben mir stehen und hilft mir hoch.

»Alles okay mit Ihnen?«, fragt er.

»Ja«, antworte ich, obwohl ich weiß, dass sowohl mein Steißbein als auch mein Ego einen Kratzer abbekommen haben.

Ich richte die Spitze meines Bretts talwärts, und wir gleiten weiter.

Was würden Bob und ich hier oben machen? Ich will kein Café eröffnen, Tickets für den Lift verkaufen oder eine Kunstgalerie eröffnen (die Idee meiner Mutter). Vielleicht gibt es hier oben wirklich nichts für uns. Würde ein Leben hier bedeuten, dass wir unsere teure und hart erarbeitete Ausbildung zurücklassen, alles, was wir in der Welt leisten, wozu wir unseren Beitrag leisten wollten, alles, wovon wir geträumt haben?

»Hey, Goofy!«

Es ist Charlie. Er nennt mich Goofy, weil ich mit dem rechten Fuß voran auf dem Brett fahre, was goofyfüßig heißt. Er findet das zum Schreien. Ich finde, der Spitzname passt perfekt zu mir. Diesmal bremst er nicht ab, und ich sehe nur die Rückseite seiner orangefarbenen Jacke, als er an uns vorbeischießt. Ich lächle.

»Angeber!«

Vielleicht bin ich nur behindert und verängstigt und versuche, Bob mit mir herunterzuziehen. Vielleicht versuche ich, davonzulaufen und mich zu verstecken. Vielleicht bin ich verrückt.

Bin ich verrückt?

Mein Brett zeigt genau talwärts, und ich fahre schon jetzt so schnell, wie ich es mir gerade noch zutraue, als der Hang auf einmal steil abfällt und ich noch schneller werde. Mein Herz rast, und jeder Muskel meines Körpers spannt sich an. Mike spürt meine Panik und zieht fest an dem Strick, sodass ich – statt wieder einen schmerzhaften Sturz zu erleiden – sanft zum Stehen komme.

»Alles okay?«, ruft Mike hinter mir.

»Ja. Danke.«

Ich wünschte, er könnte die Zügel bei meinen außer Kontrolle geratenen Gedanken ähnlich fest anziehen. Wir fahren weiter den Berg hinunter.

Ich will nicht zurück zu Berkley. Es muss noch eine andere Möglichkeit geben. Einen anderen Traum für mein Leben. Das weiß ich so sicher, wie ich weiß, dass Schnee weiß ist. Aber was? Und wo? Können wir hier oben ein erfülltes und erfolgreiches Leben führen? Es scheint unmöglich zu sein.

Ich verlagere mein Gewicht auf die Zehen. Zu meinem eigenen Erstaunen verkrampfe ich mich nicht, und ich stürze nicht. Dann finde ich aus der Hüfte heraus wieder ins Gleichgewicht und fahre weiter bergab. Ich bin soeben sauber nach links gefahren.

Nichts ist unmöglich.

Vielleicht, aber vertraue ich meiner Intuition oder Bob? Will ich zu meinem alten Leben zurückkehren oder ein neues anfangen? Ist es verrückt von mir zu glauben, dass ich überhaupt zu meinem alten Leben zurückkehren könnte? Ist es verrückt von mir, etwas anderes zu wollen? Ich weiß nicht, was ich tun soll. Ich brauche irgendein Zeichen.

Gott, bitte gib mir ein Zeichen.

Wir beenden unsere letzte Abfahrt für diesen Nachmittag,

während mein Verstand noch immer Zweifel und Sorgen abspult, ohne mir irgendwelche Antworten anzubieten, und den ganzen verworrenen, chaotischen, immer größer werdenden Haufen irgendwo genau hinter meinen Augen auf dem Boden liegen lässt, sodass ich Kopfschmerzen davon bekomme. Zum ersten Mal, seit ich mit dem Snowboardfahren angefangen habe, bin ich froh, für heute damit fertig zu sein. Mike und ich machen uns auf den Weg zurück zum NEHSA-Gebäude, wo ich meine Ausrüstung zurückgeben und meinen Gehstock abholen kann.

Dort setze ich mich auf die Holzbank und nehme meinen Helm ab. Ich finde meine Stiefel und meinen Stock.

»Heute waren Sie aber ein bisschen vorsichtig«, stellt Mike fest.

»Ja.«

»Das ist schon okay so. An manchen Tagen werden Sie sich mutiger fühlen als an anderen. Aber so geht es allen anderen auch, okay?«

»Okay.«

»Und an manchen Tagen werden Sie große Fortschritte erleben und an anderen nicht.«

Ich nicke.

»Aber lassen Sie sich nicht entmutigen, okay? Kommen Sie morgen wieder?«

»Gleich morgen früh.«

»Gut so! Oh, ich habe da noch diese Informationsbroschüren für Ihre Freundin. Sie liegen auf meinem Schreibtisch. Können Sie kurz hier warten?«, fragt Mike.

»Na klar.«

Ich habe Heidi angeboten, ihr ein paar Informationen über den NEHSA mitzubringen, damit sie ihren Patienten davon erzählen kann. Ich habe keine wissenschaftlichen oder klinischen Daten, um diese These zu stützen, aber ich glaube, Snowboardfahren ist die effektivste Rehamethode, die ich kennengelernt habe. Es zwingt mich, mich auf meine Fähigkeiten – und nicht auf meine Behinderung – zu konzentrieren und gewaltige Hindernisse, physische und psychische, zu überwinden, um auf diesem Brett stehen zu bleiben und heil den Berg hinunterzukommen. Und jedes Mal, wenn ich heil den Berg hinunterkomme, gewinne ich echtes Selbstvertrauen und bekomme ein Gefühl von Unabhängigkeit, wie ich es seit dem Unfall nicht mehr erlebt habe, ein Gefühl echten Wohlbefindens, das mir noch lange über das Wochenende hinaus erhalten bleibt. Und egal, ob das Snowboardfahren mit dem NEHSA einen messbaren und anhaltenden therapeutischen Erfolg bei Leuten wie mir zeigt oder nicht, es macht auf jeden Fall viel mehr Spaß, als Katzen abzumalen und rote Bälle von einem Tablett hochzuheben.

Mike kommt mit einem Stapel Unterlagen in der Hand wieder.

»Entschuldigung, dass es so lange gedauert hat. Ich musste eben einen Anruf entgegennehmen. Unser Entwicklungsleiter geht nach Colorado, und es ist fast unmöglich für uns, jemanden zu finden, der seine Position ausfüllen kann. Zu schade, dass Sie nicht das ganze Jahr hier leben. Sie wären ideal dafür.«

Ich habe mir mein Leben lang bei Sternschnuppen etwas gewünscht, auf Holz geklopft, Pennys aufgehoben und um das eine oder andere zu Gott gebetet, aber noch nie habe ich eine so offensichtliche, unmittelbare und aufregende Antwort bekommen wie jetzt. Vielleicht ist es einfach nur ein glücklicher Zufall. Vielleicht ist Mike Green ein Engel auf Erden. Vielleicht wirft Gott dem armen Goofy einen Knochen hin. Aber das ist es. Das ist das Zeichen.

»Mike, ausgerechnet Sie sollten es wissen«, sage ich. »Nichts ist unmöglich.«

FÜNFUNDDREISSIGSTES KAPITEL

»In Vermont gibt es kein Mangia«, meint Bob.

Ich erwidere nichts. Wir sitzen alle zusammengezwängt in Bobs Wagen auf dem Weg zum Abendessen im Mangia, meinem Lieblingsfamilienrestaurant in Welmont. Aber mit dem Mangia wird Welmont nicht bei mir punkten können. Es gibt jede Menge anständige Restaurants in Vermont. Normalerweise kann ich Bob nicht sehen, wenn er fährt, aber aus irgendeinem Grund ist mein Gesichtsfeld jetzt so erweitert, dass ich einen Teil seines Profils wahrnehmen kann – genug, um zu erkennen, dass sein rechter Daumen auf dem Display seines Handys herumhackt.

»Stopp!«, brülle ich.

Er tritt die Bremsen durch. Mein Gurt rastet ein und schneidet in meine Brust, als ich nach vorn geschleudert werde. Eingepfercht in einer langen Autoschlange und bei fünfunddreißig Meilen in der Stunde können wir von Glück reden, dass uns niemand draufgefahren ist.

»Nein, nicht den Wagen. Leg das Handy weg«, fordere ich.

»Gott, Sarah, du hast mir vielleicht einen Schrecken eingejagt. Ich dachte, da ist irgendetwas. Ich muss nur kurz telefonieren.«

»Hast du denn nichts aus dem gelernt, was mir passiert ist?«

»Sarah«, sagt er in seinem Singsang, der ausdrücken soll: Lass doch bitte dieses lächerliche, theatralische Getue.

»Willst du so enden wie ich?«

»Diese Frage kann ich gar nicht richtig beantworten«, erwidert er.

»Dann werde ich sie für dich beantworten. Nein. Nein, du willst nicht so enden wie ich. Und du willst auch niemanden umbringen, oder?«

»Hör auf, du machst den Kindern noch Angst.«

»Leg das Handy weg. Keine Handys mehr im Auto, Bob. Ich meine es ernst. Keine Handys.«

»Es ist nur ein kurzer Anruf, und ich muss Steve vor morgen früh erreichen.«

»Keine Handys! Keine Handys!«, rufen Charlie und Lucy im Chor von der Rückbank, begeistert davon, ihrem Vater sagen zu können, was er tun soll.

»Nur zwei Sekunden. Ich hätte es längst erledigen können.«

»Wir sind in zehn Minuten im Mangia. Kann dein Anruf nicht noch zehn Minuten warten? Können Steve und die große wichtige Welt nicht noch zehn Minuten warten, von dir zu hören?«

»Okay.« Er dehnt das Wort mit übertriebener Gelassenheit, ein Versuch, den Ärger zu verschleiern, der sich dahinter aufbaut. »Aber dann werden wir im Restaurant sein, und jetzt tue ich nichts.«

»Du *fährst!*«

Früher habe ich meine Fahrten zur Arbeit und nach Hause ständig mit Telefonaten (und im Stop-and-go-Verkehr sogar mit SMS-Nachrichten und E-Mails) ausgefüllt. Doch jetzt werde ich mein Handy nie mehr im Wagen benutzen (vorausgesetzt, ich werde eines Tages überhaupt wieder Auto fahren können). Von allen Lektionen, die ich gelernt habe, und allen Anpassungen, die ich nach dieser Erfahrung bislang vorgenommen habe, ist die »Kein Handy im Auto«-Regel vermutlich die elementarste.

»Wie wär's damit?«, frage ich. »Du könntest jetzt mit mir reden. Lass uns ein nettes zehnminütiges Gespräch führen, und dann, wenn wir am Restaurant sind und du den Wagen einparkst, kannst du deinen Anruf erledigen, und wir werden alle auf dich warten.«

»Na schön.«

»Danke.«

Bob fährt und sagt nichts. Die Rufe der Kinder sind verstummt. Wir sechs sitzen im Wagen vor einer roten Ampel. Das Radio und der DVD-Player sind ausgeschaltet, und die Stille ist bedrückend. Er kapiert es nicht, und das macht mir anfangs Sorgen, aber dann, durch den Katalysator seines Schweigens, verwandelt sich meine Sorge rasch in Wut. Als wir vor der nächsten roten Ampel warten, sagt er noch immer nichts. Eben war ich noch sauer, weil er nicht kapiert, warum ich nicht will, dass er im Auto telefoniert, aber jetzt bin ich sauer, weil er nicht kapiert, warum ich nicht zurück zu Berkley will oder warum ich in Vermont leben will. Wir bremsen hinter dem Wagen vor uns ab, der nach rechts abbiegt, und ich kann nicht glauben, dass er mich nicht versteht.

»Worüber willst du denn reden?«, fragt Bob schließlich. Das Mangia ist jetzt nur noch ein paar Blocks entfernt.

»Gar nichts.«

SECHSUNDDREISSIGSTES KAPITEL

Meine Mutter und ich schlagen mit Linus im Spielzeuggeschäft von Welmont die Zeit tot, während Lucy bei ihrem Tanzunterricht in derselben Straße und Charlie bei seinem Basketballtraining im Gemeindezentrum auf der anderen Seite der Stadt ist. Aus seinem Buggy befreit, ist Linus im siebten Himmel, während er an dem Thomas-die-Lokomotive-Tisch spielt, Züge aneinanderkoppelt und dann wieder trennt, sie über die Gleise, durch Tunnel und über Brücken schiebt. Das könnte er den ganzen Tag tun, aber wir haben nur noch ungefähr zwanzig Minuten, bis Lucys Unterricht zu Ende ist, und meine Mutter und ich haben uns bereits damit abgefunden, wie unser Aufbruch aus dem Spielzeuggeschäft ablaufen wird.

Ich werde ihm mit einer fröhlichen Komm-das-wird-ein-Riesenspaß-Stimme sagen, dass es Zeit zum Gehen ist. Er wird gar nicht erst darauf hereinfallen, sondern auf der Stelle ausrasten und versuchen, so viele Züge mitgehen zu lassen, wie er mit seinen pummeligen kleinen Händen umklammern kann. Dann werden meine Mutter und ich einem völlig verzweifelten Einjährigen, der noch nicht zu rationalem Denken fähig ist, hilflos erklären, dass die Züge dem Geschäft gehören und hier bleiben müssen. Daraufhin wird er sich auf den Boden werfen und probieren, sich unserem Aufbruch durch zivilen Ungehorsam zu widersetzen, und wir werden ihm die Züge aus den Händen winden und einen absolut widerspenstigen Linus zur Tür hinaustragen müssen – steif wie ein Brett und schreiend. Es wird fürchterlich sein. Aber im Augenblick ist er noch ein entzückendes Kleinkind in einem Zustand purer Glückseligkeit.

»Sieh dir das an.« Meine Mutter hält ein kunstvoll mit Perlen und Rüschen verziertes Prinzessinnenkleid hoch.

»Sie würde es lieben, aber sie braucht es nicht.«

Lucy hat einen ganzen Schiffskoffer voller Kostüme.

»Ich weiß, aber sie würde so süß darin aussehen.«

Ich stehe vor der Auslage mit den Wii-Spielen und suche *We Ski and Snowboard*, aber ich kann es nirgends entdecken. Ich könnte es online bestellen, aber ehrlich gesagt will ich dieses Spiel für mich selbst haben, und ich hatte gehofft, es noch heute mit den Kindern spielen zu können.

»Mom, kannst du mir helfen, nach diesem Snowboard-Videospiel zu suchen?«

Bevor ich aufgebe, will ich sicher sein, dass es sich nicht irgendwo auf der linken Seite versteckt. Sie kommt herüber und stellt sich neben mich, stemmt die Hände in die Hüften, kneift die Augen zusammen und sucht die Auslage ab.

»Wonach suche ich?«, fragt sie.

»*We Ski and Snowboard.*«

»Ich kann es nirgends finden«, sagt sie. »Wir sollten los. Ich muss noch mein Rezept von der Apotheke abholen.«

Die Apotheke ist drei Blocks die Straße hinunter.

»Geh du nur, wir warten hier auf dich.« Ich will Linus noch ein bisschen Zeit mit den Zügen geben, die er so liebt, und mir selbst den Fußmarsch ersparen.

»Bist du sicher?«, fragt sie.

»Ja, kein Problem.«

»Okay, ich bin gleich wieder da.«

Da ich keine Videospiele sehe, die die Kinder haben wollen oder die wir nicht schon haben, und weil ich weiß, dass wir mit Sicherheit keine *brauchen*, schaue ich mich weiter in der Nähe des Eisenbahntischs um. Hier gibt es alle klassischen Brettspiele, an die ich mich aus meiner Kindheit erinnern kann – *Candy Land, Schlangen und Leitern, Kniffel, Cluedo, Sorry!* –, und viele Regale mit Spielen, von denen ich noch nie gehört habe. Ich schlendere an den Spielen vorbei, bis ich stehen bleibe, um die Alex-Auslage zu bewundern – Farben, Knetmasse, Klebstoffe, Nähgarn, Handpuppen, Knöpfe, Origami –, für diese ganzen Sachen hätte ich als Kind geschwärmt. Lucy mag alles, was knifflig ist, aber wenn sie jetzt hier wäre, dann würde sie sich genau dort umsehen, wo meine Mutter etwas kaufen wollte, und vermutlich genau das Kleid haben wollen, das meine Mutter mir gezeigt hat.

Ich sehe wieder zu dem Tisch mit den Zügen. Linus ist nicht da. Vermutlich steht er irgendwo links von mir. *Sieh nach links, such links, geh nach links.* Kein Linus.

»Linus?«

Ich drehe eine Runde um den ganzen Tisch. Er ist nicht da.

»Linus, wo bist du? Linus?«

Ich höre, wie verängstigt meine eigene Stimme klingt, und das macht mir erst recht Angst. Ich schleppe mich an meinem Gehstock in die Nähe des jungen Mädchens hinter der Kasse.

»Haben Sie hier irgendwo einen einjährigen kleinen Jungen gesehen?«, frage ich.

»Ja, er ist an dem Tisch mit den Zügen.«

»Da ist er nicht mehr. Ich kann ihn nicht finden. Können Sie mir helfen?«

Ich warte ihre Antwort nicht ab, sondern drehe mich um und beginne durch das Geschäft zu laufen.

»Linus!«

Wo könnte er sein? Das Geschäft ist schlicht, altmodisch und offen angelegt, und die meisten Spielsachen sind in Regalen an den Wänden ausgestellt. Es gibt keine langen Gänge mit Spielsachen, die sich bis an die Decke türmen. Das hier ist nicht Toys"R"Us. Selbst wenn er sich versteckt, müsste ich ihn sehen können. Ich suche unter den Kostümen, hinter den Handpuppen und drüben bei den Autos und Lastwagen, seinem zweitliebsten Ort in dem Geschäft. *Sieh nach links, such links, geh nach links.* Er ist nirgends zu sehen.

»Ma'am, hier im Geschäft ist er nicht«, ruft das junge Mädchen.

Oh mein Gott.

Ich stürze zur Tür, so schnell ich kann. Als ich sie aufdrücke, ertönt eine Fahrradglocke. Die Tür ist schwer, zu schwer für Linus, um sie allein zu öffnen. Vorhin waren ein paar Jugendliche in dem Geschäft. Er muss mit ihnen zusammen hinausgeschlüpft sein. Ich kann mich erinnern, dass die Glocke gebimmelt hat. Vor einer ganzen Weile. *Oh mein Gott.*

Ich gucke den Bürgersteig hinunter. Überall sind Grüppchen von Fußgängern. Ich sehe zwischen den ganzen Beinen hindurch. Doch ich kann ihn nicht entdecken.

»Linus!«

Ich drehe mich um und schaue in die andere Richtung. Ich kann ihn nicht entdecken. *Oh mein Gott.* Ich beginne den Gehsteig hinunterzulaufen, bete, dass ich in die richtige Richtung laufe, und hasse mich dafür, dass ich nicht rennen kann.

»Linus!«

Angenommen, er wurde nicht entführt (bitte, Gott!), wohin würde er wollen? Seine Lieblingsdinge auf der Welt sind Züge, Autos und Lastwagen, vor allem laute. Solche, die sich bewegen. Zeit, Geräusche und das Leben selbst verzerren sich und verschwimmen um mich herum, während ich stehen bleibe und auf die Straße sehe. Die Main Street. Jetzt am Spätnachmittag ist sie stark befahren: von übermüdeten Fahrern, Fahrern mit Handys am Ohr, Fahrern, die nicht damit rechnen, dass ihnen ein Kleinkind vors Auto läuft. Ich stehe am Rand des Gehsteigs und suche die Straße nach dem Grauen ab, das sich mein Kopf bereits ausmalt. Meine Beine sind wie erstarrt. Genau genommen fühlt sich jede Zelle von mir wie erstarrt an – meine linke Seite, meine rechte Seite, mein Herz, meine Lunge, selbst mein Blut –, als hätte jeder bewegliche, lebendige Teil von mir auf einmal innegehalten, um zu beobachten, was sich gleich abspielen wird, als würde ihre eigene Existenz an einem seidenen Faden hängen. Ich kann ihn nirgends sehen. Er ist verschwunden. Ich bekomme keine Luft mehr.

»Sarah!«

Ich suche und suche. Ich kann ihn nicht entdecken. Mein Blickfeld verengt sich. Details und Farben lösen sich auf. Meine Lunge verwandelt sich in einen Stein. Ich ersticke.

»Sarah!«

Mein Verstand erkennt die Stimme meiner Mutter. Ich sehe die verschwimmende Straße und den Gehsteig hinunter, aber ich kann sie nirgends entdecken.

»Sarah!«

Ihre Stimme ist jetzt lauter. Sie kommt von links. Als ich mich umdrehe, sehe ich sie über den Gehsteig auf mich zulaufen, Linus auf der Hüfte. Luft und Leben strömen zurück in meinen Körper.

»Linus!«

Sie ist bereits bei mir, bevor ich mich in Bewegung setzen kann.

»Als ich aus der Apotheke gekommen bin, habe ich zufällig in die andere Richtung gesehen. Er wollte gerade auf die Straße laufen«, sagt sie mit atemloser, zitternder Stimme.

»Oh mein Gott.«

»Was war denn los?«

»Ich weiß nicht. In dem einen Augenblick war er noch bei den Zügen, und im nächsten …«

Meine Kehle schnürt sich zu. Ich kann es nicht aussprechen. Ich kann es nicht noch einmal durchleben, selbst wenn es nur das ist, was hätte passieren können und zum Glück nicht passiert ist. Ich breche in Tränen aus.

»Komm her, setz dich.« Sie führt mich zu der Bank vor dem Käsegeschäft.

Wir setzen uns, und meine Mutter reicht mir Linus. Ich halte ihn auf meinem Schoß und küsse immer wieder sein Gesicht, während ich den Tränen freien Lauf lasse. Meine Mutter keucht, ihre Augen sind weit aufgerissen und zur Straße gewandt, aber sie sehen nicht so aus, als ob sie wirklich etwas wahrnehmen außer der Szene, die sich in ihrem Kopf abspielt. Ein Lastwagen einer Landschaftsgärtnerei rumpelt an uns vorbei.

»Laster! Laster!«, sagt Linus entzückt.

Ich halte ihn noch fester. Meine Mutter kommt aus ihrer Trance zu sich und sieht auf die Uhr.

»Wir müssen Lucy abholen«, meint sie.

»Okay.« Ich reibe mir die Augen. »Sein Buggy steht noch im Spielzeuggeschäft.«

Ich sehe meinen entzückenden kleinen Jungen prüfend an, bevor ich ihn wieder meiner Mutter gebe, damit sie ihn trägt. Er ist völlig unversehrt und ahnt nicht einmal, was ihm hätte zustoßen können. Ich küsse seinen Nacken und drücke ihn noch einmal an mich. Dann sehe ich seine Hände.

»Und wir müssen diese Züge zurückbringen.«

Später in dieser Nacht fühle ich mich rastlos, steige aus dem Bett und schleiche in Linus' Zimmer. Ich sehe ihm zu, wie er in seinem Gitterbettchen schläft. Er liegt auf dem Rücken, in einem blauen Strampelpyjama, einen Arm über den Kopf gelegt. Ich lausche auf seine tiefen Atemzüge. Selbst Jahre nach jenen sorgenvollen Monaten mit einem Neugeborenen bedeutet es für meine mütterlichen Ohren noch immer Erleichterung und Frieden, meine Kinder atmen zu hören, wenn sie schlafen. Er hat seinen orangefarbenen Schnuller im Mund, der seidige Rand seiner Lieblingsdecke berührt seine Wange, und Bunny liegt schlaff über seiner Brust. Er ist von jedem Baby-Sicherheitszubehör umgeben, das man sich vorstellen kann, und doch hätte ihn nichts davon vor dem beschützt, was heute hätte passieren können.

Danke, Gott, dass du ihn behütet hast. Ich stelle mir vor, was heute hätte passieren können, und dann stelle ich mir vor, jetzt hier zu stehen und in ein leeres Gitterbettchen zu starren. Das Bild schnürt mir die Luft ab, und ich kann es kaum noch ertragen, hier zu stehen und daran zu denken. *Danke, Gott, dass du ihn behütet hast.* Und auch wenn ich davon überzeugt bin, dass es grundsätzlich angebracht und ratsam ist, Gott für seine Segens- und Wundertaten zu danken, weiß ich doch, dass ich diesmal auch noch jemand anderem danken sollte.

Ich verlasse Linus' Zimmer so leise wie möglich und gehe die Treppe hinunter, durch das Wohnzimmer und in den Wintergarten. Ich will gerade schon klopfen, als ich glaube, eins der Kinder zu hören. Oh nein, vermutlich habe ich Linus aufgeweckt. Aber nach einer Sekunde Lauschen wird mir klar, dass das Geräusch aus dem Wintergarten kommt.

»Mom?« Ich trete ein, ohne ihre Erlaubnis abzuwarten.

Sie liegt auf dem Bett, unter ihrer Quiltdecke zusammengerollt, von einem Haufen zerknüllter weißer Taschentücher umgeben. Sie weint.

»Was ist denn?«, frage ich.

Sie dreht sich zu mir herum, nimmt sich ein frisches Taschentuch und drückt es sich auf die Augen.

»Ach, mir ist das heute einfach so nahegegangen.«

»Mir auch«, sage ich.

Ich setze mich zu ihr auf die Bettkante.

»Ich glaube, mein Herz hätte es nicht verkraftet, wenn ihm etwas zugestoßen wäre«, fährt sie fort.

»Meins auch nicht.«

»Du weißt es nicht, Sarah. Ich hoffe, du wirst nie wissen, wie es ist.«

Jetzt wird mir klar, dass es für meine Mutter heute nicht nur um Linus ging.

»Ich hätte dich in diesem Spielzeuggeschäft nicht allein lassen sollen«, schnieft sie.

»Nein, ich hätte auf ihn aufpassen sollen.«

»Ich hätte da sein sollen.«

»Du warst da, als es darauf ankam. Du hast ihn gefunden. Es geht ihm gut.«

»Was, wenn ich ihn nicht zufällig gesehen hätte? Ich muss ständig daran denken, was hätte passieren können.«

»Ich auch.«

»Ich hätte bei dir bleiben sollen.«

Sie beginnt zu schluchzen.

»Ist ja gut, Mom. Es geht ihm gut. Ich habe eben nach ihm gesehen. Er schläft und träumt von Zügen. Es geht uns allen gut.«

»Es tut mir leid, dass ich nicht für dich da war.«

»Das warst du doch.«

»Nein, für dich. All die Jahre. Es tut mir so leid.«

Sie zieht das letzte Taschentuch aus der Packung und putzt sich weinend die Nase. Es gibt nicht genug Taschentücher für den Schmerz, mit dem sie gelebt hat. Ich umfasse ihren Nacken mit der rechten Hand und drücke sie fest an mich.

»Ist ja gut, Mom. Ich verzeihe dir. Jetzt bist du ja hier. Danke, dass du jetzt hier bist.«

Ihr weinender Körper beruhigt sich, während ich sie in meinen Armen halte. Als sie schließlich ruhig ist, lege ich mich zu ihr und schlafe ein.

SIEBENUNDDREISSIGSTES KAPITEL

Heidi öffnet die Flasche Wein, die sie mir an meinem letzten Tag in Baldwin überreicht hat, und schenkt uns zwei Gläser ein. Dann trägt sie die beiden Gläser, während ich meinen Gehstock »trage«. Ich kann spüren, wie sie mich beobachtet, während wir von der Küche ins Wohnzimmer gehen.

»Dein Gang ist schon viel besser«, stellt sie fest. »Viel geschmeidiger und viel weniger schleppend.«

»Danke«, sage ich, verblüfft von dem Kompliment.

Vieles geht jetzt viel geschmeidiger und weniger schleppend als vor viereinhalb Monaten – das Essen auf der linken Seite meines Tellers zu finden, mit dem linken Arm in den linken Ärmel zu schlüpfen, zu tippen und zu lesen. Aber die Verbesserungen stellen sich nicht über Nacht ein. Sie sind langsam, klein, still und verstohlen und bauen sich erst nach Wochen und Monaten – nicht binnen Tagen – zu etwas Bemerkenswertem auf. Daher war mir gar nicht aufgefallen, dass sich mein Gang seit Baldwin verbessert hat. Es ist schön, das zu hören.

Wir setzen uns aufs Sofa, und Heidi reicht mir meinen Wein.

»Auf deine fortschreitende Genesung.« Sie erhebt ihr Glas.

»Darauf werde ich auf jeden Fall trinken.« Ich halte mein Glas vor mir hoch, warte jedoch darauf, dass Heidi das Anstoßen übernimmt (ich würde vermutlich nicht treffen und ihr meinen ganzen Wein übers Kleid schütten).

Sie stößt mit mir an, und wir trinken auf meine fortschreitende Genesung. Im Moment ist sie von den Ärzten und Pflegekräften vermutlich die Einzige, die aufrichtig glaubt, dass das möglich ist. Alle anderen sagen entweder gar nichts, vermeiden irgendwelche konkreten Prognosen, oder sie sagen: »Vielleicht …«, ertränken dieses »Vielleicht …« dann jedoch in einer Liste von Abers, Einschränkungen und »Ich will Ihnen keine falschen Hoffnungen machen«-Reden. Und Leugnen ist ein großes Problem. Niemand will, dass ich im Zustand des Leugnens lebe, dass ich weiterhin glaube, ich könnte gesund werden, wenn die Chancen dafür doch so überwältigend schlecht stehen. Gott behüte. Aber vielleicht hegt Heidi die Hoffnung auf meine vollständige Genesung ja auch gar nicht als Ergotherapeutin. Vielleicht glaubt sie an die Möglichkeit, weil sie meine Freundin ist. Wenn es um den Neglect geht, werde ich auf die Hoffnung einer Freundin jederzeit mehr geben als auf die vorsichtige Prognose eines Rehaarztes.

»Wie läuft's in Baldwin?«, frage ich.

»Eigentlich so wie immer. Wir haben eine neue Frau mit einem Neglect. Sie ist zweiundsechzig und hatte einen Schlaganfall. Ihr Neglect ist viel schlimmer als deiner, und sie hat noch ein paar andere Defizite. Seit drei Wochen ist sie bei uns, und ihr ist noch immer überhaupt nicht bewusst, dass sie ihn hat. Sie denkt, dass sie völlig gesund sei. Ihre Reha wird eine echte Herausforderung werden.«

Ich denke zurück an jene ersten Tage in Baldwin, als ich die neue Frau mit einem Neglect war. Es scheint eine Ewigkeit her zu sein und kommt mir gleichzeitig vor, als wäre es erst gestern gewesen. Ohne irgendetwas über diese neue Frau mit dem Neglect zu wissen, fühle ich mich ihr innerlich verbunden. Es ist, als ob ich von jemandem höre, der in Middlebury oder auf der Harvard Business School war, oder jemanden aus Welmont treffe. So verschieden wir vielleicht auch sein mögen, so teilen wir doch eine ähnliche Lebenserfahrung.

Inzwischen gibt es Zeiten, in denen ich vergesse, dass ich

einen linksseitigen Neglect habe, aber nicht wegen eines fehlenden Bewusstseins wie am Anfang. Ich weiß, dass ich ihn habe. Daher probiere ich gar nicht erst, ohne meinen Stock zu gehen, weil ich glaube, dass mein linkes Bein noch funktioniert. Ich weiß, dass ich Hilfe beim Anziehen brauche, daher versuche ich es lieber nicht allein, um nicht mit halb angezogenem Hemd und einem linken Hosenbein, das hinter mir herschleift, aus dem Haus zu gehen. Und ich benutze den Herd nicht, weil ich weiß, dass es gefährlich ist (nicht dass ich ihn früher oft benutzt hätte). Ich weiß, dass ich mir ständig in Erinnerung rufen muss, dass es eine linke Seite gibt, dass ich eine linke Seite habe, dass ich nach links sehen, links suchen und nach links gehen muss und dass es – selbst wenn ich es tue – gut möglich ist, dass ich immer noch nur das wahrnehme, was auf der rechten Seite ist.

Aber wenn ich nicht gerade laufe, lese oder nach den Karotten auf meinem Teller suche, sondern mich im Wintergarten entspanne, mit den Kindern rede oder mit einer Freundin auf dem Sofa ein Glas Wein trinke, dann fühle ich mich rundum gesund. Ich habe nicht das Gefühl, dass irgendetwas mit mir nicht stimmt. Ich bin keine Frau mit einem Neglect. Ich bin Sarah Nickerson.

»Wie geht es Martha?«, frage ich.

»Oh, sie vermisst dich schrecklich«, antwortet Heidi lächelnd.

»Das glaube ich gern.«

»Ich bin froh, dass wir endlich die Zeit hierfür gefunden haben«, sagt sie.

»Ich auch.«

Seit ich aus Baldwin zurück bin, hat Heidi mich mindestens einmal pro Woche angerufen, um zu hören, wie es mir geht. Und sie ist oft vorbeigekommen, meistens, wenn sie Charlie nach dem Basketball nach Hause gefahren hat. Aber bei ihrem Dienstplan und weil ich jedes Wochenende und jeden freien Schultag in Vermont verbringe, hatten wir bis jetzt noch keine

Zeit für unseren Weinabend gefunden – und wir haben fast Ende März.

»Euer Haus ist wirklich entzückend«, sagt sie, während sie sich im Wohnzimmer umsieht.

»Danke.«

»Ich kann gar nicht glauben, dass ihr vielleicht von hier wegzieht.«

»Ich weiß. Es wird eine große Veränderung sein, wenn es dazu kommt.«

»Erzähl mir von dem Job.«

»Es ist eine Stelle als Entwicklungsleiterin beim NEHSA. Ich werde dafür zuständig sein, Strategien für die Spendenbeschaffung zu entwickeln und auszubauen. Das heißt, Firmensponsoren und Spender zu finden, Beziehungen zu nutzen, um das Programm zu vermarkten, und Förderanträge zu schreiben. Es sind zwanzig Wochenstunden, und mindestens die Hälfte dieser Stunden könnte ich von zu Hause aus arbeiten.«

»Das klingt nach dem idealen Job für dich.«

Da hat sie recht. Die ganzen betriebswirtschaftlichen Fähigkeiten, die ich auf der Harvard Business School und bei Berkley erworben habe, machen es mir möglich, bei diesem Job gute Arbeit zu leisten. Und durch meine Behinderung habe ich das nötige Einfühlungsvermögen und die Erfahrung von jemandem, der selbst vom NEHSA profitiert hat, um den Job mit Leidenschaft zu erledigen. Ich leiste einen notwendigen Beitrag in einer wichtigen Organisation, an die ich glaube. Und die Arbeitszeiten sind ideal.

»Und was ist mit Bob? Könnte er auch für den NEHSA arbeiten?«, fragt sie.

»Nein, nein. Die Organisation beschäftigt hauptsächlich ehrenamtliche Mitarbeiter. Und er würde sowieso etwas anderes machen wollen.«

Heidi sieht auf ihre Uhr. Meine alte Uhr. Sie steht ihr gut.

»Wo ist Bob denn?«, fragt sie, als sie sieht, wie spät es ist.

Die Kinder und meine Mutter sind schon im Bett.

»Noch auf der Arbeit.«

»Wow, so spät noch.«

»Ja.«

Ich führe es nicht genauer aus. Es ist zwar nicht ungewöhnlich, dass Bob Phasen hat, in denen er einen Monat lang jeden Tag bis spätabends arbeiten muss, aber die aktuelle Phase hat genau zu dem Zeitpunkt begonnen, als ich den Job bei Berkley abgelehnt habe – und das Timing kommt mir ein bisschen zu exakt vor, um ein Zufall zu sein. Möglicherweise macht er Überstunden, um zu verhindern, dass er als unser einziger Ernährer entlassen wird, oder er steht unter noch extremerem Druck, weil er versucht, seiner schwächelnden Firma zu helfen, noch einen Tag länger zu überleben. Aber ich habe den Verdacht, dass er mir und meinem Jobangebot in Vermont einfach ausweicht.

»Wann würdet ihr denn gehen?«

»Na ja, der NEHSA braucht so bald wie möglich eine Antwort von mir, aber ich würde nicht vor dem Herbst anfangen müssen. Das heißt, wir haben noch etwas Zeit.«

»Was wirst du ihnen also sagen?«

»Ich will zusagen, aber das kann ich erst, wenn Bob zuversichtlich ist, dass er dort oben auch etwas finden kann. Wir werden sehen. Wenn es nicht klappt, dann bin ich sicher, dass ich auch hier irgendetwas finden werde«, sage ich, ohne mir dessen wirklich sicher zu sein.

»Was ist mit deiner Mom? Würde sie mitkommen?«

»Sie will für den Sommer zurück ans Cape fahren, aber nach dem Labor Day wird sie wieder bei uns wohnen.«

»Und was hält sie davon, in Vermont zu leben?«

»Oh, es gefällt ihr sehr gut dort oben. Besser als hier.«

»Und wen werdet ihr im Sommer als Hilfe haben?«

»Falls wir in Vermont sind, ist dort die Nichte von Mike Green. Im Sommer verbringt sie ihre Collegeferien zu Hause und braucht einen Teilzeitjob. Sie hat jahrelang als Kindermädchen gearbeitet und macht eine Krankenpflegeausbildung.

Mike denkt, sie würde wunderbar zu mir und den Kindern passen. Und falls wir hier sind, so wird Abby im Mai aus New York zurück sein, und sie hat gesagt, sie könnte im Sommer als Kindermädchen für uns arbeiten.«

»Klingt, als ob du alles bis auf Bob geregelt hast.«

»Oh ja.«

Alles bis auf Bob.

ACHTUNDDREISSIGSTES KAPITEL

Es ist das letzte Märzwochenende, und während man sich in weiten Teilen des Landes bereits über den Beginn des Frühlings freut, feiert Cortland sein alljährliches Für-immer-Winter-Festival. Bob, Charlie, Lucy und ich sind gerade mit dem Mittagessen in der Haupthütte fertig, nachdem wir den ganzen Vormittag auf der Piste waren. Meine Mutter und Linus haben den Vormittag über das Festival besucht, und jetzt wollen Bob und die Kinder auch dorthin, aber ich bin zu erschöpft dafür. Wir entscheiden, dass Bob mich für ein Nickerchen zu Hause absetzen wird und er und die Kinder ohne mich hinfahren werden.

Das Festival ist eine einwöchige Angelegenheit, ein typischer Vermonter Kleinstadt-Spaß für die ganze Familie. Es gibt Schneemann-Wettbewerbe, Lagerfeuer und getoastete Marshmallows, heiße Schokolade und Eis mit Sirup, Schlittschuhlaufen auf dem See, Skilanglaufrennen und Livemusik. Und die ganzen örtlichen Geschäfte verkaufen ihre Waren auf dem Festivalmarkt – Ahornsirup, Fudge, Marmeladen, Käse, Quiltdecken, Gemälde und Skulpturen. Wir sitzen im Auto, und ich lese laut aus der Festivalbroschüre vor, um die Kinder in Stimmung zu bringen.

»Oooh, heute gibt es das Hundeschlittenrennen!«

»Vielleicht könnte ich als professioneller Hundeschlittenführer arbeiten«, schlägt Bob vor.

»Ja!«, brüllen Charlie und Lucy.

»Und Eisfischen«, versuche ich beim Thema Festival zu bleiben.

»Ich könnte ein Eisfischer auf dem zugefrorenen See sein«, fährt Bob fort.

»Ja!«, jubeln Charlie und Lucy.

»Bob«, sage ich.

»Oder ich könnte im Garten Kühe halten und Eiscreme machen!«

»Ja!«, kreischen sie und kichern.

Ich lache auch, aber nur, weil ich mir unwillkürlich vorstelle, wie Bob mit hochgekrempelten Ärmeln versucht, eine Kuh zu melken.

»Und ich könnte meinen eigenen Eiswagen haben, und ich wäre der Eismann!«

»Ja!«, rufen sie.

»Mach das, Daddy«, bittet Lucy.

»Ja, sei ein Eismann!«, fordert auch Charlie.

»Die Stimmen sind ausgezählt, Schatz. Ich bin Vermonts neuer Eismann. Ich werde einen weißen Laster und einen Hut brauchen.«

Ich pruste wieder los, als ich mir Bob mit dem Hut vorstelle. Und mit roten Hosenträgern.

Es tut gut, so über dieses Thema herumzualbern. Unsere Gespräche über Bobs Job und die Vor- und Nachteile von Welmont gegenüber Cortland waren angespannt und belastend und sind ohne Ergebnis geblieben. Inzwischen steht er der Idee immerhin offen gegenüber und hält aktiv nach einem Job in Vermont Ausschau. Aber er ist wählerisch. Wenn er schon in Boston nichts gefunden hat, was ihm angemessen erschien, bin ich mit jedem neuen Tag weniger zuversichtlich, dass er hier oben irgendetwas finden wird, was für ihn akzeptabel ist.

Wir biegen in unsere Auffahrt ein, und Bob hilft mir aus dem Wagen, während der Motor noch läuft.

»Schaffst du's ab hier allein?«, fragt er, als er mir meinen Gehstock reicht.

»Ja, na klar. Bringst du mir ein bisschen Fudge mit?«

»Sollst du haben. Ich warte noch, bis du sicher im Haus bist.«

Ich gehe den Kiesweg vor bis zur Haustür. Dort lasse ich den Gehstock los, drehe den Knauf und drücke die Tür auf. Dann drehe ich mich noch einmal um und winke Bob zum Abschied, während er aus der Auffahrt rollt. Inzwischen kann ich immer besser und selbstsicherer aufrecht stehen, ohne mich auf den Stock zu verlassen oder mich irgendwo festzuhalten, und es ist ein fantastisches Gefühl, auch nur ein paar erfolgreiche Sekunden auf den eigenen zwei Beinen zu stehen.

Als ich durch den Windfang gehe, höre ich ein schrilles Pfeifen. Es klingt wie das Pfeifen von einem der batteriebetriebenen Züge von Linus, aber er sollte jetzt mitten in seinem dreistündigen Mittagsschlaf sein. Er sollte nicht wach sein und mit Zügen spielen.

»Mom?«, rufe ich, aber nicht zu laut für den Fall, dass er doch schläft, wie er es soll.

Ich gehe ins Wohnzimmer. Meine Mutter schläft auf dem Sofa. Linus muss oben in seinem Gitterbettchen sein. Gut. Aber hier drinnen ist das Pfeifen noch lauter zu hören. Und konstant. Vielleicht ist der Knopf an einem seiner elektrischen Züge gedrückt und klemmt. Ich sehe mich im Wohnzimmer nach dem Zug um, aber ich kann ihn nirgends entdecken. Das Zimmer ist ordentlich, Linus' Spielsachen sind alle weggeräumt. Ich überprüfe den Fernseher. Er ist ausgeschaltet.

Ich schlurfe am Stock hinüber zu Linus' Spielkiste und lausche. Das Pfeifen scheint nicht von Linus' Spielsachen zu kommen. Noch immer lausche ich und versuche das Geräusch zu orten. Doch ich komme nicht dahinter. Ich bin eher neugierig, was zum Teufel das ist, als verärgert oder besorgt deswegen. Es ist nicht so laut, dass es Linus oder meine Mutter stört, und ich bin sicher, in meinem Schlafzimmer würde ich es gar nicht hören. Aber was ist es?

Ich schleppe mich an meinem Gehstock in die Küche und

lausche. Das Geräusch kommt eindeutig von hier drinnen. Ich öffne und schließe den Kühlschrank. Nein, das ist es nicht. Ich schaue auf den Boden, den Tisch und den Küchentresen, suche nach einem von Linus' Zügen. Alles ist aufgeräumt. Keine Züge. Kein elektronisches Spielzeug. Keine Handys. Keine iPods.

Ich gucke auf die Herdoberfläche. Nichts. Dann fällt mir ein, dass ich auch links suchen sollte, und ich entdecke den Teekessel auf einer leuchtend roten Platte. Dampf entweicht aus seinem Schnabel. Ich schaue noch einmal auf den Tresen, denke diesmal daran, links zu suchen, und sehe den leeren Becher meiner Mutter und den Faden mit dem Papierschild ihres Teebeutels über den Rand hängen.

Mir rutscht das Herz in die Hose, und meine Haut wird feuchtkalt. Ich schalte den Herd aus und stelle den Teekessel nach rechts. Das Pfeifen hört auf.

Ich schlurfe am Stock zurück ins Wohnzimmer. Ich lausche. Alles ist still. Ich setze mich zu meiner Mutter aufs Sofa, und ich weiß, noch bevor ich ihre Hand halte, dass sie nicht schläft.

NEUNUNDDREISSIGSTES KAPITEL

Wir haben unser Haus in Welmont verkauft und sind im Juni nach Cortland gezogen, nachdem Charlies und Lucys Schuljahr zu Ende war. Bob hat sich den Sommer frei genommen, Charlie und Lucy waren vormittags im YMCA-Ferienlager, nachmittags haben meistens alle drei Kinder im Garten gespielt oder sind im Lake Willoughby geschwommen, und ich habe in demselben See mit dem Sommerfreizeitprogramm des NEHSA Kajak fahren gelernt. Obwohl meine Mutter ohnehin immer vorhatte, den Sommer in ihrem eigenen Haus am Cape Cod zu verbringen, war es ein seltsames Gefühl, ohne sie hier zu sein. Immer wieder rechnete ich damit, dass sie plötzlich zur Haustür hereinkommen und mir das neueste *People*-Magazin mitbringen würde, damit, dass ich ihr Lachen hören würde. Das tue ich noch immer. Ich hatte mir vorgestellt, mit Bob und den Kindern im Sommer mindestens ein paarmal hinzufahren, um sie zu besuchen. Ich hatte mir vorgestellt, Zeit mit ihr am Strand zu verbringen, frische Tomaten aus ihrem Garten zu essen und ihre Red-Hat-Freundinnen kennenzulernen. Und wenn wir nicht mit ihr zusammen am Cape wären, hatte ich mir vorgestellt, dann würden wir skypen.

Jetzt haben wir die erste Novemberwoche, das Farbenmeer des Herbstes und die Mountainbike-Saison sind vorbei, und es wird noch mindestens einen Monat dauern, bis genug Schnee auf dem Berg liegen wird. Es ist ein schläfriger Monat in einer Stadt, die sowieso das ganze Jahr über träge ist, aber das macht mir nichts aus. Bob und ich sitzen an unserem Lieblingstisch am Kamin im Cesca's. Wir mussten nicht reservieren, wir hatten kein Problem damit, genau vor dem Restaurant einen Parkplatz zu finden, und wir mussten nicht auf unseren Lieblingstisch warten. Wir sind die einzigen beiden Gäste hier, was zum Teil daran liegt, dass es noch so früh am Abend ist. Aber auch später wird das Lokal zu keinem Zeitpunkt brechend voll sein.

Bob schiebt eine kleine weiße Schachtel über den Tisch.

»Was ist das?«, frage ich. Zu diesem Anlass hatte ich kein Geschenk erwartet.

»Mach es auf«, sagt er.

Wir sitzen hier, um das einjährige Jubiläum des Tages zu feiern, an dem ich meinen Autounfall überlebt habe. Wir haben uns bewusst entschieden, an diesem Tag zu feiern und uns nicht wehmütig zu fragen: Was wäre, wenn … Was wäre, wenn ich das Knobeln nicht gewonnen hätte? Was, wenn es nicht geregnet hätte? Was, wenn ich nicht versucht hätte zu telefonieren? Was, wenn ich früher aufgesehen hätte? Was, wenn ich mir nicht den Kopf angeschlagen hätte? Wir sind hier, um das Leben zu feiern, das wir haben – nicht, um das Leben zu betrauern, das wir verloren haben. Aber bevor ich Bobs Geschenk aufmache, muss ich unwillkürlich über beides nachdenken.

Ich vermisse meinen alten Job bei Berkley. Ich vermisse Richard und Jessica, die brillanten Berater, das Gefühl, einen scheinbar unmöglichen Tag zu meistern, interessante Projekte mit Mitarbeitern zu besetzen, die Rekrutierungsphase, die Karriereentwicklung zu managen und bei alledem richtig gut zu sein. Aber ich vermisse nicht das ständige Pendeln, das Reisen, die Arbeitszeiten und den Stress, mit dem das alles verbunden war.

Ich liebe meinen neuen Job beim NEHSA, und ich bin begeistert von Mike und den ganzen ehrenamtlichen Mitarbeitern, einer Gruppe unterschiedlichster Leute, die so viel Herz haben, wie man es sich nur vorstellen kann. Und ich liebe meine Arbeitszeiten. Im Allgemeinen bin ich montags bis freitags von 8.00 Uhr bis mittags dort, und normalerweise arbeite ich zusätzlich noch fünf Stunden die Woche zu Hause, aber es gibt auch Tage, an denen ich alles von meinem Wohnzimmersofa aus erledige. Ich liebe diese Arbeit als solche. Sie ist herausfordernd und wichtig. Und ich bin richtig gut darin. Ich arbeite jetzt seit etwa zwei Monaten dort, und ich musste noch kein einziges Mal weinen. Ich nehme nicht an, dass ich es je tun werde.

Meine Button-down-Hemden und Kostüme, die nur gereinigt werden können, vermisse ich nicht. Beim NEHSA herrscht eine streng legere Kleiderordnung. Aber ich vermisse meine Stöckelschuhe.

Ich vermisse meinen alten Gehaltsscheck und das Gefühl von Stolz, Macht und Geltung, das er mir vermittelt hat. Jetzt verdiene ich weniger. Viel weniger. Aber was ich an Dollars eingebüßt habe, das habe ich an Zeit gewonnen. Jetzt habe ich nachmittags Zeit, um Charlie und Lucy bei ihren Hausaufgaben zu helfen, um mit ihnen Wii zu spielen, um Charlies Fußballspiele zu sehen und mit Linus ein Nickerchen zu machen. Und ich kann es kaum erwarten, nachmittags Snowboard zu fahren. Ich habe Zeit, ein Porträt von Lucy zu malen (mein einziges Kind, das lange genug still sitzt) oder die Äpfel, die wir auf der Obstplantage hier gepflückt haben. Ich habe Zeit, Romane zu lesen, zu meditieren, zu beobachten, wie die Hirsche durch den Garten stolzieren, und jeden Tag mit meiner Familie zu Abend zu essen. Weniger Geld, mehr Zeit. Bis jetzt war der Tausch jeden Penny wert.

Keiner von uns beiden vermisst Bobs alten Job. Er hat eine Stelle bei Verde Inc. gefunden, wo er einem internationalen Kundenstamm hilft, ökonomisch sinnvolle Pläne zur Umstellung auf erneuerbare Energien zu entwickeln. Die Firma ist jung, smart, sie wächst und ist leidenschaftlich bei der Sache – und Bob ist begeistert. Sie hat ihren Sitz in Montpelier, etwa fünfzig Meilen von unserem Zuhause in Cortland entfernt, aber er kann die ganze Strecke auf dem Highway fahren, und es herrscht nie viel Verkehr, sodass er nur eine Dreiviertelstunde braucht – genauso lange, wie wir immer von Welmont nach Boston gebraucht haben (wenn das Wetter gut war, es keine Unfälle gab und die Red Sox nicht in der Stadt waren). Alle in der Firma haben Verständnis dafür, dass er das Büro früh verlassen muss, um mir und den Kindern zu helfen. Im Allgemeinen ist er um 16.00 Uhr zu Hause.

Die Grundschule hier ist wundervoll. Die Klassen sind nur halb so groß wie in Welmont, und die Lehrer beim Förderunterrichtsprogramm arbeiten richtig gut mit Charlie. Er kann es kaum erwarten, mit dem Schulteam in diesem Winter endlich Snowboard zu fahren. Lucy liebt ihre neue Lehrerin und Hannah, ihre neue beste Freundin. Und Linus hat sich problemlos in seine neue Kindertagesstätte eingewöhnt. Bob bringt ihn jeden Morgen vor der Arbeit hin, und entweder Chris oder Kim vom NEHSA holen ihn ab und bringen ihn mir um 14.00 Uhr nach Hause.

Ich vermisse Heidi. Sie hat versprochen, in den Februarferien mit ihrer ganzen Familie für eine Woche zum Ski- und Snowboardfahren nach Cortland zu kommen.

Ich vermisse das Starbucks. Das B&C's ist noch immer geschlossen. Wenigstens haben wir die Impressa.

Ich vermisse es, einfache Dinge problemlos tun zu können, wie zum Beispiel zu lesen, zu tippen, mich zu rasieren, mich anzuziehen, Papier mit der Schere zu schneiden, ein Kopfkissen neu zu beziehen oder ein Hemd umzukrempeln, das verkehrt herum ist.

Ich vermisse das Autofahren und die Unabhängigkeit, die es bedeutet. Bob bringt mich morgens zum Mount Cortland, und Mike oder jemand anders vom NEHSA fährt mich nach Hause, aber ich vermisse es, kommen und gehen zu können, ohne die Beifahrerin von jemandem zu sein.

Ein kleiner Prozentsatz von Leuten mit linksseitigem Neglect erholt sich schließlich so weit, dass die Betroffenen wieder sicher Auto fahren können. Bob ist nach wie vor unermüdlich in seinem Zuspruch. Letzten Montag ist er vor der Arbeit auf den leeren Parkplatz der Kirche eingebogen und hat mich ermuntert, es einmal zu versuchen. Nachdem wir die Plätze getauscht hatten, habe ich mich angeschnallt (etwas, was ich vor sechs Monaten noch nicht gekonnt hätte), habe von der Park- in die Drivestellung geschaltet und den rechten Fuß sachte von der Bremse aufs Gaspedal gesetzt. Wir waren gerade erst losgerollt, als Bob *»Stopp!«* schrie. Ich trat auf die Bremse, panisch, aber ohne zu begreifen, warum. »Sieh nach *links*«, rief er. Zuerst bemerkte ich gar nichts, aber dann sah ich es – die Fahrertür stand weit offen. Daher nehme ich an, dass ich noch nicht so weit bin, Auto zu fahren. Eines Tages vielleicht.

Ich vermisse das Zufußgehen. Noch immer schleppe ich mich an meinem Gehstock vorwärts – allerdings schon viel selbstsicherer und weniger schleppend –, und ich hoffe, bald zu einem normalen Stock übergehen zu können. Hoffnung. Fortschritt. Beides gibt es immer noch.

Aber von allem, was ich vermisse, vermisse ich am meisten meine Mutter. Was, wenn ich das Knobeln nicht gewonnen hätte? Was, wenn ich mir nicht den Kopf angeschlagen hätte? Was, wenn ich ihre Hilfe nicht gebraucht hätte? Was, wenn sie sie mir nicht angeboten hätte? Ich bin so dankbar, dass ich die Chance hatte, sie kennen- und lieben zu lernen, bevor sie starb.

Ich nehme den Deckel von der unverpackten Schachtel. Mein Herz quillt über vor Rührung, und Tränen kullern über mein lächelndes Gesicht.

»Oh Bob, das ist wunderschön.«

»Komm, lass es mich dir umlegen.«

Er streckt die Arme über den Tisch aus und nimmt meine linke Hand in seine.

»So«, sagt er.

Ich wackele mit der Schulter und höre das Klimpern des Glücksbringer-Armbands an meinem linken Handgelenk. *Sieh nach links, such links, geh nach links.*

Ich finde meinen Diamantring und meinen Ehering. Ich und Bob.

Sieh nach links, such links, geh nach links.

Ich finde meine rosa Plastikuhr. Meine gute Freundin Heidi.

Sieh nach links, such links, geh nach links.

Ich finde mein silbernes Glücksbringer-Armband mit den drei zehn-Cent-Stück-großen Scheiben. Charlie, Lucy und Linus.

Sieh nach links, such links, geh nach links.

Ich sehe mein Geschenk von Bob. Meinen neuen Glücksbringer. Einen silbernen Hut, verziert mit einem einzelnen Rubin in einer Zargenfassung. Meine Mutter.

»Danke, Schatz. Das ist wunderschön.«

Unsere Bedienung bringt uns eine Flasche Shiraz und fragt uns, was wir essen möchten. Wir bestellen beide Kürbisravioli und einen Salat mit Hähnchen. Bob schenkt den Wein ein und erhebt sein Glas.

»Auf ein erfülltes Leben«, prostet er mir zu.

Ich lächle und liebe ihn dafür, dass er bereit war, mit mir einen Neuanfang zu wagen, dafür, dass er mit mir dorthin gegangen ist, wohin uns mein Neglect geführt hat, dafür, dass er mein neues Ich versteht. Denn auch wenn ich noch immer auf eine vollständige Genesung hoffe, so habe ich doch gelernt, dass ich mein Leben trotz der Einschränkungen in vollen Zügen genießen kann.

Wieder sehe ich nach links und finde meine Hand, die mit wunderschönen Symbolen für mich und Bob, unsere Kinder, meine Freundin und jetzt auch meine Mutter geschmückt ist. Mit aller Konzentration, die ich aufbringen kann, erhebe ich mein Weinglas mit der linken Hand.

»Auf ein erfülltes Leben«, sage ich.

Wir stoßen an und trinken.

Ich fahre mit dem Sessellift zum Gipfel des Mount Cortland. Meine Mutter sitzt neben mir zu meiner Rechten. Da setzt sie sich am liebsten hin, damit ich sie auch sicher sehen kann. Sie trägt einen roten Strickschal über einem weißen Pullover, eine schwarze Hose mit elastischem Bund, schwarze Stiefel und einen riesigen, mit roten Blumen verzierten viktorianischen Teehut.

»Mom, du bist nicht passend angezogen.«

»Ach nein?«

»Nein. Und du hast weder Skier noch ein Snowboard dabei. Wie willst du denn diesen Berg hinunterkommen?«

»Ich bin nur hier, um die Aussicht zu genießen.«

»Oh.«

»Und um Zeit mit dir zu verbringen.«

»Du solltest Snowboard fahren lernen.«

»Ach nein, es ist zu spät für mich, um mit so etwas noch anzufangen.«

»Nein, das ist es nicht.«

»Doch, das ist es. Aber diese Fahrt mit dir hat mir Spaß gemacht.«

Ich blicke auf und sehe, dass wir uns dem Ende des Lifts nähern. Ich hebe die Stange über unsere Köpfe, drehe mein Brett zur Seite und rutsche auf dem Sitz nach vorn.

»Denk dran, nach links zu sehen«, erinnert mich meine Mutter.

Ich wende den Kopf nach links und stöhne auf. Nate und mein Vater sitzen neben mir.

»Oh mein Gott. Wo kommt ihr denn auf einmal her?«, frage ich.

»Wir sind die ganze Zeit hier gewesen«, antwortet mein Vater und lächelt mich an.

Mein Vater und Nate tragen beide rote Skijacken und schwarze Hosen, aber auch sie haben weder Skier noch Snowboards dabei.

Wir erreichen das Ende des Lifts, und ich rutsche die Rampe hinunter. Nate, mein Vater und meine Mutter gehen voran und steigen ohne mich in einen anderen Lift. Ich sehe zu, wie ihr Sessel immer höher steigt und sich dann im Himmel auflöst.

»Hey.«

Ich drehe den Kopf nach links. Es ist Bob.

»Ihr seid ja auch alle hier«, staune ich.

Linus sitzt in einem Kindertragesitz auf Bobs Rücken. Lucy steht neben Bob auf ihren Skiern und Charlie vor ihnen auf seinem Snowboard.

»Natürlich. Wir haben auf dich gewartet.«

Ich schaue auf die unberührte Piste vor uns, auf das schneebedeckte Tal unter uns und die Green Mountains in der Ferne und genieße das Gefühl der warmen Morgensonne auf meinen kalten Wangen. In der Stille des Gipfels höre ich nichts außer dem Geräusch meines eigenen Atems.

»Fahren wir«, sage ich.

Ich drehe die Spitze meines Bretts und beuge mich talwärts vor.

Gleiten, wenden, gleiten.

Ich bin friedlich.

Gleiten, wenden, gleiten.

Ich bin ganz.

Gleiten, wenden, gleiten.

Pst!

ANMERKUNG DER AUTORIN

Der linksseitige Neglect, auch bekannt als unilateraler Neglect und Halbseiten-Neglect, ist ein real existierendes neurologisches Syndrom, das aufgrund einer Schädigung der rechten Gehirnhälfte auftritt, beispielsweise infolge eines Schlaganfalls in der rechten Gehirnhälfte, einer Gehirnblutung oder eines Schädel-Hirn-Traumas. Während der Durchschnittsbürger vermutlich noch nie von einem linksseitigen Neglect gehört hat, bekommen Ärzte und Pflegekräfte in Rehakliniken Patienten mit diesem Krankheitsbild durchaus häufig zu sehen. Patienten mit einem linksseitigen Neglect sind nicht blind, aber ihr Gehirn ignoriert Informationen auf der linken Seite der Welt, dabei oft auch die linke Seite ihres eigenen Körpers. Die Menschen mit einem linksseitigen Neglect, die ich kennengelernt habe, befinden sich in unterschiedlichen Stadien der Genesung und haben viele standardmäßige, aber auch kreative Strategien entwickelt, um sich an ein Leben ohne aktives Bewusstsein der linken Seite anzupassen. Sie alle hoffen nach wie vor auf eine weiter fortschreitende Genesung. Zum Entstehungszeitpunkt dieser Geschichte ist noch nicht viel über die neurologischen Prozesse bekannt, die dem linksseitigen Neglect und seiner Heilung zugrunde liegen.

Der Behindertensportverband Neuengland (NEHSA) ist eine tatsächlich existierende Organisation, die ihren Hauptsitz am Mount Sunapee in Newbury, New Hampshire, hat (und nicht in der fiktiven Stadt Cortland, Vermont). Sie hat es sich zur Aufgabe gemacht, »den Triumph des menschlichen Geistes zu bezeugen, indem sie Menschen mit Behinderungen und ihren Familien hilft, ihr Leben durch Gesundheitssport, Freizeitangebote und soziale Aktivitäten zu bereichern«. Sie unterstützt Menschen, die mit den unterschiedlichsten Behinderungen leben, wie zum Beispiel Amputationen, Autismus, dem Downsyndrom, Schädel-Hirn-Traumata (SHT), Spina bifida, Muskelschwund, Multipler Sklerose, Gleichgewichtsproblemen und Schlaganfällen.

Weitere Informationen über diese fantastische Organisation finden Sie unter www.nehsa.org, oder schreiben Sie eine E-Mail an info@nehsa.org.

DANKSAGUNG

Mein Dank gilt zuallererst den vielen Menschen, die mit einem linksseitigen Neglect leben und die mir ausführlich von ihren Erfahrungen und Geschichten berichtet und einen echten und menschlichen Einblick in dieses Krankheitsbild vermittelt haben, der in Lehrbüchern einfach nicht zu finden ist.

Danke, Annie Eldridge, Lynn Duke, Mike und Sue McCormick, Lisa Nelson, Brad und Mary Towse und Bruce und Aimy Wilbur.

Ein besonderer Dank an Deborah Feinstein, die verstarb, während ich an dieser Geschichte schrieb, und an ihre Familie, die mich in einer solch persönlichen und unsicheren Zeit in ihr Leben eingeladen hat. Danke, Dr. Ali Atri, dafür, dass Sie mich Deborah und ihrer Familie vorgestellt haben, sich die Zeit genommen haben, mich mit ihnen bekannt zu machen, und darauf vertraut haben, dass meine Suche nach Wissen voller Respekt geschehen würde.

Ein besonderer Dank gilt auch meiner Freundin Julia Fox Garrison (Autorin von *Don't Leave Me This Way*). Du bist eine echte Inspiration.

Danke den vielen Ärzten und Pflegekräften, die sich die Zeit genommen haben, mich zu treffen oder mit mir zu telefonieren, und die mir geholfen haben, die klinische Darstellung von Symptomen, Rehabilitation, Anpassung und Genesung besser zu begreifen.

Danke, Kristin Siminsky (Physiotherapeutin), Kimberly Wiggins (examinierte Neurologie-Krankenschwester), Patty Kelly (Ergotherapeutin), Jim Smith (Privatdozent für Physiotherapie am Utica College), Tom Van Vleet, PhD (Neuropsychologe in der Forschung an der University of California, Berkeley), und Michael Paul Mason (Autor von *Head Cases: Stories of Brain Injury and Its Aftermath*).

Danke allen in der Rehaklinik Spaulding in Boston: Dr. Ron Hirschberg (Rehaarzt), Lynne Brady Wagner (Leiterin des Schlaganfallprogramms), Becky Ashe (Ergotherapeutin), Melissa DeLuke (Ergotherapeutin), Paul Petrone (praktischer Leiter Ergotherapie, Schlaganfallprogramm), Dr. Randie Black-Schaffer (ärztlicher Direktor, Schlaganfallprogramm), Varsha Desai (Ergotherapeutin), Jena Casbon (Sprachtherapeutin) und Joe DeGutis, PhD (Wissenschaftler in der Forschung).

Danke allen im Rehabilitation Hospital of The Cape & Islands: MaryAnn Tryon (examinierte Krankenschwester), Carol Sim (examinierte Krankenschwester, Vorstandsvorsitzende), Stephanie Nadolny (Vizepräsidentin des Klinischen Dienstes und Freizeittherapeutin), Jan Sullivan (Logopäde für stationäre Patienten), Scott Abramson, MD (Rehaarzt), Allison Dickson (Rehaassistentin für stationäre Patienten), Deb Detwiler (Rehaassistentin für stationäre Patienten), Colleen McCauley (Physiotherapeutin für stationäre Patienten), David Lowell, MD (ärztlicher Direktor, Neurologe), Dawn Lucier (leitende Physiotherapeutin, Fachgebiet Neurologie), Sue Ehrental, MD (Rehaärztin), Jay Rosenfeld, MD (Rehaarzt), Heather Ward (Physiotherapeutin für ambulante Patienten) und Donna Erdman (Ergotherapeutin für ambulante Patienten).

Danke an Sarah Bua, die mir einen Einblick in das Leben an der Harvard Business School vermittelt hat.

Danke an Susan Levine, Vizepräsidentin bei Bain Capital, und Stephanie Stamatos, ehemalige Senior-Vizepräsidentin der Personalabteilung bei Silver Lake, die mir geholfen haben, Sarahs Berufsleben und das Jonglieren mit Familie und Karriere besser zu verstehen.

Danke an Jill Malinowski und Amanda Julin, die mich über die Aufmerksamkeitsdefizitstörung aufgeklärt haben.

Danke an Tom Kersey, geschäftsführender Direktor des Behindertensportverbands Neuengland (NEHSA), der mir die Wunder des NEHSA und die Art und Weise, wie sie Sarah helfen könnten, gezeigt hat.

Danke an Louise Burke, Anthony Ziccardi, Kathy Sagan und Vicky Bijur, die an diese Geschichte geglaubt haben, bevor sie auch nur ein Wort davon gelesen hatten, und noch einmal danke an Kathy und Vicky dafür, dass sie diese Geschichte durch ihr redaktionelles Feedback und ihre Beratung verbessert haben.

Danke meinen geschätzten ersten Lesern, die jedes Kapitel gelesen haben, sobald ich es geschrieben hatte, und mich von den ersten Worten an immer ermutigt haben: Anne Carey, Laurel Daly, Kim Howland, Sarah Hutto, Mary MacGregor, Rose O'Donnell und Christopher Seufert.

Danke an meine Gemeinschaft von Familienangehörigen und Freunden, die mir bei der Kinderbetreuung und dabei geholfen haben, Zeit und Platz zu finden, um diese Geschichte zu schreiben, vor allem an Sarah Hutto, Sue Linnell, Heidi Wright, Monica Lussier, Danyel Matteson, Marilyn und Gary Seufert, an meine Eltern und meinen Ehemann.

Danke an Chris, Alena und Ethan. Eure Liebe macht das alles erst möglich.